U0894796

魅丽文化
飞言情工作室

浅婚衍衍 2

水折耳
著
SHUI ZHE ER
WORKS

江苏凤凰文艺出版社
JIANGSU PHOENIX LITERATURE AND ART PUBLISHING

图书在版编目（CIP）数据

浅婚衍衍.2/ 水折耳著. -- 南京：江苏凤凰文艺出版社，2020.12
ISBN 978-7-5594-5423-2

Ⅰ.①浅… Ⅱ.①水… Ⅲ.①长篇小说－中国－当代
Ⅳ.①I247.5

中国版本图书馆 CIP 数据核字 (2020) 第 227600 号

浅婚衍衍.2

水折耳 著

责任编辑 张 倩
特约编辑 郭玲玲 刘冬鸣
装帧设计 桃 子
封面绘制 阿 醒
出版发行 江苏凤凰文艺出版社
南京市中央路 165 号，邮编：210009
网 址 http://www.jswenyi.com
印 刷 湖南凌宇纸品有限公司
开 本 880mm×1230mm 1/32
印 张 9.5
字 数 250 千字
版 次 2020 年 12 月第 1 版
印 次 2020 年 12 月第 1 次印刷
书 号 ISBN 978-7-5594-5423-2
定 价 42.80 元

CONTENTS 目录

CONTENTS 目录

第一章
他在她的眼里，只是个替身

言喻抬眸，怔怔地盯着陆衍，陆衍深邃如海的眼眸里布满了血丝，他从昨晚到现在，大概没睡过吧，尽管脸色平静，面无表情，但已经显现出了疲惫。她淡淡地对陆衍说：“你回去休息吧，医生说小星星明天就可以出院了。”

陆衍的薄唇噙着淡淡的笑，说：“没事，我不累。”

小星星乖乖地趴在他的胸前，大概生病了，不太舒服，她变得格外黏人，一醒来，就要让人抱着，小手还紧紧地攥着陆衍的手指。

此刻正是吃饭的时间，林姨哄了小星星几句，抱着她，去了病房外面的套间，把这个房间留给了这对夫妻。

言喻掀开被子，她往床下看了眼，没有看到自己的鞋子，低头找着。

陆衍弯腰，从床底下钩出了她的平底鞋。他轮廓深邃，眼窝分明，半蹲了下来，眼睫毛垂着，叫人看不清他眼底的神色。灯光落下，眼睑下是一层薄薄的阴影。他鼻梁高挺，薄唇抿成一条毫无弧度的直线。

他骨节分明的手突然托起了言喻的脚，言喻轻轻地瑟缩了下，他滚烫的手已经包裹住了她的脚，微微用力，不让她动弹。

言喻可以感受得到他指腹粗糙，摩挲过白皙娇嫩的脚，有些痒。

陆衍动作温柔，慢条斯理地帮言喻穿上了鞋子，等穿好后，他才抬头，眼底是夜色中的天幕，平静深邃，他说："好了，你也起来吃饭吧。"

言喻的胸口起伏了下，心脏有些酸疼。

她对两人的关系很无力，从她决定和陆衍结婚开始，她就建立了一个无形的牢笼，请君入瓮，将她自己、陆衍和小星星困在这个牢笼中。最初，她对被这个牢笼困住的时间，设想的是一辈子，然而现在她已经越来越想挣脱这个牢笼了。

但她不知道的是，陆衍不是一个甘心受人摆布的人，当他进入笼子，什么时候挣脱这个牢笼，已经不是言喻说了就能算数的。

餐厅。

陆衍坐得离言喻很近，言喻有些吃不下，他时不时地给言喻夹菜，声音平静无波，却带着不容拒绝的语气："吃这个。"

言喻默不作声地待着。

快要吃完饭的时候，陆衍忽然掀了掀薄唇，问道："昨天，程家的人去你们律所了，他去委托那个秦律师了吗？"

言喻微微一怔，手上的动作停顿住，看向他，问道："你在监视程管家？"

"程管家？"陆衍勾唇淡笑，意味不明地眯了眯眼眸，"你对程家很了解呀。"

言喻的眉心微微一跳，她抿唇，若无其事地说："那个程管家的确是来找秦律师的，我是秦让的助理，当然知道他的身份了。"

"是吗？"陆衍的语气波澜不惊，叫人难以猜出他的心思。

言喻的情绪几不可见地起伏，指尖微微蜷缩了下，她不知道陆衍到底知道了些什么。

林姨在门外听了会儿，没听到里面传来吵架声，松了口气，推开门，抱着小星星进来，笑着说："小星星吃饱了，过一会儿也该困了。"

陆衍大概打定了主意，要当一晚上的好爸爸。言喻还没有所行动，他就过去，抱过了小星星，坐在一旁的沙发上，打开电视，笑着问她："想看什么动画片？"

林姨看到这样的画面，再高兴不过了，连忙帮陆衍把电视频道调到了小星星常看的动画片上。小星星笑了起来，小胖手指着电视："爸爸……猪猪……"

陆衍低沉地"嗯"了一声，哭笑不得地跟着她重复了一句："猪猪。"

言喻帮着林姨把碗筷收了起来，林姨就在言喻的旁边，压低了声音，笑道："你看看先生，变化很大了。最开始的时候，他都不知道要关心小星星，每次看到小星星都像是没看到似的，但他现在已经学会了哄她。今天中午你睡着的时候，他哄了小星星一下午，给她喂饭，还给她换尿布呢！我以前也在不少富贵人家待过，那些男主人经常不着家，对小孩子更是管都不管呢。"

林姨的语气是在劝言喻要懂得珍惜。

言喻弯了弯唇，眼底却没有多少笑意，她沉默了好几秒，才说道："林姨，陆衍现在做的只是他作为一个爸爸的本分。你不能因为他之前什么都不做，现在做了这些他本该做的事情，就认为我们该感恩戴德了。"

林姨一噎，一时间不知道该说什么。

现在时间还早，言喻拿起手机，发现有几个来自南北的未接电话，便拿着手机，走出病房，一直走到医院走廊的楼梯拐角。

她给南北拨打了电话过去，笑道："北北？"

南北的嗓音里含了几分焦急："吓死我了，我刚刚给你打了好几个电话，都没人接听，我还以为你出了什么事情。"

最近南北工作很忙，言喻也忙，两人通话的时间少了很多。

言喻说："没事，我在医院呢，小星星昨天晚上有点发烧，现在好多了。"

"那就好。"南北顿了下，接着说，"听说程家的人来了，他们到底来干什么？怎么会突然来这里？阿喻，难道是因为你吗？我听宋清然说，程家的家主病危，程管家被派回国办事情，但具体什么事情，宋清然也不知道。"

言喻抿着嘴角，她感觉心有些沉。太多的事情积压着，让她难受，她想和南北说，却不知道该从何说起。

最后，她睫毛颤了颤，开腔说道：“北北，程辞他和……陆衍是双胞胎兄弟。”

这件事虽然是陆家的秘密，但是，南北不是一个大嘴巴的人，言喻相信她，更何况，她憋了太久，需要有人来倾听。她不等南北说话，就继续道:“我想离婚了，北北。”

言喻靠着墙壁，慢慢地蹲了下来，语气很轻，轻得有些缥缈：“和陆衍的这段婚姻，让我觉得很闷，也让我觉得越来越难受。我现在越来越在乎陆衍了，对，就是陆衍。最近一段时间，他和许颖夏的纠缠让我觉得愤怒和心酸。”

她有些语无伦次，背脊贴着墙壁，冰凉一点点地渗透进皮肤里。

“最开始选择结婚的时候，我真的很开心，那个时候，我的愿望就是近距离地靠近陆衍，能看到他的那张脸就好了，能和他在一个屋子里就好了。每次看到他，不管他做了什么事情，好的或者是坏的，我都觉得很满足，很幸福，或许那个时候，他在我眼里只是程辞的……替身，所以无论他做了什么事情，我都不会生气。

“但是，慢慢地，我会因为他说的话、他做的事，而感觉到难过和心疼。他对我好，我会觉得高兴，从那个时候起，我就发现我比刚结婚的时候，更加坚定要和他一直走下去的念头。

“直到……许颖夏回来了。我觉得慌张，最初我以为我的慌张，是源于我害怕陆衍会因为许颖夏，而选择和我离婚。但后来我发现根本不是，陆衍的种种举动都表明他不会因为许颖夏而向我提出离婚。

“只要不离婚，我还是可以陪伴在他的身边，继续想着程辞，明明一切都跟我最初的设想吻合。

“但我已经不满足于现状了，我介意陆衍和许颖夏太过亲密，也介意陆衍太过在意许颖夏。我甚至觉得恶心、反胃，我会生气、会嫉妒，我变得连自己都觉得厌烦。”

言喻闭上了眼睛，手脚有些冰冷，她说：“北北，我太在意陆衍了，在我心里，是不是已经把他和程辞分开了？他是他，程辞是程辞，所以我才会这样贪得无厌，想让他和许颖夏彻底断绝关系，想让他只关心在乎我和小星星，对不对？”

南北听得心情沉重，她最担心的事情，还是发生了。她当时就不赞同言喻把陆衍当作程辞的替身，嫁给陆衍，因为有句话不是这样说的吗？这世上最难控制的除了咳嗽，还有爱情。现在的言喻不见得爱上了陆衍，但她绝对慢慢地对陆衍产生了感情。

南北叹气，轻声地问：“阿喻，那你现在是想离婚吗？你舍得？”

言喻沉默一会儿，握着手机的手指缓缓地收紧，她喃喃道：“不舍得。”她总觉得缺了点什么，推动她离婚，也缺了点什么，让她继续这段婚姻。更何况，她也搞不懂她是不舍得小星星，还是不舍得那张和程辞相似的脸，抑或只是不舍得陆衍这个人……

南北懂得言喻的纠结，她能做的只是做言喻背后的靠山，她说：“阿喻，不管你是决定离婚还是继续维持这段婚姻，我都支持你，你慢慢想，有我陪着你。”

言喻心脏纠成了一团，思绪也乱成了一团：陆衍和许颖夏的纠缠画面、陆衍为了许颖夏可以放弃一切的决绝、小星星的脸、周韵的刁难，还有她疼得难受的胸腔。

南北忽然想起了什么，说道：“等等，你说陆衍和程辞是亲兄弟对吗？那程管家回国，一定是带陆衍回去继承程家。程家不可能把偌大的家业让旁支继承的，程管家又知道你和程辞的关系，不管怎么样，他一定不会放任你和陆衍继续维持这段婚姻的。而最好的破坏婚姻的方式，就是把你和程辞的关系告诉陆衍。”

南北顿了顿，深呼吸后，说：“陆衍这样骄傲的人，他说不定会报复你，拖着不让你离婚，或者干脆逼迫你离婚，却将小星星和你分开。”

言喻想过这个可能性，现在被南北一语道破，一股寒流窜过她的四肢百骸。

她抿紧了嘴角，全身的血液都是冰凉的，指尖冷得隐隐作痛。

南北建议道："还不如快刀斩乱麻，尽量减少伤害，趁着现在许颖夏和陆衍打得火热，陆衍什么都不知道，你主动提出离婚，把位置让给许颖夏。如果陆衍真的还喜欢许颖夏，要和许颖夏在一起，他有很大的可能性会放弃小星星的抚养权。"

又是一段长长的沉默，电话里一时只有细微的电流声。

言喻的喉咙仿佛被沉重的石头压着，得了失语症。她想，女人真的是矛盾的生物，如果陆衍不放弃小星星的抚养权，她会难过；如果陆衍真的选择放弃，她一样会难过。

南北的声音一点一点地钻入了言喻的耳蜗里："阿喻，如果你们不离婚，我最害怕你会爱上陆衍，然后再也抽身不了。你知道的，陆衍这样的男人什么都好，家世好，颜值好，身材好，事业好，人品也好，唯一的不好，就是他……可能不会爱你。"

言喻的下唇都快被咬出了血，她松开了下唇，扯出了一抹浅淡的弧度，有些凉薄地开口说："那就离婚吧，反正……陆衍也当不了一辈子……程辞的替身。"

这句话的每一个字眼都凌厉得似刀剑，就是不知道被刺得鲜血淋漓的会是谁的心。

拐角的另一边。

医院的廊灯刺眼，白炽灯直直地射了下去，将整条走廊照得明晃晃的，有些惨白。一个身影高大的男人，靠在墙壁上，修长的双腿随意地交叠着。他微微垂着头，短发跟着落下，鼻梁高挺，五官深邃，在明明灭灭的光影里，透着深深的阴鸷。

男人全身上下透着压抑，他在克制情绪。垂在身侧骨节分明的手紧紧地攥起，骨节泛出了苍白色，手背上青筋起伏分明。他慢慢地抬起头，黑眸直直地盯着刺眼的灯光，眯了眯。

他长得极其英俊，但此刻他的眉眼充满了阴鸷，太阳穴两侧的经络隐约跳动着，他绷紧了脸，薄唇抿成了锋利的直线。他周身散发着一股冷气，让人不寒而栗，漆黑的眼底，有着显而易见的怒火。

刚刚言喻说，反正，陆衍也当不了一辈子程辞的替身。

陆衍不知道自己是怎么忍耐下去的。他掌心都被指甲抠出了重重的痕迹，疼痛尖锐，胸口的怒意翻涌着，漆黑的眼底也是浪潮翻涌，落满冰雪。他低下头，眼睫垂下，阴影里看不清他的神色，却隐隐约约地透出一闪而逝的、难言的悲伤和落寞。

陆衍站直了身体，面无表情，很快，他高大的身影就消失在了拐角尽头，他往病房走去。

拐角的另一边，言喻蹲着，眼里几乎没有了亮光，慢慢地有些哽咽，压抑的呜咽声隐隐传来，她的心脏疼得仿佛被人重重地凌迟着。

陆衍回到病房中，小星星已经睡着了，安静地躺在床上，睫毛纤长，睡颜恬静。他拿起一旁的手机，手指一点点地攥紧。

他漆黑的眼眸盯着小星星的脸看了许久，不知道在想什么，眉目间的阴鸷有些深。他抿紧薄唇，脸颊的线条冷硬，转身，走出了病房。

林姨看到了，带了点疑惑，问："先生，这么晚您要去哪里？回公寓吗？"

陆衍面无表情，绷紧了唇线，什么也没说。他腿长步子大，没过一会儿，身影就消失在林姨的视线里。

林姨的眉间浮起了几分担忧。

言喻回来的时候，往四周看了眼，没看到陆衍的身影，她抿着唇，淡淡道："陆衍呢？"

林姨下意识地撒了个谎："先生说公司要开会，可能是国际会议，所以有时差，他先回公寓了。"言喻没戳穿她，弯唇笑了笑，唇畔却有几分浅浅薄薄的讥讽。

陆衍坐在驾驶座里，启动车子，就安静地坐着，耳畔充斥着隐约的马达声。

他攥紧拳头，然后拨打了一个号码。

声音阴沉得仿佛是从喉间挤出去的，戾气深重："立马帮我查一下，言喻和程辞的关系。"他顿了顿，咬紧牙关，"我给你们指引个方向，你们要查的只是程辞和言喻曾经是否为恋人关系。"

最后四个字说出口的时候，陆衍忽然觉得浑身一阵冷汗。明明就坐在车厢里，温度适宜，但他觉得像是一瞬间落入了冰窟中。还没查清楚，他的心里却早已经有个声音在告诉他："你不是都听清楚了吗？言喻的意思就是她把你当作程辞的替身。"

程辞。

他的眉眼堆砌霜雪，薄唇似锋利的刀刃。

言喻对他撒谎了，言喻这个女人谎话连篇，她曾经说过，她不认识程辞，她没见过程辞。

陆衍的胸腔里气血翻涌，觉得喉咙口仿佛有了隐约的血腥气。他最讨厌别人欺骗他，可是言喻偏偏欺骗了他；他讨厌别人把他当作替身，可是言喻毫无顾忌地将他当作替身。

他从小就被程家舍弃。虽然有陆承国的疼爱，但他还是无法释怀，和他长得一模一样的程辞偏偏得到了程家的偏爱。

他承认，他嫉妒过程辞，但他也不屑于程辞。可是现在，言喻把他陆衍当作了程辞的替身！

陆衍心底深处翻滚着的情绪，让他全身都疼痛起来，他绷紧了两腮，忽然收紧了拳头，"砰"的一声，重重的拳头狠狠地砸在了方向盘上。

他攥紧方向盘，踩下刹车，降下车窗，车速很快，夜晚的冷风吹来，带着凛冽的气息，刮在他的脸上。

他没回他和言喻居住的公寓，也不能回老宅，原本想去他的单身公寓，却忽然想起，他还不知道夏夏在不在。

他现在谁也不想见。

陆衍直接开着车去了酒店，城内的多家酒店都有专门为他设立的套房，侍者引着他，进了房间。

陆衍没有开灯，只是随意地将外套脱了，扔在一旁的床上。他拉开窗帘，窗外冷冷的月光倾泻进来，带了点寒凉。

总统套房里，提供的东西很齐全。陆衍瞥了眼桌面，看到一瓶伏特加酒，他胸口起伏了下，走了过去，慢条斯理地开了酒瓶，拿起一旁的酒杯，倒了一杯。

自从生病之后，他很少喝酒。可是现在，那种对酒精的渴望一再地吞噬着他。

陆衍仰头，伏特加烈烈地从食道里灌了进去，灼烧着他的胃，一阵又一阵刺疼，这样的疼，却远远不及他刚刚听到“替身”二字。

他拿起一包烟，从中抽了一支出来，夹在指间，幽兰色的火苗跳跃着，吞噬了烟头。陆衍狠狠地吸了一口，尼古丁一瞬间麻痹了神经。他的背影挺直，如同暗夜里的枯树，周身都笼罩着阴鸷，却又透着深深的孤寂。

陆衍几乎静坐了一夜，天色渐渐亮起，缓缓地透了光进来。他深陷在沙发里，眼窝下布满了寒霜，他面前的茶几上，有着一个盛满了烟头的烟灰缸。

言喻还想跟他离婚是吗？可是天底下，哪里有那么好的事情？

她想结婚，就用尽各种办法和他结了婚；她想生孩子，就骗了夏夏，选择了代孕。现在，她想离婚……她以为这次还会和前几次一样简单吗？

陆衍的瞳孔瑟缩了下，眼神冰凉，他不会让她这么容易就离婚。

原先，这个婚姻对他来说是枷锁，现在，对言喻来说更是一个她极力想挣脱的牢笼。陆衍心脏一疼，他第一次，产生了想要折磨一个人的想法。

他望着窗外微薄的阳光，微微眯起了眼眸。

酒店给陆衍准备了新的西装，他换好西装，走了出去。电梯门打开的那一瞬间，他正低着头，慢条斯理地整理袖扣。

“叮”的一声，电梯门缓缓地打开。他抬起眼眸，刚想踏进去，就看到一个穿着传统英式复古西装的老者，微微笑着，走了出来。他风度翩翩，看到陆衍，笑容慈祥：“衍少爷。”

陆衍面无表情，看都没看程管家，继续往电梯里走。程管家仍旧笑着：“听说衍少爷在查辞少爷和言喻的事情。”

这一句话，成功让陆衍顿住了脚步。

他转过身，垂眸，盯着程管家，喉结无声地滚动，什么都没说。那双漆黑的眼眸里一片沉寂，像大海一样平静无波，却又深不可测，让人难以靠近。

程管家一点都不害怕陆衍，和蔼地说：“衍少爷，关于辞少爷的任何事情，早已被程家封锁了。你让人去查，什么都不会查到。”

陆衍手指握成了拳头，他动了动唇，说：“所以，你这句话的意思就是告诉我言喻的过往的确和程辞有关？”

“当然有关。”程管家笑了笑，淡淡地继续说，“衍少爷，你想不想知道，他们具体是什么关系？程家的要求很简单，要您回到英国程家，入族谱，继承程家的家业。”

陆衍手背上的青筋隐隐浮现，他淡淡道：“继承家业倒是可以，我不介意多管理一个程家，但是，入族谱，怕是想都不要想。”

程管家脸色未变，声音依旧沉稳：“这世界上的事情还真是凑巧，前一段时间，我才见到言小姐，她还警告我，如果把她跟辞少爷的关系告诉您的话，您永远都不可能跟着我回英国。”

陆衍漆黑的眼眸沉了又沉，风雨将至，比夜色还要沉寂，他胸口翻涌的情绪，像极了嫉妒。

程管家缓慢地继续补充道：“但她肯定没想到，你会这么早就发现了你和辞少爷的关系，所以她的谎言被打破了。既然你已经知道了这件事，我又何必站在她那边呢？

“衍少爷，以前，辞少爷和言小姐是一对深爱的恋人。”

陆衍心中的猜测一下被程管家证实了。他觉得心脏骤然瑟缩，有些疼痛，那样的疼痛仿佛是骨髓被针刺穿。

程管家真的讨厌言喻的存在，在他看来，言喻就是两位少爷人生的污点。

他说：“言小姐是孤儿，辞少爷热衷慈善，他们是青梅竹马，年少相识。辞少爷觉得言小姐好看，所以从第一次见面开始，他就利用程家的慈善机构，一直在资助言小姐读书。他们还经常往来书信，告诉对方自己目前的状况。辞少爷去世之后，我整理他的遗物，发现他还完完整整地保留了他和言小姐从小到大的所有书信记录。”

陆衍攥紧的手指骨节泛白，脸色很差，脸庞的线条冷硬得仿佛没有弧度。

“再长大一些，辞少爷经常去看言小姐，可以说，没有辞少爷，就没有言小姐。是辞少爷资助她读书，是辞少爷帮助她学习，也是辞少爷将她接来了伦敦进修。辞少爷在的时候，言喻的生活比很多人家的千金大小姐都要过得好，辞少爷几乎满足了她所有的要求，不管合理的，还是不合理的。

“所以，他们很快就恋爱了，辞少爷力排众议，反抗家族的元老，他明确表示过等言小姐毕业之后，就会迎娶她。但谁也没有想到，最终辞少爷会……因为意外而去世了。”

程管家的唇勾起一抹讥讽的弧度：“言小姐在辞少爷去世后，还想着嫁入程家，嫁给辞少爷，可是程家怎么可能接受她这样的媳妇？”

贫穷，出身卑微，一无是处……

程管家的黑眸对上了陆衍的眼睛，有些咄咄逼人地说：“衍少爷，后面的事情你应该不难猜到吧？言小姐没有了辞少爷的资助，活得很艰难，伦敦消费高，所以，她选择了代孕。如果说代孕不是为了钱，我都不相信。她做出了令绝大多数人恶心的事情，那就是代孕。

“辞少爷才去世多久？她就迫不及待地怀孕了，按照程家的规矩，言小姐至少得为辞少爷守身三年！亏得辞少爷那么那么喜欢她。”

陆衍抿紧薄唇，下颌毫无松懈地紧绷着，眉目间的嘲讽格外浓稠。他什么也没说，目光凌厉得似刀剑，原本就没有什么笑意的脸上更是冷到了极致。

言喻可不是因为钱。

陆衍想起夏夏之前对他讲过的那些关于代孕的话，他三两下就逻辑清晰地将所有的线索结合在了一起——

夏夏找言喻代孕，言喻一开始或许不愿意，可是后来，她发现夏夏想要代孕的宝宝的父亲是和程辞长得一模一样的他。言喻开始动心，或许她走不出因程辞过世的悲伤，或许她想要开始一段新的人生旅程。

她想要他陆衍的精子，所以假装接受代孕，然后让护士把夏夏的卵子换成了她的。

小星星就这么被生出来了，是吗？

陆衍的眸光深深，嘲讽的意味越发浓郁。

从那个时候开始，言律师就彻底开始了一段把他陆衍当作程辞替身的人生旅程。她明明和他陆衍结婚，明明生下的小星星是他陆衍的孩子，但在她的心里和眼里，她只是和程辞结婚，只是同程辞生下了小星星。

因为他陆衍，只是程辞的替身。

可怜的替身。

陆衍昨天问过医生，他记住了小星星出院的时间。他看了眼腕上的手表，没有回应程管家，直接下了楼。

他到达的时间刚刚好。小星星刚吃完早饭，林姨正在整理小星星的衣物，而言喻去办出院手续了。

小星星软软地对着陆衍笑，奶声奶气地喊他："爸爸。"

陆衍抿着唇，没像平时那样回应她，他喉结微动，黑眸深深，薄唇抿成了一条线，看起来有些冷然。

小星星眨巴了两下眼睛，圆溜溜的眼睛里似乎有些水雾，她在委屈，伸出去的手还没收回来。

陆衍只顿了下，就走了过去，抱起小星星，他薄唇轻启："小胖妹。"话虽这么说，他的手却有些温柔地抚摸着她的后背。

言喻看到陆衍的时候，没有一点点惊讶，她既然决定离婚，就想着把情绪控制好，不要让自己再受陆衍影响了。她抬起眼皮，瞳仁漂亮，眼尾扬起："出院手续已经办好了，我们走吧。"她看小星星被陆衍抱在怀里，就过去帮着林姨一起提东西。

言喻全程没怎么注意陆衍，所以她一直忽略了陆衍时时控制不住，阴冷淡漠得令人毛骨悚然的眼神。

他们有几天没有回公寓了，房子里一旦没有烟火气息，就容易落灰。林姨回到公寓，就开始忙着收拾卫生。

言喻抱着小星星玩，她现在有些过分担心小星星，隔一小段时间，就想帮小星星测一下体温。

陆衍淡声道："你去休息一会儿吧，把温度计给我，我来帮她测。"

"不用。"言喻微微垂着睫毛。

陆衍没再坚持。两人就这么沉默地待在一起，整整一天。

终于等到晚上小星星入睡之后，言喻还没去洗澡，她拽住了陆衍的衣服，抬起了漂亮的眼眸。

她轻声道："陆衍，我们谈谈。"

陆衍看了她好一会儿，嗓音仿佛来自深渊寒潭般冰冷："好。"他已经猜到言喻会说什么，他的黑眸一眨不眨地盯着她。

言喻的胸口起伏了下，她抿着唇，睫毛轻轻地扑闪着："陆衍，我们这样子，太痛苦了，这段婚姻让我们三个人都感到痛苦，我想，我们还是离婚吧，好不好？"她语气很轻，话也不重。

陆衍有些晕眩，攥紧手指，轮廓分明的脸上都是冷沉，深邃的五官显得凌厉，他紧紧地抿着唇，喉结微动，有些艰涩地说："为什么要离婚？"他声音淡淡，仿佛在安抚言喻，"言言，我们不是在慢慢地变好吗？为什么要突然提出离婚？"

他像在对待无理取闹的孩子，嗓音沙哑又低沉："乖，别拿离婚这个词来发脾气，婚姻是神圣的。"

言喻神色平淡，语气更是平淡："我没在开玩笑。陆衍，我觉得我们走不下去了。"她咬了咬唇，"我什么都不想要，离婚之后，我不会要陆家一分钱，但是，我想要小星星的抚养权。"

陆衍在言喻琥珀色的瞳仁里，看到了自己的影子，他没有吭声，觉得自己的忍耐就快到了极限，他垂在身侧的手，紧紧地攥成了一团，指节苍白，偏偏脸上还要装出一副平静的样子。

言喻提出离婚之后，也沉默下来，转身去拿了睡衣，要去洗澡。和陆衍擦肩而过的时候，她身上独属于她的香味钻入了陆衍的鼻息。

陆衍还是没忍住怒火，言喻这个女人到底有没有心？或者，应该说，她对他从来都不用心。

陆衍太阳穴上的青筋猛地一跳，瞳孔微缩，猝不及防地拽住了言喻的手腕，一用力，将她反剪按在了冰冷的墙壁之上，言喻身上风衣的纽扣和墙壁用力地碰撞出刺耳的声音。

陆衍眼底风暴席卷，他欺近她，压住她乱动的腿，然后手指用力，紧紧地箍着她的腕骨。

那一瞬间忽然传来的疼痛，让言喻毫不怀疑他的确想要拧断她的手腕。

男人的嗓音低沉沙哑，带着压抑：“言喻，收回说要离婚的话。”

他漆黑的眼眸像是深渊大海：“我不允许离婚，爸妈也绝对不会同意我们这样离婚，陆家丢不起人，我也不想再起波澜。”

他眸色一点点地深了下去，阴鸷浮现：“我们的婚姻不仅仅是我们两人的事情，就算我同意把小星星给你抚养……”他顿了顿，语气还是难免带了讥讽，“爸妈也是绝对不会同意的。甚至很有可能，在我们离婚之后，他们会让你再也见不到小星星。这样，你还要坚持离婚吗？”

他大掌用力，言喻的腕骨传来一阵阵几欲碎裂的疼痛。她下意识地皱眉，咬着内唇，眼眸瑟缩。

她就知道小星星的抚养权，没有那么容易解决。那样的疼痛让她清醒，脑海中迅速闪过之前想过的种种方案，再一一排除。

陆衍低眸，继续看着她，慢慢地，他眉间的狠厉消散了些许，漆黑的眼眸也跟着柔了几分。暗沉的灯光在他的脸上打下了一片阴影，明明灭灭。

他松开了她的手腕，抿着唇，伸出手，忽然将言喻搂进怀中。

言喻猝不及防，鼻尖碰到了他坚硬的胸膛，有些疼，她的鼻息之间，都是他身上清冽的气息，格外好闻。

陆衍一点点地收拢起手，眉间霜雪散，若有似无地叹了口气：“言言，你是不是生气那天晚上，小星星发了高烧，我却没能陪在你和她的身边？”

言喻很快摇摇头，有浓浓的郁气积压在她的胸口，她不想再听那天晚上陆衍和许颖夏发生了什么事情。

陆衍似乎并不打算解释，只是抱紧了她。她听到了他胸腔里心脏跳动很快的声音，他说：“我为那天晚上的事情道歉，你原谅我，好不好？”

“夏夏的事情我很快就会解决，而且，接下来我的解决方式不会让你心烦了，言言。”他扯了扯嘴角，似乎觉得言喻很可爱，含笑道，“你怎么像个小孩，不高兴了不主动跟我说，一个人生闷气，还拿离婚发脾气，嗯？”

陆衍喉结滚动，眼底情绪不明，灯光太耀目，刺得人看不清他的神情。他低笑道：“我既然选择了和你结婚，就不会轻易离婚。你乖一些，我会尽力做一个好丈夫、好爸爸的，言言。”

言喻一直愣怔着，对陆衍的反应，像是有些无所适从。

好爸爸和好丈夫？

陆衍的话音落下，他就俯下身，轻轻地在言喻的额头上，落下一吻，他的眼底仿佛有寒光一闪而逝，转眼又温柔似水。

言喻什么话都没说，抿着唇，被他搂在怀里。

陆衍垂下眼睑，注视着她脸上情绪的变化——只有茫然和无辜。他胸口起伏了下，用力一抱，彻底将她禁锢在怀中。

言喻抬眸，淡淡地盯着他背着光的英俊面孔，影影绰绰，她忽然有种感觉，陆衍的胸膛，就像一个铁牢笼，想要永远将她困住。她胸口像缺了一角，空空落落的，很难受。

言喻咬紧牙根，猛地伸手，想要推开陆衍。陆衍却纹丝不动，他就像一堵墙，怎么也推不动。

言喻说："陆衍，你放开我。"

陆衍没有回答，下一秒，男人的头忽然埋在言喻的脖子上。他侧过脸，黑发柔软，薄唇微微湿润，一点点地吻上了她的脖子。温热的呼吸喷洒在言喻的脖颈处，带来了一阵酥麻。

这阵酥麻从脖子迅速流窜到头顶，她的脑袋里一片空白，然后，她咬着下唇，躲开了他的唇。

言喻颤着声音说："陆衍，你是不是疯了？你刚刚听到了我说的吗？我说，我要离婚……"她的话还没说完，陆衍的唇就一下从她的脖颈间，转移到了她的唇上。

他黑眸深邃，几乎看不见底，似乎透露着隐隐的疯狂，他恶狠狠地压了上去，如同狂风暴雨一般肆虐着她，掠夺着她的呼吸。

言喻下意识地开始挣扎，但她所有的挣扎都化成了他的力量，他轻易地制住了她的反抗，仿佛要将她融进自己的身体里。他不知道在想什么，手上的力道越来越大，眉眼跟着阴鸷起来。

言喻瞳孔瑟缩了下，他湿热的舌已经强硬地探入了她的唇齿间，肆虐地扫荡着，言喻深呼吸，毫不犹豫地咬了下去。

陆衍却像是没有任何痛觉一样，毫不介意地吻着。可是言喻的口腔中已经有了浓郁的血腥气，铁锈的味道。

那样的味道，充斥得让她难受。

这样的陆衍，也让她有些害怕。

她狠狠地踩了他的脚，挣扎着把右手挣脱，想也不想用力地推了下他的胸膛，然后毫不留情地将巴掌甩在了他的脸上。

清脆的巴掌声，在寂静的房间中有些刺耳。一切像是有人倏然按下了暂停键，空气凝滞，两人的动作都缓缓地顿住了。

陆衍漆黑的瞳孔一动不动，眼里仿佛笼着一层厚重的雾，什么也看不清，在这样不甚明朗的灯光下，透出几分阴冷和压迫。

他在生气。

言喻的眼睛隐隐泛红，她不想吵架，但眼神里有了火光："陆衍，我说我要离婚，你听到了吗？现在许颖夏回来了，你原先不就想和她结婚吗？"

陆衍眼底的阴云越发凝重，他的手指一根根地收拢，绷紧了嘴角。他沉声说："那言喻，你考虑过我的感受吗？你说想嫁给我，你就嫁给了我，现在你突然说想离婚，你考虑过我的感受吗？"

言喻太阳穴有些疼痛："我考虑过了，这些日子你的举动都说明你的心里还有许颖夏。"她盯着陆衍，忽然有些委屈，又满腔怒意，"在你决定接受我的同时，又对许颖夏好。每一次见面，在你和许颖夏的面前，我都觉得我和小星星才像是外人。"

女人都是记仇的，她以为自己是慷慨的，此刻心却狠狠地揪成了一团。

那些记忆，一点一滴地浮现在了她的脑海中。

"陆衍，你是不是觉得你对我很好？是，你是对我好，可是你有没有想过是出于什么？责任还是爱？你对我好，也是有条件的。我就像一只你可有可无的宠物，当你想起来的时候，就安抚一下；当你有了别的宠物，立马就转身了。

"一遇到许颖夏的事情，你所有的自制力都会丧失。

"许志刚出了车祸，你一得知这个消息，就立马抛下了我，全然忘记了我的脚刚刚受过伤，忘记了我还在你的车上，忘记了那天下着倾盆大雨，我根本回不去。

“许颖夏的父亲住院的那段日子，你比许家的女儿们还要孝顺，你把自己当作许家的女婿了吧？你替他照管公司，你一天到晚都在医院陪床，你还负责照顾许家的女眷！

“许颖夏回来了，你和她毫不顾忌周围人的目光，亲密无间，你带她参加各种活动，帮她铺平了道路，只要有杂志说许颖夏的坏话，你下一刻就会立马收购那家杂志社，但你知道，我嫁给你以来，受到过多少恶意中伤吗？

“你以为自己是个负责任的父亲？陆衍，别自以为是了，你照顾过小星星几次？你以为只要下班回家看着电视，闲下来的时候逗一逗孩子，就是父爱了？你总是在想起她的时候，就对她好一点，其余时间却从来不关心她。那天晚上，她病得那样重，她想要爸爸的陪伴，可你呢？转身就走，奔赴许颖夏那边，我是不是应该告诉小星星，你爸爸抛下你，就是为了去他心爱的女人那里？

“你觉得这些都是小事情，对吗？可是婚姻就是由这样一件又一件的小事组建起来的，也是这样一点一点地坍塌的。”

她说着，鼻尖微微一酸，她咬住下唇，忍住了即将汹涌落下的眼泪。

陆衍听进去了，但他周身的肌肉都紧绷着，眸色深沉，越发冰凉，他攥着拳头，盯着她，他的理智是缺乏的。

他说：“言喻，从你嫁给我开始，你就该知道夏夏对我的意义，她不仅仅是我的前女友，她还是和我从小一起长大的人，我不能对她不管不问……”

“是啊，所以我后悔嫁给你。”言喻打断了他的话，她的眼眸、语气都十分平静，但透出了浓稠的嘲讽，像火辣辣的巴掌又一次扇在了陆衍的脸上。

陆衍漆黑的眼里，跳跃起显而易见的怒火，眼眸沉了又沉，周身散发出冷意，她说她后悔嫁给他。

是啊，她当然后悔了。她只是想嫁给前男友的替身，却没想到这个丈夫会是她前男友的双胞胎弟弟，这样的伦理关系，让她难受了吧。

陆衍心底深处悲哀地想到如果不是程辞，他陆衍还真没机会入言喻的眼。

什么都是因为程辞……

他这辈子，完全活在了程辞的阴影之下。

陆衍骨节分明的手指冰凉，掐住了她的下颌，力气越来越大，他薄薄的嘴唇动了动，嗓音低沉沙哑："可是言喻，我不后悔。"

言喻的眼眸微微睁大。

面前陆衍英俊的面孔上难得透出一丝落寞，他眼底浮冰落下，有不明的情绪上浮，语气平静地说："我现在不后悔和你结婚，所以我不会同意离婚。夏夏的事情过去了，她只会是我的前女友，而你是我的太太。如果你不喜欢我单独见夏夏，以后我会注意的。"

他挑了挑眉梢，唇畔没有什么弧度，垂眸认真地注视着言喻。

"乖，别再提离婚的事情了。"他收了手，不再捏着她的下颌，但终究在她白嫩的下颌处留下了红色的指印，他摩挲着，忽然淡淡地叫了她的名字，"言言。"

言喻睫毛轻轻地颤了下。

他问："你知道当时结了婚，我答应你愿意尝试的原因是什么吗？"他的薄唇，勾勒出了弧度，眼角有细微的纹路，带着笑意，"是因为你的坦诚。"

言喻的心脏像被一只无形的手，紧紧地攥住了，生生发疼。

"你说你没对夏夏说过什么，我相信；你还说你是因为喜欢我才嫁给我，对不对？"

言喻抿唇，什么也没说，目光有些散，微微走神。

陆衍眼底的红色血丝越发明显，眼神如深渊。

又是新的一周。

言喻很早就轻手轻脚地起床了，她想去隔壁的婴儿房看看小星星。小孩子醒得早，言喻推开门，小星星正躺在小床上，黑眸亮亮地盯着天花板看，时不时地伸出肉嘟嘟的手指，玩弄着。

她不知道小星星一大早在开心什么，笑眯眯的，小腿一蹬一蹬的，她正在等着大人过来抱她起床。

言喻眼眸氤氲着笑意，她靠在床畔，轻轻地叫："小星星。"

小星星眼睛一亮："妈妈……抱……"

言喻弯腰，俯身抱起了她，走到桌子旁，伸手拿了温度计，单手抱着小星星，让她乖乖别动，先测量小星星的温度。温度正常，没有发烧。

言喻笑了笑，抱着小星星走到客厅，把她放在地上柔软的毛毯上，然后蹲在一旁，看着她玩。

林姨正在厨房，探出头说："小星星的纸尿布我刚刚已经换过了，现在不用换。"

"好。"言喻答道。

小星星摇摇晃晃地扶着把手，晃到了言喻的面前。言喻笑了笑，说："妈妈想亲亲你，宝贝。"

小星星笑得像个小天使，在言喻的面前，低下头，乖乖地让言喻的吻落在她的额头上，她的笑声如同清晨的鸟叫一般清脆动听。

没过多久，陆衍也起床了，他换好西装，骨节分明的手上拿着领带，他看到言喻蹲在小星星的旁边，也跟着蹲了下来。

小星星二话不说，吧唧一下，甜甜的吻落在陆衍的侧脸上，她还钩住了爸爸的脖子，一副爸爸的小甜心的模样。

就在小星星吻住陆衍的同时，陆衍一瞬间偏过头，凉凉的薄唇落在言喻的脸颊上。言喻有些愣怔，没有反应过来。虽然只是一下下，但他的气息牢牢地笼罩着她。

他淡笑道："吃早饭了，等会儿我送你去上班。对了，你的驾驶证差不多该到了，过段时间，你还得去领司考证。"之前陆衍送给言喻的那辆沃尔沃，还在停车场停着呢，没有动过。

言喻抬起眼皮，陆衍已经抱起小星星，走向餐桌。林姨主动接过小星星，说："你们快吃饭吧，别等会儿迟到了。"

吃完饭，两人去上班，其实并不顺路，但陆衍还是要送言喻。

言喻上车的时候，直接往车后座坐了下去。陆衍打开驾驶座的门的时候，忽然瞥了眼副驾驶座，眸光凉凉，眉梢的讥讽一闪而逝，他之前似乎的确不让言喻坐在副驾驶座吧？

上班时间，道路上永远是拥堵的，车速缓慢。

一路上，车厢里都有些沉默，陆衍原本就不是话多的人，言喻又不说话，只余下空气静静地流淌。陆衍抿着唇，皱了眉，前面还是红灯，他手机屏幕亮了一瞬间，他随意地瞥了过去。

是特助发来的调查信息。

只要有了方向，只要程家愿意，想要查到程辞和言喻的过往，再容易不过了。

他单手点开屏幕，照片缓慢地加载着，灼烧着他的心，怒意是燎原的，膨胀的，澎湃的，但他的表情又是深不可测的平静。

照片里的言喻，是他从未见过的言喻，笑得单纯，笑得天真。

有一张照片里的她似乎喝醉了，在深长的夜色里，慵懒地靠在程辞的怀中，周围的光线，明晃晃地照在她的脸上，落在她的眼睛里。她脸颊嫣红，娇嫩得似是春天的樱桃。她笑得眼睛弯弯，带着天真可爱，让人心软得一塌糊涂。

陆衍下意识地抬眸，瞥到了后视镜中的言喻，依旧美得惊心动魄，依旧让人心软得一塌糊涂，但是，她的表情是淡漠的，侧脸线条是冷淡的。她昨天晚上还向他提出离婚的请求，但她会哼哼唧唧地磨蹭着，对程辞撒娇。

陆衍攥紧手指，胸口仿佛被火灼烧着。他微微眯起眼眸，眼里一派冰凉，恍惚中，他甚至以为照片中和言喻那样亲密的人，是他。

周一总是格外繁忙，言喻忙碌了一个早上，记录会议笔记，分发材料，跟着秦让去了趟看守所。秦让已经接下了程家的委托，但这件事，言喻全程没有参与，她也没问过任何相关的问题。

秦让看了她一眼，问她："还记得上周答应了秦南风的事情吗？"

言喻记得，她笑了笑："是这周末对吗？"

秦让微微扬了扬下巴，眉眼含笑："是，他从上周就开始兴奋了，我这周末要出差工作，那天只能麻烦你了。"

"没关系。"言喻拿完东西，退出秦让的办公室。

秦让看着她的身影消失在门口，眼底的笑意缓缓地退散。他低眸，看着桌上的一堆材料，是程管家送来的。

程管家将资料整理得很齐全，陆衍和程辞是双胞胎，陆衍是言喻的丈夫，程辞是言喻的……前男友。

程管家看不起言喻，因为在程管家眼里，程辞死后，言喻没有一辈子守着程辞，所以言喻就是水性杨花；又因为言喻的丈夫是和程辞长得那样相像的陆衍，所以，言喻就是不知廉耻。

秦让抿紧了唇，深邃的眼眸里浮动着未知的情绪，眉眼如清风，有些冷然。难道，另一半死了，活着的那个人就该一辈子走不出去，或者结束生命吗？

秦让眼底嘲讽深深，薄唇似锋利的刀片。那样的人才是最愚蠢的，最不值得的，最没有责任感的。

他缓缓地收拢起手指，想着那一年，他强硬地撞入公寓门，只看到一个小男孩摇摇晃晃地站在卧室门外，撕心裂肺地哭喊着，眼睛红肿，涕泗横流，声音都哑了，只会喊：“妈妈，妈妈……”

而当他撞开卧室门之后，那人已经安安静静地躺在床上，穿着漂亮的婚纱，容颜恬静，身体却早已冰凉，停止了呼吸。而地板上、床头上，是到处散落着的安眠药。

小男孩抓着她的手，不知道自己的妈妈已经离开了，趴在她的身上，寻求着慰藉，委屈地抽泣着。和她比起来，言喻也遭遇了最爱的人的离去，或许也想过轻生，但言喻还是选择了继续生存。人生再艰难，也得坚持。

秦让站起来，往外面走去，他要去倒咖啡，却在路过言喻办公桌的时候，不自觉地瞥了她一眼，他的眼里闪过了一丝惊羡。

那边认真工作的女人穿了一身红色的温婉职业套裙，勾勒出美好的身体线条，皮肤白净，睫毛低垂纤长，耳朵晶莹，头发散落的样子格外温柔。

他忽然想，这还真是便宜了陆衍，陆衍那个男人，是不会懂得珍惜她的。

言喻下班，下了电梯，一出公司大门，就看到了陆衍的车子停放在那儿。他看到了言喻，微微地降下了车窗，扬了扬唇，示意她上车。

言喻一上车，就发现车里有一束玫瑰花，水珠滚落，鲜艳欲滴。

陆衍淡淡地说："这是送你的花。"

言喻淡声道："谢谢。"她只瞥了眼，就没再注意了，心里想的都是工作上的事情。

陆衍问她："今晚我有应酬，你和我一起去吧？嗯？"

言喻看了他一眼，轻声道："我不去了，你去吧。"

陆衍也没多问，言喻垂下眼睫毛，总觉得哪里奇怪，心中有着隐隐的害怕，指尖寒意凉凉。但她心里很清楚，她必须和陆衍离婚。

可是陆衍不同意离婚，如果她非要离，一是等到夫妻分居两年后，还有就是她抓到陆衍背叛婚姻的证据，然后向法官证明，他们夫妻关系破裂，她请求离婚。如果顺利的话，法官会考虑小星星才不到一周岁，她有稳定的工作收入，陆衍又对婚姻不忠，很有可能会把小星星的抚养权判给她。

但如果陆家给法官施压，给舆论施压，结果就不一样了。想到这里，她睫毛颤了颤。

车子停在公寓楼下，言喻下车，陆衍也跟着下了车。言喻抬起眼眸，刚想问他，他就俯身，托起了她的脸，手冰冰凉凉的，像是把玩，眉眼不动，没有任何的情绪波动。

又是一个不带情绪的吻。言喻要推开他的时候，他已经站直了身体，微微笑着，低沉道："我今晚会早点回来。"他说完，重新回到了车上，启动车子，应酬去了。

说应酬，其实是开玩笑的。今晚的聚会，就是一群稍稍有所成就的富二代的聚餐，也是因为有个富二代归国了。

陆衍推开了门，黑眸冷淡，没多少兴致，随意地打了个招呼，一抬头便看到了傅峥。傅峥让开了一个位置，让陆衍坐下。傅峥的旁边是季慕阳，季慕阳这人，懒懒散散的，没什么状态，也没打招呼。

陆衍也没说话，只倒了几杯度数适中的果酒，慢慢地浅酌着。

傅峥笑着问："怎么了？喝闷酒？"

陆衍还没说话呢，季慕阳就道："阿衍现在大概是愁着该怎么甩掉原配，然后和夏夏结婚吧。”陆衍勾了勾唇，没回应他。

傅峥笑：“别乱说话啊，季慕阳，小心阿衍生气，带你玩牌，输得你哭爹喊娘。”

季慕阳这人嘴贱，眉目间流淌着讽刺的意味：“也小心阿衍后面后悔得哭爹喊娘，我说吧，他要是想离婚就尽快离，要是不想离婚，把夏夏放一边好吗？差点就以为他要享齐人之福了。”他说着，长腿交叠，下巴微扬，笑容讥嘲。

傅峥无奈，夹在两个人之间似乎有些为难：“季慕阳啊，你怎么这么八卦？人家夫妻的事情，你干吗那么八卦？”他不等季慕阳回答，就转移了话题，不再说婚姻生活，而是说起了今晚的主角薄城。

等到派对的气氛开始热烈的时候，季慕阳被几个富二代带走，去舞池里和美女们蹦迪去了。

陆衍修长的手握着酒杯，玻璃折射出光泽，他的手轻轻地转换着玻璃杯的角度，酒杯里的酒液清澈，而他的目光专注，侧脸淡漠。他语气似是有些阴冷地说：“阿峥，你说，如果有人欺骗了你的感情，你会怎么做？”

傅峥的眉心跳动了下，他蹙眉，陆衍说的不是许颖夏就是言喻，无论是谁，都不好。他刚想劝慰，陆衍却已自顾自地开口，淡漠地说：“阿峥，你只要告诉我，如果是你遇到了被欺骗感情的情况，你会怎么办？”

傅峥的喉咙口像是堵住了什么，半天说不出话，最终叹气，蹙眉，他没遇到过这种情况，但想想，如果是他的太太欺骗了他的感情，那他一定会拼尽全力，和她同归于尽。

陆衍明白傅峥的意思，他薄唇掀了掀，说：“我就是不甘心。”而这不甘心里还多多少少夹杂着不舍。

薄城不知道什么时候听到了，他探身拿了一杯酒，也坐在了陆衍的旁边，一饮而尽，凉薄道：“不甘心还不简单，最好的办法，就是让她对你动了真感情，然后你再狠狠地抛弃她。最好是，夺走她最珍贵的东西。”

陆衍抬起眼皮，侧眸，笑了，神情淡然，和薄城轻轻地碰了碰杯子。

晚上十点左右，陆衍喝得有些晕，果酒还是有度数的，但他还是清醒的，刚想回家，薄城就拿起他桌面的手机，点开，问：“让你伤心的女人是哪个？”

他挑眉，笑得不怀好意：“陆少，你知道怎么最快让女人心动吗？就是另一个你。你平时太冷漠了，但是喝醉之后的你，可以是热情似火的。”

陆衍骨节分明的手指捏了捏太阳穴，有些疼。

薄城点开最近通话记录，发现一个陆衍主动打过几次，但没有任何备注的号码：“是这个？难道是你的太太？我之前看新闻说你结婚了。”

陆衍冷嗤一声。薄城又问：“难道是你的太太提出离婚？”闻言，陆衍没什么表情，薄城却像是什么都明白了一样。

电话已经拨通了，陆衍蹙眉要去抢，薄城站起来，包厢里歌声喧哗，嘈杂得很。薄城等电话一接通，就笑着道：“你好，陆衍喝醉了，回不去了，你方便过来接下他吗？”

言喻接电话的时候，还有些愣怔，听明白了之后，她抿唇：“不好意思，不太方便，我让司机过去吧。”

薄城笑意更深地说：“怕是不行，他现在不肯走，就趴在沙发上，哼哼唧唧的，他说他想见……你。而且阿衍身体不太舒服，喝醉了待在这里也不太好吧？也好，我就让酒吧的人包下这个包厢，让他继续睡吧。”

言喻沉默了下来，不知道该说些什么，因为那人说的一点都不像是陆衍。言喻冷淡地抿唇，微微垂下眼睑。最后，她终究还是换了衣服，去了短信里说的那个酒吧。

她一推开门，就被镭射灯和远光灯照射得微微刺眼，人声沸腾，只有几个人注意到了言喻。那几人眼睛一亮：“哪儿来这么正的妞？酒吧新来的货色？”

“可能是，大家都别跟我抢啊，我要了这个妞。”

他们跃跃欲试，结果，眼睁睁地看着言喻走向了靠在沙发上假寐的陆衍，陆衍神色冷淡，线条冷硬，闭着眼，薄唇是冷冽的。

言喻站定了，陆衍忽然睁开了眼睛，黑眸里有着淡薄的雾气，有酒意，因为眼神的淡然和一瞬间的茫然，以往的冷冽竟然消逝了不少。他是真的醉了，不太舒服，刚刚薄城跟疯了似的，灌了他不少酒。

言喻问他：“你还好吗？头疼不疼？”

陆衍蹙眉，低声答道：“疼。”

“不是跟你说了，不要喝酒吗？陆衍，你的身体你要自己注意。”

“嗯……”陆衍轮廓清冷，不知道想到了什么，居然低低地笑了。

那几个富二代看得目瞪口呆啊——这还是传说中大杀四方的陆少吗？当然了，这些称号都是大家乱叫的。不过，陆衍平时的形象的确不是这样的，今晚喝了点酒，就开始做作了起来？男人一撒娇，还真没女人什么事了。

陆衍倒不至于撒娇，只是显得听话。言喻微笑着让他走，他就走。

言喻早就叫好了代驾，她低声让陆衍交出车钥匙，递给了代驾，磕磕绊绊地上了车，车子启动，两人谁也没有看到不远处酒吧门口，站立着季慕阳。他懒散地靠着门框，不知道在想着什么。

代驾开车很稳，很快就到了公寓楼下，两人乘电梯上楼，就在公寓的门口，陆衍忽然抱住了言喻。

他的身上有着清淡的气息，他咬上了她的唇，像是上瘾了一样，低低地纠缠着，缱绻着。

“言言？”他含混不清地说，“我最讨厌别人欺骗了。”

言喻没说话，她的思绪被他的吻，吮吸得隐约空白。

他低垂着眉眼：“程管家来找我了，想让我回去，代替那个程辞。可是他不知道的是，我这个人，这辈子，最讨厌的就是当替身了。”

言喻皱着眉头，心里一瑟缩，顿时感到寒意森森。他嗓音很轻柔，有些慢腾腾地说：“特别是程辞的替身。”

言喻猛地抬眸，撞入陆衍的眼眸里，他眼眸里没有几分情绪，在这样的夜灯下，明晃晃的，有些温柔。他抿着唇，还真的透出了点刚才电话里那人所说的，哼哼唧唧地撒着娇的样子。

他低眸注视着言喻，但言喻还是什么都没说。

陆衍也不知道他在期待着什么，只觉得巨大的无形的落寞笼罩住了他。他喉结无声滚动，懒散地趴在言喻的肩膀上，神情冷冽。

空气里都是酒精的气味，但并不难闻。

陆衍说："等这段时间忙完，我们补办婚礼吧。"她微微睁大了眼眸。

陆衍笑了笑，声音低沉，如同大提琴一般优雅醇厚，他勾了勾唇，闭上眼睛，说："你不想办婚礼吗？"言喻没有回答，她垂下了睫毛。

陆衍淡声说："但我想给你，一个婚礼。"

陆衍半醉半醒，倒是挺黏人的，言喻扶着他，进了公寓，让他乖乖地坐在了沙发上。他靠着沙发背，微微扬起头，下巴的线条流畅，微微合眼，睫毛纤长。

灯光落下，笼罩着他的脸庞，泛着细微的光泽。酒后的他倒是褪去了清醒时的冷冽，透出了浓浓的少年感。

小星星已经睡着了，林姨也睡了，言喻就自己去了厨房，弄了醒酒汤端过去。她把汤放在了桌面上，转身，微微弯腰，轻声道："陆衍，把醒酒汤喝了，以后不要再这样喝酒了。"

陆衍挺听话的，一下就睁开了眼睛。他的眼眸里布满了红色血丝，他有些疲劳，眼神微微显得茫然。他坐直身体，言喻递给他醒酒汤，他就接过去，安安静静地坐着喝光了，然后抿唇，抬起眼眸，盯着言喻。

言喻垂眸看他，忽然有些想笑，陆衍这样，是想要求表扬吗？她盯着陆衍的五官看，又有些走神，他这样和小星星很像。

小星星的五官本来就更像他，修长干净的眉毛，漆黑的眼眸，只是平时的小星星喜欢笑，但陆衍总是冷漠，所以，乍一看，两人的神态并不相似。而现在，喝醉了的陆衍收起了以往的冷淡，漆黑的眼眸里有隐隐的水汽，像是星空之中飘浮起了雾气。

两人真的很像。

言喻心湖有些柔软，一直板着的脸上，也不禁浮现了淡淡的笑意。偏偏陆衍还是看着她，一动不动的，薄唇轻轻地抿着。客厅里只开了一盏落地灯，灯光昏黄，一点点泛起了怀旧感，他的黑发在这样的灯光下，透出了软的光泽。

言喻手指蜷曲了下，摸了把他的头发。她忽然觉得陆衍好像一只等着顺毛的宠物狗，刚想着，这只宠物狗忽然抱住了言喻的腰。他的脸颊就贴在她的小腹上，却什么也没说。气氛莫名显得格外柔情。

言喻眨了下眼睛，睫毛颤动，她说："陆衍，你现在得去洗澡了。"

陆衍洗澡的时候，言喻就在卧室整理衣服，现在要换季了。她刚刚帮小星星整理换季衣服的时候，才整理了一点点，就接到了电话，让她去接陆衍，现在正好把剩余的衣服叠好。

但等她收拾好了，浴室里还是没有任何动静，言喻的眉间有了轻微的褶痕，她走了过去，站在门外，轻轻地敲了敲门。

"陆衍？"她的手顿住，里面仍旧安安静静的，一点声音都没有。言喻眉头的痕迹越发深，她曲起手指，继续敲了敲，仍旧没有回应。

言喻犹豫了好一会儿，胸口轻微地起伏了下，细白的手指轻轻地拧了拧门把手，没想到，一下就打开了，陆衍根本没锁门。

她走了进去，宽敞的浴室里，灯光明亮，空气中散发着幽香，灯光下，摆放着一个白色的浴缸，浴缸旁边有着香氛。而浴缸里，正躺着陆衍，他闭着眼睛，靠在了浴缸边缘，居然就这样睡着了？

浴缸里的水纹映着浴室的灯光，光泽明亮，还有隐约的热气从浴缸里冒了出来。

言喻犹豫着要不要过去："陆衍？你睡着了吗？"陆衍还是一动不动的。

言喻深呼吸，只能走过去，她总不能放任陆衍今晚躺在浴缸里睡觉吧，否则他明天早上肯定会感冒，受累的还会是她和小星星。

因为正在泡澡，陆衍全身上下没有任何的遮掩，他身体的线条流畅，肌肉紧致，轮廓分明，有水珠从他的脖子上往下滚落，滑过了线条起伏的胸肌，再滚落在腹肌上。

言喻控制着视线，不再往下看。她蹲下来，伸出手，轻轻地拍了拍陆衍的脸，轻声叫他："陆衍。"陆衍眉头微皱，鼻梁英挺，薄唇紧紧地抿着。

言喻继续叫，手上的动作稍微加大了些，刚想再拍，男人忽然睁开了眼睛，那双漆黑的瞳仁，就和她的琥珀色双眸对上了。他的黑发已经湿透了，水正顺着他凌厉的脸颊轮廓，一点点下落。

他眼睛一眨不眨地盯着她，明明喝了醒酒汤，不知道为什么眼里还是有着不清醒的醉意。

言喻抿唇，刚要收回手，他却猛地握住她的手，骨节分明的大掌毫不犹豫地将她的手，包裹在手心中，缓缓地收紧。陆衍的眼睛里映着灯光，还有水光，微光冷然，像是落满星星的夜幕。

言喻挣扎了下，想要收回手，却纹丝不动。她问他："陆衍，你是不是还醉着？"

陆衍喉结微动，没有回答她的问题，安静了好一会儿，薄唇微扬，视线下移，笼罩在她光泽分明、颜色诱人，透着香气的红唇上。

他动了动薄唇，眼尾扬起，浮现出浅浅淡淡的笑意，他说："我想吻你。"他说完，就直接吻上了她的唇，有些迫不及待。

言喻觉得这几天的陆衍很喜欢接吻，他的喉结上下滚动，透明的水珠从性感的喉间滚过，每到一处都留下了暧昧的痕迹。他单手搂住她的脖子，另一只手遏住她的下巴，在她湿润柔软的唇上缱绻着。

言喻想也不想地要推开陆衍。

陆衍近距离地盯着她的眼睛，贴着她的唇，安静道："就吻一会儿，好不好？"言喻心里有什么东西塌陷一角，她有点招架不住这样温柔得像个少年的陆衍。

两人的呼吸纠缠着，好一会儿，才彼此气喘吁吁地松开。

陆衍吻住了她冰凉的耳垂，温热的触感，让她稍稍起了鸡皮疙瘩。下一秒，陆衍就笑了，声线干净："你怎么那么像甜甜的果酒？"他说完，稍稍推开了言喻，然后，毫无羞耻心地直接站了起来。

言喻怔了怔，抿紧红唇，抬起眼眸。

虽然两人早已经做过更亲密的事情，但她的耳尖还是稍稍热了些许。言喻咬牙："陆衍，你为什么不告诉我一声就站起来了？"

陆衍的眉眼有些无辜，他挑了挑眉，任由水珠滚落，还往前离言喻近了几分，他低哑了好几度嗓音："有点难受……"言喻毫不犹豫地站了起来，转身出了浴室。

身后，传来了男人暧昧低沉的笑声，一丝一缕地钻入言喻的耳朵中。所以……陆衍根本没醉吧？

接连好几天，言喻上下班都是由着陆衍接送。

周五，言喻早晨起来，就发现自己突然提前来了“大姨妈”，估计是因为最近一段时间工作太忙，心理压力又大，所以才会乱了经期时间，不过也没什么大事，就是小腹有些隐隐的坠痛感。

她洗漱完，换了套装，抬眸看到镜中的自己脸色有些苍白，她拍了拍水乳，在上妆的时候，特意多打了点腮红，再用刷子轻轻地扫开，晕出红润的脸色。

天气又冷了，小腹坠疼，言喻就没穿裙子，而是穿了铅笔裤，搭配衬衫。铅笔裤不比裙子，裤子紧紧地贴着人的身体曲线，裹得紧紧实实，比裙子更考验人的身材，一点点小瑕疵，都会格外明显。

言喻在穿衣镜前照了几下镜子，转眸就从镜子中看到了站在她身后的陆衍，陆衍眸色深了几分，靠在了门框上，有些懒散地盯着她看。他的目光落在她的臀部上。紧身牛仔裤勾勒出紧实漂亮的弧度，臀部挺翘，弧度优美，每一寸都格外吸引人。

他什么也没说，就是盯着她，勾唇笑，像是在把玩，又像是在欣赏，又或许是在流连，是属于男人和女人之间的暧昧游戏。

吃完早饭，两人下楼，到了停车场，陆衍解开车锁之后，言喻还是和往常一样，往后车座上坐。陆衍挑了挑眉，喉结微动，也没说什么。他安静地开车，目视前方，但余光时不时地注意后座的言喻，尽管言喻打了腮红，但是还是透了几分苍白，她的双手会无意识地按压一下小腹处。

陆衍眉目微微顿了顿，他垂眸看了下手表，时间还早。稍微绕了下路，他轻描淡写地对言喻道：“我去买个东西，你在车上等我，我很快就回来。”言喻看了下时间，因为还有空闲，就没跟陆衍计较。

陆衍将车停在了一个便利商店的旁边，他下车，高大修长的身影走进了便利商店，一会儿之后，他走了出来，打开后座的车门，俯身弯腰，递给言喻一个袋子，另一只手上是一个保温杯。

他拧开保温杯，里面是红枣枸杞，水汽散发。

他动了动唇，淡淡道：“刚刚我在超市买的，让里面的售货员帮忙冲泡的，你现在不舒服，可以喝喝看。”言喻垂眸，下意识地瞥了眼袋子，袋子里的东西是暖宝宝和红糖。

她愣了片刻，盯着从保温杯里散发出来的水汽，有些走神，因为陆衍离她太近了，近到她的鼻息之间都是他身上须后水和香水的味道。这两个味道现在都有些熟悉，以前，陆衍用的似乎并不是这种带了清香气息的东西。

言喻想了下，忽然意识到这应该都是她之前挑选的，她把须后水和男士香水放在了卫生间，但是之前的陆衍从来不曾用过。过了好一会儿，她才回过神来，脸颊有些烫。

她没想到陆衍会突然用她给他买的东西，也没想到陆衍会细心地发现她来大姨妈了，更没想到陆衍还会这样细致地照顾她。

陆衍的眉眼没有半点起伏，他将保温杯递到言喻的手里，薄唇轻扬，交代道："要是到了公司，你还不舒服，你就贴个暖宝宝；当然，如果实在不舒服的话，最好是请假回家休息。"陆衍交代完，就回到了驾驶座，重新启动了车子，往律所的方向开去。

黑色的车子很快就停在了律所大楼下，言喻下了车，陆衍的唇畔噙着一抹笑意："等下班的时候，我再来接你。"

秦让的车子就在陆衍的车子后，他下车的时候，陆衍的车刚好离开。秦让几个大步，就走到了言喻的身后，他眉眼淡然，眼眸里含着浅笑："早上好。"

言喻也笑："早上好。"

电梯里，两人并排站着，秦让的侧脸轮廓矜贵冷淡，他侧眸，看了下言喻，似笑非笑地说："最近一段时间，你们夫妻的感情还不错。"他用的是陈述句。

言喻抿着唇，不知道该怎么回答他。秦让低笑了下，说："我没别的意思，好好珍惜婚姻，言喻。"言喻垂在身侧的手指轻轻地蜷缩了下。

他说完，就不再说其他的话，等电梯门一开，就迈开长腿，率先离开。

因为小腹胀痛，言喻一整天强打着精神工作，接待了几个当事人，又参加了法律援助，下班的时候，显得有些疲惫。

秦让拉着行李箱从他的办公室里出来，他看到言喻的脸色，微微皱了眉头，绷紧唇线：“你不舒服吗？脸色怎么那么差？”

言喻抬头笑了笑：“我没事。”

秦让说：“我今晚就要出差去了。”

言喻下意识地看了看他的行李箱，想也知道，里面装的应该会是满满的一箱子卷宗材料，她嘴角的弧度扬了扬：“放心，我记得幼儿园开放日，我会记得去的。”

秦让没点头，也没说话，他淡漠的眼神落在了言喻没有关上的包包里，看到了红糖，这才明白她的脸色惨淡是怎么回事。他有些不自在，也不知道说什么，沉默了一会儿，淡淡道：“你好好休息吧，周末愉快。”

第二章
我给你补上婚礼，好不好

秦让走后没多久，言喻也收完了东西，坐电梯下去，电梯门一开，她在大厦大厅里看到了熟悉又陌生的女人身影。

许颖夏穿着白色的裙子，当季新款，勾勒出她美好的身体线条，她就那样站着，就是一道亮丽的风景。言喻却像是什么都没看到一样，绕过她，朝外面走去。

许颖夏从后面叫住了她：“言喻。”言喻脚步不停。

许颖夏的嗓音大了几分：“言喻，你为什么要跟我抢陆衍？”

这栋大楼里，还有其他公司，现在正是下班时间，人来人往，有不少人认识许颖夏，他们从许颖夏的嘴里听到了陆衍的名字，难免多看了言喻几眼。

言喻深呼吸，加快了脚步。

许颖夏却从身后追赶了上来，她大约怕丢人，走上来了，才急匆匆地道：

“言喻，你为什么要骗我？你骗了我好几次，当初代孕的时候，你用了自己的卵子，为什么不告诉我？还有，你当年明明告诉我，你不喜欢阿衍！你现在都忘记了吗？”

她语气越来越急，鼻音也越发地重，她觉得委屈：“言喻，你怎么这么健忘，你一下就忘记你的前男友了吗？你忘记程辞了吗？你有没有想过，如果阿衍知道你把他当作替身，他会怎么样？”

言喻一直沉默地听着，听到程辞两个字的时候，她胸口起伏了下，终于忍耐不住了，她猛地转过身，死死地盯着许颖夏。“程辞”两个字就像是一把剑，刺中了她柔软的心。

“你怎么知道？”

许颖夏咬着下唇：“我去查的，我知道你有深爱的前男友，也知道你的情况，不然你以为我会轻易地让你代孕吗？”她说着，忽然有了几分咬牙切齿，一双黑眸却是水润动人，泫然欲泣，“可是你居然对我耍心计，利用我，生了一个你和阿衍的孩子，言喻，你太过分了。”

言喻勾了下嘴角，有些浅浅的讥讽：“许颖夏，那你不过分吗？当初是你缠着我要代孕的，也是你不让我有安宁的生活，更是你自己的懦弱和自私，才造成我和陆衍的婚姻。”

许颖夏眼底浮现了浅薄的恨意：“这几天你跟阿衍说了什么，为什么他对我这么冷淡？”

言喻眉心重重地跳了下。

“言喻，做人不能太过分，我都没让你离婚，没让你把阿衍让出来，我只是偶尔想和他在一起，你却连这个权利都要剥夺！我一定要告诉阿衍，你一直爱的人只有一个，那就是你的前男友程辞，你根本不爱阿衍，却一直在对他撒谎。言喻，你就是一个满嘴谎言的坏女人！等我揭开了你的真面目，我倒要看看你是怎么被阿衍抛弃的！”

许颖夏的声音像炸弹一样炸响，言喻的耳畔回响着“满嘴谎言”四个字，她垂在身侧的手紧紧地攥着，眉眼落满了霜雪，看起来有些冷漠。

言喻的指甲掐入了肉中，传来了阵阵痛疼。

许颖夏终于看到言喻神情的破败，她扯了抹笑容，和平时的干净不同，居然有些恶毒，她道："言喻，你也害怕被阿衍抛弃啊？我还以为你什么都不怕。但我想告诉你的是，其实干干净净地离婚，你还可以找到更好的，阿衍并不爱你，你们这段婚姻太勉强了，只会伤害更多的人。"

她盯着言喻的神情看："你是不是担心小星星啊？你是为了小星星才嫁给阿衍的？你怕你离婚了，就抢不到孩子，是吗？"她唇畔的弧度越发地大，"言喻，你应该清楚，你无父无母，就是一个孤儿，工作又还在实习期，你根本没有机会抢到孩子的抚养权。"

言喻的脸绷得很紧，卷长睫毛下是琥珀色的瞳仁，仿佛落满了冰雪。但她心头跳跃的火苗，怎么都不肯熄灭下去。

言喻的眼眸里浮冰沉沉，她绷紧了嘴角，盯着许颖夏看，冷笑道："许小姐，不要轻易地攻击别人的身世，别人的父母。"她意味深长，眸光渐深，"你在许家这么多年，难道就没意识到哪里不对劲，或者有什么奇怪的地方吗？你可以再想想你爸爸请了秦让律师，是为了什么。"

言喻清晰地看到许颖夏有些发白的脸色。

其实这么多年，许颖夏怎么会没有一丁点儿察觉呢？

言喻抿了抿唇，唇线薄薄，声音没有一丝温度："你要是想告诉陆衍，程辞和我的事情，你就去吧。"

言喻深呼吸，咽下了喉咙里的怒意："只要你不怕惹怒陆衍。他有多不喜欢程辞，多不想听到这个名字，就算你以前不知道，但最近隐隐约约的风波闹了起来，你也应该感受到他的情绪了吧。"她说完，看也不看许颖夏，直直地走出了大楼。

许颖夏深吸了一口气，咬紧了牙关，眼底是愤然。她有些无力，只觉得言喻越来越坏，越来越难对付，就像没有软肋一样。凭什么，凭什么！当初是她把阿衍让出去的，是她觉得言喻可怜，是她施舍的，言喻能嫁给阿衍，都是因为她许颖夏的善良。可是现在呢？言喻不仅欺骗她，还一点都不懂得知恩图报。

许颖夏的后背一阵阵发凉，法斯宾德不肯放过她，阿衍在慢慢地远离她，如果许家……许颖夏攥紧了拳头，眉心一跳，紧紧地咬住下唇。

当务之急不是去研究自己和许家真正的关系，也不是研究爸爸想要做什么，而是要牢牢地抓住阿衍。但牢牢抓着阿衍的前提是，她必须打败言喻。

言喻看似强硬，但也不是完全没有软肋的，做母亲的人，都会心疼孩子吧？有什么办法，可以让言喻主动和阿衍离婚呢？

陆衍傍晚接言喻的时候，把车子停在公交站台旁边，言喻走过去，远远地就看到了陆衍的车子。

“大姨妈”时期的心情原本就不怎么好，刚刚又和许颖夏吵了一架，言喻神情冷淡地上了车。

陆衍修长的双手握着方向盘，动作不紧不慢地朝后视镜瞥了眼，嗓音淡雅：“肚子还疼吗？心情不好？”

言喻没有回答，她沉默了好几秒，转眸看着窗外不停倒退的风景，淡声问道：“陆衍，你怎么处理法斯宾德？”

陆衍没想到言喻会问这个问题，他的手指紧了几分，嘴唇抿出了浅薄的弧度，声音低沉喑哑：“没什么，我只是告诉他的法国领导一些他的私人事情。”他说得云淡风轻，却是一下就将法斯宾德的后路都给堵死了。

言喻垂下眼睫毛，指尖颤了颤，眉心微皱，莫名地担心陆衍的举动会惹怒法斯宾德，这样的暴徒受了刺激后，很有可能会不择手段地报复。

言喻收回视线，目光忍不住落在驾驶座上的陆衍的后背上。她想起刚刚许颖夏说，最近一段日子陆衍正在疏离她。言喻蜷缩了下手指，她的确没想过陆衍也会说话算话，明明是纠缠了那么多年的小青梅。难道他会因为她的介意，而真正地选择放弃吗？

陆衍仿佛背后长了眼睛，一下就感觉到了她的注视，他修长的手指轻轻地敲了敲方向盘，含笑低声问：“怎么了？”

言喻的眼眸有些滞住：“许颖夏的事情解决了吗？你这几天都没去找她……”

陆衍抿了抿唇，漆黑的眼底有什么东西浮沉了下，他垂下了眼睑，叫人看不清他的神情，沉默了好一会儿，才淡然道：“差不多解决了，过几天夏夏就会出国比赛了。”

“是吗？”言喻淡然地重复道。

陆衍抬起眼睑，嗓音没什么温度，低低凉凉：“当然，你别想太多了，我答应过你，就一定会做到。”言喻没再说什么，继续散漫地看着窗外，瞳孔发散。

过了好一会儿，她才发现，陆衍并没有带着她回家，她回过神，问他：“我们去哪里？”

陆衍勾唇淡笑：“去玩。”

车子最终停下的地方是一家私人酒吧，只对一部分人群开放，言喻几乎是被半强迫着进去的。陆衍低低地嗤笑道：“是你那天晚上看到的那些人，不过没有那么多人，大家就是随便聚一聚。”

卡座里落座的人几乎是陆衍一同长大的发小，谁也没有料到陆衍会带着言喻来玩。不过既然带了，几人就开始起哄，笑嘻嘻地喊言喻：“嫂子。”

言喻抿着唇，笑意淡然，灯光落在了眼里，微微刺眼。

陆衍让言喻坐在了他的身边，酒吧已经开始了夜生活，音乐声震耳欲聋，灯光闪得人不自觉地眯起了眼睛。

薄城看到言喻，挑了挑眉头：“哟，今晚两人一起出来玩啊？”

陆衍勾了勾嘴角，靠在了椅背上，眼里微微暗沉：“是啊。”

然后陆陆续续有其他人进来了，好几个看到陆衍的身边亲密地坐着一个女人，再一看这女人他们都不认识，嘴就贱起来了：“衍哥，换女人了呀，嗯？”

“这一次的美女不错。”

“够正，不过，你就不怕嫂子知道吗？”

陆衍脸上的表情没有几分变化，他薄唇掠过嗤笑，仍旧搂着言喻纤细的腰，感觉到了言喻僵硬了一瞬的身体。

旁边有人立马伸手握拳撞了下那几个不知道分寸的人，说：“什么美女、正妹啊，这是嫂子，真嫂子！真的！”那几人才意识到自己嘴上没把门的，说错了话，挠了挠脑袋，插科打诨地喝了一杯酒，算是过去了。

不过这么一闹，倒是让所有人都确认了两件事——衍哥的太太是真的和传闻中不一样，的的确确是个大美人；衍哥开始在意他的太太，把她照顾得妥妥帖帖。

言喻一开始比较安静，但是坐了一会儿，发现陆衍不会让她先回去之后，也不再要求什么了。因为言喻傍晚没吃东西，陆衍叫来了服务生，让他们的厨房帮着做了一份蔬菜粥。

服务生有些为难，这里是酒吧，菜单上并没有蔬菜粥，最后还是经理过来拍板，同意做这份粥。很快，经理就捧着一碗粥进来，放在了言喻的面前。

陆衍笑道："你先喝一点，不然肚子不太舒服，等散了之后，我们再回家吃？嗯？我已经让林姨准备了。"

薄城正在招呼人玩真心话大冒险，闻言，抬眸瞥了陆衍一眼，他笑："你带人来是来秀恩爱虐狗的啊？老子今晚也没吃晚饭呢，给我煮点粥。"谁都知道他是开玩笑的，配合地大笑。

"衍哥，一起玩真心话大冒险。"

"等会儿玩游戏的时候，大家记得'黑幕'阿衍。"

"今晚有女朋友的都得遭受惩罚。"

气氛热闹了起来，陆衍垂眸瞥了眼，恰恰对上了言喻的视线，他漆黑的眼里落了灯光，像是洒了星光。

"那看来我不用接受惩罚了，我没有女朋友，我只有太太。"

周围的人一哄而笑："衍哥，别秀了，来玩游戏吧。"

前半场游戏的时候，言喻有些倒霉，桌面上的勺子转来转去，最终总有好几次指向了她。薄城眉眼含笑，一遍又一遍地问："真心话还是大冒险？"言喻见过他们之前问的真心话，全部是暧昧的内容，她不想跟别人分享私人事情，所以选择了大冒险。薄城很会玩，对上陆衍的眼睛，就明白陆衍的意思了。

所以他一直让言喻大冒险的对象是陆衍，不是喝交杯酒，就是接吻五分钟，要么就是公主抱蛙跳。

接吻的时候，言喻还有些犹豫。陆衍却是偏头就吻在了她的唇上，双手轻轻地捧着她的脸。就在两人接吻的时候，又来了两个人，是季慕阳和傅峥。

季慕阳看到两人接吻，眉头紧紧地皱了下，抿紧了薄唇，神情有些冷然。他坐在了沙发上，长腿跷起，笑问："这玩的是什么？如此暗箱操作？一群人看两人接吻？"

言喻挣扎了下，脸颊都是热的，一把就推开了陆衍。陆衍倒是脸皮厚，薄唇扬出浅浅的弧度，手仍旧搂着言喻的腰肢，季慕阳的眸光从他的手上滑了过去。

新的一轮真心话大冒险又开始了。

季慕阳刚加入，倒是成了勺子钟爱的对象，言喻终于可以松一口气了。这次由傅峥提问："阿阳，第一轮先放过你，你随便说个真心话好了。"

季慕阳笑了笑，说："在场的女人里，有个我挺喜欢的人。"

"哇……"众人嬉闹着，这里除了言喻，还有好几个人带来的女伴，也有少数的千金大小姐，"什么？阿阳你喜欢哪个？就算是哥的女伴，哥都让给你。"

言喻没怎么在意，低下头，喝了口酒。

陆衍的薄唇抿出了很淡的弧度，眼神淡得几乎没有，和季慕阳的在空中交汇，又很快就分开了。

季慕阳也就倒霉了一会儿，风水轮流转，轮到他提问，而提问的对象接连几次都是陆衍。

"阿衍，你最喜欢的女人是谁？"

"你有没有后悔做过什么事情？"

"你觉得，你以后会不会后悔你现在要做的事情？"

陆衍微微眯着眼眸，眼里深邃，令人难以捉摸，他一个问题都没选择回答，但是含笑的眸光一直专注地盯着言喻。被他这样看着，仿佛那些问题怎么回答都不重要了，答案已经昭然若揭了。

众人哄笑道："阿阳，别问这些废话了，好好的机会都被你浪费了。你要是不问，我来问好了。"

季慕阳扯了扯嘴角，歪着头，还真把机会让给了对方。陆衍猜到那人肯定要提些乱七八糟的问题，于是选择了大冒险。

“大冒险就大冒险吧，我还没听过阿衍唱歌，等等，我让DJ调歌，阿衍上去唱一首歌吧。”周围的人都跟着起哄。

陆衍倒也没说什么，他偏头，笑了笑，言喻仰起头，他微微低头，亲了她的脸蛋一下，问：“你想听什么？”

言喻反应有些迟缓，弯了弯唇：“都可以。”她喝了酒，但没有醉。

大部分人都没有听过陆衍唱歌，言喻也没有，她懒懒地靠在了沙发上，眸光落在了台上。

陆衍明明穿着正经的西装，一丝不苟，但是当聚光灯笼在他眉眼上，灯影浅黄，他又透出了一股痞气。

他说：“唱一首《晴天》送给我的太太。”

舒缓的音乐声缓缓流淌，陆衍唱歌的嗓音低沉好听，调子准，咬字带了点独有的味道。

“从前从前，有个人爱你很久，但偏偏，风渐渐，把距离吹得好远……”或许陆衍唱这首歌，并没有其他的意思。

但言喻微微走神，等她回过神的时候，才发现陆衍居然改了歌词。台上的他神情依旧淡淡，男人淡淡地唱：“现在现在，有个人依旧爱你……”

有人哄笑，有人大赞，还有人想给陆衍塞钱。

言喻微怔，耳畔却传来了淡漠微讽的嗓音，是季慕阳。

“你相信他了？阿衍皮相好，现在居然愿意这样唱歌，也难怪女人为他疯狂了。”

言喻抿唇，偏过头，季慕阳脸上没有什么表情。他眸光专注，好一会儿，才不自在地移开了视线，淡淡道：“你跟阿衍最近关系很好，可是你不觉得奇怪吗？前一段日子他还很在乎夏夏，这几天却冷淡了下来。”

他有些漫不经心地继续说：“当然，也许是我想多了。对了，那天，我在酒店看到他和程家的那个管家见面。”

其实季慕阳对很多事情都不大清楚，他这些话也只是随意一说，但听在言喻的耳里，就变得怪异。陆衍和程管家在酒店见过面？他们说了什么？程管家又对陆衍说了什么？言喻眉心重重一跳。

忽然，她握在掌心里的手机振动了一下。言喻低眸看去，是一串陌生号码发来的短信。

短信里只有寥寥的一行字："言小姐，我是程管家，我们来做个交易，如何？如果你愿意帮我说服衍少爷，我就答应将辞少爷的遗物送给你。"

言喻的瞳孔瑟缩了下，薄唇缓缓地抿成一条直线，握着手机的力道，一点点变大。她睫毛颤抖了起来，程辞的遗物，是那一年，她求了程家许久，都没有拿到的东西。

言喻还没来得及细想，就听到一浪高过一浪的起哄声，她抬眸，陆衍已经下台了，言喻下意识地有些慌乱地将短信删了，锁上了手机。

刚刚让陆衍大冒险的人大喊："接吻时间到了！"

酒吧舞台上的主持人也喊："接吻日快乐！"

接吻日是酒吧的特色，几乎每隔几天，酒吧就会办接吻的活动，主持人话音落下，整个酒吧的灯光都暗淡了下来，视线不太清楚。

陆衍三两下就覆在了言喻的身上，他炽热的呼吸喷洒，单手扣住言喻的后脑勺，不让她乱动。

五分钟后，灯光亮起，陆衍稍稍和言喻分离。

言喻在他漆黑的眼眸里，看到了自己眸光潋滟妩媚、红唇靡丽的模样，她的脸颊很烫，一颗心仿佛被放在了火上面炙烤着。

陆衍眉眼懒散，笑道："你怎么忘记喘气了？别闷住了……"

言喻这才发现自己一直屏住呼吸，难怪觉得胸闷，她盯着陆衍看，终究气不过，蓦地双手捧住他的脸，仰头咬在了他的唇上，有血腥味弥漫开来。

陆衍低笑出声。

周日，言喻睁开眼身旁的床侧已经空空荡荡的，但仍旧有余温，陆衍似乎刚起床不久。言喻掀开被子下床，在床头柜上看到了一张字条，上面写着一行字，字体龙飞凤舞，透出了主人的冷淡不羁。

是陆衍的字："临时需要去邻市出差，有事情或者没有事情都可以打我电话。"

言喻垂眸，拿起那张纸，原本想扔进垃圾桶里，但终究没有扔进去，她把字条重新压在了床头柜上。

林姨在外面听到了卧室内的声音，她敲了敲门："太太，你起床了吗？"

言喻往门的方向看了眼，红唇弯了弯："起床了。"

林姨直接推开了门，她探头进来，笑着对言喻道："先生刚刚出门了，连早餐也来不及吃，不过是去出差，他还特意嘱咐我，叫我不要吵到你，没想到你也这么早起床。"

"嗯。"言喻笑了声，因为她早上就想起了，她得陪秦南风去参加幼儿园的开放日，所以早起了。

她问："小星星起来了吗？"

"起来了呢，正在外面玩，一直盯着猪猪动画片看着呢。"

林姨开始给言喻整理床铺，一低头就看到了床头柜上的字条，眼底的笑意更深，她作为家里的帮佣，自然希望这个家庭的关系越来越好，越来越稳定，也越来越方便她的工作。

她笑道："先生还给您留言了呀。"她抬眸看着正在衣柜里找衣服的言喻："太太，你有没有发现先生越来越体贴温柔了？"

体贴温柔？言喻的手停顿在衣架上，上面是一条黑色的连衣裙，她指尖无意识地挪动了下。或许是吧，最近的陆衍的确很温柔体贴，让她总以为一切都会平静下来，都会变得越来越好。

可是，她从小就缺乏安全感。她对陆衍撒了无数的谎，陆衍对许颖夏的感情还在，程管家更是极力反对她和陆衍的感情。这一切都是不稳定的因素，像定时炸弹，不知道何时会被引爆，让她即便在享受着陆衍温柔的同时，仍旧感到不安。

林姨是过来人，她在心里叹了口气，说道："太太，女人有时候是需要软一点的，需要依赖男人的……"她说了一半，没有继续说下去了。

在她眼里，言喻是一个很温柔很善良又很优秀的女人，但她知道，言喻属于那种看似和谁都很亲和，但实际谁都难以接近的女人。

林姨看着言喻生下了小星星，带着小星星嫁给了陆衍，又一直隐忍着委屈着，照顾陆衍，照顾小星星，要忍受周韵的唠叨，要忍受陆衍在外面闹不完的绯闻，甚至还要面对陆先生对前女友的宠溺。

林姨一直很心疼太太，但有时候又忍不住觉得，其实太太之前的忍耐，不过是因为她不在意，她根本不在意陆衍在外面做了什么，她在意的只是她的丈夫在外面做了什么。

太太一直很淡定，她有她的目标和路线，并会为了目标坚持不懈地努力。林姨多希望，有一天言喻会和陆先生真正地相爱，再给小星星生个弟弟或者妹妹。

言喻听到了林姨说的话，但她没有回应，只是若有似无地笑了笑。

林姨重新给夫妻俩换好了被套，但她也知道想要太太和先生真正地相爱，还需要看先生的态度。就在刚刚，她不放心地站在阳台上，往下看到了先生高大的身影。他正要上一辆公务车，就在车门打开的时候，她隐隐约约地在车厢内看到了许小姐的身影？

真是造孽……

幼儿园的开放日在早上九点开放，言喻七点就准备好了，她在林姨面前转了个圈，想让林姨看看这身装扮去参加开放日合适不合适。没想到，最捧场的是小星星，她笑眯眯的，漆黑的大眼睛水灵灵地眨巴着，直勾勾地盯着言喻，然后开心地鼓起掌来。

八点，公寓的门铃响了起来，林姨急匆匆地过去开了门，第一眼没看到人，视线往下落去，才看到一个可爱精致的小男孩。她弯了弯眼睛，问：“你就是南风？”

秦南风笑着点了点头，他嘴甜：“奶奶，我是南风，言阿姨在吗？”

“在呢，是谁送你过来的啊？”

秦南风没有回答她，只是笑弯了眼睛，软软地说：“奶奶，我想找言阿姨。”

言喻已经准备好了，但她正在安抚小星星。小星星平时不黏人的，但今天不知道为什么知道言喻要出门，她先是晃荡着两条小短腿，扶着桌沿，小肉手紧紧地拽住了言喻的包，不让言喻背。

等言喻想要拿包的时候，她就整个人用力地抱住言喻，黑漆漆的瞳仁里闪耀着水光，委屈巴巴的，让人不忍心拒绝。

秦南风走了进来，正好看到小星星像无尾熊一样挂在言喻的身上，她纤长卷翘的睫毛可怜兮兮地挂着泪珠，小胖手臂紧紧地箍着言喻的脖子，赖在她的怀中。

秦南风眨了下眼睛，一下子就想起了言阿姨之前说过，她有个快一周岁的女儿。

秦南风叫了言喻："言阿姨。"言喻转眸去看他，小星星听到了声音，也转头去看秦南风，她只稍微地看了眼，就撇着嘴，一点都不好奇地收回了视线，撅着胖屁股，对着秦南风。

言喻对着秦南风笑了下："南风，你来了呀，阿姨马上就好了哦，阿姨让林奶奶先带着小星星，等会儿我就和你去幼儿园。"

小星星现在听得懂许多话，她一猜测就是妈妈又要抛弃她了，她的胖手力道越来越紧，紧得连言喻的嗓子眼都感到些微难受，任谁都看得出小星星对妈妈的不舍。

秦南风仍旧看着小星星，他的眸子黑白分明："阿姨，要是妹妹不肯留在家里，你就把她一起带去吧。开放日很好玩的，不危险的，我们就一起去玩吧？"

小星星仿佛听懂了什么，她猛地转过头，慢慢地眨巴着莹润的眼眸，盯着秦南风看了许久，唇畔的弧度一点点地勾起，眼眸也弯得像小月亮，她想也不想就在言喻的脸上亲了一大口，然后，她举着胖手指，对着秦南风笑眯眯的，眼尾上扬，眼里落满了星光一般，她奶声奶气地吐出了两个字："……猪猪。"

秦南风并不羞涩，他抿了抿唇，视线和小星星的在半空中相遇。他五官端正帅气，很认真地说道："妹妹，我叫哥哥，不是猪猪。"

小星星还是乐得眼睛里盛满了小月牙："猪猪！"

林姨哭笑不得地对着秦南风解释道："小星星正在学说话，她又喜欢小猪佩奇，只要是她喜欢的人，她都会叫他猪猪呢。"

秦南风的嘴唇抿得更紧，瞳仁漆黑，隐隐约约地透出了淡淡的羞涩。

秦南风是真的很乖巧，秦让不在，他更加绅士有礼貌，他的小书包里背着一些吃的和用的。他坐在后车座，一旁的位置上就是小星星。

小星星坐在儿童安全座椅上，小手却紧紧地握着秦南风的手，秦南风越是挣扎，她抓得越紧，秦南风一看过来，她就只会傻傻地笑，乐得眼睛眯成了可爱的小月牙。

言喻坐在了副驾驶座上，问："南风，早上是谁送你过来的？"

秦南风似乎有些不好意思，他眨了眨眼睛，还是选择说实话："言阿姨，是我自己想来找你的。"

言喻皱了眉："这样太危险了，不安全。"

秦南风有理有据："不会的，以前我经常这样去看我爸爸，而且言阿姨，我早上跟爸爸说了，爸爸也同意了。"

虽然秦让同意了，但言喻还是告诉他："如果以后有开放日，记得在学校等我，不用过去找我了，或者等我去你那边找你。"

秦南风乖乖点头："好。"

言喻的眸光移到小星星的手上，她弯了弯眼睛，笑了起来："你这个小花痴，就知道拉着漂亮小哥哥的手。"

小星星一双黑眸水汪汪的，瞳仁分明，一汪湖水里清晰地映着言喻的身影，言喻心软了一片。

秦南风的老师从秦让那边得知情况了，虽然知道言喻只是秦让的朋友，但还是没忍住，多看了言喻几眼。在她看来，言喻和秦让还是很配的，看起来秦南风也接受言喻的样子，男孩子一直缺少母爱，父亲又忙，老师真的挺担心秦南风的心理状态。

一整个开放日是由参观校园、举行班会和手工艺大赛组成的，到了手工艺大赛的时候，秦南风高兴地站在了言喻的旁边，英俊的小脸蛋上是兴奋的表情。他眨巴着大眼睛，跟他的同学们介绍道："这是我的言阿姨，她好看吧？这是我的妹妹，小星星，她是不是很可爱？"

小星星很配合，一直打招呼，胖胖的小手上戴着的银镯铃铛，丁零作响。

同学们恍然大悟，哦，这是秦南风的后妈啊。

秦南风却什么也不知道，他看着言喻的时候，那双眼睛亮晶晶的，格外惹人心疼。言喻摸了摸他软软的头发。

到了傍晚六点多，热闹了一整天的开放日才结束，秦南风心情很好，拉着言喻的手，走在路上，轻轻地摇摆了起来，一张小脸红扑扑的。

“南风，晚饭你想吃什么？”

秦南风说：“言阿姨，我都可以，不过，林奶奶很辛苦，言阿姨，你问问林奶奶的想法吧。”林姨抱着小星星，也跟了言喻一整天了，听到秦南风奶声奶气的话，心里一暖。

最终还是言喻决定一起去吃海鲜自助餐，就在M商城的六层，去的时候，已经七点多了，门口排队吃饭的人还是很多。他们排了好一会儿，才进去。

林姨把小星星放进儿童座椅，终于小小地松了口气。言喻笑道：“林姨，今天辛苦你了，她大了些，总爱动，是有些调皮。”她说完，站起来，和秦南风一起过去取餐。

一直到九点左右，几人才结束用餐。

言喻的手机振动了几下，有电话进来，她低头一看，是秦让的电话。

秦让声音低沉温和，他还在忙，那边一阵阵嘈杂：“言喻，今天辛苦你了，你把你们现在的地址发给我，我让住家阿姨过去接秦南风。”

“好。”言喻说着，抬眸看了秦南风一眼。

秦让又多说了几句，言喻就把电话递给了秦南风，不知道秦让说了什么，秦南风低下眼睑，显得有些失落。好一会儿，他仿佛鼓足了勇气，说：“爸爸，今晚我能不回家吗？我想跟着言阿姨，好不好？”

秦南风说着，抬起眼皮，一双黑眸盯着言喻。秦让应该是拒绝他了，他的黑眸微微暗淡。

言喻忽然想到陆衍出差了，南风想跟着她，也不是不可以，她轻轻地动了动唇，用口型对秦南风道：“让我接电话。”秦南风聪明得很，立马笑了起来，把手机还给言喻。

言喻笑着道：“秦律，南风很可爱，他也不麻烦，今晚我愿意帮忙照顾一下他。”

秦让的嗓音里笑意斐然，宠溺地嘀咕了句“南风这臭小子”。

挂断电话后，秦南风兴奋得跑过来，抱住言喻说：“言阿姨，你太棒了！”他刚说着，言喻的手机又有电话进来，一串没有备注的号码在屏幕上不停地闪烁着。

言喻的眼皮重重一跳，她记得这串号码。

言喻让林姨照顾好两个小孩，她往卫生间的方向走去，抿着唇，睫毛轻轻地扑闪着，指尖滑过了屏幕。

电话那头有细微的电流声，还有程管家听似和蔼的声音：“言小姐，上一次我的提议，您考虑得怎么样了？”言喻沉默，没有吭声。

程管家笑道：“辞少爷的遗物里的确有他生前准备好，要送给你的东西，你当年的想法是对的。虽然我当年不给你，但现在我会给你，前提是，只要你配合我，让衍少爷回到程家。”

言喻抬起眼眸，握着手机的手，微微发紧。她说：“可是程管家，我帮不了你，陆衍是个有主见的人，他决定好的事情，谁也改变不了。”

程管家没急着反驳，他继续笑道：“你帮得了，言小姐，你当年能影响辞少爷，你现在一样能影响衍少爷。我也不需要你做什么，只需要你告诉我，你愿不愿意帮我？别急着拒绝，你可得想好了，只要你答应，我给你的东西是辞少爷给你留的信。”

言喻的手指一根根地收紧，攥成一团，她的心脏一瞬间像是被什么狠狠地扯了下，疼得发颤。她深呼吸，压下了那阵悸痛，沉默了良久，问：“你是说，我答应了，你就会给我，程辞写给我的信吗？”

程管家声音悠然：“当然。”

言喻睫毛颤抖，手紧紧地攥着，她什么也没说，猛地挂断了电话，程辞和陆衍的脸在她的脑海里迅速地转换着，她掌心的肉被抠得几乎要渗透出血。心脏像是被万千蚂蚁一点点地啃噬，带来一阵阵钻心的疼。

言喻想了很多很多，最后，程辞的脸有些模糊了，陆衍的脸却越来越清晰。她不能这么自私，她知道陆衍有多讨厌程家，她不能为了程辞的信而背叛陆衍。

陆衍早上赶着去开会，出差的事情一忙完，当晚就赶了回去。结果，一打开商务车车门，里面又坐着许颖夏，许颖夏看起来并不怎么高兴的样子。

陆衍皱着眉头：“夏夏，你怎么又在这里？”

许颖夏说：“你不见我，我就只能到处找你了！我早上能进你的车，晚上当然可以继续进你的车了！”陆衍下意识地看了眼一旁的秘书和保镖，他早上明明吩咐过不要再让夏夏躲在车里了。

许颖夏嘟起嘴，伸手拉过陆衍的手臂，亲密地挽着，有些怒意，漂亮的眼睛里泛起了水汽：“你怪他们做什么？”她有恃无恐，大概是因为一直被偏爱，就算陆衍对她说的话语气再重，也是含了亲昵和宠溺的。

她继续道：“我能进你的车，就是被你宠坏的。”

陆衍眉间的褶痕越发地深，但他没去怪罪秘书和保镖，他们应该也是怕许颖夏出了什么事情，不好跟他交代。

许颖夏咬着下唇：“阿衍，你最近怎么都不理我了，是不是言喻跟你说了什么？是不是她不让你来找我？”陆衍沉默，喉结轻动，什么话都没说。

“阿衍，我什么事情都跟你交代了，你以前教过我，只要我肯承认错误、主动交代，你会原谅我的……”

陆衍还是没说话，许颖夏晃了下他的手臂，几乎整个人都贴在了他的身上，说：“阿衍，你别不理我！不然我每天都要缠着你，不让你工作，不让你去别的地方，不让你有自由……”

听到她这样无理取闹的话，陆衍终于有了点反应。他眉眼笑意浓了几分，侧眸瞥了她一眼：“夏夏，你也该长大了，成天胡说八道。”

看到他笑了，许颖夏一直悬着的心终于放了下来。看来她的想法是对的，阿衍不是不要她了，这几天的冷淡，只是对她做过错事的惩罚吧。

陆衍淡淡道：“等法斯宾德无法出境后，我送你去美国进修。”

“我不想去。”许颖夏垂着头，那样子就像跟家长闹着不想去幼儿园的小朋友。

陆衍望着车窗外不断倒退的风景，膝盖上仍旧堆着不少资料，但他的心情有了几分轻松：“去不去，由我决定。”

“我不要去啦。”

许颖夏忽然想起了言喻，她做错了事情，都要被阿衍惩罚，可是言喻也骗了阿衍，为什么她什么惩罚都不用承受？

许颖夏咬住了下唇，内心越来越生气。她抬起眼皮，看着陆衍，忽然道：“阿衍？”

“嗯？”陆衍偏头，漆黑的眼眸看了她一眼。

许颖夏开口：“你知道言喻为什么要跟你结婚吗？”她不给自己喘息犹豫的机会，毫不犹豫地道，“她有个很爱很爱的前男友，阿衍，那个前男友跟你长得很像。”

陆衍黑眸沉沉，叫人看不出情绪，脸部线条微微有些紧绷。他没说话，久到许颖夏以为他不会有反应的时候，他的声音冷了几分：“是吗？有多像？”

“像到会怀疑是同一个人，像到会让她把你当成那个人……”

陆衍明明早已知道了这件事，但在听到的时候，依旧会被激怒，他的眼底有黑沉的幽火跳跃，薄唇抿成了一条直线。与此同时，他正在查收的邮箱里，进了一封邮件。

里面是一段音频资料，是程管家和言喻的声音。

陆衍的手指紧紧地蜷缩着，骨节泛白，他抿紧了薄唇，凌厉如刀锋，眉目生寒，脸色蓦地沉下去，缓缓地听完了整段录音。

言喻的最后一句话是“我答应了，你就会给我，程辞写给我的信吗”。她心动了，在程辞和他之间，言喻永远会选程辞。

陆衍不知道该怎么描述心脏的疼，仿若有无形的手紧紧地捏着，让他疼得难以呼吸，他又像是在深海之中即将窒息而死，只想逃出黑暗的海底，深深地呼吸。

他周身的气息缓缓地结冰，耳畔还有许颖夏的声音：“阿衍，真的，你没有见过程辞，你不会知道你和他有多相似，你也不会知道曾经的言喻和他有多相爱……”

陆衍绷紧了脸部线条，讽刺的是，他是知道的。他猛地将一沓文件挥落，洋洋洒洒。

陆衍喉结上下滚动，喉间仿佛被什么沉重的东西压着，连说话都艰难，他淡淡地问助理："美国的房子、保姆和学校联系得怎么样了？"

"我已经找好房子了。"助理下意识地皱了下眉，"只是，先生，小小姐还那么小，为什么要送往美国？"

陆衍没有立马回答，陷入了沉默。

黑色的车子进入了隧道，周围的光线暗了下来，只余下一束孤独的车灯光线，隐隐约约有光影落入车窗内。陆衍靠着椅背，只看得见一抹高大的剪影，透出冷漠的勿近气息。

许颖夏也安静了下来，没有纠缠陆衍。

整个小小的空间，倏然安静了下来。良久，陆衍回答，声音显得略微凉薄："要让她提前适应一下没有妈妈陪伴的生活。"

许颖夏睁大了眼睛，她抿着唇，在黑暗中盯着陆衍的侧脸。

汽车从隧道中出来了，昏黄的路灯光照射在陆衍的脸上，一寸寸地露出他英俊的轮廓，即便灯光暖黄，但他脸上的寒气没有一点儿消散。

许颖夏的心提在了嗓子眼，跳动的速度越发快了。

陆衍是想要和言喻离婚吗？

陆衍到达公寓的时候，公寓里一片漆黑，也没有人，他没有开灯，打开了玄关的鞋柜，隐约看到言喻的拖鞋还在。他取出自己的拖鞋，换下皮鞋，走了进去，直接坐在沙发上靠着，微微仰头，合上眼眸，脸有些紧绷。

他不知道言喻去了哪里，按亮手机屏幕，看了下时间，不算很晚。

他的右手攥着一个小小的盒子，酒红色丝绒心形包装，他不知道在想什么，骨节隐约泛白。

月亮被阴云遮住，只有微弱的光泽。

没过一会儿，公寓外传来了开门的声音，小星星不知道因为什么笑了起来，声音清脆。言喻温柔地制止了她："到屋子里再笑，我们要安静，不然会吵到别人的。"有人打开了灯，公寓门又被关上了。

陆衍眉间褶痕深深，或许在黑暗中久了，他觉得灯光太过刺眼，微微眯起了眼眸，避开灯光直射。

林姨说："我去收拾一下客房，给小南风睡。"

言喻声音含笑："林姨，要不你先给小星星放一下洗澡水吧，她今天累到了，刚刚已经犯困了，正在揉眼睛呢。"

"好。"林姨转身进了卫生间。

陆衍坐在另一侧的沙发上，刚好被绿植挡住了身影，他睁开眼睛，下一秒，听到了小男生的声音，奶声奶气的："言阿姨，你把小星星放在地毯上吧，我帮你看着小妹妹。"

言喻说："好啊。"她一边应着，一边朝着陆衍的方向走了过去，一转眸，差点被陆衍的身影吓了一跳。

她睫毛颤了下："陆衍？"

陆衍站起来看着言喻，又看了眼他从没见过的小男孩。小男孩被陆衍这样看着，下意识地拽了下言喻的手，他眨巴了下眼睛，乖乖叫道："叔叔。"

陆衍面无表情，语调也没有任何情绪，他淡淡地点了点头，对言喻道："你回来了。"言喻有些惊讶，她还以为陆衍今天不会回来。看现在的状态，陆衍居然像是在等着她回来的样子。

言喻轻声道："这是我上司的孩子，秦南风，秦律师今天出差去了，所以孩子暂时拜托我代为照顾一下。"

陆衍淡漠的眼神从秦南风的身上淡淡掠过，挑了挑眉："秦让的孩子？"他的语气听不出什么情绪，言喻点头。

小星星已经困得揉眼睛了，看到陆衍，软软地叫了他一声，还伸手讨要抱抱。

陆衍眼底似乎有了浅薄的笑意，他抱过小星星，整个怀抱都是奶香气。小星星搂着陆衍的脖子，凑过去，在他的脸颊上落了一个吻。

陆衍淡淡道："你去照顾秦让的儿子吧，小星星我来照顾就好。"言喻看了陆衍一眼，没有多想。

秦南风很早就学会了一个人洗澡，但是今天他没有换洗的衣服，言喻只好给他找了条浴巾。他洗完澡披着浴巾，迅速地钻进被窝里。言喻敲了敲卧室的门，灯光下，她眉眼格外温柔："南风，我可以进来吗？"

秦南风“嗯”了一声。

言喻走进来，秦南风躺在了床上，言喻摸了摸他的被子，问他：“你冷不冷？这个被子的厚度可以吗？”

秦南风只露出一双漆黑漂亮的眼眸，点了点头：“不冷，很暖的。”

“你自己可以睡觉吗？”

秦南风眨了下眼睛，本来想说可以，但话到了嘴边，轻声地问：“言阿姨，妹妹睡了吗？”

“睡了呀。”

秦南风眼睛又眨了一下，他脸颊很红，不知道是被热出来的，还是因为害羞。他轻声道：“我睡不着，言阿姨，你能给我讲个睡前故事吗？”

言喻笑了：“当然可以啊。”

秦南风的脸越来越红了，他让自己冷静下来，一遍遍地告诉自己，自己并不羞耻，他还是个好孩子，虽然他从小到大都没听过睡前故事。

言喻想了下，找出了一本荷兰的童话故事书，挑了《小王子历险记》这个故事讲给秦南风听。

秦南风看了言喻一眼，然后闭上眼睛，他耳畔是言喻温柔的声线。他的小手握着，心里一阵阵失落。言阿姨怎么会这么好，他怎么这么喜欢言阿姨啊，他怎么没有妈妈啊，如果言阿姨是他的妈妈该多好。

但他知道不可能的，言阿姨有自己的家。秦南风心里酸酸的，越听越难过，越睡不着，但他为了让言喻放心，还是假装睡着了。

言喻讲了两个故事后，试探着叫他的名字：“南风？南风？”秦南风听到了，耳尖动了动，没有回答。过了一会儿，言喻轻手轻脚地站了起来，关了灯，走了出去，卧室门轻轻地合上。

秦南风的眼角有眼泪，爸爸说他小时候和妈妈生活过，可是他根本不记得妈妈的长相。他是一个没有妈妈的可怜孩子。

言喻去婴儿房看了看小星星，然后才回到主卧室。陆衍还没睡，他正穿着睡袍，站在窗前，窗微微开着，冷风一点点渗透了进来。听到了脚步声，陆衍转过身来，他的指间夹着一支还未点燃的烟。

言喻瞥了他的烟一眼：“你不是答应我要戒烟了吗？”

“没抽。”陆衍说着，把烟放在一旁的桌子上，顺手关了窗户。

两人安静地上床睡觉，什么对话都没有，各自躺着，等言喻快要陷入睡眠的时候，身后忽然有一个身体贴了上来，炽热的、坚硬的。男人温热的呼吸喷洒在她的脖颈处，他依旧沉默着，只是双手越收越紧。

言喻挣扎了下，没有挣开，反倒转了个身，面对着他，窝在他的怀中睡觉。

两个人虽然心怀鬼胎，同床异梦，但看上去格外般配，格外温馨。有时候两人都会突然冒出一个想法，其实对方才是最适合自己的人……

第二天，言喻睁开眼睛，看到的是陆衍线条分明的下颌，往下是性感的喉结，下巴上隐隐约约有冒出的青色胡楂，散发着浓郁的荷尔蒙气息。

陆衍也醒了，他抱紧了言喻，忽然用他的胡楂故意去碰言喻的脸。胡子有些扎人，言喻被逗笑了，她躲着他的胡子，见躲不开，干脆伸出手，捧住他的脸，不让他动。两人的视线对上了，言喻在他的眼里看到了自己，那样专注，她的心跳忽然跳快了一瞬。

陆衍伸出手，握住她贴着他脸的手。他眼睛一眨不眨地盯着她，然后慢慢地和她十指紧扣，将什么东西递给了她。

言喻微怔，感觉到了掌心的东西，一个小小的圈，微硬，有些冰凉，很快就被两人的温度给温暖了。她睫毛动了下，心脏瑟缩着。

她猜到了掌心的东西是什么，却有些不敢相信，下意识地咬了下唇。

陆衍垂眸，遮住了眼底的情绪，他空出手，握住言喻的手，不让她躲避，动作缓慢地将东西套在了她的手指上，尺寸正好。

那是一枚戒指，干净的一圈，款式简单，点缀着碎钻。

陆衍唇线绷紧，抬眸，盯着言喻，他漆黑的眼睛里仿佛也有了淡薄的笑意，薄唇动了动，嗓音低而缓：“言喻，跟我结婚吧。”言喻琥珀色的瞳仁动了下，她抿紧了红唇。

“之前没办婚礼，也没求婚。”他喉结微动，“我都给你补上，好不好？”

阳光在地板上洒落了一片光芒，光束里，有细微的尘埃起伏着，言喻心跳声很大，一下又一下。她的视线余光里，只有陆衍。从她的角度，能看到他幽黑的眼眸，也能看得到他微微勾起的嘴角。

这是陆衍。

她的心里浮现出了难言的情绪，翻滚着，陆衍向她求婚了……她清楚地感受到，这是陆衍，而不是程辞。

言喻攥紧了手，一根根地收拢手指，戒指在她指间的触感格外明显，小小的一圈，代表着忠诚、许诺和爱。人有时候就是需要仪式感，戒指和婚礼恰恰能带来她想要的仪式感，而这样的仪式感能促进婚姻的稳固。

言喻抬眸，陆衍垂眸，两人都在彼此的眼睛里，看到了自己。

晨起有风，薄纱扬起，落下，似是风浪涌动。

接下来很长的一段日子，一切仿佛都进入了正轨。天气越来越冷，温度一点点下降。

言喻的一切事情都很顺遂，她拿到了驾照，司考成绩也出来了，她顺利地在律所里挂上了律师资格实习证。

许颖夏不知道做了什么事，被许家送去美国进修，说是进修，言喻觉得更像是避开风头，但她也不知道法斯宾德的事情最终是怎么解决的。

秦让的手里积压了两个难案，一个是许家的委托，一个是程管家的委托。程管家的案子有些急，但是许志刚的委托并不急，秦让暂且放了下来。

这段时间，陆衍像是在休假一样，言喻整天都能看见他。

他早上起得很早，会带着小星星玩，吃早饭的时候，也很有耐心，有时候甚至会喂小星星吃饭，然后上班时间再和言喻各自去上班。

言喻现在自己开车了，不需要他接送，陆衍也不强求。

中午时间，言喻在律所经常会收到小礼物，有时候是便当，有时候是花束，有时候是小饰品，她签收得有些不好意思，让陆衍别让人送来了。陆衍答应了，但是隔天傍晚，陆衍就亲自送东西上门了。

整个律所都知道，言喻有个隐形的土豪追求者。言喻哭笑不得，只能说这是她丈夫，不是追求者。律所的姑娘们更是羡慕，丈夫还能这么浪漫！言喻上辈子是拯救地球了吗？

言喻被大家起哄起得很不好意思。

秦让没什么时间管言喻的私事，不过他有一次撞见了言喻正在签收玫瑰花，前台小妹还在起哄：嫁人就该嫁言喻的丈夫。

秦让深邃的眼眸里有了几分深意，拿了自己的文件就走，冷淡道：“上班时间，注意影响。”前台小妹不好意思地吐了吐舌头，言喻弯了弯眼睛。

傍晚，言喻下班回到家里，推开公寓，果然又看到小星星正在和陆衍玩，陆衍长腿笔直，他弯着腰，双手扶在了小星星的腋下，一步一步地耐心哄她走路。小星星在爸爸的扶持下，小步伐颤巍巍的。

地毯是柔软的，落地无声。

陆衍让小星星扶在一旁，就迅速地走到起点，漆黑的瞳仁带着笑意，嗓音低沉：“小星星，来，自己走到爸爸这边，好不好？”

其实距离并不远，只是对于还不会走路的小星星来说，真的很难。她害怕，小嘴嘟起来，眼眸水润，眼仁漆黑，亮晶晶的，软着声音撒娇：“爸爸……抱抱。”

陆衍柔声道：“你走过来，爸爸就抱你，不要害怕，爸爸等着你呢。”

小星星眼里积了眼泪，看出来陆衍不会主动抱她了，她低头看了看自己的脚，试探着迈出了一小步，摇摇晃晃地扶着把手走了几步。然后看着爸爸的脸，她忽然加快了步伐，快速地走了过去。

步伐踉跄，她只走了两步，就绊到了自己，差点摔倒，下一秒就被陆衍接在了怀中。

陆衍看到她眼圈红红的，眼底浮现了浅淡的笑意，喉结微动，夸她：“小星星真棒，是个勇敢的小公主。”

小星星好哄得很，原本因为摔倒而快溢出来的眼泪一下就憋了回去，小鼻子还红着，转眼就笑眯眯的，开心地搂住陆衍的脖子。她趴在陆衍的肩头，圆溜溜的眼珠子一下就看到了玄关处的言喻，她弯弯眼睛，开心地叫：“妈妈……”

言喻笑意盈盈，却没看到小星星要扑过来抱她的动作，她心里失落地叹了口气。

说不嫉妒是不可能的，小星星最近跟陆衍的关系太好了，但嫉妒也是没办法的，她最近一段时间工作忙，能陪小星星的时间太短了。而陆衍像是公司倒闭了一样，整天闲得绕着小星星转。

陆衍看到言喻，黑眸盯着她看，笑意淡然：“你回来了。”

林姨做好了晚饭，言喻进厨房帮忙，林姨凑在了言喻的耳畔，笑道：“太太，最近一段时间可以夸先生了吧？先生可以算得上是好丈夫、好爸爸了吧？”

言喻垂眸，洗了手，没有正面回答，她笑道：“我都嫉妒了，小星星以前跟我最亲，她最近眼睛里可能只有她爸爸了。”

“小孩子是需要陪伴的，你工作忙，时间少，她肯定会跟爸爸亲近些。”

幸好小星星睡觉前，还知道要找妈妈。言喻陪着她躺了下去，轻轻地抚摸着她的胸口，哄她睡觉，不知道什么时候，言喻也困得迷迷糊糊地睡着了。

过了许久，她感觉到有人抱起了她。她眼皮沉重，挣扎着想要掀开，就听到了陆衍的嗓音，低沉有磁性，他说：“是我，你睡吧，我抱你回卧室。”

言喻放弃了挣扎，自觉地往他的怀中靠了靠，鼻息间是他身上的气息，夜色深重，他的怀抱温暖又安全。到了大床上，陷入了柔软的被窝中，言喻更是睡得香甜。

陆衍却很精神，他握着言喻的手，看着她皓白手指上的戒指，唇线紧绷，不知在想什么。他把玩着她的手，时不时地捏着戒指，仿佛要将戒指脱下来。

程家的事情很多，程管家不可能一直在这边待着，程家家主的病情中间不知道起了什么波澜，程管家回了英国，但这几天他又来到了这边。

言喻见到他的时候，第一眼看过去，看到的先是程管家黑发中夹着的白头发，他最近疲惫苍老了许多。言喻只看了他一眼，就转移了视线，像是没看见一样。

程管家却主动走了上来，言喻脚上转了步伐，没理他，往一旁走。

程管家的声音十分疲惫：“言小姐，这次我是听家主的命令，来找你的，家主让我把一样东西交给你。”

言喻连脚步都没停顿。

程管家的声音却不断地传来：“家主说，人之将死，其言也善，近来病中，他反思了许久，他说他对不起辞少爷，人在生命快终结的时候，才能感受到生命的珍贵。他当初不该阻挡你去参加辞少爷的葬礼。”

言喻放缓了脚步。

“这是辞少爷写给你的信。家主同意给你了，不需要你做什么，你收下就好了。”

言喻的脚步顿住了，她垂在身侧的手缓慢地用力攥起，她转过身，垂眸，视线落在管家手里的那封信上。她抿紧红唇，人或许就是会有这样的执念。

言喻坐在驾驶座上，拆开那封信，的确是程辞的字迹，这是他出事前，给她写的一封情书，只是还没来得及寄出去。其实信里也没写什么，都是些他以前常说的情话，常交代的日常。但是言喻就是鼻子一酸，眼泪扑簌簌地往下落。

她哭完之后，只觉得心里的重石一下就落地了。事情过去了这么久，她早该放下一切，重新启程了。

言喻认认真真地叠好程辞的信，收了起来，启动车子，往老宅驶去。

老宅里。

周韵正抱着小星星，她眼睛一眨不眨地看着小星星笑，话却是对着陆衍说的：“小星星的周岁生日快到了呢，之前就说给她办个大的，我已经着手在准备了。”

陆衍英俊的脸上没有什么表情，他淡淡道：“嗯。”

周韵瞥了他一眼：“你最近收心了啊，也算有个爸爸样了。”

一旁的陆承国推了推眼镜，声音沉稳：“女儿都快一岁了，他肯定要给女儿做榜样的，在外面乱来，算什么？”

周韵笑：“阿衍懂事了，不过公司的事情你也不能落下。顾家是好事，但有些事情，你也得让言喻做啊！你疼媳妇，但也不能太过放纵她。”

陆承国蹙眉，不赞同：“好了，人家小夫妻的事情，让他们自己去解决，你瞎掺和什么，别担心那么多了。”

周韵嗔怒地瞪着陆承国，然后她忽然想到了什么，对着陆衍道：“对了，你跟言喻的婚礼也还没办呢，要不趁着小星星周岁宴一起办了吧？”

陆衍却没有回答，他幽深的眸光冷淡地盯着手机屏幕里，来自程管家的信件。

只有短短的一段话和两张照片。

“衍少爷，相信我，程家一点都不想让你当辞少爷的替身。事实上，你比辞少爷更适合继承家族，更有魄力。当然，或许在言小姐的心里并不是这样，或许你还会觉得别人仍旧想让你当辞少爷的替身。可是，衍少爷，你有没有想过这种可能？当你成为程家家主，你就完全覆灭了辞少爷存在的痕迹，你也完全战胜了他，程家家主是独一无二的，谁也无法将家主当成替身。”

除了一张言喻从程管家手里接过信的照片，还有一张照片显现着那封信里的内容。字里行间都是程辞对言喻的爱，最后的话是“言言，我爱你，永远。如果不是你还小，我真想快点和你结婚”。

陆衍的薄唇露出淡薄的弧度，原来言喻一直惦念不忘的信，就是这封。不知道她付出了什么代价，才和程管家换来了这封信。他心里深处的荒原上，燃起了一簇火光，沉沉燃烧。

周韵又问了一遍：“阿衍，要不就这样决定，你和言喻的婚礼也差不多定下了吧？”

陆衍的心脏极其细微地瑟缩了下，他的眸光里浮冰沉沉，眉目疏淡，他淡声道：“那就办婚礼吧。”

第三章
我同意和陆衍离婚

言喻回到老宅，忽然被告知要办婚礼。她眸光微定，有些惊讶，下意识地去看陆衍。

陆衍也侧了眼眸，和她的眼神对上，他的眼尾长而弯，清润黑亮的眼底仿佛含了若有似无的笑意，清冷中带了点别样的感觉，略微一挑眉，问："你不想现在办婚礼吗？"

言喻抿了抿唇，没有说话。

小星星刚刚喝完奶，周韵满意地给她擦了擦嘴角，抱着她，笑着看言喻："反正迟早都是要办婚礼的，虽然冬天办婚礼冷了点，不过，冬天婚礼少，也别有一番趣味。最好下点雪，风景会更好看呢。"

大概是陆家很久没办喜事了，陆承国也和蔼地抬起头，眉眼含笑，笑容慈祥地说："冬天办婚礼不错，这一次要好好规划，只是要委屈言喻了，没有多少可以留给我们筹备的时间了。”

周韵看向言喻：“言喻最近工作忙吗？安排好时间，好好地准备一下婚礼。”她又看向陆衍，笑道，“还有，阿衍，你最近带着言喻去挑选挑选婚纱啊！来不及定制了，但是格调还是要有的。”

言喻睫毛颤了下，嘴角微抿，神情里闪过了几丝迟疑。

陆衍垂着眼眸，淡淡地看着她，他的眉目间闪过了一缕嘲讽，很淡，又恢复了平静。他修长的手伸过去，握住言喻有些冰凉的手。不知道是不是故意的，他若有似无地摩挲着她的戒指。

陆衍低声问：“如果你不想现在办婚礼，我跟爸妈说一声就好。”

言喻摇了摇头，抬起眼皮，看着陆衍的眼睛：“不是。”

“那办婚礼？”他似乎格外有耐心，还故意拖长了尾音，即便声音淡淡的，但态度像是在对待不听话的孩子。

言喻眼睛弯了弯：“好，办婚礼吧。”

陆衍的眼睛一眨不眨，眼里透着微光，有些认真，他仍旧摩挲着那枚戒指：“真想办婚礼？”

“你怎么这么啰唆，办婚礼挺好的。”言喻眼睛的弧度越发弯，笑意绵长，“一生只有一次的婚礼。”

这一句话她说的声音很低，她以为只有她自己会听到，但是陆衍也听到了，他的眉骨微动，薄唇抿成了一条直线。

一生只有一次……吗？

周韵平时空闲时间格外多，她兴致也来得很快，想到要办婚礼，吃完晚饭，也不让大家散开，而是让几人都围坐在客厅的火炉旁。

壁炉的幽火轻轻地跳跃着，映红了几人的脸。小星星被陆衍抱着，言喻坐在陆衍的旁边，但陆衍给她披上了毯子，让她靠在他的肩膀上。

桌面上是周韵心血来潮让几家专门给富豪们办婚礼的婚庆公司送来的册子，她眼睛亮晶晶的，一个个地挑选起来。

“言喻啊，你看看这家怎么样？他们家很会办冬日婚礼，之前盛家长子的冰雪主题婚礼，就是他们家办的，还得再给你买一枚戒指，我喜欢蓝色的钻石，你喜欢吗？”

言喻正在看陆衍手里拿着的婚纱图册，闻言笑道：“妈，我手上的戒指就可以了。”

“不行。”周韵眨了眨眼，“钻石太小，在婚礼上太丢人了，我们陆家可丢不起这个脸，媒体会抓住这个点，嘲讽陆家小气抠门的，影响形象。”

陆承国也难得发表看法：“是该买个大钻石，你都嫁进来一年了，都没给准备点珠宝。”

陆衍的薄唇勾了点弧度，说：“买吧，我之前拍下过一颗粉钻，还没有切割。”

周韵对办婚礼很感兴趣，又是选承办方，又是选场地，又是选婚纱，还要安排嘉宾，所有的主题大概是为了满足她的少女心。言喻和陆衍对此都没有什么反对意见，因为他们都知道办一个婚礼有多辛苦。

商谈了半天，周韵很满意，陆承国看了下时间：“好了，已经很晚了，有事情明天再讲，大家都去休息吧。”

周韵笑容灿烂，嘱咐了一句：“都没意见的话，婚礼就由我安排了，哦对了，有一点。”

她眸光落在言喻和陆衍身上，强调着：“你们婚礼当天一定要表现好，别让陆家丢了脸面。还有言喻啊，等婚礼快到的时候，你可千万别熬夜工作了，注意皮肤保养。你看看，你最近黑眼圈有点重啊。”

言喻弯唇笑了笑，她答应归答应，但是没完成的工作还是得熬夜去完成。

她先卸了妆，洗漱完，然后坐在了书桌前，开始工作。

实习律师一般就是大律师的助手，她还有半年多的实习时间，实习结束才能正式地成为执业律师，但实习生涯对于一个律师的成长也很重要。这是一个准律师刚刚进入律师行业的必经阶段，需要大律师带着见识圈内规则，累积经验，学习打法，培养工作习惯，熟悉业务，也是一个不断开拓自己案源的阶段。

秦让手里有不少案子，以前他会推掉一大半他认为过于简单的案子，而现在他会选择接下。

言喻一开始还以为秦让作为一个大律师，也太亲民了，什么案子都接，过了一段时间才发现，秦让接这些案子应该是为了让她练手。因为他接下的那些零散案子，他看也不看，眉梢一挑，就直接扔到她的桌子上，淡声吩咐：“去见当事人。”

言喻很感谢秦让，这些案子的难度不一，却很磨炼律师。

言喻从一开始手足无措、束手束脚，到后面得心应手，都离不开秦让的帮助。她还记得她一开始不知道该怎么办案，秦让垂眸看着她，居然笑了起来，漫不经心又带了些微的歉意，嚣张又让人觉得安心。

他说：“就算你砸了，还有我呢，怕什么。”

书房里，台灯散发着幽幽的光，笼罩着言喻，她的手指在键盘上迅速地移动着，她正在写诉状。夜渐渐深了，言喻手指停顿了下，休息一会儿，眼睛有些酸涩，她忍不住打了个哈欠，眼角有眼泪渗出。

门外有人敲门，言喻还没应声，男人就走了进来。

陆衍穿着黑色的宽松睡衣，露出了锁骨，身材高大，头发懒散，发梢有些微的湿意，长睫毛微微遮住了眼神。他走到书桌前，垂眸盯着言喻，淡声道：“工作还没完成吗？”

“嗯。”言喻抬眸，看着他，“明天下午有个庭。”她说着，伸出手去拿桌面上摆放着的一听罐装咖啡，才刚打开易拉环，就被陆衍接了过去。

陆衍微微皱着眉头，薄唇抿着，他的手按在了咖啡上，说道：“太凉了。”

“没关系，喝一点没事。”

他的眉间越发深，眸光定定，嗓音平淡：“等我一下。”

言喻不知道他要做什么，还有些疑惑，因为手里还有工作，她也没再多问，打了个哈欠后，继续敲打着键盘。不过一会儿，陆衍的手里还拿着那罐咖啡，然后放在言喻的右手旁边，言喻看了过去，指尖才碰到咖啡罐，就感受到了温度。

温暖从罐身过渡到言喻的指尖，是温热的，不复刚才的冰凉。

陆衍目不转睛地盯着言喻，黑眸里有光，他说：“本来想给你煮咖啡的，但太晚，怕吵醒其他人，就用开水温热了一会儿，稍微暖了些，你经期会难受，平时还是要多注意点。”

言喻指尖紧了几分，她看着陆衍的眼睛，里面闪过些什么，他唇畔的弧度轻轻地扬了几分，指尖的温度并不灼热，但一点点地顺着血管，温热进她的心里。她眼睛弯了起来，像小月牙，台灯的暖光落入眼里，一点点闪耀着。

“谢谢。”她嗓音软软的，像棉花糖。

陆衍喉结轻动，看了眼她桌面上的材料，没多说什么，转身出去，关上了门。他自己工作起来也很疯狂，自然能理解言喻想要工作的想法，所以这种时候他不会阻止她熬夜，何况言喻是成年人了，自然知道该如何取舍。

陆衍走了之后，言喻强打起精神，集中精力，半小时后，终于完成了，她收拾好东西，装进包包里，这才动作很轻地回到了卧室。她躺了进去，男人的手就伸了过来，自觉地揽住她的细腰，将她禁锢在怀中。

言喻动了动，轻声问：“你还没睡吗？”

“嗯。”

言喻还要说什么，却不知道为什么陆衍的双臂越发用力，箍紧了几分，嗓音沙哑，隐约艰涩，他说：“睡吧，很晚了。”

言喻翻了个身，正对着他，她整个人都蜷缩在他的怀中，她没有抬头去看他，目光对着的是他的胸膛。安静了一会儿，她还是问了：“陆衍？”

“嗯。”他应声，言喻离他胸腔太近，声音都成了低沉的闷哼声。

“你说，我们真的要办婚礼吗？”

对于言喻和陆衍来说，办了婚礼，就是彻底将言喻作为陆衍的太太，展露在所有人的面前。比起两人领证，婚礼才会被广为人知，如果那时候，陆衍反悔了，或者言喻反悔了，想要离婚，阻力只会更大。

陆衍在黑暗中睁开眼睛，垂眸看她：“你不想结婚吗？”

“也不是。”言喻的胸口起伏了下，她深呼吸，扬起了头，从她的角度，能看到陆衍冷硬的下颔。

她伸出手，摸了摸他的喉结。她唇畔的弧度越来越深，黑暗中，她的眼睛仿佛会发光，盈着满满的水润光泽。她红唇轻轻地翕动，什么声音都没发出。她叫他，陆衍。

明明陆衍什么都没听到，他却像是听到了什么一样，喉结滚动，从喉咙口挤出一个字：“嗯。”下一秒，濡湿温热的吻就贴在了她的额头上，带着安抚和轻柔。

“睡吧。”暖气散发着热气，空气是温暖的，他的怀抱更是温暖的。

婚礼的筹备期是初冬，忙着婚礼准备的人是周韵，言喻和陆衍只需要去试下婚纱礼服就好。

临近下班的时候，言喻敲了敲秦让的办公室。秦让低沉的声音从办公室里传了出来：“请进。”

言喻推开了门，她手里拿着的是一封请帖，封底是简洁的素色花纹，繁复的蕾丝垂坠着。秦让正在查看法条，倏然间，就看到一双皓白的手把一封请帖放在他的面前。他眼眸怔了怔，看着那封请帖。

封面上写着陆衍和言喻的名字。

秦让抿着薄唇，然后缓缓地抬起眼眸，视线笼罩在言喻的脸上。言喻弯着眼睛：“秦律师，之前跟你请过的婚假，我从明天开始要休假了哟。”

秦让眼眸漆黑，不知道为什么没有回答，他修长的手指合上法条，指尖有些发紧，淡淡地问：“你们的婚礼在三天后？”

“嗯。”

秦让一时间仿佛失语了，沉默了好一会儿。言喻要和陆衍办婚礼了，这个想法让秦让的胸口，仿佛突然遭受到了拳击，有些闷。他们办婚礼，其实也没什么，毕竟办不办婚礼，他们都是夫妻，言喻也都是陆衍的太太。

秦让伸手捏了捏额角，就是觉得言喻眼里的光有些刺眼，他大概是魔怔了吧。要怪就怪秦南风这小子，成天在他面前提起言喻，还时常念叨着想让言喻做他妈妈。

秦让定定地看了言喻一会儿，脑海中一瞬间闪过了许多情绪，他对自己的认知很清楚，对言喻的认知也很清楚，只能说彼此认识的时机不对。他欣赏她，对她感到好奇，对她的人生态度表示认可，有些喜欢就是源于这些看似可有可无的东西。但他也知道，现在的她，一切都是属于另一个男人的。

秦让仿佛想通了什么，胸口有什么东西落了下去。即便失落，他也能含笑，眼眸幽黑，带着风度祝福她：“恭喜，我会抽时间参加你的婚礼。”

言喻眼里璀璨：“欢迎，对了，秦律师，带上南风吧，告诉他，小星星很想他。”

秦让眉心跳了跳，看着言喻离开的背影，嗤笑了下。秦南风去了婚礼现场指不定要哭，他还整天说他长大了，要娶个像言阿姨一样的老婆呢。

办公室门又合上了，冬日的天色暗沉得早，已经灰蒙蒙的了。路灯幽幽亮起，一排一排，守卫着这座城市。

秦让环视了一圈办公室，忽然觉得有些疲惫，来自心灵的疲惫，他垂下眼睑，定定地看着桌面上的材料，靠在了椅背上。

陆衍的身世和继承权几乎是没办法从法律上下手的，程管家大概也放弃了从法律上下手，自从上次交付了尾款之后，再也没来找过他了。至于许志刚委托找女儿的事……

秦让皱紧了眉头，距离许家的大女儿失踪时间，都过去了这么多年，又是荒郊野岭，他委托了三个私家侦探去查，只找到了三个相关的福利院，和两个在附近曾收养过女孩子的家庭。

其实他并不抱多大的希望，因为他现在能找到的资料，许志刚查了这么多年，想必也早查到了。所以，目前的状态几乎等于毫无头绪。

秦让随意地翻了翻福利院的资料，眸光慢慢地定在了一处。资料里面有一个福利院，圣安福利院。这个福利院是程家曾经资助过的，也是……言喻长大的那个福利院。

他脑海里闪过了一个念头，然后嗤笑了起来，言喻比许颖夏大一岁，这里对不上。他是忙工作忙疯了。

秦让站起来，抓起一旁的长外套，边穿边往外走，回家照顾儿子去了。

言喻和陆衍约好下班去试礼服，老宅的客厅里，灯火通明，六套礼服挂在架子上。一旁还客客气气地站着工作人员，准备帮言喻穿上。陆衍坐在沙发上，从周韵的手里接过小星星，一起等着言喻换好裙子。

周韵说：“这次的婚礼我都简单化了，不然六套礼服怎么够换的呢？白天的宴会你换三套，晚上再换两套，最后一套浅蓝色的，留在第二天小星星的周岁宴上穿。”

小星星是个配合的小迷妹，对着言喻的礼服不停地捧场拍手，眼睛笑眯眯的，露出了几颗洁白的牙齿。

等试完礼服，几人吃完晚饭，言喻觉得有些累，就先上楼洗了个澡。

小星星被保姆带走，陆衍也跟着上楼了。他的神情看似平静，近看却有些紧绷，他面无表情，黑眸幽深。

他觉得自己仿佛自虐，每天看着言喻的笑脸，却又每天在深夜的时候，反复看着来自程家的短信。他完全可以屏蔽程家的信息，却没有这么做，反而每天准时看着那个短信里的东西。

发来的照片基本是程辞和言喻的，他陪她读书，陪她上自习，陪她去超市，背着她，抱着她，亲着她。

陆衍神色冷清，两腮绷紧。他没有大男子主义的思想，谁都可以有过去，言喻作为他的太太，在和他结婚前，自然可以有前男友。只是，这个前男友是他的同胞哥哥，和他长得一样，他被当作了哥哥的替身。甚至，言喻故意隐瞒了这一切。

哪个男人，能忍受这样的屈辱？

今天程家的信息还是一如既往地准时，陆衍敛着眼眸，线条淡漠，带着讥讽，看到信息的时候，眼眸轻轻地收缩了下。

“你怕是不了解言小姐的心机，当你以为你将她引入局中的时候，或许，你才是被他困入局中之人。你看她撒谎，骗你说她不认识辞少爷的时候，一脸冷静，她一点都不愧疚。其实，从言小姐离开陆氏集团，加入律所开始，你就应该警惕了，她随时都在害怕你会因为知道了辞少爷的事情，而提出离婚。所以她在壮大自己的实力，以便于可以从你的手里抢走小星星的抚养权。她是学法律的，完全是一个精于钻法律漏洞的律师，孩子在两岁以内，只要她有固定的工资收入，养得起孩子，在婚姻内没有重大过错，法官基本会把小星星判给她的。或许衍少爷你会想用陆家的势力对言小姐施压，但我保证，言小姐手里一定还有底牌。但是……陆家做不到的事情，不代表程家做不到……”

后面的话，陆衍没再继续看下去了，他的心脏像是被一只手紧紧地攥着。虽然这些话都是对的，但是他绝对不会回到程家。言喻的确很有可能提出离婚，但他唯一能用的筹码就是小星星，而小星星是制约言喻最好的筹码。

或许是该先送小星星去美国了。

陆衍关掉手机，推开玻璃落地门，走了出去，风有些凛冽，外面下起了雪，冷意一点点地钻入衣襟，让他多了几分清醒。

言喻洗完澡出来，就发现房间的落地门开着，风不停地灌进来，带着冷冽，她裹紧浴袍，看到陆衍高大的背影莫名地透出落寞。她心微微一紧，走了出去。

陆衍听到她的脚步声，侧过脸看了她一眼。外面的温度真的挺低的，言喻打了个寒战。

她问：“怎么在外面吹冷风？”

陆衍闻言，眼神如同钉在她身上，他轻声道：“没有，想起了一年前，我们初见。”

言喻的睫毛轻轻地颤抖了下，时间过得真快，在医院里，她要给陆衍捐献骨髓，然后不要脸地提出了结婚的要求，她生下了小星星，她嫁给他……

短短的一年，又是漫长的一年，他们两人经历了太多。

言喻往前一步，从背后搂住陆衍的腰，她感觉掌心下的肌肉一瞬间僵硬，她的脸颊贴着他的背。

她轻声道：“是啊，时间过得真快，一年就这么过去了。”

前一段日子还水深火热，现在却倏然平静下来，让她有些不适应，但言喻有时候还挺喜欢平静的、有安全感的日子。这样的日子或许会暗藏危险，但在危险还未暴露前，她总习惯于自欺欺人。

陆衍嗓音低沉沙哑，噙了点笑意：“不对，一年前也不是我们的初见，在伦敦才是……”他语调很慢，话音落下的时候，言喻的手指颤抖了下，她曾拿这个骗了他。

陆衍却像是不在意，他修长温热的手覆盖在言喻的手上，握紧她，淡淡道：“听说程家的管家前一段时间去找你了，他怎么会突然去找你？”言喻嗓子眼有些发紧，她抿着唇，没有说话。

陆衍笑："抱歉，连累你了，他肯定因为你是我的太太，所以才从你这边下手。"言喻还是什么都没说。

陆衍垂下眼睑，莫测高深，他的薄唇勾勒出浅浅的弧度，放缓语气，像是期待着言喻说些什么。他说："还是你和程管家有别的交情，嗯？"

言喻手指一点点收紧，嗓子干涩得很，良久，还是心一狠，咬牙否定了。

那些事情太过复杂了，她不知道突然间该如何承认，该从哪里讲起，又该如何解释，反正她都决定将程辞放下，和陆衍好好的，他们都要办婚礼了，许颖夏也不在了……

至少一切看起来，都很美好，美好得让人舍不得打破。

陆衍胸口似有重锤砸下，胸口发闷，难以呼吸，他很明显地感受到了自己的失落和失望，让他的心一点点冷硬。他转过身，抱起了言喻。他低眸，眼底几乎没有一丝光，他没有看她，平静地说道："夏夏本来说要回来参加婚礼，我怕你不高兴，所以就没让她回来了。"言喻手指紧绷。

夜渐渐深了，言喻眼皮沉重，迷迷糊糊间仿佛听到陆衍在她耳畔轻声地说话，但她一句都没听清楚。陆衍说："你习惯了撒谎，习惯了欺骗，除了那个程辞，你最在乎的人是小星星吧。如果她不能陪在你身边，你会怎么样呢……"

雪花簌簌，白银覆盖，无人回应。

陆家的婚礼不算是最隆重的，但绝对少不了媒体的曝光，几乎所有媒体都在津津乐道，陆家少爷要和太太补办婚礼，有关心陆衍太太真面目的，有关心两人感情的，还有关心两人孩子的，更有不识趣的提起许颖夏，每一个话题都是爆点。

陆衍人脉广，当天来的人也很多。但是这一场婚礼，成了一个巨大的笑话，最生气的人是周韵。

婚礼即将开始，她找不到陆衍，那时候，言喻还在化妆间化妆，等到陆衍忽然在婚礼开始的时候出现了，而原本应该在化妆间的言喻却忽然不见了。

婚礼上少了新娘，只余下落寞冷冽的新郎，沉着一张脸，紧攥着手，仿佛要杀人。

陆衍转眼间，就成了本城笑料。

所有来宾都看着台上的新郎走了下去，接过了侍者递上来的手机，按下接听键，然后所有来宾也都清楚地看到了他脸色的剧变。

电话里，言喻的嗓音撕心裂肺："陆衍，我会恨你的，你把小星星送去了哪里？你知不知道她现在失踪了？有人带走了她！你的人都被甩下了。"

周韵从来没想过，会在婚礼现场闹出这么大的笑话。

她早先还特地邀请了媒体，让媒体对婚礼进行报道，而现在恰恰是这些媒体，第一时间将消息放了出去，不出半小时，全城的人都知道陆家的陆少爷、陆氏集团的执行总裁在办婚礼的时候，被自己的太太放了鸽子。

周韵对婚礼的布置是真的用心。

整个现场将天然和人工巧妙地结合，漫天的白中掺杂着纯色的蓝，雪花扑簌簌地落下，满眼的鲜花都是由法国空运而来的，松果、松树叶上点缀着白雪。长长的粉色地毯，从古堡延伸至露天的婚礼现场。

那条红毯的尽头，原本是该有新娘穿着无肩带蕾丝鱼尾裙，手捧着鲜花，搭配着白色手工皮草，一步一步地走向新郎，但婚礼的现场，红毯尽头空无一人，只有凛冽呼啸而过的寒风。

在场的嘉宾们窃窃私语，交谈的声音嘈杂，有惊愕，有幸灾乐祸，还有事不关己。

"天哪，这都老夫老妻了，补办婚礼，怎么还闹了这么一出？这下陆家丢脸丢大了。"

"陆家的媳妇有点不懂事啊，婚礼是多么重要的事情，怎么能随意翘掉呢？"

"陆家少爷也是丢人了，傻愣愣地站在这里等，新娘都跑了。"

"我以前一直听说的是，陆家的新娘千方百计想嫁进陆家，怎么看婚礼的情况，和想象中不太一样啊，倒像是陆家想要倒贴人家。"

“看看陆太太的脸色，多差，这下要气死了，鼻子都快气歪了。我早看周韵不舒服了，现在好了，我可以拿这件事笑她好几年了，周韵至少好几个月都不敢出来参加聚会了。”

“还真是看了一场大笑话，哎，以后我们家孩子要是办婚礼，一定要把新郎、新娘看好咯，陆家丢的脸面，我们家可不能丢了。”

周韵气得肺都要炸裂了，双手紧紧地攥着，指甲掐入肉中，一阵阵疼痛，她的脸上却还要勉强露出笑容。那些嘲讽讥笑的话，她一个字都不落地听了进去，胸腔里的怒火一点点燃烧起来，心脏气得发疼，密密麻麻灼烧的痛在四肢百骸里流转着。

她满心都是要收拾言喻的想法。

晶莹剔透的雪花越来越密集，也越来越大，地上的积雪也越来越厚，是纯净的白，也是绝望的白。明明今日的天气预报，只是说会有小雪，现在却忽然转为大雪。

陆衍穿着黑色的西服，肩膀挺括，双腿修长，背对着众人，他手里握着的手机，一点点地被他修长的手指攥紧。大概在室外久了，他的手指冻得泛红，骨节处却是苍白的。

手机的机身都快被他的力道捏碎了。他漆黑的眼眸重重地收缩着，心脏也紧紧地缩成了一团，手机里，还在源源不断地传来言喻的声音，就像是一把锋利的刀，毫不犹豫地捅进了他的心脏。

“陆衍，如果这次小星星出了事情，我是一定不会原谅你的，这一辈子都不会了，我告诉你，我们完了！”她声音不大，却沉重得像块石头，狠狠地砸在陆衍的胸腔里，轰鸣作响，震得他心肺作疼。

他喉结上下滚动了下，心脏似是被人紧紧地捏在了手心。他不敢想象小星星会出什么意外，良久，才掀了掀薄唇，嗓音仿佛发自胸腔深处，艰涩得很，他问：“你在哪里？”

雪花纷纷，白色的雪落在了他的眼睫毛上，一层薄薄的霜，一层薄薄的雾，他漆黑的眼眸冰冷无情，似是深渊，又恰似冰潭。不知道言喻说了句什么，他的薄唇抿成了一条毫无弧度的直线。

他面无表情地迈开步伐，渗透着冬日的寒气，脚步匆匆地往场外跑了去。

身后，周韵咬紧了牙根，气得眼前发黑，却不敢叫住陆衍。

陆承国脸色也沉得能滴下水来，他走到舞台上，强迫自己露出笑容，放缓声音：“各位，因为出了点事情，两位年轻的新人玩起了浪漫，而我们，只需要尽情地享受接下来的婚礼就好了。”

他对着工作人员招了招手，整个婚礼按照流程，继续往下走。

嘉宾们即便满心都充斥着八卦好奇，在这个时候，也不得不给陆承国一个面子，装作什么都不知道，重新和众人谈笑风生。

雪花继续飘落，现场音乐悠悠，缭绕人心。

新闻媒体的通稿已经发送了出去：《陆家婚礼出状况，新娘落跑新郎追》。毫无意外，评论里都是嘲讽和幸灾乐祸的话。

与此同时，一辆黑色的车子正在飞速地朝着郊区驶去，言喻坐在副驾驶座上，身上还穿着露肩蕾丝婚纱，映衬得她皮肤白皙透亮。她原本肤色就白，现在更是一刹那间似是失去了所有的血色，惨白得像白纸。

她眼圈通红，鼻尖酸涩，心脏紧紧地悬在嗓子眼，眼睛一眨不眨地盯着手机屏幕，那是一个陌生号码的来电。半个小时前，正是这个号码，告诉她，小星星不见了。言喻原本没有当真，因为今天这么重要的日子，陆家一定会看好小星星的。

但是作为母亲，总是会有点心灵感应，她总觉得不安，心脏时不时就疼得瑟缩一下，言喻想看看小星星，所以让人去找她。然而，那些人要么支支吾吾，要么说找不到，要么推托，她迟迟见不到小星星，心里的担忧越发凝重。

幸好，后来秦让带着秦南风上来找她闲谈，言喻立马拜托秦让找一下小星星。不过一会儿，秦让就告诉她，小星星的确不在婚礼现场。然后，那个号码又打来了电话，言喻立马接通，隔着细微的电流，那头传来了清晰分明的啼哭声，奶声奶气，带着惊惧和令人心疼的柔软。

是小星星。

言喻胸口重重地起伏，她用力地呼吸，失声叫了出来：“小星星！”

小星星仿佛听到了妈妈的声音，哭得越发大声了，她的嗓子都哭得有些干哑，声音细碎，夹杂着她喊叫妈妈的声音。言喻的心脏仿佛被一只无形的手用力地攥紧。

那头终于有了声音，是一个说英文的男人，嗓音透着阴冷："陆衍的妻子？是你吧？你可知道，你和陆衍的女儿正在我的手里，她还真是一个小可爱呢，哭得可真让人心疼。"

男人英文流利，话里偶尔冒出几句简单的中文。言喻脑海里闪过什么，第一时间想起的就是法斯宾德。

她心脏跳动的速度越发快了，猛地握紧了手机："你是法斯宾德？"

"我是或者不是，又有什么关系呢？"男人低笑，声音冷淡，透着讥讽和阴狠，"陆衍不接电话，所以我才打给你，不过给你打电话也是一样的。你给我转告他，立马让海关放我出境，还有，拿一千万给我。我要现金，来东渡码头找我，不许报警，不许带其他打手！如果他做不到，敢私下做其他安排的话，就等着给他女儿收尸吧！"

言喻咬紧了下唇，口腔里有隐约的血腥气。她想也不想地往外跑去，鼻尖酸意上涌，她有些慌乱，用力地掐着自己，想让自己冷静下来。她声音有些抖："你想要一千万是吗？我给你，但前提是，你要保证我女儿的安全。"

男人笑了下："当然，法国人很讲诚信。"他压低了嗓音："如果不是陆衍把我逼得走投无路，我又何必铤而走险，做出这样的事情！"

他冷笑了一声："也幸好，这次是陆衍自大，才给了我机会绑走他的女儿，现在他女儿被我用来威胁他，也算是他自作自受了。"

言喻的瞳孔重重地瑟缩着，口腔里的血腥气越发地浓重，她咬紧了牙关，不过一瞬，就顺清了思路。这个男人真的是法斯宾德，也就是说，是法斯宾德绑走了小星星。

她心中的恨意像是潮水，缓缓地涌上了胸口。

明明和法斯宾德没完没了纠缠的人是许颖夏，明明为了许颖夏而去收拾为难法斯宾德的人是陆衍，明明是法斯宾德自己不检点，才会被陆衍抓住了把柄。

明明这所有的一切都和小星星没有关系，可是，为什么？为什么一切的后果要让无辜的小星星去承担？还有，法斯宾德为什么说是陆衍自大？为什么小星星本来应该在婚礼现场，现在却会被法斯宾德带走？

言喻又想起婚礼前一天，她还接到了许颖夏从美国公共电话亭打来的电话，电话那头的她像是疯了一样，声音尖锐，极尽恶毒。

“言喻，你以为办婚礼就是爱了吗？我告诉你吧，阿衍一直想和你离婚，你以为他喜欢你吗？真是笑话，他只是想报复你，想让你在婚礼上出丑，你懂吗？”后面许颖夏似乎还念叨了许多话，但是言喻一点都没听进去。

那时候她的想法很简单，她都选择了陆衍，都选择了办婚礼，都选择了继续过这样的婚姻生活，那就选择相信他，所以她放弃了相信许颖夏的话。

所以，是不是许颖夏那天说的才是真的？言喻总觉得自己漏掉了什么，她还想说什么，但法斯宾德毫不留情地挂断了电话，听筒里只余下冰冷僵硬的“嘟嘟”声。

言喻只要想起小星星撕心裂肺的哭声，就克制不住想要杀人的冲动。她的眼泪不可避免地顺着眼角滚落，她咬紧下唇，不管不顾地往楼梯冲了下去，双手按着手机，不停地给陆衍拨打电话，一遍又一遍，却无人接听。

婚纱很长，她一不小心就踩住了裙角，往前摔去，重重地磕在地上，手肘处传来火辣辣的疼痛。那些隐忍的眼泪，仿佛一瞬间失控，全部从眼睛里冒了出来，她第一次感觉到这样慌乱得不知所措的情绪。

幸好还有秦让，幸好还有他帮着她。他将她从地上扶了起来，给了她一个拥抱，让她有个流泪的借口，然后载着她快速地驶向了东渡码头。

一直到了秦让的车上，言喻才打通了陆衍的电话。她心里是充满了怨恨的，小星星现在所受的苦，都是因为陆衍和许颖夏。但可悲的是，她又不得不寄希望于陆衍能去救小星星，只要陆衍早一点到，小星星就能少受一点苦。

秦让抽空侧眸瞥了她一眼，安慰她：“别担心，小星星一定会没事的。”言喻轻轻地点了点头，手脚却都是冰冷僵硬的。

秦让继续道：“如果按照刚刚的通话内容推测，对方只想出境和钱财，就不会特意惹麻烦，从而伤害孩子的。”

言喻背脊挺直，后背一点点地发凉。她只能相信法斯宾德会好好地照顾小星星，不停地对自己催眠，就算法斯宾德家暴、出轨又酗酒，也不代表他一定会对孩子下手。

小星星那么可爱，他一定会不忍心的吧……

陆衍开走了白色的婚车，他一瞬间加快速度，踩下油门，汽车如同离弦的箭，转瞬就消失在了视野里。车内，他修长的双手紧紧地攥着方向盘，目光冰冷地直视前方，他绷紧了两腮，面无表情，薄唇抿着，眼底一片凄寒。心脏像是被无数根密密麻麻的针刺中了一样，又宛若蚂蚁啃噬，千疮百孔。

他握着方向盘的手指越来越紧绷，对于今天的婚礼，他有很多设想。

言喻一直在欺骗他，拿他当替身，他甚至胸口闷得想在婚礼上放了言喻鸽子，然后带着小星星先去美国休假，让言喻体会一下失去和被欺骗的感觉。他知道自己有多幼稚，但一旦碰上言喻，他发现他所有引以为傲的自制力都会崩溃。他控制不住地斤斤计较，控制不住地比较，控制不住地想要报复。

这些日子，他受够了看着她和程辞之间曾经的亲密无间。所以今天，他在婚礼即将开始的时候，关掉手机，让人先送小星星去机场，然后他消失，但一切的变化都抵不上人心的变化。

他发现他舍不得让言喻一个人出现在婚礼上，一个人孤零零地站着，一个人受人嘲讽，于是他最终还是出现在了婚礼现场。可是，人算不如天算。言喻消失了，原本设想好的言喻被抛弃、被嘲笑，体会失去的感觉，全部出现在他的身上。

有愤怒、有冷意，也有绝望，那一瞬间，他是真的想把言喻困在家里或者揉进他的身体里，让她再也跑不了。

关于婚礼会遇到的所有情况，他从来没想过最后的情况会是小星星丢了，而这个机会还是他提供的。如果不是他非要今天先送她去机场，如果不是他今天不好好珍惜办婚礼的机会……小星星怎么会被人劫走？

更何况，那个劫走小星星的人还是法斯宾德！

愧疚和后悔像是潮水，没过了陆衍的头顶，让他几乎要窒息。都是他的错，就连法斯宾德都是他招来的，是他为了给夏夏报仇，没有留后路而彻底得罪了人。

他忘了自己还有软肋。

陆衍眼底阴鸷，眼眸深沉晦暗，黑得浓稠，几乎看不见任何的光，情绪也复杂得令人难以捉摸。

一路疾驰到东渡码头，他远远就看到了穿着黑色西服的秦让将穿着婚纱的言喻搂在怀中，而言喻也乖乖地趴在他的胸口，没有任何反抗。

她在无声地落泪。

陆衍绷紧了两颊的线条，周身散发着一股冷气，他熄火下车，快步地走了过去，握住言喻的手臂，将她拽入自己的怀抱。

言喻知道是陆衍，她心里的火苗早已经燎原，在看到陆衍的那一瞬间，到达了最高值。她想也不想地咬住牙根，用足力气，将一巴掌重重地甩在陆衍的脸上，响亮的巴掌声格外刺耳，陆衍的脸上几乎立时浮现出红痕。

言喻终于崩溃，眼前模糊，眼泪成了线条，琥珀色的瞳仁是冰冷的。

"陆衍！这下你高兴了吧，法斯宾德在玩我们，他根本不在东渡码头！我们现在联系不上他了！甚至不知道小星星在哪里！"言喻语调是冰冷的，"是你连累了小星星，是你要帮许颖夏出头，是你帮她在国外找房子，是你承包了她的后半生，就连她给你戴绿帽的前男友，你都要帮她一并解决。许颖夏舒服了，你就是她的冤大头，她一辈子都不会离开你，你也舒服了，英雄救美，多好啊，救的还是你一直喜欢的人。"

言喻的语调尖锐了几分："可是，替你承受这一切后果的人是小星星，多么不公平！"陆衍绷紧了嘴角，薄唇没有一丝的弧度，漆黑的眼底沉了又沉，他的手指用尽全力地攥着。

秦让皱着眉头看他，眼角眉梢都是讥讽的意味。

东渡码头的空气中都是浓郁的鱼腥气，当言喻赶到这里的时候，却怎么也看不到法斯宾德的身影，更没有小星星。她不停地给法斯宾德打电话，明明打通了，却一直没有人接听。

冷冽的风呼啸而过，灌进言喻的身体，她身上只有薄薄的婚纱，早已冻得手脚发麻，似乎连血液都快冻僵了。秦让脱下自己身上的黑色长外套，给言喻披上。一瞬间的温暖袭来，言喻下意识地咬紧下唇，忍住了眼泪。

法斯宾德的电话还是没人接。

陆衍黑眸清冷地盯着言喻身上秦让的外套，他轮廓深邃的俊脸绷得紧紧的，眼里含了浓郁的危险，他攥紧手机，让陆家的人开始行动。他眸光扫过码头，在细节处，眸光微微顿住，他声音冰凉："有人在我们前面一步，带走了小星星和法斯宾德。"

陆衍快步地走了过去，码头的信箱上，用喷漆写了几个英文单词：请打开，衍少爷。喷漆很新，像是刚刚喷上不久。

陆衍打开信箱，里面安静地躺着一封信，他取了出来，信封里装着一串号码。当看到号码后的落款时，陆衍的眼眸重重地缩了下，瞳仁黑沉无光，是程管家。

陆衍毫不犹豫地拨出了那个号码，第一遍没有人接听，第二遍也是，第三遍仍然是这样，但他没有放弃，一遍又一遍地拨打着。

言喻的掌心已经被自己的指甲掐出了血，是程管家提前一步带走了小星星吗？如果是，那他现在就是故意晾着他们，不接电话。

陆衍不知道打了多少遍后，电话的那头才有了人声。程管家嗓音含笑："衍少爷好。"

陆衍冷笑，开门见山道："程管家，我女儿呢？"

程管家依旧笑着："在我这儿，小可怜，刚刚哭得可真凄惨，嗓子都哑了呢，不过现在已经被我哄睡着了。"他顿了顿，继续说，"不用担心，小星星是我们程家的孩子，我是不会伤害她的，那个伤害她的外国人我已经绑好了，就等着你们来收拾。"

他似乎还踢了下什么，电话那头传来了法斯宾德的哀号声，很快像是被人捂住了嘴巴，哀号声变成了呜咽声。

言喻强迫自己冷静下来，她胸口起伏，深呼吸了几下，道："程管家，我知道你做什么事情都是有目的的，不妨说说你的条件。"

"言小姐是个聪明人。"程管家嗓音透着和蔼慈祥，"我也就不绕弯子了，想让我把小星星还给你们，我有两个条件。第一个条件，是针对衍少爷的，我要你回到程家；第二个是针对言小姐的，我要你和衍少爷离婚。”

陆衍抿紧了唇，没有回答，但是言喻一点都没有纠结，她说：“我答应。”这短短的三个字，让陆衍一震，一瞬间，他的心头活血通通冷了下去，仿佛有人狠狠地掐住了他最为脆弱的地方。

他漆黑的眼眸赤红了几分，冷峻的脸色有些苍白，带着冷冽的怒意死死地盯着言喻的侧脸。言喻却看都没看陆衍，只是盯着手机。

程管家笑了起来：“言小姐果然狠心，其实不管是衍少爷，还是辞少爷，对你来说都没有什么区别吧。”他继续道，“两位少爷都是言小姐进入上流社会、提升自我地位的台阶罢了，有时候我都不得不佩服你，能够把两位少爷玩得团团转。”

程管家说话向来直接，狠狠地击中人心脆弱不堪的地方。言喻的脸色有些苍白，她绷紧了唇，什么也没说，她想去看陆衍的神情，却怎么也不敢转头。就算她没有转头，也感觉到了陆衍的平静，他像是一点都没对程管家的话感到震惊。

她早就应该想到的，陆衍是不是早就知道她曾经和程辞在一起过……她鼻子一酸，那些隐忍的泪水仿佛就要落下，她攥紧手指，指甲狠狠地掐入肉中，只有不断的疼痛才能让她清醒。

陆衍早就知道她在骗他，那他这么长一段时间以来，为什么要装作什么都不知道，甚至主动安排和她的婚礼？他今天为什么要让人送小星星去机场？思绪繁杂，在言喻的脑海中纠结成了混乱的一团。

言喻的心脏一点点地下沉，周围的温度越来越低，冷得她整个人都像是要散架开来。其实，她应该想明白的，但不知道为什么，此刻的她有些拒绝。

这一段时间，她和陆衍的关系的确是很温暖的，她不想去毁坏表面上的美好。

码头的风凛冽而过，带着令人心寒的温度。

程管家却像是突然生出了许多感慨，他嗓音温和，带着怀念，他说：“言小姐，你可知道没认识你之前的辞少爷，有多优秀？他有条不紊地生活，他从小就接受贵族精英式教育，为接手程家做足准备，他谦和有礼，他懂得克制……他是我这一生最好的成就。可是你呢？是你毁掉了他。”

言喻下唇咬得生疼，睫毛上落了雪花，一眨眼就只剩下了雪水。她不觉得是自己毁掉了程辞。程辞说过，他在程家根本不开心，他被困在那个铁牢似的古堡里，日复一日地接受着各种教育，学习各种东西，他被压迫得几乎喘不过气来，就像是一抹幽魂。

程管家对他说的最多的话就是："少爷，你要懂得隐忍。"

言喻不想听程管家说关于程辞的事情，更不想让陆衍听到。她动了动唇："程管家，我现在，只想见到我女儿。"

陆衍一直沉默着，他怕自己一说话，就控制不住情绪。

雪水打湿了他的黑发，他的脸色坚硬冰冷，程管家说的每一个字都太过刺耳了，像是倒钩，嵌入他柔软的心脏。言喻对他的每一分好，每一分温柔，甚至她看他的每一个眼神，都是因为程辞。她因为程辞，毫不犹豫地接近他，嫁给他。

陆衍心脏的每一次跳动，都会带来剧烈的疼痛。言喻曾经说过喜欢他，其实喜欢的只是程辞，一旦把他和程辞放在一起供她选择，她会毫不犹豫地放弃他。

程管家说："衍少爷，你不想回到程家吗？回到了程家，很多事情都会得到完美的结果，包括小星星，包括你的未来，你的商业才能在陆家太过局限了。"

他看好陆衍，其实程家选继承人，可不仅仅只看血缘，也考虑了陆衍的能力。他年纪轻轻，却有魄力、有能力，聪明机智，手段凌厉，纵横商场，他能将陆氏集团管理得很好，也一定有能力接管整个程家。

陆衍的薄唇勾出了嘲讽的弧度，他眉目间显出了不耐烦，他根本不在乎程家。

程管家没听到陆衍的回答，也并不着急，他只说："衍少爷，我在城南鼓山别墅区十二栋。"说完，他就挂断了电话。

秦让也跟着站立许久，他的身上也落了不少雪花，微微打湿肩头。陆衍收起手机，看都没看他，直接拽走了言喻。秦让眉头微皱，白皙干净的手猛地握住了言喻的手腕，他喉结微动，似是要说什么。

陆衍冷笑，释放着沉沉威压："秦律师，这是我们的家事，你能以什么样的身份来干涉？"秦让没吭声，手指一点点收紧。

言喻也意识到了不妥当，她看向秦让，胸口起伏了下："秦律师，真不好意思，今天麻烦你了，等事情解决了之后，我请你吃饭。"

秦让黑眸定定，他也明白了言喻的意思，他抿着唇，过了会儿，还是松开了手。手心空空的，心里泛起了巨大的失落，吞噬了他。

漫漫白雪地，身后是白茫茫、雾气四散的海面，他身上的黑色西装是这一片白中显眼的一处。他木着脸，盯着言喻上了陆衍的车，仿佛要看出什么来。

陆衍开车的速度很快，几乎一路无话。两人心中都在压抑着情绪，小星星还没找到，他们谁也不想现在就吵起来。

言喻侧眸看向窗外，雾气茫然，一片白，她心里比这片白还要冷冽空旷，她身处这片白之中，迷失了前进的方向，她和陆衍的婚姻也早已走失了。她垂下眼眸，看到自己身上的婚纱，裙摆被雪水浸湿，沾了灰尘，乌黑一片。

这场婚礼，还真是个笑话。

程氏家大业大，就算只是临时在这里落脚，也买下了一栋已有近百年历史的古堡。整栋房子都透着沉闷和压抑，带着古老的气息。走进去之后，客厅里的墙壁上挂满了油画，光影昏黄，笼着视野。

言喻一眼就看到了小星星，她躺在程管家的怀中，闭着眼睛睡觉。看到他们来了，程管家不紧不慢，笑意克制："衍少爷，言小姐。"

他让人把小星星抱给了言喻。

言喻鼻尖一酸，眼圈通红，眼泪顺着冰冷的脸颊滚落，她满心都是酸涩，一直提着的心一下重重地落地，一瞬间，她仿佛失去了所有的力量，差点就双腿一软，倒了下去。

陆衍伸出手，将母女俩都搂进怀中。他的眼神像是钉在了言喻和小星星的身上，手指一点点收拢，眸光慢慢地扫过小星星的每一寸皮肤。

幸运的是，她除了眼皮红肿，睫毛湿润外，没有其他的伤痕。但明显被吓到了，在言喻抱过她的时候，明明还在睡梦之中，她却忍不住打了个哆嗦，嘴巴一撇，就要哭，一张小脸蛋上写满了难过。

言喻搂紧她，低头亲了亲她的额头，带着哽咽哄道：“乖，是妈妈，你没事了，妈妈在呢。”

程管家让言喻和陆衍都坐下，说道：“我的条件还是刚刚那些。衍少爷，小星星会被带走一次，就会有第二次，只要你承诺回程家，一切都会平静下来；如果你们不答应，相信我，你们俩绝对没办法将小星星带出这栋别墅。”

言喻眼前有些模糊，她垂着眼眸，绷紧了唇线。她很平静，还是那句话：“我同意和陆衍离婚。”

陆衍拳头攥紧，骨节泛白，他咬紧牙根，声音是挤出来的：“我不同意，言喻，你别想离婚。”

言喻抬起了眼皮：“你不是一直想和我离婚吗？现在满足了你的想法，不好吗？你知道吗？就在今天，许颖夏给我打电话，她说你和她说过，你一直没放弃过离婚的想法。”她的语气平静，“陆衍，如果你没有这样的想法，只要你现在否认，我就相信你。”

陆衍黑眸几不可见地颤了下，他喉结上下滚动，轮廓紧绷，薄唇翕动了下，似乎想说什么，但最终还是什么都没说。

言喻眼底的火光一点点熄灭，只留下了被雪水打湿后的灰烬。

程管家看着他们俩，微微地眯了眯眼眸，他要做压死骆驼的最后一根稻草：“当然，衍少爷平时对小星星照顾得还是很好的，也保护得很好，难以让人接近，如果不是他今天让人先送小星星去机场，法斯宾德也不会有这个机会的。”

言喻的眼眸重重地收缩了下，这一句话里的信息很多，有这一句话就足够了。她觉得后背生冷，冷得她牙齿直打架。

陆衍想先送小星星去机场，许颖夏说他不是认真想和她办婚礼，他想离婚，而陆衍又早知她拿他当程辞替身的事情，这一系列的信息拼凑在一起，那就是，陆衍知道了，她最初只把他当作程辞的替身。这是他的底线，触怒了他，所以他生气，想报复她。于是他打算在婚礼上抛下她，然后带着小星星出国。他想让她在婚礼上感受到被抛弃的耻辱，再接着承受失去小星星的打击。

这两种手段，是对她最好的报复方式，也最符合陆衍的性格。

他步步为营，假装什么都不知道，一直哄骗着她。他知道小星星是她的软肋，他连一个孩子都要利用。难怪他这段时间，花了那么多时间在小星星身上，无非就是想让小星星离不开他。

甚至他知道她有离婚的想法，他的底线就是，就算离了婚，他也绝对不会让她带走小星星。

言喻的睫毛在颤抖，像是脆弱的蝶翼，眼眶也湿润了起来，雾气朦胧，她咬紧了牙根，不让眼泪落下。她瞪着陆衍，抿紧唇，心里忽然生出了无尽的悲哀。

她的心尖颤抖着，如果今天但凡出了点差错，小星星就会出事，她就会失去小星星。她还会一个人孤零零地站在婚礼现场，受众人嘲讽，被周韵责怪。

她的眼前是一片又一片的迷雾，陆衍狠起来，一点都不比她心软。

陆衍死死地攥着拳头，他仿佛想说什么，又仿佛什么都不想说。他垂眸盯着言喻，看着她眼睛里的泪水，看着她苍白的脸色，心脏疼得骤然收缩，却又从心底深处，生出了一种难言的痛快。

他的难受，她现在也能感受到了吧，总不能他一个人痛苦，那就一起沉沦吧。他绷紧面部线条，黑眸沉沉，浮冰起伏。那些悬在嗓子眼的东西，也缓缓地沉淀了下去，尘埃落定。不管他之前怎么想，怎么犹豫，不管言喻怎么打算，现在伤害都已经造成了。

他微微眯起眼眸，反倒显出了冰冷和凄寒。

程管家期待着这两人闹崩，只要衍少爷肯离婚，只要衍少爷怀着恨意，他就有办法让他回到程家，他会为衍少爷选择一个最优秀的妻子，安排一门最得体的婚姻，让他立足伦敦商界。

他继续揭开蒙着这一切的薄纱：“那个外国人是恨衍少爷，所以才绑架了小星星，他恨衍少爷的原因很简单，就是因为衍少爷喜欢许小姐，偏袒许小姐，为了许小姐而将他逼得走投无路。可是，有意思的是，法斯宾德知道衍少爷想要送走小星星的消息，却是来自许小姐。”

陆衍的两腮绷得很紧，他黑眸沉得几乎看不到一丝亮光，他死死地攥着拳头，在得知是法斯宾德带走小星星的时候，就猜到了。只是，还缺最后的确认步骤。

因为言喻欺骗了夏夏，生下了不属于夏夏的小星星，依照夏夏的性格，自然不会喜欢小星星，但他没有想到，夏夏居然会跟法斯宾德联手，来伤害小星星。

言喻一点都不惊讶，她早就清楚地知道，许颖夏绝对有可能做出这样的事情。许颖夏不希望她和陆衍办婚礼，不希望小星星过得好，只要有可能，她一定会想办法破坏他们的婚礼。那些来自她的短信，不就证明了吗？

言喻觉得寒意在身体里流窜，她手脚冰凉，可笑的是，她在婚礼前，一点都不肯相信许颖夏的话，但陆衍的所作所为还真是一个个响亮的巴掌，扇在了她的脸上，叫她酸涩和难堪。

他们两人的嘴脸都这样难看，这一段婚姻早该结束了。

言喻低下眼眸，迅速地抹去了眼泪，定定地看着小星星恬静的睡颜，与其让小星星在父母彼此憎恶的婚姻里长大，不如让她在浓郁的母爱下长大。

言喻深呼吸，轻声道：“陆衍，我们离婚吧，不要再互相折磨了。”

陆衍面无表情：“不可能。”

言喻眼泪一时没忍住，落了下去，她看着程管家，像是当陆衍不在一样，语气平静：“程管家，我同意离婚，前提是我要小星星平平安安地跟着我生活。”她的语气甚至有些嘲讽，“我知道，你看不上我生的小星星，你的衍少爷也不需要我生的孩子。”

程管家微微挑了挑眉。

陆衍一双黑眸凌厉，像是刀剑，狠狠地剐过言喻，他冷着一张脸，目光突然变得凶狠阴戾，语调却变得平缓，透着浓稠的讥讽：“言喻，你想跟程管家结盟？你以为他能拿我怎么样？如果我不想离婚，谁也不能让我离；就算离婚了，你以为你能拿到小星星的抚养权吗？”

大厅的壁灯有些刺眼，言喻眨了眨眼睛，嗓子干涩，酸楚上涌，没有说话。

陆衍收回看着言喻的视线，盯向了程管家，他黑眸里的冷意，让程管家都感觉到背后一凉。

陆衍缓缓地勾起嘴角，透着冷冽："程管家，如果你不怕程家被我篡改成了陆家，继承程家算得了什么。"他手指用力得泛出了苍白，咔嚓作响，他黑眸沉寂了下来，猩红隐约闪烁，他仿佛下定了什么决心，"我会离婚，也会继承程家，但陆氏集团我也会继续管理，还有……"他顿了顿才继续说，"我要小星星的抚养权。"

言喻脸色苍白，转过眼眸，失声叫了出来："陆衍！"毫无疑问，程管家一定会选择站在陆衍那边。

陆衍的侧脸线条淡漠，不带一丝温度，看也不看言喻，一瞬间，言喻失去了唇色。

程家、陆家是陆衍的底气，她现在连工作都还没有转正，她拿什么去争夺小星星的抚养权？

陆衍站了起来，身材高大，一下就遮挡住了大片的光线，他垂眸盯着言喻，背着光。

言喻看不清他的神情，却能感受到他身上重重的威压和冷冽的寒意。他微微俯身，冰凉的手指捏着言喻的下颌，缓缓地抬起她的脸，手指收紧，嗓音里仿佛有了几分温柔："言言，你还有一个选择，就是不离婚。"他要她和他一起困在这个牢笼里，一起受折磨。

陆衍脱下自己的外套，披在小星星身上，动作轻柔，对着言喻冷漠地道："走吧，回去了。"

大门口，守着一排黑人保镖。程管家挥了挥手，陆衍和言喻在保镖的注视下，走了出去。

夜色慢慢地暗淡下去，路灯光昏黄，两人上了车，一路沉默，言喻望着窗外，霓虹浮光掠影地扫过，在她的脸上留下了深深浅浅的痕迹。

公寓里。

陆衍推开门，就看到周韵和陆承国面色沉沉地坐在沙发上，冷眼等着他们回来。

周韵看到言喻就站了起来，言喻没有理会她，直接把小星星交给了林姨，低声嘱咐："林姨，麻烦你照顾一下小星星了，然后帮忙把婴儿房的门关上。"

周韵冷着脸，眼里都是怒火，质问："今天到底是怎么回事？好好的一个婚礼，为什么被你们俩弄成了这样？你们知不知道，陆家的脸面都被你们丢光了？"

言喻没有说话，陆衍面无表情，他冷淡道："小星星丢了，是我的错，和言喻没有关系，言喻是因为小星星丢了，才离开的。"

周韵眼睛越睁越大："小星星为什么会丢？"

陆衍皱着眉头，有着不耐烦，他克制着，轻声道："就是丢了，妈，今天发生了很多事情，我和言喻都很累了，小星星好不容易才找回来，先让我们休息吧。"

周韵怒意涌上心头，她一肚子的怨气都还没发泄，怎么可能就此熄火？她胸口重重起伏，转眸看向了言喻："阿衍不说具体发生了什么事，那就你说，言喻。"她对着陆衍还压抑着脾气，对着言喻的眼神就很不善了。

言喻握紧了手指，她抬起眼皮，盯着周韵。她几乎没用这样的眼神看过周韵，周韵被她看得愣了愣，下意识地后退了一小步。

言喻脸上没有几分表情，她觉得周韵很陌生很陌生，她告诉自己要尊重长辈，要懂得礼貌，可是胸口汹涌上来的怒意是那样明显。陆衍拿小星星威胁她，那她又何必忍耐周韵无止境的怒意。

言喻掀了掀薄唇："妈。"她顿了顿，心尖微微酸楚，这大概是她最后一次这么叫周韵了吧。

"陆衍答应和我离婚了。"短短的一句话却像炸弹一样，在这个不大不小的空间里轰鸣开来。

周韵睁大了眼睛，难以置信，她脱口而出："什么？"

陆承国倏然严肃起来，紧紧地锁着眉头，他沉声道："胡闹！什么离婚？今天你们才要办婚礼，这是把婚姻当游戏了吗？"

陆衍乌黑的眼眸浮现出嘲讽的意味，他的薄唇几乎没有一丝弧度。陆承国大吼一声："陆衍，你给我说清楚！离婚是怎么回事？"

陆衍眉目凉薄，他的薄唇动了动，像丧失了想法一样，冷漠道："没什么好说的，就是同意离婚了，明天我就会把离婚协议书拟定好。我会给言喻足够的赡养费，就当作是对她这一年来的青春和陪伴的补偿。"

他看了陆承国一眼，扯了扯嘴角："放心，小星星会跟着我，言喻不会带走她。"

言喻身体僵硬，死死地盯着陆衍。她脸色苍白，直接放话："你死心吧，陆衍，小星星是我的女儿。"

陆衍语调很慢："但她也是我的女儿。"他看着她，"言律师，是想和我上法庭争夺孩子吗？但你的工作还没转正，你没有房子，也没有钱，你想怎么和我抢孩子？"陆衍的声音充满了轻薄和嘲讽。

言喻心脏发疼，冷得连骨头也在隐隐作痛。她盯着陆衍的眼睛，睫毛微动，悬着的心缓缓下沉，她抿着唇，平静地道："你错了，小星星不是你的女儿，陆衍。"

这一句话，从她的嘴里说出来，就像是宣判，振聋发聩。

客厅里安静下来，陆衍绷紧唇线，看她的眼神里带着寒冰，没有什么表情。周韵胸腔里的怒火熊熊燃烧，一瞬间吞噬了她的理智："你在说什么啊？言喻！"

陆承国也难得对着言喻冷下了脸："别胡闹了，为什么扯到了小星星？夫妻俩吵架归吵架，别总是牵扯到小孩子，小星星是无辜的！"

言喻红唇抿成一条冰冷的直线，她垂在身侧的手指蜷缩又紧绷，琥珀色的瞳仁里，是风暴降临的海面，风起浪高，漩涡重重。

"爸，妈，我跟陆衍过不下去了，对不起。"她轻轻地眨了下眼睛，将滚烫的眼泪往眼眶里逼，"我对不起你们，但小星星我是要带走的。"她终究没有说出那句让两个长辈难堪的话。

周韵冷笑道："所以你们到底为什么一定要离婚，还嫌陆家的脸面丢得不够大吗？言喻，别忘记了，当年是你拼死拼活想嫁给陆衍的，现在你说离婚就离婚，你是不是把自己的脸面想得太大了？"

言喻深呼吸后，说：“对不起。”

她什么理由都给不出来，牵涉的人太多，还牵扯了程家，陆衍还说要回到程家，这些和陆衍相关的事情，她不想从她的嘴里说出来，不管怎么样，由陆衍亲自说才好。

周韵气得脸色泛红。

陆承国太阳穴上的青筋隐隐作痛，他冷眼瞪着陆衍，命令道：“陆衍，跟我到书房来！”陆衍平静无波地看了他一眼。

陆承国走了几步，又退回来，说：“阿韵，你也一起进来。”

客厅里只剩下了言喻一个人，她抿紧唇，慢慢地坐在沙发上，方才隐忍着的泪水一滴滴滑落，刺痛着脸颊。她胸口发胀，紧紧地咬着牙齿，死死地忍着，不让哽咽声溢出口。她埋头在双膝上，无声地啜泣着，肩膀不停地耸动着。

窗外天色暗沉，天幕似是黑布，月色隐匿，看起来就像潜伏在黑暗中的野兽，随时随地都可以将言喻吞噬掉。

言喻坐了一会儿，书房门还是没有打开，她站起来，回到婴儿房。

林姨担忧地看了她一眼，言喻弯了弯唇，眼睛红红的，但还是平静道：“林姨，这边交给我好了，今晚你去房间睡个好觉吧，小星星我来照顾。”

林姨不放心：“太太，你今天状态不太好，我们一起来照顾吧？”

“不用了。”言喻扯了扯嘴角，弯唇笑，她想表达她没事了，只不过那通红的眼眶怎么也说服不了人。林姨最终叹了口气，没再坚持，她离开婴儿房，轻手轻脚地将房门关上。

言喻走到床畔，垂眸盯着小星星的睡颜，她伸出手轻轻地抚摸着小星星的眉眼。小星星躺在粉嫩的毛毯里，皮肤白净，睫毛纤长浓密，眼圈却是红红的，小拳头紧紧地攥着，她睡得并不安稳。

言喻的动作缓慢，最后给小星星掖了掖被角。她静静地看着，小星星的小嘴动了动，忽然害怕地呢喃出声：“妈妈……”这一声妈妈，就像是一把锋利的剑，刺穿了她柔软的心脏，鲜血四涌，腥气弥漫，胸口的疼深入骨髓。

她咬紧了下唇，压抑着胸口翻涌上来的哽咽。她清了清嗓子，尽量柔和了声音："妈妈在呢，宝贝儿。"她的手一下又一下地温柔地抚摸着小星星。

她不敢想象，如果离婚了，没拿到小星星的抚养权，她该怎么办；她也同样不敢想象，如果不离婚，她和陆衍的未来又是怎样的。

四周越是安静，言喻越是思绪活跃。

陆衍知道了她拿他当替身，那么，他之前做出的所有承诺，也都是假意的，他送走许颖夏是不是也只是为了麻痹她？

忽然有手机的振动声传来，言喻看了一眼，是南北。南北今天给她打了无数个电话，但是她今天都没有时间接听。

言喻看到南北的名字在闪烁着，那些委屈和痛楚仿佛一瞬间都涌了上来，她的口腔里都是血腥气，嘴唇干裂，甚至泛出了血丝。

"喂。"言喻接通了电话，她故作轻快，声音里却还是带有无法遮掩的哽咽。

南北的声音含着愤怒："喂什么啊，装作不认识我了啊？是不是还想狡辩才听到电话响，之前没看来电提醒？"言喻抹了下眼角。

南北说："我今天一天给你打了多少个电话你知道吗？差点就要报警了！你说你在化妆间，我就去了趟洗手间，回来你就不见了？今天你婚礼啊，大姐！你究竟为什么要在婚礼上跑掉？"

她的怒意越发盛："啊，我要被你气死了！我找不到你，给你打电话也不接，然后，你那个婆婆看我的眼神也太可怕了，像是要把我活生生地吃了。不过我也能理解她，我要是她，我儿媳妇在婚礼上临时撂挑子，跑掉了，我也是不能接受的。我不仅不接受，我还要把那个让我丢脸的臭女人生吞活剥！"

南北的火气压抑了整整一天："所以，言大小姐，你现在能解释一下，你为什么要跑掉吗？"

言喻走到窗户旁，看着窗外雪花漫天飘落的夜色。

她轻声地问："北北，抱歉，今天的现场是不是闹得很难看？"

"你说呢？"南北没有好气，"新娘跑了，没有理由，只剩下新郎一个人孤零零地站在台上，台下宾客们议论纷纷，讥嘲四起，你还可以去网络上看一看，网民都在嘲讽陆衍，讥笑陆家，还有的人在说你不安分。而且，你这次在婚礼上逃跑的行为，居然给许颖夏拉了不少好感，一大半的人在心疼她。阿喻，你这次真的是毫无分寸。”

南北和言喻关系好，她们之间向来是有什么就说什么的，南北的话有些残忍，但也都是事实。

南北似乎隐隐觉得不对，她迟疑了下，蹙眉道：“阿喻，你哭了？”言喻没有回答，她在压抑着情绪。

南北叹了口气，声音压低了：“所以，到底发生了什么事情？你告诉我好不好？我为我刚刚说的话道歉，我的语气太重了，也没有注意分寸，是我的错。阿喻，今天怎么了？”

言喻垂下眼睑，呼吸有些重：“婚礼快要开始的时候，小星星被法斯宾德绑架了，是许颖夏告诉法斯宾德小星星的下落的。婚礼前，许颖夏还给我打了骚扰电话，她告诉我，陆衍不是真心想和我结婚。”

南北一想就明白了：“法斯宾德？许颖夏也太恶心了吧，你和陆衍都结婚了，她怎么还阴魂不散？法斯宾德是不是想报复陆衍？所以故意带走了小星星？陆衍还真是自作孽不可活，他为了给许颖夏报仇，下手太狠了，拉了那么多仇恨。”南北顿了顿，声音里又含了疑惑，“问题是……小星星怎么会被带走？那天她不是在婚礼现场吗？现场那么多安保，法斯宾德一个人怎么带得走？”

言喻几不可见地弯了下唇，讽刺的意味很浓：“是啊，可是陆衍想送小星星去美国，他也会去美国，然后留我一人在婚礼现场……”她将所有的委屈都吞咽进肚子里，眸光专注地盯着外面飘落的雪花，轻声道，“北北，我和陆衍要离婚了。”

声音很轻很轻，轻得几乎听不到。

南北那边是长久的寂静，言喻耐心地等着，南北沉默了很久，最后叹了一口气，说：“离婚了，挺好的。这段婚姻本来就很畸形了，阿喻。你当初为了不纯正的目的，想跟陆衍结婚的时候，我就在担心了，不纯粹的婚姻很难长久，你们俩也都有错，陆衍是不是知道了你和程辞……”

言喻的睫毛颤抖：“嗯……所以这个婚礼，最近一段时间的美好，都是他的报复，他想给我重重一击……”她的眼眶十分灼热，“北北，我想离开了。”

南北说：“好，那我们就离开。陆衍是永远不会放下许颖夏的，他应该也过不了你把他当作替身这个坎，再折腾下去，只会让你们俩越发地两败俱伤……但是，小星星怎么办？陆家愿意放手吗？”

言喻摇摇头，心脏像是被一只突如其来的手，狠狠地攥住了。

“陆衍不愿意，陆家也不会愿意。我……还在想办法……”

“要不要让宋清然帮忙？”

言喻深吸一口气，笑了笑：“宋清然和陆衍是合作关系，你别让他为难了。何况，清官难断家务事，让第三人掺和进来总是不太好的。”

“好。”南北的声音从喉咙中滚出，她沉默了下，“阿喻，有事情就打电话或者直接来找我，别让我担心，只要我们在一起，没有什么事情是解决不了的。”

言喻笑了笑，平静地和电话那头的南北说再见。挂断电话，她纤细的手指一点点地握紧手机，望向对面的公寓阳台，阳台上挂着的衣服在轻轻地飘着，在深重的夜色里，像是寥寥无几的笔画。

她从心底深处，生出了浓郁的疲惫，一重又一重。

隔壁的书房里，气氛紧张，陆衍面无表情，嗓音清冷，透着浓重的压抑，他把今天发生的事情都告诉了陆承国和周韵，也说了他答应回程家的事情，只是隐瞒了许颖夏告诉法斯宾德小星星的下落一样。

一是未经证实，二是讲了也没什么意义。就如同他也不会告诉陆家二老，言喻曾经和程辞恋爱过，和他结婚不过是找了个替身。

和陆衍打算离婚的事情相比，陆衍答应回程家更为重要。

周韵的关注点一下就被转移了：“你答应了程管家？不行，我不允许！你走了，陆家怎么办？”

陆承国眉头紧紧地锁着，他眼眸微微眯起，他比周韵冷静：“那陆家你打算怎么处理？”

陆衍唇线绷直："爸，我永远只会有你一个爸爸。"他看着陆承国，"给我三年时间，我会继承程家，然后再回到陆家，这三年，陆家暂且由您管理，可以吗？"

陆承国抿着唇，眸光不定地看着陆衍，他总觉得让陆衍继承程家没那么简单，不过……他胸口轻微地起伏了下，他养了陆衍这么多年，还是清楚陆衍的，他既然说了三年，那就是三年。

陆承国相信，三年后的陆衍一定会回到陆家。他动了动唇，喉结滚动："那就三年。"

周韵睁大了眼睛，反对道："什么三年，程家哪里是那么容易继承的，就算继承了，想离开，你以为容易吗？我不同意，我当年好不容易把阿衍带出程家，抚养他长大，这是我的儿子，我不允许。"她说着，眼圈泛红，眼泪汹涌了起来，像是下一秒就会如同决堤的潮水。

陆承国伸手，将她搂入了怀中，轻轻地拍着她的背，低声道："好了，你要相信阿衍，更何况，我现在还不算老，再回到公司，也不是什么大问题。"

周韵落泪，抱住陆承国。陆承国一边安抚着她，一边看向陆衍，说道："这一次小星星正好被程家救了，只怕连法斯宾德带走小星星都是程家的设计。"

陆衍身形挺拔，神色冷漠，眼神透着阴鸷。

"程家要你离婚？"陆承国的眼眸里充满了锐利，仿佛看透了一切，"是不是言喻想要离婚？"

他了解陆衍，今天陆衍在婚礼上就很反常。

"你今天在婚礼前消失了那么久，又要把小星星送走……"他的话点到即止，陆衍的想法他已经摸得差不多了。

陆承国眼眸沉了几分："阿衍，你别怪言喻生气，换作是谁，被你这样对待，都是会生气的！"

陆衍两腮的线条紧绷着："不是，是我想离婚。"

"你想离婚？言喻做了什么吗？"陆承国黑眸冷冷。

陆衍绷紧手指，胸间爱恨翻涌，掌心里有冷汗，灯光影影绰绰地落在他的脸上，黑眸冷冽，良久，他却勾起好看的嘴角："我本来就不喜欢她，现在也早腻了她，该离婚了。"

周韵抬眸问："你是不是还喜欢夏夏？你这孩子，你要是早跟我说你对夏夏还有感情，不想办婚礼，我就算让你跟夏夏在一起，也好过让言喻在婚礼上逃婚！"

陆承国蹙眉看着周韵，制止她："别乱说了，言喻不是逃婚，她是为了救小星星。"

接下来的话，他问的是陆衍："阿衍，你们现在闹成这样，我只问你一句，你是真的想离婚吗？不顾她救了你的恩情，不顾你们相处的这一年情分，也不顾你们的女儿小星星？"

陆衍眼眸深邃，叫人猜不透他在想什么。

"嗯，离婚吧。"说出这句话的时候，他的胸口仿佛被撕扯出了一个空洞，寒风凛冽地灌进，令他瑟瑟发冷。

他安静了一会儿，淡声道："我回程家的时候，小星星就拜托你和妈妈照顾了。"

他的意思是，他不会放弃小星星的抚养权。就陆承国本人的意愿来说，他也不希望小星星被言喻带走。

周韵忽然想起了什么，说道："对了，许家那边说夏夏回来了，本来还想参加你和言喻的婚礼来着。夏夏也不想出国了，许夫人同意了。阿衍，你要是还想跟她在一起，也没必要送她出国了；要是你不想，那你管她做什么？小时候的恩情，这么多年你也还完了吧，当年夏夏被抱回来，也没受多大的伤害，更何况，她早就忘记了那些事情。"

几人在书房谈了很久，陆衍去洗了澡，随意地甩干了头发。

卧室里空空荡荡的，他左转，打开婴儿房的门，言喻和小星星躺在一起，很安静。

陆衍低头看着她们俩，把毛巾放在一旁，坐在床畔，眸光是寒凉的，不带一点温度，他的手指粗粝，摩挲在言喻的下颌线条处，心里空荡荡的。

他手指继续往下滑，落在言喻的脖子上，慢慢地收紧，不知哪里突然冒出了一个声音，喊着："用力，掐住，如果她不在了，这一切就平静下来了。"

他额角的青筋暴起，唇线绷得死紧，情绪有些崩溃。但他终究没握紧，猛地松开了手指，胸口剧烈地起伏，他平息着呼吸，然后低下头，轻轻地吻住她的唇。

无数的冲动想让他咬破她的唇，但他最终只是缓缓地，甚至缱绻地亲吻着她。他想留住她，但这种人在他身边，心却在别人身上的女人，他又何必留恋呢？

好半晌，他才直起身子，视线落在小星星的身上。言喻说小星星不是他的女儿，是什么意思？她后来为什么又什么都不说了？

第四章
她失去了她的孩子

许家。

许太太安抚着许颖夏："妈妈已经跟陆家说了，不会再让你出国了，你不想出国就不出国了，咱们许家虽然不如陆家，但也不至于要巴结他们。"

许颖夏鼓着两腮，有些生气。

许太太见她脸色不好，接着说："你是不是还喜欢阿衍？你要是喜欢，就上啊！我估摸着，阿衍也快和那个言喻离婚了，她今天可是闹出了个大笑话，把陆衍抛在了婚礼现场，周韵是不会原谅她的。"

许颖夏巴掌大的小脸上闪过一丝笑意，她靠在许太太的怀里，仰起头："妈妈，你也觉得他们会离婚吗？我不想再离开阿衍了。"

"会离婚的……阿衍很骄傲，不过……那个小孩子倒是个麻烦的，陆家肯定是不会放手的，两人还有的争呢。"许太太摸了摸许颖夏的耳朵，笑着问，

“夏夏，你还年轻，你想当后妈吗？你能当得了吗？哎哟，我的小夏夏还是个孩子呢，怎么照顾小宝宝啊？”

许颖夏脸颊有些红，她搂住许太太的脖子，娇嗔道：“妈妈！我要害羞啦……妈妈我爱你！你会爱我一辈子吗？”

“会……”

许颖夏弯起眼眸，抱住许太太。她咬着下唇，她当然不喜欢阿衍和言喻的孩子小星星，言喻真的太坏了，那个孩子本来应该是她和阿衍的！她必须让阿衍放弃抚养权，可是怎样才能让阿衍主动放弃呢？

阿衍有责任感，有父爱。

许颖夏有些泄气，太难了，除非小星星不是阿衍的孩子，可是怎么可能呢……但有时候，缘分就这样来了。

临睡前，许颖夏接到了程管家的电话，她还有些紧张。

程管家开门见山：“许小姐，你应该不喜欢言小姐吧，正好，我也不喜欢，衍少爷应该有一个出身高贵的妻子。”

许颖夏握着手机的手指紧了几分。

“我迫切地想让衍少爷和言小姐离婚，甚至希望言小姐能带走她的孩子，她出身低，长于福利院，自私又不知廉耻，她生下的孩子不会是最优选择，也不适合程家，程家更不缺女孩。”他的话带着蛊惑，“你只要告诉衍少爷，言喻曾经说漏嘴，其实小星星是辞少爷的孩子。”

许颖夏睁大了眼睛：“阿衍是不会相信的，他做过亲子鉴定！”

“是啊，他做过亲子鉴定，但如果他找你拿证据证明，你就让他亲自去找言小姐对峙。我相信言小姐，会给我们一个满意的反应的，她为了孩子，是一定会认下来的。”

程管家继续道：“DNA鉴定算什么，别忘了，衍少爷和辞少爷是同卵双胞胎，他们拥有几乎完全相同的DNA，不管是两人谁的孩子，依照普通的DNA鉴定，结果都会显示两人是生父的可能性均为99.9%。”

“只要言小姐承认了，陆少爷的自尊心一定会让他放弃孩子的抚养权，那他们之间，就再也没有值得联系的关系了。”毕竟，比起证据，态度才是最伤人心的。

许颖夏没有去跟陆衍说，她犹豫了半天，觉得阿衍不是那么好糊弄的人，终究不敢说出口。

第二天，她约了周韵出来。周韵看起来状态不太好，许颖夏笑了笑，关心道："伯母，你怎么了？"

周韵叹了口气，没说什么，只是看了看许颖夏，如果当初阿衍没和言喻结婚，也就不会有现在这么多事情，和夏夏在一起多省事啊。不过，夏夏这孩子也不听话，跟那个法斯宾德闹出了这么多事。

但毕竟是看着长大的孩子，周韵也没多怪罪，摸了摸许颖夏的脑袋。

两人坐在咖啡厅，周韵轻轻地搅着杯中的咖啡。许颖夏咬了咬下唇："伯母，那天阿衍婚礼之后，状态还好吗？"

周韵脸色不大好："能好到哪里去，正闹离婚呢，闹成这样，两个孩子想离婚，我也就让他们离了，可是言喻还想带走小星星呢，我们陆家的孩子，怎么可能让她带走！"

"陆家的孩子？"许颖夏抿着唇，眉骨微动，显得有些惊讶。

周韵抬眉看她，许颖夏有些迟疑地说："可是……我听程管家说……那是他们程家的孩子……"

周韵眉头皱起："什么意思？阿衍姓陆，程管家做梦吧，阿衍的孩子绝不可能是程家的。"

"不是……"许颖夏咬了下唇，"程管家说，小星星是程辞的孩子……程辞以前是言喻的男朋友。"

周韵睁大眼睛，她联想到最近的种种，怒火涌上心头："言喻曾经和程辞在一起过？"她也是女人，她还是个妈妈，她怎么可能忍受言喻跟自己的两个孩子都有牵扯？

周韵咬紧牙根："言喻怎么这么不知廉耻？"周韵这个女人，说不注重血缘关系吧，可是当她知道小星星不是陆衍孩子的时候，竟如此气恼；说注重血缘关系吧，小星星不管是陆衍的孩子还是程辞的孩子，对她来说，都是血亲。

可是她没怎么跟程辞相处，程辞又一直长在程家，长在她厌恶的那个男人身边，她对程辞根本没什么感情。如果小星星是程辞的孩子，那她的阿衍岂不是戴了绿帽？

言喻这个女人还真是让人厌恶，连带着周韵对小星星都没了几分喜欢。

周韵下午就冲到了公司，她在外人面前还是一副优雅贵妇的样子，直到办公室的门合上了，办公室内只有她和陆衍两个人，周韵才沉下脸："阿衍，小星星是程辞的孩子吗？"

陆衍的表情波澜不惊，他对她话里的意思，没有半分惊讶，放下了手中的笔："妈，你特地来公司找我，就是为了这件事？"

"你早知道了这件事？"

陆衍淡淡道："是不是我的孩子我知道，小星星是我的孩子，你也不用去问言喻了，她想要小星星的抚养权，一定会说是的。"他的语气里，含了几分讥讽的笑意，又带着笃定，让周韵都不知道该说什么好。

她有些无力，从小到大，她都对这个儿子没什么办法。

言喻想离婚，却连着好几天找不到陆衍。陆衍就是故意晾着言喻，言喻到他的公司找他，也连续几次被人拦在了外面。

这天，陆衍从电梯里出来，一抬眸就看到了言喻。

言喻安安静静地站着，皮肤白皙，眼眸黑白分明，似是盈着满满的水光，她穿得有些厚，但不影响美貌。

陆衍第一时间注意到的居然是她有些冻僵了，但他只看了她一眼，就收起了视线。他的眼眸里沾染着浓郁的清寒，薄薄的嘴唇显得格外无情。紧接着他抬脚就走，此时特助认出了言喻，有些犹豫。

言喻跟在陆衍的身后，走出公司的大楼，陆衍要上车，言喻猛地拽住他，她的手十分冰凉，让陆衍猛地有些瑟缩。

陆衍最近新换了一批保镖，他们根本不认识言喻，一个保镖看到言喻抓住了陆衍的手，想也不想，"砰"的一声，就扭着言喻的手腕，用力地将言喻反扣在冰冷的车身上。

车身上落了不少雪花，一不小心渗进了言喻的嘴里，她有些狼狈，下颌碰撞到车身，传来隐隐约约的疼痛。

陆衍绷紧了唇线，眉目间覆上了厚厚的阴霾。他没阻止保镖，就那样居高临下地看着言喻，眼里的讥讽凉薄，一下就能击中人心最柔软的地带。

言喻深呼吸，睫毛微颤，按捺下那种屈辱感。她抬起眼皮："陆衍，你现在拖着不肯离婚，又有什么意思？"

"有意思啊，你现在不就来求我了吗？"陆衍吐出凉薄的话，他看言喻的表情没有几分温度，甚至有着厌烦。

他看了保镖一眼，保镖立即将言喻塞进车里，陆衍也跟着上了车。

车门一关，车厢内立即暗了下来，后车座只有他们两人，前座的隔板早已升起。

陆衍长腿交叠，眼眸下落了阴鸷。言喻攥紧了拳头，她很冷静："陆衍，离婚吧，如果你不肯离，你信不信我立马找小报爆料你和程家的事情？"

陆衍面无表情："你去吧，只要你不担心你再也见不到小星星。"

言喻的心脏像是被小虫子咬了一下："陆衍，你留下小星星有什么用？我说了她不是……"就是这一句话，一下就激怒了看似冷静的陆衍。

他的瞳孔猛地瑟缩，脑海中有什么线条崩断了，他冷笑着，一下将言喻拽了过来，手上的力道大得仿佛要将她的手腕捏碎："言喻，你能不能要点脸？你为了争抢孩子的抚养权，什么谎话都说得出口吗？你当我陆衍是傻子，你说小星星是程辞的孩子，就是程辞的孩子吗？"

他说的每一句话都是双刃剑，活生生地剐着两人的血肉。

"如果她真的是程辞的孩子，按照你言喻对程辞的深情程度，你会舍得带着程辞的孩子嫁给我，舍得让她叫我爸爸吗？"他咬紧牙关，看着言喻的眼神是嘲讽的、冷漠的、厌恶的，"言喻，你可真让我恶心。"

他说着，另一只手从公文包里抓出一沓纸，猛地朝言喻身上一撒。

"果然不愧是言律师，直接向法院提出了离婚起诉，还是秦让律师亲手接的案子，厉害了！下一步，是不是言律师就要找媒体介入，直接公布程、陆两家的秘密？你也不看看自己有多少斤两！"

言喻的脸色有些苍白。

他冷笑道：“看看你这苍白的脸色，摆出一副我欠了你很多的样子。是啊，你毕竟救过我的命，离婚我就答应了，要多少钱我也可以给你，但小星星是绝对不可能给你的。”

他说着，松开了手，又拿出了一份文件，是离婚协议书。陆衍浑身上下都散发着冷意：“只要你签下，你立马就是自由身了。”

言喻瞥到了条款的抚养权那里，她死死地盯着他：“不可能。”她眼眶有些泛红，“你到底为什么想要小星星？这一年来，你跟她相处的日子又有多少？你自己想想，你是个合格的父亲吗？”

陆衍懒得跟她再说什么了，当他决定狠下心的时候，再无情不过了。他直接让司机停车，不顾这是在开往城郊别墅的路上，没有什么人烟，也没有路过的车，冷淡道：“下车。”

郊区的温度更加低，言喻下车的时候绷直了后背的线条，从后面看上去，有些凄冷。陆衍的车毫不留情地消失在视野里，周围都是荒凉的，枯树成堆，寒风呼啸。

秦让来接言喻的时候，远远就看到一个小小的身影蜷缩在路边，她裹着厚厚的围巾，只露出一双漂亮的眼睛，看起来有些可怜。

秦让下车，站在言喻的面前。言喻的视线里出现了一双白皙修长的手，骨节分明，耳畔传来了男人低沉带着磁性的嗓音：“这么可怜，走吧，我带你回去。”

言喻抬起头，男人背着光站立，天色渐暗，雪花纷飞，他站在这漫天飞雪中，眉眼柔和地对着她伸出了手，对她道：“带你回家。”

言喻眸光愣怔，站起来的时候，因为蹲久了，脚步不稳，踉跄了下，幸好秦让伸手扶住了她。秦让笑了笑，开玩笑道：“别乱投怀送抱，我们现在是律师和当事人的关系，要是关系不正当，我可是会被人举报到律协的。”

两人身影的不远处，一辆黑色的车子去而复返，停在那里。

车厢内，男人高大的身影落成了剪影，镀上了寒霜，他的眼眸沉沉，手指攥紧，青筋突起，骨节泛白。

“走吧。”陆衍忍住了胸口的怒意，却忍不住挥落了一旁的东西。

坐在副驾驶座的特助犹豫了下，还是报告道：“太太已经找到了暂时租住的房子，是秦律师帮忙找的，她明天应该就会搬出公寓。”

陆衍盯着言喻上了秦让的车子，脸色冰冷：“就现在，让人去公寓把小星星送到我妈那边，老宅那边安排人，不许言喻再进去，还有派人盯着言喻，别让她有太大的动静。”

即便法院多次传唤，陆衍就是不理会，这种民事案子，法官也不能强制陆衍上庭。陆衍本就不想上庭，他很忙，程家那边要他接手，陆家这边也有很多事情要交代。

程家给出的说法是，程家的二少爷身体不好，前几年一直瞒着外界，在休养；陆家给出的说法是，陆衍需要调养身体，暂且由陆承国负责陆氏集团。由于交接平静，倒是没有闹出多大的风波。

言喻还是第一次直面陆衍强大的实力，他现在手握着两家的权势，想藏起一个小孩子再容易不过了。

言喻整整一个月没见到小星星，她消瘦了不少，却为了生计，不得不继续在律所工作，出差、上庭，有些精神衰弱。

陆衍去了英国，他不肯离婚，死死地拖着这段婚姻，法院受上头压迫，拿他没办法，言喻只能等着分居两年后自动离婚。

可是小星星该怎么办？

她不是没有向媒体爆料过，但往往她爆出去的消息，最终都无疾而终，没有媒体愿意刊登。

陆衍托人给她送了一张字条：别玩那些把戏了，言言。言喻咬着下唇，眼眶泛红，将字条撕了个粉碎。

秦让手里的案子也受到了不少的阻力，他前段时间被指定为黑社会老大辩护，他推托了好几次，不想接下这样争议性太大、赢率太小的案子。但那个老大的手下百般威胁，甚至拿秦南风和言喻威胁他。

秦让冷哼一声，仍旧没有接下案子，只是找了保镖保护秦南风。

他去接秦南风的时候，却发现秦南风不见了，当他找得焦头烂额的时候，黑社会大佬的手下又把南风送了回来。

这样几次之后，秦南风显然被吓到了，半夜发起了高烧，烧得迷迷糊糊的。言喻被他的哭声吵醒，垂眸看秦南风闭着眼睛，睫毛颤抖着，小小的脸蛋发红，眼泪不停地滚落。

言喻伸手摸了摸，被他的温度灼到了手心。她连忙抱起他，亲了亲他的额头，低声道："别怕，阿姨带你去看医生。"她给秦让打了个电话，秦让不得已接下了那个案子，还在律所加班。他今晚担心儿子，就让言喻先去他的公寓，帮忙照顾一下秦南风。

言喻抱着秦南风，显得有些吃力，她最近瘦得骨头都有些突兀了，站在风中，仿佛会被风轻飘飘地刮走。秦让下车，眉目皱着，薄唇紧闭，他从言喻的手中抱过了秦南风。

他垂眸看着言喻，眼里的色泽深邃得仿佛要将言喻吞噬："你先上车。"

车子一路疾驰到了医院，言喻抱着秦南风坐着，秦让跑上跑下地忙碌着，直到后半夜，秦南风才退烧。秦南风很依赖言喻，身子靠着言喻，小手紧紧地攥着言喻的手。

言喻低眸看着他，心里一阵酸涩，她很疲劳，但还是温柔地哄着秦南风，脑海里想的却都是她的小星星，一个月没见，她不知道小星星怎么样了。

言喻的心里充满了恨意，她抬起头，忍住了眼泪。小星星是不是也在想她？以前小星星也喜欢这样攥着她的手。

这样无望的折磨。

秦让坐在言喻的身边，秦南风虽然在睡梦中，却不让他抱，他一抱，南风就哭。

秦让黑白分明的眼眸盯着言喻，眼里有太多的情绪，这一个月以来，他看着言喻撑过来，也看着言喻瘦成现在这样，腰细得仿佛一折就会断。

秦让喉结滚动，嗓音低沉："言喻，想跟我去英国吗？不是伦敦，是利兹市。"他顿了顿，继续说，"其实，我来中国本来就是外派一段时间，也两年多了，差不多要回英国了，你毕业于英国，接受英国的法学教育，其实很适合留在英国工作。而且你现在拿到了中国的律师资格证，也可以从事中国法和英国法交叉业务。”

言喻抿着唇，侧过脸，看他，她睫毛动了下，嘴巴微张，刚要说什么，秦让就道：“我知道你舍不得小星星……但现在陆家不肯让你们见面，陆衍又不出面……”

言喻打断了他的话，她弯起嘴角：“我……暂时不想离开。”

“你去了英国，或许还能见到陆衍，等见到陆衍了，或许他还会惦念着旧情，让你见到小星星。”

言喻笑意很淡：“不会。”因为她和陆衍之间，早就没有什么旧情了。

沉默许久，秦让的声音有了几分艰涩：“但我要去英国了，你现在还没转正，你要再选一个新师父带你了。我本来想带你去英国的律所……南风这样，我也担心，我父亲也希望我能早日回到英国，他和我母亲年纪都大了。”

言喻垂下睫毛，笑了笑，清了清嗓子，胸膛起伏：“秦让，一路平安。”她说着，抱紧了怀中的秦南风。

即便秦南风睡着了，她还是很温柔地抚摸着他的眉眼，轻声道：“小南风，你也是。”

两人都没再说话，言喻慢慢地靠在墙壁上，疲倦地闭上了眼睛。

秦让眼睛一眨不眨地盯着言喻，灯光在他的身上落了一片薄薄的光影，他的轮廓显得越发深邃，眉眼干净。他伸开双臂，将睡着的言喻和秦南风，搂到了自己的怀中。

秦让抿着唇，没忍住，低头吻在言喻的唇上。他和言喻终究差了点什么。

而这样相处的画面，几乎在同一时间，传到了陆衍的手机上。他才完成工作，眉目疲倦，冷着脸垂眸看着，脸色越来越沉，仿佛蒙上了一层厚厚的冰霜。

漆黑的眼眸里有火光跳跃，灼烧着他的心，让他的心一阵阵灼痛。他想也不想，将手机砸了出去，手机一下子四分五裂。传来的消息还有最后一句话——“言喻和秦让最近一段时间都住在一起。”

大约是一个晚上都没睡好，言喻有些疲倦，站起来的时候，有些晕，她觉得眼前模模糊糊的，有些黑，下一秒，她的世界就彻底黑沉了下去。

最后一秒，她隐隐约约地看到了秦让惊慌的神情，他快速地过来，搂住了她：“医生！”

言喻怎么也没想到她居然怀孕了。她消化了整整两天，才彻底接受这个消息。她坐在沙发上，眸光微怔，白皙的双手抚摸着自己的小腹，平坦，几乎没有任何的起伏，更不用说，她最近瘦了那么多，又那样忙碌和疲劳，根本没注意过她身体的异常。

她居然怀孕了，言喻根本没做好要迎接一个新生命的准备，她自顾不暇，小星星还在陆家，工作又不稳定，身体状况还差成这样。

医生的话还犹在耳畔：“你最近的状态很差，要多多注意身体。”潜台词大概是说她有流产先兆。

言喻有一瞬间想过不要这个孩子，现在这个念头却越来越强烈，她不想再和陆衍有更多的交集，就算生下这个孩子，她拿什么去养？但是心里的不舍也越发浓郁了。

言喻只是想去询问一下医生，还没轮到她，她一抬眸就看到了眉目阴沉、脸色可怕的陆衍风尘仆仆地大步朝她走来。陆衍攥紧她的手，眼底一片猩红，从牙缝里挤出一句话：“言喻，你好大的胆子，谁准你流产的！”

人的记忆是很神奇的东西，当你处在风暴中心的时候，你会觉得天都要倒塌下来，一切带来的都是狰狞的剧痛。但是，当风平浪静，伤痛形成伤疤，生活压断脊梁，苟延残喘以后，那段记忆就会模糊，仿佛笼罩了重重浓郁的黑雾，模糊得她都记不清了。

言喻只记得她被陆衍带回了陆家，陆衍承诺，只要她生下肚子里的这个孩子，她就能带着小星星离开。

在陆家的那段日子，她过得很压抑，陆衍不在，听说他在英国和一个门当户对的华裔女子相亲恋爱了。

周韵经常对她摆着脸色，许颖夏还时不时地出现，给她添些麻烦，她被困在陆家，哪里都去不了，连跟小星星见面的时间也很固定。

每天定时有医生过来检查，有心理医生来开导她，有营养师来调理她的身体。她还是一天天瘦下来，四肢纤细，肚子却鼓了起来，看着有些可怕。

陆衍有时候半个月，有时候一个月，会回陆家看她。两人之间没有多少交流，通常都是沉默，他大概也不想见到她，见面的时候，也只盯着她的肚子。

言喻有时觉得陆衍有些病态，明明她什么都没做，陆衍却眉目森然，咬着牙齿，吩咐下人："把东西都收起来，看好太太，不要让她再碰那些东西，如果孩子出了什么事……"

陆衍没再继续说，但所有人都明白，所有人都告诉言喻："太太，你别想着弄死孩子。"

不知道过了多久，城里忽然有风言风语传出，言喻肚子里的孩子不是陆衍的。网络上不知是哪个自媒体发了一系列的照片，是言喻和秦让状似亲昵的照片。而言喻从婚礼逃跑的当天，也是和秦让在一起的。

这些小道消息，更加证实了那些传言。

陆衍没有出现，周韵都气死了，言喻先是和程辞不清不楚，现在又和秦让有所牵扯，小星星的身份都还没证实，她肚子里的孩子又传出难听的流言。

陆家在风口浪尖上，她心一狠，又去测了DNA，她不想要言喻肚子里的孩子，她受够了言喻。

这时候的陆衍也处在程家的旋涡中心，家主去世，程家暗潮汹涌，各方势力都在蠢蠢欲动，陆衍在程管家的支持下，准备接手程家，虽步步为营，但也如履薄冰，他根本没多少心思，可以放在远在中国的陆家。

那天，言喻是恍惚的，她的肚子却突然疼了起来，那个孩子仿佛急着要早点来到这个世界，直到被按上了手术台，言喻才疯狂地挣扎着要下去。可是医生冰冷着一张脸，手上拿着的手术钳子，折射着冷光。言喻拽着医生的手："不要，我不要……"

她还是一点点地陷入了昏迷，只是在梦中，她也能清晰地感受到那个小生命的流逝。她隐隐约约地听到医生在让周韵签字，说她生命垂危。

周韵还是毫不犹豫地选择引产。

手术室里弥漫着鲜血的气息，满眼都是鲜血，她没有听到婴儿的啼哭声，她的心脏一点点紧缩。引产了，就代表着那个孩子胎死腹中，她眼泪肆意地流淌。

后来的事，言喻就不知道了，她精神混沌，浮浮沉沉，她不知道为什么陆衍突然放弃了她，也不知道他为什么愿意签下离婚协议书，更不知道他为什么把小星星还给了她。

再后来，秦让出现了。他长身玉立，眉目干净，黑眸一眨不眨地盯着言喻，然后走到言喻的身边，他微微俯身，带着仿佛看不透的情深，摸了摸言喻的头发。他清冽的眉目上有着浅淡的笑意："现在是言小姐了，欢迎你去利兹，也欢迎你加入QIN律师事务所。"

身后的秦南风露出小脸，小脸蛋红扑扑的，有些害羞，也有点欣喜："言阿姨，你要跟我们去英国了，我好久没见到你，好想你，我也想小星星。"

言喻看到秦南风的时候，眼泪忽然就在眼眶里汹涌着，她想起了被引产的那个孩子。之前检查的时候，私人医生偷偷说是男胎，他是不是也像南风一样可爱？她心脏上缠绕着的丝线，一点点崩断，又一点点地割下了心脏的血脉。

一旁的小星星摇摇晃晃着，趴在言喻的胸膛上，黑眸盈盈，对着秦南风笑，叫他："哥哥。"

南北发现言喻的精神状态很不对劲，她经常安静地坐着，脸色苍白，琥珀色的瞳仁里没有多少情绪，还经常很恍惚。

有时候小星星走到她的面前，软软地叫她妈妈，她才会抬起眼皮，定定地盯着小星星，笑意勉强。

南北深呼吸，眼睛发红，心脏都要气炸了。她眨了眨眼，转移了视线，不去看言喻骨瘦如柴的样子，她的手腕纤细得仿佛轻轻一拧，就会断开；她皮肤本来就白，现在更像是马上就会消失在阳光中。

南北的视线被泪水模糊，这半年多来，言喻被关在陆家，她根本看不到言喻，也隔绝了所有和言喻有关的消息。她只知道，陆衍人在英国，却死死地将言喻困在了陆家。

这种男人太可怕了，他手段高，心机深，又有背景，心态还有些病态，当言喻被他盯上之后，几乎没有任何可以反抗的余地。最让南北生气的是，言喻被他困在陆家，怀着他的孩子，他却在英国谈起了恋爱。

更可恨的就是周韵，同样是女人，为什么能做出让儿媳妇引产这样伤害女性身体的事情？周韵自己当年都混账成那样，生活一安逸，就完全忘记了以前的痛苦，还真是自私，不懂得将心比心，对自己宽容，对儿媳妇却那样苛刻。

南北心里还浮现了浓郁的愧疚感，好朋友遇到了这样的事情，她却一点忙都帮不上，她求着宋清然帮忙，宋清然也无能为力。

男人之间的友谊和女人不一样，男人不喜欢管朋友感情上的私事，而女人一定会在感情上帮助自己的好朋友。

宋清然就不太喜欢南北总是盯着言喻的私事，或许是他不够喜欢她吧，所以对于南北的拜托也是有点漫不经心，甚至偶尔有些隐隐的不耐烦。他只会说："言喻是成年人了，她有自己的考量，她选择回陆家，你作为朋友，要尊重她的选择。"

南北被气得不行，却还要笑着，心里早已把宋清然面无表情的脸撕烂了，再狠狠地踩上去。她哪里不尊重言喻了，她只是担心言喻的状况，担心言喻在陆家过得不好，他宋清然这个没有感情的冷血动物懂什么？

女人的直觉还是很准的。

南北总觉得言喻在陆家过得不好，言喻也的确在陆家过得不好，当满城风雨地传言喻给陆衍戴了绿帽之后，她的右眼皮就没停止过跳动，她不知道消息从何而来，也不知道是谁放出的。

宋清然不帮她，她只能委托私家侦探盯着周韵，终于知道了周韵的想法，这一次，她只能再求宋清然，把周韵想要让言喻引产的消息转达给陆衍。

只是，她没想到的是，陆衍风尘仆仆地赶了回来，却还是来不及。他没能阻止那个孩子的消失，没能阻止周韵，也没能保护好言喻。

南北进不去那家被陆家重重包围的私人医院，她不知道具体的情况，她过了两天才见到言喻。

那时候，陆衍面无表情地看了看沉睡中的言喻，留下了离婚协议书，他连小星星都没抱一下。

南北追了出去，想跟陆衍说几句，却在走廊上看到陆衍阴沉着眉眼，狠狠地推开了许颖夏。许颖夏脚下没站稳，一下就摔倒在地上，脸色苍白，她在喊着什么，但陆衍的脚步一刻都没有停留。

陆衍算是大方的丈夫了，那封协议书里，他没怎么亏待言喻和小星星，给了言喻八位数的存款，婚后两人居住的公寓也划给了言喻，还有两处城郊的别墅，他还给小星星设立了成长基金，每年提供的基金，足够小星星按照名媛的方式长大。

南北嘲讽地想，反正这些钱对陆衍来说也不是什么大事，毕竟他们陆家害得言喻没了孩子，害得言喻成了现在这个样子，花了这些钱，说不定陆衍还会觉得安心呢，然后开开心心地再婚，再生一个孩子。

难怪他现在连小星星都不要了。

这一个月内，陆家进行了大换血。之前的用人全部被解除了合同，陆家永不录用，富豪圈里的用人都是彼此熟知的，被这家的主人赶了出来后，他们想再找到工作就难了，但陆衍并不绝情，给了他们丰厚的补偿金。一切只因为他们没看顾好言喻，让陆家丢了孙子。周韵身边的人更是被陆衍换了个一干二净，如果不是陆承国拦着，陆衍都想直接让周韵去美国度假，短期内不要回来。

那些给言喻做了引产手术的医生，更是被安排得七零八落，不知道去了哪里。

南北想，或许是陆家想要封口，不管怎么样，陆家儿媳妇疑似出轨，肚子里的孩子疑似不知生父，陆家夫人强迫儿媳妇不人道地引产，不管哪一点，都是众人津津乐道的谈资，也足够让陆家抬不起头。

所以，随着医护人员的离开，关于言喻，关于那个男婴，都被封了起来，成了无法言说的秘密。

南北那天本来想问陆衍为什么要答应离婚，是愧疚吗，但她终究没有机会问到。

像是愧疚，又不像是愧疚，不过这个问题也不重要了，因为言言自由了。

这个答案也只有陆衍自己知道。

南北呼出一口气，看着盯着窗外看的言喻，她眉目间凝着担忧，好半晌，走了过去，对着言喻弯了弯唇，轻声道：“阿喻，吃饭了。”

言喻怔了怔，好半晌才回过神，转头看着南北，她的脸色十分苍白，几乎失去了血色。她那双骨瘦如柴的手抚摸着自己的肚子，声音很虚弱：“北北，怎么办？他不见了。”

南北鼻子一酸，弯腰抱住她，她轻轻地拍着言喻的后背，引导着她发泄情绪：“他是不见了，我也很难过，心里恨恨的，想骂周韵那个老妖婆，也想打死许颖夏这个搅屎棍，还恨死了陆衍。虽然他什么都没做，但什么都没做，就是他最大的错误。”

言喻的手很凉，南北明明就在她面前说话，却又很遥远。她的情绪波澜起伏，脸上的表情讥嘲又可怖。心脏仿佛被饕餮啃噬着，鲜血淋漓，骨肉分离，疼得她几乎喘不过气来。

她手指指甲掐入掌心，疼痛一阵接着一阵。她咬紧下唇，她好恨，如果她足够强大，她是不是就不会陷入这样凄惨的地步？

她的喉咙仿佛被什么东西狠狠地堵住了，好半天，才哽咽着慢慢地哭出来。她哭得格外让人心疼，几乎没有声音，脸上却是肆虐的泪水。

她对不起那个孩子。

南北搂紧言喻，她嗓音温柔，带着安抚和笑意：“没关系，阿喻，哭出来，哭出来就好了，一切就都平静了。哭完了，我们就让事情过去了，明天会更好！你还有可爱的小星星，还有光明的前途，你的律师职业生涯还在等着你去开拓。以前说好了，你要三十岁就当上合伙人，然后迎娶我这个娇美人呢。”

言喻眼泪如断了线的珠子，不停地落下，她靠在南北的怀里。她终于哭出声，啜泣着，听得让人揪心。

她应该高兴的，但她总是忘不了那个逝去的孩子，忘不了对陆衍的恨，也忘不了……她似乎早就对陆衍有了不一样的感情。这一段婚姻让她经历了太多。

等言喻的情绪平复下来，南北从一旁抽出湿巾，一点点擦拭着她脸上的泪水。南北问：“阿喻，那你要跟秦让去英国吗？去秦让的律所？”

言喻湿润的睫毛轻轻地颤抖了下，她抿着唇，沉默了一会儿，还是道：“我是不会去的。”南北的脸色很平静，没有多少惊讶。

不管言喻做出什么样的决定，她都会支持她，更何况，她了解言喻，言喻这样聪明的女人，大概早就注意到了秦让对她是特殊的，一个单身男人对一个单身女人的特殊，大多出于爱情，而爱情恰恰是言喻现在不敢再碰触的。

她绝不会在自己不想恋爱的时候，主动接受其他男人的示好和帮助，给对方希望，却又不给对方结果。

南北继续问：“那你想怎么办？”

言喻苍白的唇弯了弯：“把陆衍给我的房产都卖了，然后拿着陆衍给的钱，去英国，先休养一段时间，安顿好小星星，我再自己找个律所。秦让愿意帮我是情分，我却不能一直享受着他的照顾，更何况，我有小星星，我得做一个独立的妈妈。再者，陆衍给的钱不花白不花。”

南北鼓了下两腮：“钱当然是要花的，就是有时候想陆衍要是知道你花了他的钱，是不是就良心更安了，一点都不愧疚了。”

言喻倒是无所谓，她眸光愣怔地盯着窗外，唇畔的笑容淡得几乎看不见，很快消散在晨光里。

“有什么关系呢，既然都离婚了，他是怎么想的，跟我一点关系都没有。他愧疚或者不愧疚，我都不在乎了。”

南北的心脏一缩，眉骨一跳，忽然觉得言喻大概是真的想彻底放下了。

比起恨和不甘，当然是当作陌生人一样毫不在意才是最伤人心的。

南北捏了捏言喻的脸颊，笑眯眯地说：“阿喻，果然还是你潇洒，果然，每个人都是自己最好的心理医生。”

言喻嘴上说得潇洒，但要走出来，还真的不容易。幸好还有南北一直陪着言喻，她看到言喻躺下闭上了眼睛，就轻手轻脚地抱着小星星退出了房间，关上了房门。

秦让靠在走廊的墙上，长腿交叠，背影高大。

南北站在他的旁边，她的手有意识地捂了下小星星的耳朵，然后轻轻地对秦让道："言喻抑郁症复发了，但现在的病情看起来不算严重，至少比当年程辞离去的时候好多了，或许，是因为有小星星在吧。"

"那就好。"秦让唇线凉薄，"陆家这次的手段也太龌龊了，居然对一个孕妇下手，陆衍还真不是男人，连自己的太太都护不住。"

"护不住吗？他也没见得有几分上心。"南北嘲讽，"你在英国的这半年，听说他和那个华裔女人恋爱的事情了吗？是家族的安排吗？"

"应该是，我在利兹，伦敦的事情没办法得到第一手资料，程家混乱，程管家应该也是希望拉到新的帮手，所以才让陆衍去相亲。"

"相亲？"南北眼眸里的讥讽越发浓郁，"陆衍之前都还没和言喻离婚呢，他就敢去相亲了，所以他这次这么爽快地离婚，是因为要和那个女人联姻？"

秦让眉目疏淡，似是寒风凛冽，厚雪覆盖，他神情冰冷："或许吧，有时候，女人在男人的心目中，是远远比不上野心的。"

南北最恨的还是陆衍的母亲周韵，她抿紧唇，咬着牙道："周韵这女人太恶心了，居然还真的让言喻引产！"

秦让唇畔的讽刺一点点加深："引产算什么，豪门世家里做出的恶心事，比这多得多。"

"难道就没办法可以惩罚她吗？"

"法律上很难，特别是这种涉及家庭伦理关系的引产，虽是违法的行为，但很难追究其法律责任。"

南北的眉头紧紧地皱着，而秦让眸光幽幽，仿佛在思虑着什么。

小星星手里抱着一个布娃娃，睁着圆溜溜的黑眼睛看着秦让。秦让低眸，就对上了她的视线，笑了笑，从南北的怀中抱起她："小星星，想不想跟秦叔叔去英国玩？"

小星星眨巴下眼睛，睫毛卷翘，她软软地问："妈妈去吗？"

"去。"秦让狭长的眼眸含了笑意。小星星迟疑了下，她这几天跟着妈妈在医院，她知道妈妈身体不好，但是她的小手机丢了，她有点想爸爸，之前爸爸会用小手机跟她打电话。

沉默了好一会儿，小星星黑眸水润，嘟着嘴问：“那……爸爸呢？”

她的话音落下，两个大人都安静了下来。

南北是有些奇怪，就算之前陆衍有一段时间在照顾小星星，但最近半年，他人在英国，也就零零散散地回国几次，小孩子忘性又大，小星星怎么还惦念着陆衍？

秦让则是感叹血缘的力量，他手指蜷缩了下，不禁想到，如果他有一个小公主，绝对不会像陆衍一样，让她受这么多委屈。

南北抿着唇，视线对上了小星星，轻声道：“小星星，南阿姨想跟你说，不是所有的小朋友的爸爸妈妈都会在一起的，但是能保证的就是他们都很爱你；爸爸妈妈接下来有自己的生活，但他们都会继续爱你。你和妈妈要一起去英国生活了，爸爸也会在英国，但你们不住在一起，不过呢，你还有南风哥哥陪着你，南北阿姨照顾着你，秦让叔叔疼爱着你，你的妈妈爱着你。”

小星星睫毛颤抖了下，粉嫩的小嘴唇下意识地撇了下，但她眨巴着眼睛，安静了半天，自己乖乖地消化着南北阿姨告诉她的事情。

小星星在秦让的胸口趴了一会儿，就要南北抱她，她搂着南北的脖子，还是没忍住，贴在南北的耳朵上说话，隐隐有着哭腔：“可是，南阿姨……我想爸爸了……爸爸……一个人。”

南北的心脏疼了瞬间，像是针尖扎了进去。她轻轻地抚摸着小星星的头发，不知道该怎么跟小孩子说起大人之间复杂的事情，陆衍根本不会一个人，他身边多的是女人想要倒贴上去。

南北叹了口气，最终干脆什么都不说，只是抱着小星星，带她去旁边看月亮。小星星盯着月亮，小拳头握着：“阿姨……我想给爸爸打电话……”

南北不知道陆衍的号码，就算知道，她更怕那头没有人接听，或者是女人接听，从而伤害了小星星的心。

她低眸，对着小星星道：“爸爸现在出国了，中国的电话打不过去哦，而且妈妈现在身体不舒服。小星星乖，和南北阿姨一起关心妈妈好不好？别哭了哦，要是妈妈看到小星星哭了，该多伤心。”

“好。”小星星背过小肉手，擦了擦眼泪，睫毛湿润，黑瞳似是被雨水冲刷过一样干净，乖巧得让人心疼。

陆衍还在这座城市，他还没有回到英国。

夏天的夜晚，城市是燥热的，空气中浮动着香气，霓虹灯闪烁，灯影缥缈，路上来往的女孩都露出了漂亮纤细的长腿。

陆衍开着车，停在会所前，立马有服务员过来，要帮他泊车，他把钥匙扔给了服务员，下意识地往一旁的大楼看了眼。

忽然，他的眸光微微定住，一个女孩慢吞吞地走着，从他的角度，只能看到一个背影，纤瘦，穿着黑色的单裙，露出两条笔直纤细的长腿，黑发垂着，夏风拂动，走动间会露出一截白皙瘦弱的脖颈。

是言喻……吗？陆衍的心脏提到了嗓子眼，跳动的速度有些惊人，鼓动的噪音仿佛要穿破耳膜。

他以为早已冷静下来的心脏却紧紧地瑟缩着，传来了隐隐的疼痛。等他看清以后，一股巨大的失落感笼罩了他，他的心脏从高处狠狠地砸落下来，摔了个稀巴烂。

不是言喻，只是一个背影长得像她的女孩。

陆衍微微蹙起了眉头，他不知道为什么，呆呆地站立在原地，幽深的黑眸定定地盯着那个背影，直到再也看不见。

他垂在身侧的手，早已拢得青筋凸起，骨节苍白。

陆衍绷紧下颌，这几天，他睡得一点都不好，只要闭上眼，就是言喻躺在血泊里，脸色透明得仿佛要消失了，就像是阳光下的泡沫，禁不起碰触。

一转眼，又是言喻和秦让亲密拥抱、接吻的画面，他可以轻易地在秦让的眼睛里，看到似乎浓得化不开的深情，那样的画面太过刺眼，怒火一点点地灼烧着他的心，吞噬着他的理智。

陆衍闭上眼眸，平缓着胸间翻涌的情绪。

言喻在陆家的这半年，不止一次想伤害肚子里的宝宝，就连最后……他的耳畔又响起他妈妈说的那些话……

他从来都走不进言喻的世界，言喻也从未把他当一回事过，不如就这样散了。

会所里，陆衍推开包厢的门，里面灯光闪烁，微微刺目，他习惯性地眯了下眼睛，已经有人将彩条炸在他的眼前。陆衍抿着唇，轮廓深邃，线条分明，黑眸冷清，没有什么表情。

那群人却像是什么都没感受到一样，笑嘻嘻地调侃："陆少，恭喜你重回单身世界了啊！"他们你一句我一句地恭喜陆衍恢复单身，陆衍听着，脸色却慢慢地沉了下来。

他眸光冷冽，幽深的黑眸盯着他们，看起来眉间阴鸷，透着森然的气息。他薄唇抿成直线，没有说话。终于有人意识到陆衍的情绪很差了，偷偷地踹了那人一脚，干咳了几声："咯……好了，别说这些有的没的了，小心陆少揍你啊。"

傅峥也站起来，走过来搂住陆衍的肩膀，他唇畔噙着浅浅的弧度："行了，玩去吧你们，把阿衍留给我啊，好久没见到他，大忙人啊。"

陆衍坐下去，周围一桌的人关系还比较亲近，大家都自发地不提起言喻，不提起那个孩子，也不提起陆衍离婚的事。傅峥让人收拾了一副麻将过来，他眉眼温和："来来来，打麻将。"

陆衍没说什么，微微垂着眸，开始摸牌。

季慕阳是陆衍的下家，他脸色也不大好，英俊的眉目是冷冽的，打了几圈下来，周围的人也看出季慕阳浓浓的火药味，全然是针对陆衍的。陆衍却有些漫不经心，有些凉薄，即便输了一大堆钱，脸上也没有多余的情绪。

最后还是季慕阳没忍住脾气，他"砰"的一声站起来，长手一掀，麻将桌上的麻将全然掉落在地，麻将在地面上跳动滚落着，发出刺耳的碰撞声。

季慕阳双手撑在桌面上，手背青筋起伏，绷紧唇线，他黑眸里隐隐有火光跳跃，也有寒气渗透。陆衍仍旧八风不动地坐着，只是懒散地抬了下眼皮，眸光冷冽。

傅峥吓了一大跳，连忙去按着季慕阳，却被季慕阳一下就挣脱了。

"阿阳，你干什么？如果你对阿衍有什么不满，咱们兄弟什么话不能好好说啊？"

季慕阳没有理会傅峥，还是目不转睛地盯着陆衍。整个包厢里的人都因为季慕阳的动作，而安静下来，众人的目光凝聚在季慕阳和陆衍的身上，不太明白发生了什么事情。

傅峥打着圆场：“没事……没事，你们玩你们的啊，季慕阳这小子可能喝多了！”

季慕阳沉默半晌，倏然开口，薄唇动了动，问：“陆衍，你相信了那些小道消息？”

“什么小道消息？”陆衍淡淡地笑，他似是根本不在乎，也懒得理会季慕阳。说完这句话，他就起身慢条斯理地整理了下自己的袖扣，对着傅峥淡声道，“阿峥，你们玩吧，我先回去了。”

季慕阳唇畔的冷笑越发明显，他直起身，看着陆衍离去的背影，也迈开长腿，朝着陆衍离去的方向，追了上去。

傅峥愣了下，心里暗骂了一句，也连忙追了上去，谁知道季慕阳这傻蛋会做出什么事情。离开包厢的时候，傅峥还不忘把包厢门合上了。

走廊的拐角处，季慕阳站在距离陆衍不远处的地方：“陆衍，所以，言喻真的被引产了？是你那个伟大的妈妈做的？你也允许了？你真觉得那个孩子不是你的？你也真的跟言喻离婚了？”

陆衍听到他的话，停下脚步，转过身，微微垂眸，长长的睫毛在眼窝下落了深深浅浅的阴鸷，让人猜不出他的情绪，但他的脸上又挂着淡薄的笑容，仿佛心情很好。

陆衍盯着季慕阳看，他眸光冷冽，带了几分打量，仿佛今天第一次认识季慕阳：“阿阳，就算我做了这些事情，又和你有什么关系？”

季慕阳胸口的怒火倏地燃烧起来，他攥紧拳头，声音从喉间滚出：“你说有什么关系？你害死的是一条人命！你还伤害了言喻的身体！你现在离婚了，是吗？我问你，你没离婚的时候，是不是真的跟英国的其他女人恋爱了？”

陆衍不以为意，他收回看季慕阳的视线，淡淡道：“如果你想得到的答案是肯定的话，那我告诉你，你就当我恋爱了吧……”他的话还没说完，他的衣领就被季慕阳狠狠地攥住了。

季慕阳拽过陆衍，两人距离很近，季慕阳的目光就像寒刀一样凛冽：“王八蛋！”

陆衍薄唇透着无情，他扯了扯唇：“阿阳，怎么装出了一副深情愤懑的样子？嗯？你以前玩过的、打过胎的女人，还少吗？”

“那怎么能一样？”

“怎么就不一样了？”陆衍的语气带着轻薄，他看着季慕阳，眉心重重地跳动了下。

他想了起来，不久前，季慕阳还曾经送言喻去过医院，还总是亲密地接触言喻，他的心思，已经昭然若揭了。陆衍眸光更加冷淡：“阿阳，有些人不是你能想的。”

这一句话，一下就激怒了季慕阳，他眼眸里的火光越发旺盛，一点点地燃烧着，几乎要喷薄而出。他握拳挥出，重重的一拳落在陆衍的颧骨上。

陆衍明明能够躲开，但他硬生生地挨了这一拳。

季慕阳下手一点都不轻，陆衍的颧骨处，像是骨头要碎裂了一样，陆衍的舌头顶了顶两腮，抿紧了嘴角，他什么话都没说。

季慕阳还要动手，傅峥连忙上去，拉住了他：“冷静冷静，都是兄弟，别打了。”傅峥掰开了季慕阳的手，陆衍面色平静地整理了下自己的衣领，他颧骨上已经泛出了瘀痕。

陆衍眸光定定，灯光落在眼里，明明灭灭，他薄唇微动，声音沙哑：“阿阳，言喻不是你能动的人，这一拳头，我就不跟你计较了。”

季慕阳眼眸里浮冰沉沉，寒光四溢。

陆衍的身影很快消失在走廊里，季慕阳抬起眼眸，盯着微微晦涩的廊灯，灯光氤氲，他的轮廓透出了深深的寂冷。

傅峥眉头紧紧地皱着：“阿阳，你该不会真的对言喻有什么心思吧？她是不错，长得漂亮，品行也好。但她是阿衍的前妻，你是阿衍的兄弟，你自己想想，兄弟重要还是女人重要？更何况，就算你喜欢她，你觉得言喻有可能看得上你吗？”

季慕阳没有回答，沉默了许久，久到傅峥以为听不到他的声音时，他才淡淡地开口，声音里似乎含着笑意，但又透着空旷无边的寂静。

“想太多了，就是觉得阿衍真不是男人，这样折磨一个女人。”

陆衍从热闹的会所走了出来，夜风吹来，明明带着盛夏的温热，但他觉得有些寒凉，那些寒意，仿佛渗透进了骨髓，带来一阵阵寒战。他坐进车里，启动车子，踩下油门，从会所的停车场开了出去。

会所的地址有些偏，会路过码头，远远地，他就看到了码头上的星火渔灯，海面上波光粼粼，倒映着星星点点的光泽。

半年前，他和言喻曾站在这儿对峙。

陆衍收回目光，车子绕过拐弯处，慢慢地驶向了老宅，路灯一点点地往后倒退着，灯影错落，穿梭过霓虹闪烁的世界后，就是一片寂冷。

老宅坐落于城郊山区，路灯越来越零星，驾驶座上的陆衍眸光也越来越晦暗。老宅没有什么灯光，不复以前的灯火通明。毕竟周韵不在了，言喻也不在了，陆衍推开门，没有打开灯，在漆黑的夜色中，缓缓地往楼上走去。

或许是听到了陆衍的脚步声，书房的门忽然打开了。陆承国穿着睡袍，戴着老花镜，手里拿着一份文件，抬眸看了眼陆衍，说：“回来了。什么时候去伦敦？”

“再过两天。”

陆承国又问他：“今天去看言喻了吗？”

陆衍的拳头紧紧地攥了下，如实回答：“没有。”

“也没去看小星星？”

“嗯。”

陆承国胸膛起伏了下：“那天家里发生事情的时候，我不在，正在出差，所以具体发生了什么，我也不清楚。你今天没去看就算了吧，以后也不用去，反正都离婚了，要断，就断得彻底一些吧。”

陆衍的喉结上下滚动，什么也没说。

陆承国最近的确很忙，大多数时间都在公司开会，要么就是出差，几乎没有多少时间是在家里的。他看了陆衍一眼，嘱咐道：“人是要往前看的，过了这个坎，什么事情就都没了。”

陆衍垂着眼睑，唇线绷直。

陆承国继续说：“给小星星设立的那个基金，今天我也往基金里注钱了，找了专门的经理人帮忙管理了，也已经找了律师转让给了言喻。”

“嗯，你负责吧，辛苦了，爸。”

“程家怎么样了？”

“还行，那个管家有点本事，有他在，整个程家都被打理得很好。”

陆承国眉头微微皱了下，程管家其实远远不只是管家，他是程家家主的左膀右臂，他人脉广、能力强，帮着家主管理着很多事情，也打理着无数业务，的确很不错。

“你妈这次失职了……那个孩子……”陆承国又说了两句，就回到了自己的房间。

陆衍也进了卧室，他冷沉的视线扫了一圈卧室，中央空调的温度调得有些低，床上铺着宽大的丝绒被，看起来柔软、舒适，一旁的窗户关着，有着白色繁复蕾丝花纹的纱帘轻轻地垂了下来。

他记得，言喻曾经说过喜欢这个纱帘。

陆衍胸口起伏了下，拿了浴袍，走进浴室，打开水龙头，喷头洒水，他脱了衣服，站在了喷头下。温热的水流从头顶洒落，从额头渗落到眼睛处，再一点点地往下，顺着冷硬的下颌线条，滚落。

陆衍绷紧了唇线，闭着眼睛，喉结滚动，不知道在想什么。洗完澡后，陆衍裹上浴袍，倒了杯红酒，打开落地门，走到阳台上。他站在栏杆旁，从半山腰俯瞰着整座城市，灯火闪烁，车流滚动，城市的上空仿佛笼罩着一层薄雾。

有冷风袭来，他仰头，灌下那杯红酒，酒液顺着喉咙，滚入胃中，冰凉中混着灼烧的烈度。他的手撑在栏杆上，只觉得胸腹间空荡荡的，一片寂寥。冷风渗透进了他的心脏，仿佛刀片在刮着胸腔，弥漫着血腥气。

陆衍倏然间生出了茫然，深夜寂静的时候，总觉得自己像个行尸走肉。那颗坚硬的心脏，终于破开了一道柔软的口子。

想人，想得心疼。

他不知道下一步应该怎么走，离婚和手握权力，并没有给他想象中的释怀，也没有给他带来几分愉悦。他的心脏一点点地沉了下去。

陆衍还要在国内待两天，但是这两天，他不知道要怎么安排。他本来想去私人医院，他妈妈在那儿……但他冷静了半天，没有去。他又想到了言喻，但很快就被他否决了。他攥紧手指，一点点用力，掐着掌心的肉。

陆承国已经去陆氏集团了，别墅里只有一些用人，陆衍下楼看到那些用人陌生的脸，有些恍惚，然后才反应过来，原先的用人早已被他替换掉了。他一个人安静地吃早餐，脑海就没停止过转动。

他和言喻相处将近两年，不知不觉间，他早已记住了言喻的喜好。她喜欢喝粥，最喜欢白粥，其次是秋葵虾仁粥，她还喜欢吃油条。她会做各式各样的早餐，只是，他再也吃不到了。

一想起未来不知道是谁，或许就是秦让会一直吃到她亲手做的早餐，他的妒火就忍不住灼烧，心脏就像是被无形的手狠狠地攥着。人的习惯很难改变，他暂时还不适应言喻不在的日子。

程管家给了陆衍全部权力，可以翻看程辞的所有东西。于是在程家那半年里，他就像是自虐一样，很认真地翻阅和程辞有关的一切，了解到程辞的成长经历、程辞的性格、程辞的想法和程辞对言喻的爱。

他们相识于微时，相爱于年少，所有的少年时光里都有彼此。

程辞有写日记的习惯，每一篇日记里提到的礼物，陆衍几乎能在程辞的卧室里找到，程辞甚至还保留了言喻小时候玩过的许多东西。

程辞给言喻拍了很多照片，照片里的言喻，从面色冷淡的小女孩，慢慢变成了笑容甜美的少女。从照片里，他看到了言喻的成长轨迹，也看到了她在程辞的照顾下，一点点变得爱笑。

尽管程家不允许程辞和言喻在一起，但他的生活中仍旧充满着言喻的气息。他说他想跟言喻结婚生子，最好是女儿，名字就取一个字，叫作星，意味着她如明星般炫目，照耀着他的人生。

程辞就像那句“所有的事情都很低调，唯独爱你这件事不会”说的一样，爱着言喻。

浓烈的妒火带着毁天灭地的痛楚，缠绕着陆衍，他不敢去见言喻，却又不得不回去见言喻。

他回到了陆家，也总是不想对上言喻的视线，他怕自己冲动，也怕看到她脸上的冷漠，和程辞合照里的甜蜜全然不同的冷漠。

他忍得全身的骨头都在痛。回到了程家，他闲下来，还是会去看程辞眼中的言喻，去了解、认识那个他从未见过的言喻。

有时候，他心脏疼得难受，也会想，如果从小就认识言喻的那个人是他的话，又会怎么样……

第五章
陆衍有了儿子陆疏木

第二天，陆衍正看着报表，他的手机铃声忽然响了起来，他接通电话，眉头皱了起来，脑海中的神经像是被尖刀割过。他抿紧了薄唇，紧紧握住手机，说：“什么？”

电话那边话音未落，他就抓起桌面上的车钥匙冲出了家门。

别墅外，传来引擎轰鸣的声音，他猛地踩下了油门，打着方向盘，如同离弦的箭，离开了半山别墅。

他的车子停在婚后他和言喻居住的公寓下，远远地，他就看到言喻和秦让从公寓大楼里走了出来。

陆衍握着方向盘的手用力得指节有些泛白，神色微微一变，眼眸也变得深邃、冷冽，沉得仿佛随时都能滴下水来。言喻抱着小星星，而小星星乖乖地趴在她的肩头上，秦让的手里拎着许多东西，是言喻的行李。

言喻的眼角眉梢流淌着的都是浓郁的笑意，她弯着唇，皮肤白皙，在夏日的晨光下，仿佛是盛开在春天的桃花，氤氲着潋滟的气息。其实脸色是苍白的，身材也是纤瘦的，但她琥珀色的眼眸荡漾出来的笑意是妩媚多情的。

秦让干净的眉目里含着笑意，他侧脸轮廓的线条流畅，映衬着淡蓝色的天空，更是透出清爽。他大步地迈着，虽然搬着许多行李，却一点都不显得吃力，甚至空出一只手，弯腰替言喻和小星星打开了车门。

言喻抱着小星星坐进后车座，不知道秦让说了句什么，小星星忽然趴在窗口上，仰着小脸蛋，黑眸亮晶晶的，“吧唧”一下在秦让的侧脸落了一个吻。她亲完后，就笑了起来，甜得像是棉花糖。

陆衍的心脏猛地收缩了下，悸痛得他一瞬间想弯下腰，还没吃早饭的胃空荡荡的，胃酸在腐蚀着胃壁，又酸又疼。

秦让放好行李之后，没有着急上车。没过一会儿，大楼里又走出一个人，那人穿着合身的西装，笑意如春风拂面，跟秦让握了握手。秦让弯腰对言喻说了几句什么之后，然后上了车，开车离开了这里。

陆衍喉结无声地滚动，他看到言喻离开之后，就打开车门下了车，绷紧了下颌，走到那个男人面前。

陆衍的眼里几乎看不到光，有些可怖，他问：“刚刚离开的那个女人，将公寓卖给你了是吗？”

那个男人明显有些紧张，他咽了咽口水，不太敢说：“怎么了？我是以合法手段买到的，我们也签了过户协议，这些程序都是合法的！”

陆衍垂眸，黑眸深深，让人看不出情绪，他问：“多少钱买的？”那个男人紧紧地盯着陆衍，没有回答。

陆衍没有加大声音，只是放缓了语气道：“多少钱买的？”隐隐约约透出了浓郁的压力感，他继续说，“你花了多少钱，我花三倍的价格买下。”他骨节分明的手指一点点地握紧。

那个男人惊讶地睁大了眼眸，他犹豫了半天，最终还是说出了那个价格，陆衍的脸色却越发难看起来。

那个男人补充道：“人家夫妻俩急着出国，所以才匆忙地低价甩掉了这个公寓，你该不会是嫌弃三倍价格贵吧？你刚刚可是答应我了啊！你要是不买算了，这个地段，这么好的房子，多的是人要买。”

陆衍修长而骨节分明的手指早已没有了血色，他怒极反倒浅淡地笑出了声，仿佛整个胸腔都在震动。“夫妻俩”和“出国”两个词直接钻入他的听觉神经里，带来了一阵刺痛，疼痛如电流，迅速在四肢百骸里流窜。

他声音喑哑地说：“他们不是夫妻……”声音太低了，低到对面的人都没听到。那个男人皱了下眉头，问：“你说什么？”

陆衍冷静下来，说：“我说，你出个协议，我仍旧会花三倍的价格买下这个公寓，现在就过户。”他没带现金，也刷不了卡，直接让对方去陆氏集团要钱。

陆衍很快就拿到了公寓的钥匙，他一个人去了公寓，打开了房门。房子被言喻收拾得很干净，房间里的家具都盖上了白布，所有具有主人风格的装饰都被收了起来，房子里散发着冷漠无情的气息。

陆衍去了厨房，靠在门框上，眸光懒淡地扫视了厨房一圈，里面所有的器具都不见了。言喻在这个厨房里，给他做过饭，熬过粥，下过面，他也曾用过这个厨房，给言喻煮了一次长寿面。

言喻所有的温婉，在这个小小的空间里，挥洒得淋漓尽致，宛如丝线，缠绕着他。

陆衍出了厨房，眸光落在客厅的沙发旁，原本这里有小星星专用的小地毯，言喻在看剧或者工作的时候，小星星就趴在上面玩洋娃娃或者积木。当他回来的时候，小星星就会抬起头，弯着眼睛，笑眯眯地看他，软软地喊他：“爸爸。”

卧室里，所有的床单都收了起来，枕头也不在了，但毕竟这里是言喻和他生活得最久的地方。他深呼吸了下，仿佛还能闻到属于言喻的气息。

衣柜里空空的，言喻收拾得很干净，她没给他留下任何一点可以怀念的东西，就连旁边的婴儿房里，也什么都没剩下。

陆衍周身的气息有些凛然，透着寒气。他把这个公寓给了言喻，想过她不会住进来，但从未想过她会直接低价，就像是丢了一个垃圾一样，卖掉了这个公寓，不带一丝犹豫。

陆衍在公寓里安静地坐了一早上，直到中午才下楼。公寓外的垃圾桶正好在清倒垃圾，他眼尖地发现，他曾送给言喻的一条裙子赫然在垃圾堆里。他眉目浮冰沉沉，心尖如同刀割，口腔里隐隐有了血腥的味道。

南北的工作在国内，她不可能抛下工作，陪着言喻一同去英国。

言喻身体还没有恢复，没有上妆的脸色有些苍白，她笑道："你好好工作，我休息一段时间，也跟你一起努力赚钱。别担心我了，我没事的，我一个人，也可以很好地照顾小星星的。"

南北软着语气说："你这个女土豪，求包养，你把陆衍给的房子都贱卖了，心疼不心疼？"

言喻淡淡地说："有什么好心疼的，这几个房子的地理位置都很好，就算贱卖，也是一大笔收入，不要白不要。"

南北点头，说："也是，蹭蹭土豪的大腿，明天我开七座，送你们去机场吧？"

"好啊。"言喻捏了下南北的耳垂，"你也要好好照顾自己，跟宋清然好好的。当然，如果有任何不开心的，欢迎你去英国投奔我。"

言喻的行李不多，秦让一个大男人的行李更是少，七人座还有很多空余，南北往后视镜看了一眼，跟他们说："我准备启动了，孩子们都系好安全带了吗？"

小星星就坐在儿童座椅里，眨巴着眼睛，歪着脑袋，笑容灿烂地说："阿姨，小星星坐好了。"隔壁的秦南风也坐在儿童座椅里，他也举起手，大声道："我也坐好了。"

小星星转过头看了他一眼，忽然伸出手，握住了他的手，她的嗓音软软的，她说："南风哥哥，牵手手。"秦南风的脸一下就红了。

秦让眼尾的笑意荡漾开来，他眉目清朗，笑意干净，眸光从孩子们身上，掠到了言喻的身上，只是一会儿，又缓缓地收回了视线。

言喻不太舒服，上了车就开始闭目养神。明明是盛夏，她却穿着长衣长裤，微微抿着唇，睫毛轻轻地动着。阳光从她的脸上缓缓地掠过，留下了斑驳的光影，衬得她肤色白净，让人心疼。

陆衍也在同一天要去英国，但他是晚上的飞机。

他正在收拾行李，傅峥来了电话。傅峥说："阿衍，我不知道你知不知道，但我怕你会后悔。言喻今天要出国了，只知道是早上的航班，不知道是去哪里。只不过，有小媒体倒是说，言喻是和之前那个……秦让，就是她的上司，一起去机场的。"

傅峥已经说得很委婉了，小报上可是直接说陆太太不知廉耻，给陆衍戴了绿帽，还和第三者一同离开。那小报记者甚至绘声绘色地描写陆衍太太和第三者的各种亲密举动，还猜测陆衍放弃了女儿的抚养权，肯定是因为陆衍知道了女儿不是他亲生的。

傅峥继续道："阿衍……"他话还没说完，陆衍就一下挂断了电话。没过一会儿，一辆黑色的跑车从陆家老宅的车库里驶了出来，一路上了高架，直直地朝着机场飞奔而去。

陆衍不知道一路上闯了多少个红灯，喇叭摁得震天响，他不停地加着油门，时不时地看一眼手表。时间在一点点地流逝，他由心底而生出浓郁的烦躁，眉头紧紧地锁着，神情冷冽，前面有车堵着，他一巴掌按下了喇叭。

他方向盘一转，想换个车道，放在副驾驶座的手机屏幕忽然一亮，有短信进来，是季慕阳的。

他的语气冷淡生疏："言喻起飞的时间是十点三十分，你错过了。"

陆衍紧绷着脸，眸光凛冽，现在是十点二十九分，他太阳穴上的青筋猛地绷断，修长的手指骨节泛白，漆黑的眼眸里闪过恨意。

以往，他想过无数次让言喻滚离这座城市，但真正到来的时候，他一点都不痛快。

现在已经十点三十分了，他一拳头狠狠地砸在方向盘上，降下车速。

身后，有警车紧紧地追咬着陆衍的车，并且用喇叭喊道："前面的车，停下！警察！"

陆衍下了高架桥，淡淡地往一旁的紧急停车点开去，然后踩下刹车。他坐在驾驶座里，侧头看着蔚蓝色的天空，干净、纯粹的颜色，白云飘浮，然后，有飞机低空升起，在天空中划出一道白色的尾烟。

飞机越飞越高，慢慢地没入云层中。

陆衍抿紧薄唇，唇畔有着淡淡的笑意，他收起视线，盯着后视镜中的自己，脸色狼狈，胡子也没刮，衣服也乱穿。和外表一样的，还有他内心腐蚀掉的灵魂。

手机又振动起来，这一次是来自英国的号码，他盯着那个号码，接听了电话。

他右手捏着眉心，听着电话那头传来一道甜美却稍显冷静的女声，她说："陆衍，你已经收拾好东西了吗？下午几点的飞机呀？我明天去机场接你。"

陆衍没回答，只说："不用了，嘉然，你不用去机场了。"

"不行的，你一回来，我就要带你去参加宴会，你回去了几天，缺席了太多工作。"

"知道了。"陆衍挂断了电话。

警察已经追上了他，他没有理会，只觉得胸腔里仿佛只余下了恨，这个恨也是遗憾。

三年后。

其实，距离那些繁乱的记忆，没到三年，准确来说，只有两年八个月零六天。春寒料峭，冬日的气息尚未走远，春日的温暖似乎还未到来。伦敦这个城市，一年四季都是阴冷的，没有多少阳光，仿佛随时随地都渗透着寒气。

言喻刚到伦敦，就觉得有些阴冷。她裹着厚厚的白色羽绒服，搭配着黑色的铅笔裤，束在驼色的利落短靴里。

她的右手牵着小星星，小星星也穿着同款白色羽绒服，衬得那张小脸更加白净。她软软的黑发被裹在围巾里，一双漂亮的眼睛上长着浓密的睫毛，扑闪间，仿佛轻柔的羽毛划过心尖，让人心生酥麻。

小星星已经是一个漂亮的小姑娘了。

她忽然看到了什么，眼睛一亮，握着言喻的手指微微紧了几分，仰头看着言喻，小手指着前方说：“妈妈，是秦叔叔。”

言喻顺着小星星手指的方向看了过去，秦让长身玉立地站在昏黄的路灯下，温柔地看着她们。他穿着黑色的长大衣，围着灰色的羊毛围巾，从微微敞开的大衣间，可以看到他里面穿的还是一套繁复精致的手工西装。

灯光柔柔地笼罩在他深邃的俊脸上，柔和了他的轮廓，一双眼眸干净清澈，仿佛落了夜空中的星光。他的薄唇稍稍扬起，眼睛弯出了弧度，眼尾荡漾出浅浅的笑意。

言喻还没有动静，小星星已经挣脱了言喻的手，迈开了双腿，欢快地朝着秦让奔跑了过去。她眼眸弯弯，像是两个漂亮的小月牙，笑容灿烂得足以驱散这所有的寒气。

秦让笑了，微微弯腰，伸出双手，将她抱了个满怀。小星星身上温软的香气就这么钻入他的鼻息。秦让将她抱了起来，两人面对面地看着。小星星笑得灿烂，声音奶声奶气的：“秦叔叔，我好想你呀……你有没有想我呀？”

“想。”秦让的声音里带着磁性和笑意。

小星星笑意更深，然后很调皮地将手直接伸进秦让的围巾里，碰触到他的脖子，她在室外等了一会儿，小手有些冰冷，她就这样直接地碰到了秦让。秦让没忍住，脖子上因为冷，而起了一小片鸡皮疙瘩。

小星星开心地笑了，露出了颗颗贝齿：“秦叔叔，你被我的魔法冷到了。”

秦让很配合，他的嗓音清冽：“秦叔叔现在被魔法弄得不能动了，求公主大人给小的解除魔法，好不好？”

“好。”小星星把小手收了回来。

秦让单手抱着她，另一只温热的大手毫不犹豫地将小星星的两只小手都裹在掌心里，他低声地说：“叔叔给你暖一会儿。”

“这是魔法吗？”小星星眨巴着眼睛。

“当然是。”

小星星自然地转换成了英文：“这是爱的魔法，我爱你，你也很爱我，对不对？”

“对。”

秦让和小星星说话间，言喻已经走到两人的面前，她一张素净小脸，皮肤晶莹剔透，鼻尖被冻得有些通红。她对着秦让道：“也就你还有心思每天陪她玩这个游戏。”

秦让笑意渐深：“她这么可爱，我陪她玩多久都没问题。”

小星星软软地抱着秦让，秦让很贴心，还带了个女孩子的小斗篷。尽管只要不远的距离就能到车上，他还是给小星星披上了斗篷，压下了帽子。

“走吧。”秦让对着言喻道。

“南风呢？”言喻问。

“他现在大了，他爷爷带着他学写毛笔字，现在差不多是他练字的时间，没办法出来接你们。我走的时候，他还有小性子，觉得不开心。”

言喻笑道：“明天就是他的生日了，你还对他这样严苛。”

“不是我，是他爷爷。”秦让清隽的脸庞上都是笑意。

小星星听到了两个大人的对话，她软着声音道：“我给南风哥哥准备了礼物。”

“什么礼物？”秦让低头看她。

小星星摇了摇头，有些不好意思，笑容有些害羞：“现在要保密哟。”

秦让失笑道：“好，保密。”

最近一年，因为秦妈妈想要搬到伦敦生活，所以秦南风也跟着搬到了伦敦，而言喻还是在利兹工作。她没在秦让的律所工作，而是找了家英国本地的律所，从律所一年级生脚踏实地做起。

因为她知道，律师本来就是先吃苦后享受的职业。

刚到利兹的第一年，言喻工作起来手忙脚乱，作为英国职场新人，只能给大律师做一些杂事，一点一滴地积累着工作经验。这一年也是她最为疲惫的时候，她不愿意秦让帮忙，也不愿意麻烦秦让，所以一到了利兹，就跟秦让分开了，她说她想好好休息一段时间。

她带着小星星搬到了利兹的乡下，买了一栋乡下的房子，找当地的中介介绍了两个来自中国的阿姨，一个阿姨有多年照顾孩子的经验，是请来照顾小星星的，一个阿姨专门负责家务。

言喻说想休息，不是假的，因为那段时间她的身体状态很差，精神也不太好，而且小星星刚换到一个新环境，需要时间去适应，也需要人的陪伴。所以整整两个多月，言喻都没去工作，生活很规律且悠闲。

秦让也有自己的工作和生活，大家都是成年人，言喻的态度已经很明显了，秦让也不是那种死缠烂打、惹人厌恶的男人，他把距离感把握得很好，一个月会来看言喻和小星星一次，平时一周偶尔通一次电话。

言喻喜欢这样的距离感，不会太近，也不会太远，是远方的一个亲近朋友。

请来的两个中国阿姨还挺八卦，有一次偶然和她们聊天，言喻才知道，原来她们已经好奇了好久，关于她的私生活，譬如："单亲妈妈带着女儿，生活无忧又悠闲，有房子有车子有女儿有狗狗，还有金钱，就是人生赢家了。但就是想知道，她的丈夫和家人呢？"

言喻笑了笑，眼尾泛出浅浅的涟漪，她发挥了自己隐藏的编剧才能，给自己编造了个背景，什么丈夫每天不回来，叫她不要管他，他每个月会定时打十万元钱，作为抚养费。

一个阿姨表示羡慕，有足够的金钱又不用照顾老公的生活简直不要太享受；一个阿姨隐隐表示同情，因为她觉得再多的金钱也弥补不了缺失的陪伴。从她的角度看来，言喻过得并不开心，因为她总是给人一种淡淡的忧郁感。

后来，言喻就开始工作了，小星星只能托给家里的两个阿姨照顾，职场新人无法接触核心案子，但一点都不轻松，大部分的杂事、跑腿都需要新人去做。不过还算幸运，她跟的是皇家律师，旁听的都是大案子，自己多问，私下多学，还是有很大的进步。

第二年开始，她正式成为执业律师，这时候最难的是没有案源，因为她没有知名度，就没有客户找，她给自己安排的方法就是脚踏实地，先把法院指定的法律援助案子接下，认真地辩护，名声就是这样一点点累积起来的。

到了第三年，也就是今年，她的工作进入了平稳期。因为打了几个精彩的案子，不论结果输赢，客户都看到了她的认真和敬业，慢慢地，就会自发地将言喻介绍给周边认识的人。律师的名声就是这样口碑相传而来的。

秦让帮着言喻打开了车门，贴心地呵护着母女俩坐了进去，他绕过车头，坐进驾驶座，抬眸扫了眼后视镜，看到言喻正在帮小星星绑安全带。

秦让开了车内的暖气，他说："把小星星的羽绒服脱下来吧。"

小星星可爱地伸出两只手臂，撒娇道："妈妈帮我脱，热热的。"

言喻没忍住，在她的脸颊上落了一吻，感叹道："我们家吃可爱多长大的宝贝啊。"闻言，小星星眯着眼睛笑了。

秦让的心里也柔软成一片湖水，这是他三年来拥有的最最温柔的美好。

车子在雾气中行使，车速不快又平稳，周围都是不高的略显古朴的房屋，很安静，只有昏黄高大的路灯伫立着，照亮了前方的路途。

小星星有些困，上车没一会儿，就闭上了眼睛，小嘴微微张着。秦让说："车的座位上有小毯子，你给她盖上，小心着凉了。"

言喻笑了笑，说："你吩咐我给她盖被子，好像我是个恶毒的后妈。"

秦让抿着唇，唇线微扬，他漆黑的瞳孔闪过一丝光泽。他想，当然不是因为她是个恶毒的后妈，而是因为他想当个可亲又可爱的慈祥后爸。这样想着，他的眸光深了几分，黑色的光泽带了浓郁的深意。

前几年，他知道言喻受的伤害太重，也知道言喻短期内不想再一次进入一段感情、一段婚姻，所以这几年，他一直很好地保持着距离，但现在也差不多该进一步发展了。

他喉结无声地滚动了下，眸光幽幽。

去郊区宅子的路途有些遥远，车子行驶到了半程，言喻也觉得有些热，她的脸颊浮起了嫣红，像是春日树枝上沾满了水汽的桃花，眼睛里仿若氤氲了泰晤士河的潋滟水光。她解开了羽绒服，隐隐约约可以看到她里面穿着的黑色紧身毛衣，勾勒出美好的身体线条。她这几年养得好，身材的纤瘦度刚刚好，散发着独属于她的女性魅力。

秦让唇畔的弧度越发深了。

汽车停在院子里，才刚熄火，别墅的门忽然就打开了，秦南风穿着浅灰色的毛衣、黑色的裤子，站在了门口。秦南风眉目舒朗，从他端正的五官和冷静的气质可以看出长大后的他，会有多吸引女孩子。

秦让瞥了他一眼：“南风。”

秦南风叫他：“爸爸。”他看都没看秦让，小手蜷缩了下，目光定定地盯着后车座的车门。他看到了言喻，然后眼睛一亮，朗声地喊道，“言阿姨。”

不像刚刚的老成，他倒是有些害羞，想也不想就跑向了言喻，站在言喻的面前，认真地仰头看着言喻，眼里有笑意。

“言阿姨！”他又叫了声。

言喻弯了弯唇，摸了摸他的头发，说：“小南风。”

小星星睡着了，还没有醒来。别墅的帮佣听到汽车引擎声，也出来了，连忙将言喻的行李和一些零碎的东西搬了进去。秦让则弯腰从车里抱出小星星，他动作温柔又熟练，小星星感觉到熟悉的味道，睫毛动了下，也没有睁开眼睛。

秦南风看了眼小星星，笑了下，转头拉着言喻的手，想要说什么。

秦让眉间的褶痕深了下，低声道：“南风，先别说话，小星星妹妹还在睡觉，你会吵醒她。”

言喻哭笑不得，她安抚般握紧秦南风的手，低头对他眨了眨眼睛。南风脾气好，一点都不放在心上，也配合地眨了眨眼。

秦让的父母都是定居在英国的大学教授，常年忙于科研，退休之后，还被伦敦大学返聘了。

言喻挺喜欢秦让的家庭氛围，父母恩爱，教育开放，有爱，也有尊重，不会逼得太紧，也不会一点都不管。

秦父正笑容满面地逗弄着鱼缸里的鱼，秦母则正在看书，两人听到了开门的声响，都笑着抬头。他们都不是第一次见到言喻了，秦父看到小星星睡着了，体贴地压低了声音说：“小星星这娃娃，累得睡着了？”

言喻点点头。

秦母说：“等下再说。阿让啊，你先把小星星送到二楼去，阿喻就在楼下陪陪我们。”

秦母是个温柔的女人，知书达理，有文人特有的贤淑气质。等秦让抱着小星星上去了，她看了言喻一眼，朝着言喻招手：“来，最近气色不错，还痛经吗？上次阿姨给你的方子有用吗？”

“有用的。”言喻给秦母带了礼物，都不是贵重的，只是表达一点心意，秦母和秦父高兴地收下了。

秦父关心道：“阿让是不是没带你们去吃晚饭？我都说回到家太晚了，饿坏了吧？”

“是没带去吃晚饭。”秦让温润的声音从二楼楼梯处传了下来，他眉眼含笑，“因为言喻说想给我们包饺子吃。”

言喻怔了下，然后才反应过来，忍不住弯了弯眼睛。哪里是她说的，明明就是秦让想吃她包的饺子。秦让高大的身影慢慢地走到言喻的旁边，没坐下，就靠在她的沙发背上。

秦母笑道：“阿喻工作这么辛苦，难得来看我们两个老人，怎么能让她做饭？”

言喻连忙道：“没事的，阿姨，我来做吧，包饺子很快的，你们吃了吗？也一起吃一点吧。”

秦让和言喻一同进了厨房，坐在沙发上的秦南风看到他们俩进去了，两腿一蹬，走到厨房门口，他也想进去。但秦让垂眸看了自己的儿子一眼，皱了下眉头，想也不想就把厨房门关上，说：“油烟味重，出去看会儿电视吧。”

秦南风在外面干瞪眼。他皱了皱眉，爸爸真坏，他也想跟言阿姨一起包饺子。

厨房里，暖色的灯光莹莹地笼罩着两人，言喻对秦家的厨房还算熟悉，她从冰箱里拿出了饺子皮。秦让站在她的身后，补充道：“我已经让人弄好了饺子馅。”

言喻嘴角噙着笑，问：“所以，你是早就等着我来干活了，嗯？”秦让只笑不语。

言喻也没再说什么，她拿出发圈，将柔软的长发松松地绾着，那个发圈不是很紧，似要掉落，又似不会掉落，勾得人心痒痒。

黑发如墨，美人如玉。美人现在正在包饺子，白皙莹润的手指轻巧地捏出饺子的形状，不一会儿，旁边就有了满满一盘饺子。秦让就那样目不转睛地看着，眼里流淌着连他自己也不清楚的情绪。

言喻包好饺子，弯腰想在下面的柜子里找漏勺。她今天穿的毛衣偏短，一弯腰，就露出一小截白嫩的皮肤，白得触目惊心。

她很快就站直了身体，几缕碎发却飘散下来，垂在了耳侧，她手上都是面粉，还在纠结要怎么把头发撩上去，身后就有一具温热的身体贴了上来，男人修长的手指轻轻地捏起那几缕头发，别到了耳后。

动作过程中，难免会有肌体接触的时候。言喻一怔，然后，耳尖不可避免地敏感地红成了一片，像极了诱人的小兔子。

秦让轻笑，言喻避开了他，笑道："你别在这儿捣乱了。"言喻说完，就往锅里倒水。

秦让并不怎么在意她说的话，过了会儿，他拿出了手机，觉得眼前的一幕美好得像幅画，他借着厨房温润的灯光，把灯光下的美人拍进手机里。

美人肌肤清透，身材苗条，却玲珑有致，单单一个背影和一个线条优美的侧影，就让人忍不住想看看这样的美人的正脸。

秦让手指摩挲了手机几下，良久，他发了条朋友圈。只有言喻的这张图，什么文字都没有。发完后，他安静地靠在琉璃台上，悠然地等着大家的评论和点赞。

秦让过往的朋友圈几乎没有任何生活的痕迹，大部分是转发法律相关的推送，没想到现在突然发了个女人的背影，还是在厨房里。

所以，这是要公开秦南风的母亲吗？一时间，秦让的圈友们"炸"了。

"秦律师公开了？"

"恭喜恭喜！"

"千年铁树开花了，一开就是不一样的美人花。"

"为什么……我觉得像是言喻？"这是以前律所的同事评论的。

秦南风也在玩手机，他一下就看到了爸爸的朋友圈，抿了抿唇，没给爸爸点赞，而是一言不发地盗走爸爸的图，发在了自己的推特上。

父子俩一样，什么文字都没有。没过一会儿，就有同班同学评论了。

秦南风看到了一个同学评论他的妈妈真漂亮。他抿起的嘴角小小地扬了扬，笑意怎么都掩盖不住。

言喻已经下好了饺子，没过一会儿，热腾腾的饺子出锅了，香气四溢。

秦让收起手机，接过她手里的盘子：“我来拿吧。”他说着，看了眼雾气氤氲中她清亮的黑眸，心里柔软成了一片湖水。

这是他想要执手一生的人。

第二天，是秦南风的生日。

秦让开车载着言喻、小星星还有秦南风一起去了伦敦市中心的商场逛街，秦让要去停车，言喻就先和小星星、南风进了商场。

小星星撒娇地从言喻的包包里找出了棒棒糖，她分给了秦南风一个。秦南风已经长大了，他虽然不喜欢，却收下了棒棒糖。

几人坐在沙发上，等着秦让。小星星软软地央求道：“妈妈，我可以坐在你的腿上吗？”

“当然可以。”

她开心地靠在言喻的怀里，手里举着棒棒糖，笑眯眯地问：“妈妈，你要分享一口我的爱吗？”

她把棒棒糖举到言喻的嘴边，言喻捧场地尝了一口。

小星星天真地说：“我有一份很大很大的爱，当我分给了妈妈之后，我就有两份爱了。”

她转眸看着秦南风：“南风哥哥，你有这么大的爱吗？”

秦南风不知道该回答什么。

言喻疼爱地摸了摸小星星的头发，一点都没注意到对面的沙发上，安安静静地坐着一个三岁左右的小男孩，他穿着小西装，脸上没有什么表情，幽深的黑眸盯着言喻三人看。

明明还这么小，他的身边却没有大人照看着，安静乖巧的样子，看着有些孤单。

过了好一会儿，才有一个中年女人焦急地跑向了他：“谢天谢地，小少爷，总算找到你了。小少爷，你怎么突然跑下来了？”

小男孩表情很冷静，黑眸里没有多少生气，脸色透着些微苍白。他听到中年女人的声音，却没有抬头，视线里仿佛只有对面的“一家三口”。

中年女人还要说什么，但最后只是叹了口气。小男孩忽然抬眸看她，面无表情，仍旧什么都没说，却让中年女人觉得背脊有些寒凉，他看人的时候，眼睛一眨不眨，总让人觉得有些阴森森的感觉。

见中年女人安静之后，小男孩的视线重新落在言喻身上。

秦让走了进来，眉目清朗，直直地朝着言喻走了过去。言喻一看到他就弯起了眼睛，说：“走吧。”

秦让从她的怀中抱起小星星，言喻则牵着秦南风，四人都没看对面沙发上的小男孩一眼，往扶梯的方向走去。

小星星搂着秦让的脖子，趴在秦让的肩头上，脸颊上的肉被挤压着，越发衬得白玉脸上那双眼眸的黑净，像是流光溢彩的黑玛瑙。她随意地看着大厅，目光和小男孩的交接了一瞬。

小星星头发软软的，睫毛动了下，嘴唇的弧度扬了扬，举起小肉手，对着小男孩打了个招呼。小男孩很冷淡，没有回应她，但是小星星自己把自己逗笑了，眼眸弯得像小月牙。

直到言喻四人的身影完全看不见的时候，小男孩才从沙发上下去。他脸色冷漠，眼瞳漆黑，抿着嘴角，一言不发，迈开腿朝着商场的大门走去。

中年女人跟在他的身后，声音放轻了，像是怕惹怒这个小男孩：“小少爷，咱们回去吧，等下被陆先生知道你偷偷跑出来，就完蛋了。”

小男孩步伐不停，依旧没有理会她。他一走出商场，就有一辆加长的黑色车子停在他的面前。车上下来两个黑衣人，戴着白色的干净手套，一个恭敬地打开了车门，一个弯腰询问小男孩：“疏木少爷，我抱您上车？”

这个车的底盘有些高，被叫作疏木的小男孩还很小，个子不高，自己很难上车。

陆疏木点点头。男人动作利落地将他抱上了车，手就立即松开了，陆疏木自己坐在安全座椅上，小小的手熟练地给自己扣好了安全带。

司机的声音带着恭敬：“疏木少爷，刚刚陆先生找您了，让您现在就回去。”陆疏木抿了抿唇，没有回答。

司机也并不在意，因为这是常态，如果陆疏木回答他了，他才要惊讶。他踩下油门，车子稳稳地启动，驶向郊区的古堡。

古堡处处都透着浓郁的古朴气息，墙面斑驳，是时间留下的难以磨灭的痕迹，绿油油的爬山虎掩盖了整座古堡。雕花繁复的铁门在识别了进来的车子后，缓缓地打开，轴轮滚动的声音有着历史的厚重感。

古堡又呈现出现代化的气息，掩映在绿植之下的处处都是监控探头和红外线扫描仪，除了可以看到走动的穿着黑西装的黑人保镖，还有很多隐匿在黑暗角落里的人。车子通过扫描，进入古堡，身后的铁门立马就合上了。

“砰”的一声，带来的是心脏猛然瑟缩的沉闷感。这是一个华丽的、桎梏着人性的牢笼，但也是很多人拼了命、削尖了脑袋都想挤进来的宫殿。

陆疏木面无表情，他的长相在现在所处的幼年时期显得偏女孩子气，睫毛浓密卷翘，黑眸折射光泽，唇红齿白，但他周身的冷沉一点都不会让人觉得他像个女孩。

车子停在一栋古楼前，车门打开，黑衣保镖把陆疏木抱了下来，陆疏木目不斜视地走进古楼。

客厅散发着十八世纪沉淀下来的优雅和厚重，铜灯繁复，灯火幽明，墙壁上挂满了经典油画，宫廷式沙发上坐着一个戴着眼镜的男人。他肩宽腿长，两腿交叠，简单地穿着灰色毛衣，在听到推门声音的时候，抬起了头。

陆衍眸光平静地问：“你今天去哪里了？”

陆疏木沉默了一会儿，答道：“去商场。”

“买什么了？”

他什么都没买，原本只是照顾他的保姆想去一下厕所，他突然看到了曾经在相册里看到过的女人，就不自觉地跟了进去，然后没顾及保姆，就一直跟在那个女人的身后。

陆衍倒也没多问，修长浓黑的眉头稍稍地蹙了下，又舒展开来，嘱咐道：“下次出门，不要乱跑，不然会很危险。”

陆疏木安静地站了一会儿，却意外地没动。他小小的手指蜷缩了下，抿着唇，沉默了半天，忽然问："我妈妈呢？"

陆衍闻言，静静地看着他，他的眼眸里是一片冷清，眉目未动，过了一会儿，眼底浓黑的情绪有些难辨。

"我说了，嘉然不是你妈妈。"

小男孩脸色有些沉，他也不动，漆黑的眸子有些冷然，寒意凛凛地说："把我妈妈还给我。"

陆衍黑眸冷冽了几分，扯了扯嘴角，喉结无声地滚动，却没说什么。

外面有声音传来："疏木小少爷，看，谁来了？"这是程管家的声音，随着他声音一同进来的，还有一个女人。她笑容清丽，眼窝深邃，睫毛纤长，透出了几分混血气息。

时嘉然看着陆疏木笑，走过去摸了摸陆疏木的头发。

陆疏木抿着唇，仍旧是面无表情的模样，但漆黑眼眸里的寒气散了几分。时嘉然低眸温柔地笑问："爸爸又骂你了？"

陆疏木没说话，余光瞥见陆衍的脸色黑沉沉的，他用力地抿起嘴角，想也不想就伸出手抱住了时嘉然。

时嘉然笑意更深，弯腰抱起了他。她说："我们先上楼，让爸爸跟程爷爷谈事情。"

陆疏木趴在时嘉然的肩上，他原本是不会做出这样亲密的动作的，只是，他在被她抱起来的那一瞬间，想到了今天在商场看到的那个女孩子，情不自禁地学起了她的动作。

陆衍蹙眉，冷睨着陆疏木。陆疏木也看着他，嘴唇轻轻地动了动，他亲昵地叫："妈妈。"声音极小。

他满意地看到陆衍眸色越发沉厉。

时嘉然离他太近了，一下就听到了，她眼尾袭了笑意，对着陆疏木道："真乖。"

到了二楼，时嘉然打开门，陆疏木回到卧室，就自己下来了，他没说话，直接从柜子上抽出来一本古代诗选。

时嘉然很了解他，她笑道："又想看你的名字来源？你的名字啊，是你爸爸取的。程爷爷最早只给你取了英文名，等你回到爸爸身边之后，才取了中文名，你叫疏木——流星透疏木，走月逆行云。”

陆疏木翻到了古诗所在的那一页，他垂着眼睫毛，眸光一动不动，小手指从那一句古诗上滑了过去，抿着唇，沉默了许久。半晌，他合上书，抬起眼眸，眸光定定，认真地说：“爸爸说你不是我妈妈。”

时嘉然的眸光闪了闪，她反应很快，弯了弯唇，说：“可是我是你的妈妈啊。疏木，因为爸爸不想跟我再在一起了，所以他才这样说。”

时嘉然摸了下陆疏木的脑袋：“疏木，你刚刚这样说，我真的好难过哟。臭小子，你才回到你爸爸身边半年多，你就不想认我这个妈妈了？”

陆疏木眨了眨眼，说：“没有。”

“那就好。”时嘉然也学他，眨了眨眼，“偷偷告诉你，我在追爸爸哦，很快就能把爸爸追回来了，到时候，小疏木就有爸爸妈妈了。”

陆疏木黑眸闪过什么，他看着时嘉然，问：“你们……也会带我去逛商场吗？”

“会。”

“也会买棒棒糖吗？”

时嘉然一愣，然后“扑哧”一声，道：“疏木，你现在想吃棒棒糖啊？牙齿会坏掉哟。”

陆疏木似乎有些不好意思地抿了抿唇，他的眼前又浮现今天看到的那个女人，还有她抱着的那个小女孩。

陆疏木也不再纠缠时嘉然了，他搬出乐高，安安静静地坐着，开始搭建属于他的世界。时嘉然站起来，垂眸看着他，眼里闪过心疼。

楼下，程管家笑着坐在陆衍的对面，他老了许多，面相看着也和蔼了许多，他给自己倒了一杯茶，手指不知道为什么颤了下，但很快就控制住了，慢慢地喝茶。

“衍少爷。”

陆衍眉间袭上一抹厉色，语气淡漠：“程管家，你最好还是叫我家主。”

程管家也不介意：“家主，我知道你还在介意当年我为了让你回到程家，使用的那些手段。我知道我做错了，但我不后悔，因为我尽到了我应该尽的责任。”

陆衍看都没看他，脸色淡漠。

“事实也证明，你回到程家，才是最优选择。程家能让你的能力得到最大程度的发挥，也只有你，能接手程家了。”

陆衍有些不耐烦，他看了下时间，说：“如果程管家只是想说这些的话……”

程管家直接问：“家主要回陆家了？”

“是。”

程管家没问程家该怎么办，只是淡淡地建议道：“时家的小姐也跟了你快三年了，又是疏木小少爷的母亲，你该给她一个交代了。”

陆衍的眼眸沉下，神色厉厉，森然得有些可怖。

“程管家，我是不是警告过你？如果再管我的私事，我会让你后悔的。”

程管家胸口起伏了下：“可是这不是私事了，是程家和时家两个家庭的事，两个集团的事情。”他苦口婆心道，“家主应该知道，一个孩子的成长是需要爸爸和妈妈的，但凡缺少了任何一方都是可怜的。您每天固执地告诉疏木少爷，嘉然小姐不是他的母亲，你可曾想过他有多受伤？”

这一句话，像刺一样扎到了陆衍的心脏。

准确地讲，他也只有母亲陪伴长大，他的生父从小到大都没管过他，他看似不介意，但多少还是会介意的。虽然他现在释怀了，但不代表陆疏木就不想要父母双全的日子。

程管家继续说：“疏木小少爷一出生身体就不好，明眼人也都看得见，他比一般的小孩要安静自闭，医生说他很需要家庭的温暖。”

陆衍的唇勾勒出浅浅的弧度，有些讥讽，手指攥紧几分，冷笑着，透着戾气：“程管家应该不用我提醒你，他现在这个样子，和你藏了他有关。”

程管家眉目慈祥：“可是家主也别忘了是谁千方百计地不要他，抛弃了他，如果疏木小少爷知道了，该多难过。”

陆衍压抑着的怒气，一瞬间涌上了几分，他眸光越发深不可测，他走到程管家面前，一把拽起了程管家的衣领，全然不顾程管家是个老人。

他气场阴冷，手上青筋起伏。

“闭嘴。”短短的两个字，从牙缝中挤出。

程管家被他拽着，被掐住了脖子，脸色涨红，他还是颤巍巍地拿出了手机，解锁，翻转屏幕，给陆衍看。屏幕上，是推特的页面，一条推文附了一张照片。

陆衍看清了那张照片，手上的力道猛地加重，下颌紧紧地绷着，眸色十分凌厉。

程管家说：“一别两宽，各生欢喜，有什么……不好呢？言小姐已经找到了自己的幸福，家主你也该给疏木小少爷一个完整的家了。”

陆衍倏然松开了紧紧钳制着程管家的手，额角有青筋凸起，又隐没下去，漆黑的眼底寒芒刺目。

他那颗冷硬的心，却像是被人狠狠地攥住了一样。

他眼前浮现的只有刚刚看到的那一张照片，照片上，言喻温柔贤淑，比起以前，更加柔美、有韵味，但她是在为秦让洗手做羹汤，她照顾着秦让的儿子，她很快就会成为别人的妻子。她的温柔和幸福，在照片里倾泻得淋漓尽致，而和他在一起的时候，他还清楚地记得，她有多痛苦，有多冷漠。

陆衍心脏有些疼，但难免的，唇畔扯起的弧度浮现出一点点的讥讽。说不定，很快，言喻就会和秦让生一个孩子……

但她当年，那样不想要和他的孩子。

陆衍发现，虽然过去了三年，但是时间一点都没有抚平他心里的痕迹，和言喻的婚姻给他留下了太过深刻的印记，难以抚平，反倒随着时间推移，越来越清晰。言喻就像一根刺，狠狠地扎在他的心里。找不到在哪里，但就在那里，时不时地作疼，提醒着他，她的存在。

三年了，这根刺，是不是早就应该拔出来了？他还在痛苦之中，她却早早地脱离了苦海。而他能做的，就是不去打扰。

陆衍垂着眼睑，叫人看不清他的神色，笑意凉薄，他的一整颗心都是凉的。

时嘉然带着陆疏木从二楼下来，陆衍走过去牵过陆疏木，他很少牵陆疏木，陆疏木在被他牵起来的时候，小手还下意识地缩了下。

陆疏木吃饭的时候很安静，但是，他今天跟平常有点不一样，他会停下来，侧眸看下时嘉然，有些犹疑。

时嘉然被他看得稍微停顿了下，温柔地问：“疏木，要吃什么？我帮你拿。”陆疏木抿着唇，指了指方向。等到时嘉然给他夹了，他才重新低头吃饭。

陆衍眉头稍稍皱了下，这半年多来，陆疏木很独立，几乎从不会让人给他夹菜。不过，陆衍想想，也是，他跟在时嘉然身边那么长时间，依赖也是正常的。

等到吃完饭，陆衍就冷淡地让人送走了时嘉然。时嘉然也不在乎，她摸了摸陆疏木的头，等陆疏木上了楼，她站在门口，对着陆衍道：“陆衍，你不想跟我在一起，我是知道的。但是疏木是我的孩子……”她看到陆衍的薄唇翕动了下，抢先道，“你是不是又要说疏木不是我的孩子？”

陆衍黑眸冷淡：“的确不是，嘉然，谢谢你了，回去吧。”他没留给彼此一丝想象的空间。

时嘉然说：“我会回去，但不管怎么样，疏木已经大了，当年既然活了下来，你就不要再不要他了，养小孩子是很辛苦的。”

“程管家跟你说我不要陆疏木？”

“当然，不然他为什么会被程管家养着？还有谁会不要他？”

陆衍的手指攥紧了几分，他眸色深深，想到了言喻。那段时间，他在英国，总是时不时地收到言喻想弄掉肚子里孩子的消息，她总是恍惚地拿起各种尖锐的物品，他只能一次又一次匆匆忙忙地赶了回去。

陆衍收起了思绪，冷淡道：“你回去吧，我没有不要陆疏木，他是我的孩子。”时嘉然也没再说什么了。

陆衍直接上楼，进了陆疏木的房间。陆疏木已经换好了睡衣，坐在床上玩乐高，他听到声响，抬起头，看了陆衍一眼，又重新低下头。他的睫毛浓密纤长，在眼窝下，落了一片阴影，莫名惹人心疼。

陆衍看了他一会儿，问：“你今天为什么突然进商场？嗯……看到谁了吗？”所以吃饭的时候，他才那样反常。

陆疏木摇了摇头，停下手里的动作，然后他又忽然想起了什么，抬头，直接道：“我看到了……相册里的女人。”

陆衍眉心重重一跳，想起的就是言喻。他心脏沉沉地紧缩了下，黑色的眼眸里浮起了点点寒意，他的唇抿成了一条直线，想说什么，又什么都没说。

最终，他只是看着陆疏木，淡淡开口，嗓音却像是从喉咙里挤出来的一样，低沉沙哑：“……晚安。”

陆疏木是不是看到言喻对小星星，还是秦南风做了什么，所以今天才学着索求了？

秦南风的生日聚会小型又温馨，两个孩子在楼下玩，言喻和秦让两个人一起动手，买了一堆气球，又买了花带等，稍微给客厅装扮了下。

之前秦南风的手工贺卡早已发出了，等到两人装扮完客厅，再摆出水果、零食，还有一些热菜，别墅外的门铃也响了起来。

言喻看了眼秦让：“南风的小伙伴们来了，你去迎接一下，我上楼去叫南风下来。”

秦南风已经洗完澡，换好了之前言喻给他买的新衣服，他乖乖地走了过来。住家阿姨也抱着小星星过来了，小星星穿着新买的小汉服，笑得很矜持。

言喻弯了弯眼睛：“这是谁家的小美人呀？”小星星害羞地捂住了小脸蛋，黑眸明亮。

几人下楼，秦南风一看到小伙伴，就飞奔了过去，言喻和秦让一同招呼了这些小朋友。秦父秦母年纪大了，只打了个招呼，露了个脸，就上楼了。

秦南风被小朋友们围在一起，有个男生轻声地凑在秦南风的耳畔夸赞：“南，你妈妈好漂亮，你妹妹好可爱！”

秦南风抬眸，朝着言喻的方向看了眼，抿了抿唇，然后点了点头。

一群小朋友欢闹到晚上十点多，他们的家长才过来接人。言喻和秦让把小朋友们安全地送到家长手里，两人才终于松了一口气。

到了快要就寝的时候，秦让去看了下已经躺在床上的秦南风，忽然问道：“今晚许了什么愿望？”

秦南风摇了摇头，秦让淡然地笑了下，也是，说出来就不灵了。他顿了顿，然后问："南风，你……想不想言阿姨做你的妈妈？"秦南风的黑眸亮了一瞬间。

秦让失笑道："我本来以为你的生日愿望，就是要言阿姨做你的妈妈。"

这一次秦南风倒是没有几分犹豫，他安静地看着秦让说："我喜欢言阿姨，也想要让她当我的妈妈，但是我不希望强迫她。爸爸，你也是吧？男人应该是一个绅士，不能强迫女人，而且我长大了，我不能用生日愿望来要求言阿姨。"

他说着，神情严肃了几分："爸爸，你也是这样想的吧？你追求言阿姨，必须光明正大地让她答应。"

秦让凝眸，认真地看了秦南风一眼，忽然觉得自己还不如一个小男孩，因为言喻太美好了，美好到他的确想用两个孩子的健康成长，让言喻考虑和他在一起并结婚。他呼出一口气，摸了摸秦南风的头："睡吧。"

隔壁卧室，是言喻和小星星的房间，小星星躺在妈妈的怀中，闭着眼睛，但小嘴巴一直没停，一会儿说秦南风，一会儿说今晚的小哥哥们。

然后，她忽然道："妈妈，今天商场有个小弟弟。"

"嗯？"

"他还看了我一眼，中国男孩。"

"是吗？"言喻没怎么在意，轻轻地拍了拍小星星的肩膀，安抚她，"晚安，小宝贝。"

第二天，陆衍起床的时候，陆疏木已经起床了，他在保姆阿姨的帮助下，穿好了衣服。

保姆拉开窗帘，阳光照射了进来，在空气中形成一片耀眼的光束，光束里有起伏的尘埃，颗粒明显。陆疏木安安静静地坐着，他盯着那里的光束，像是好奇，又像是发呆。然后，他伸出手，轻轻地拢了拢，仿佛要将那里的光抓住，但是合拢了以后，也只是两手空空，什么都没有抓住。

有一些阳光，笼罩在他的脸上，袭在他的睫毛上，他的脸色在阳光下有些苍白。

陆疏木抿了抿唇，从床上下来，自己穿好了鞋子。他刚拉开房门，就看到陆衍正从房门出来。陆衍长身玉立，肩膀挺括，一袭黑色的纯手工西服，质感良好，有棱有角，衬托出他的高大。

他垂眸，漆黑的瞳孔里映着陆疏木小小的身影，他问道："行李收好了吗？"陆疏木摇摇头。

陆衍说："你去收拾吧，我让阿姨帮你，你自己看看有什么东西是你需要的。"父子俩的话向来少得可怜，大多时候是有事情就说事情，没事情就沉默不语。

陆衍在楼下餐厅坐了一会儿，等着陆疏木下来吃饭，陆疏木收拾完东西后，下了楼，两人安静地吃完了早饭，气氛沉闷得让周边的用人都觉得有些难受。

飞机是中午十一点的，两人吃完早餐又休息了会儿，就准备出门了。

门外，有保镖打开了车门，陆衍没问陆疏木，直接抱起了他，陆疏木的身体有一瞬间的僵硬，他不太习惯陆衍的亲近。

陆衍倒没有什么反应，面色淡然，他帮着陆疏木系好安全带，保镖将行李搬上了车子，陆衍也跟着上了车。

车窗膜很厚，车内的光线有些暗淡。陆疏木问他："我们回中国，对吗？"

"嗯。"陆衍侧着脸，看了眼窗外。

汽车启动，缓缓地驶离这座古老的、屹立了近百年的庄园，花园里，喷泉喷洒着，阳光落下，折射着浅浅的光泽，水珠莹润，却转眼就在空气中散开。刚到古堡的大门口，车子忽然停了下来。

陆衍面无表情，眸色淡然，抬眸看前座的司机："怎么了？"

司机皱起了眉头："是程三叔。"

"不用理会他，直接开走吧。"陆衍的声音没有一丝的情绪起伏。

司机说："程三叔堵在了前面，不肯让开，他似乎在喊着什么。"

车子的封闭性能好，所以几乎没有听到任何声音。陆衍抿紧薄唇，他修长白皙的手指按下按钮。车窗缓缓地下降，冷风吹了进来，带走了车厢内的一些温度。

随着风吹进来的还有程三叔带着怒气的声音："让车上的陆衍给我下来。"

陆衍眉目不动，神情显得有些凉薄，他听到程三叔的声音后，眼底的阴沉越发浓稠，沉得仿佛看不到底。

程三叔大概知道陆衍已经降下了车窗，他大步走了过来，脸色阴沉，眉目寒霜覆盖，咬紧牙根，额头的皱纹有些深。

"陆衍，你别忘了你姓陆！"

陆衍薄唇扬出点弧度："然后呢？"

"你太年轻了，陆衍，你也太急躁了，你以为短短三年就可以吞噬掉整个程家吗？你今年才站稳了脚跟，现在居然就想动我和程管家？你也不想想，如果没有程管家的支持，三年前的你，早就被那些叔伯杀死了。"

越是大的家族，越是有无尽的阴暗。

程家就像一汪早已凝滞的死水，表面覆盖着一层荷花，看似开得灿烂，却不知底部早已腐烂。所幸，瘦死的骆驼比马大，还是吸引着家族内大部分人的视线，毕竟他们都想靠着程家吃一辈子。

陆衍眼眸寒冷了几分，程家就是被这些蛀虫一点点地搬空的。

他刚到程家的时候，不管是旁支，还是远亲，都相聚一堂，就是为了瓜分程家这个大蛋糕。程家家主去世了，可是他的几个兄弟还在人世，他们在程家家主病重的时候就蠢蠢欲动，程家家主一撒手人寰，他们更是嚣张，根本不把陆衍这个早已经被程家放弃的弃子放在眼里。但他们还是为了以防万一，设计了一个接一个的意外来阻止陆衍回到程家继承家主之位。

那时候，他深陷重重危机如履薄冰，步步惊心，食物要检测是否有毒，汽车要反复地检查刹车和零件。无论出门还是在家，都必须随身携带四个以上的保镖，死亡一次次地和他擦肩而过。

那个时候他无比庆幸，把言喻和小星星留在了国内。程家叔伯们的手段就算再厉害，也难以在治安管理严格的中国制造意外，但他还是不放心，所以将言喻困在了陆家别墅。他尽最大可能地设置了安全级别，确保陆家别墅的安全。但没想到，最大的危险不是来自程家，而是来自言喻自身。

陆衍回过神，垂眸冷淡地盯着车外面的程三叔，程三叔在一众兄弟之中的权力最小，最没有竞争力，所以三年前，他没有选择和众兄弟站在一起针对陆衍，而是投靠了程管家。

这三年，他吃香的，喝辣的，生活可美好了。却没想到陆衍会突然对程管家发难，他和程管家是同一条绳子上的蚂蚱，自然受到了牵连，一转眼，就被陆衍狠狠地打入冷宫。

程三叔咬牙切齿地说："陆衍，做人要留一线。程管家当年可是扶持你上位的人，如果没有他，你早死了不知道多少回了，做人不可以没有良心。你自己想想，程管家对你的恩情有多少？"

陆衍绷紧唇线，黑眸幽深。

程三叔继续说："你畜生不如，过河拆桥，转眼就将给予你无限恩情的程管家踩在了脚底之下！陆衍，你小心别惹怒我，也别惹怒程管家！"他冷笑了一声，"你应该知道你那短命的父亲不仅死得早，身体更是很早就不行了！当年家族里的事情，基本是程管家主宰的。所以他的能力，绝不仅仅局限于你所看到的表面。当年我选择站在你这边，不是因为怕你陆衍，而是怕程管家，你懂吗？"

陆衍的轮廓显得冷硬，眉目冷冷，身上的气压低得不能再低。他当然知道，程管家其实是程家的养子。大家族总是喜欢养很多小孩来为自己所用，程管家也只是几十个养子之中的一个，只不过他最出色，所以成了程家家主的左膀右臂。

陆衍的薄唇仿佛要抿成锋利的刀片，放在膝盖上的手指蜷缩起来，骨节隐约苍白。他怎么不记得恩情？他如果不记得恩情，现在的程管家还能有那样的权势和自由吗？

不管最初程管家的目的是什么，但他在陆衍刚回到程家最危险的那一段时间里，的的确确救过陆衍，还为他挡过枪。但陆衍这次对程管家动手，不仅仅是因为程管家曾对陆家做下那些恶心事，更是因为程管家不该把陆疏木当作程家的养子，养了整整两年！

程管家也如上一任管家一样，从世界各地收养了几十个孩子和几个婴儿，集体式培养，混乱式教育。他放任孩子们争抢、打架、使心计，甚至不择手段。他遵循丛林法则，赞成物竞天择，他只想在这些孩子当中留下最优秀的、最有心计的孩子，好接任他的位置。

陆衍的指甲掐入掌心，一阵阵疼痛让他有着短暂的清明，他额角青筋浮起又隐没。当年，他明明见过那群孩子，却一点都没有发现，他以为已经失去的孩子，也混在那几个婴儿之中。

他和疏木因此整整错过了两年。

程管家应该庆幸，他还没有丧失天良，他对包括疏木在内的几个婴儿还算体贴，吩咐人细心照料，他本人还时不时地亲自照料小疏木。后来，小疏木被时嘉然意外发现了，程管家知道时嘉然喜欢陆衍，他为了搭上时家这条线，不惜编造谎言。

他对时嘉然说："衍少爷不喜欢孩子的母亲，也不喜欢这个孩子，甚至不想要。事实上，衍少爷也是为了顾及您的感受，毕竟他和您相亲了。时小姐，如果您在意这个孩子的话，我就把这个孩子送走，您就当作今天什么都没看到。我不会让这个孩子的存在，影响到您和衍少爷的感情。不过，如果您喜欢这个孩子的话，我就继续照顾他，您也可以常常来看他。反正未来您也会是他的妈妈，但现在我们不能把孩子的存在告诉衍少爷。衍少爷很有可能会丢掉这个孩子。"

时嘉然心地柔软，她看到陆疏木小小的样子就心如潮水如汹涌，怎么可能会对陆疏木产生厌恶？何况她在相亲的时候就知道陆衍的家庭情况，这个孩子是陆衍在认识她之前有的，也就是陆衍的过去。她是成熟的成年人，自然不会介意那些过往，她能尽力去把握的就是陆衍的未来。

也正是因为如此，时嘉然扮演了一年多陆疏木的母亲角色，认真地照顾着陆疏木。直到半年多前，陆疏木发了高烧，她没忍住，又是气又是哭地冲进古堡骂陆衍没良心，亲生儿子都不要了。如果陆疏木出了什么事情，陆衍就会被良心谴责一辈子。

陆衍想到这儿，不想再听车窗外的程三叔说什么了，他缓缓地升起车窗，遮挡住了程三叔，冷淡地对着司机吩咐道："开车吧，等会儿还要赶飞机。"

程三叔气得牙痒痒："陆衍，你迟早会落在我手里！我会让你尝到生不如死的滋味！"

车子重新启动，程三叔的身影已经看不见了。

陆衍侧眸，低着眼睑，瞥了眼安全座椅里的陆疏木。

他清楚地记得知道陆疏木是他儿子时候的心情，他原本没怀疑过言喻肚子里的孩子不是他的，也不相信言喻让他喜当爹的谣言。所以，当他赶回去，得知已经做了引产手术、婴儿死亡的消息时，心脏疼得都要炸裂开，像是有无数只手，狠狠地撕裂着他的心脏。

那种疼痛，几乎掩盖了他的理智。愤怒的火焰在他胸口熊熊地燃烧，吞噬着一切，痛楚在四肢百骸流窜，从头皮到脚趾都是难耐的疼痛。

当他得知陆疏木是他和言喻的孩子时，那种疼痛再一次袭来，几乎让他痛得昏厥过去。

那时候的他咬紧牙关，失去了理智，转头就拽起程管家，一拳头狠狠地砸在程管家的腹部，一脚将他踹在地上，抓着他的头就往墙上撞去。

如果不是时嘉然拦着，他怕是真的早已经弄残了程管家。也就是从那天起，他将陆疏木带到了身边照顾。但陆疏木这孩子早熟，不怎么跟人亲近，安静，不喜欢说话。陆衍对他有些手足无措，不知道该怎么和他相处。两人的关系也一直不怎么亲密。

目前为止，唯一能让陆疏木有些开心的人就是时嘉然，陆疏木也只会在时嘉然的身边，还会露出一点属于孩子的欣喜。

十个小时的长途飞行后，飞机终于落地中国，一个小时后，陆衍和陆疏木到达陆家。

陆疏木从未来过中国，更没来过陆家，但他目不斜视，对周遭环境的改变没有一丝一毫的好奇，依旧板着一张小脸。

陆衍牵着他走进别墅。

陆承国和周韵已经听说了陆疏木的存在，陆承国年纪愈大，对孙辈愈是喜欢，他身体仍旧硬朗，这三年还爱上了健身，看起来越活越年轻了，只是偶尔会想念一下小星星，他也想抱孙子啊。

他慈祥地看着陆疏木，笑道："这就是疏木啊，来，让爷爷抱抱你。"

陆衍摸了把陆疏木的头，示意他过去，但陆疏木面无表情，一动不动。

周韵对陆疏木的感情很复杂，但不管怎么说，他也是她的孙子，她心生柔软，想去抱抱他，却没想到这孩子这么倔，就是不肯亲近他们。

饭后，陆承国让陆衍去书房谈事情，陆衍看了一眼正在看电视的陆疏木，陆疏木却难得开口说话了："你去吧。"陆衍的唇扬起淡淡的弧度，眉心微动，往二楼走去。

客厅里，只剩下周韵和陆疏木，周韵有些别扭，但还是给陆疏木倒了一杯牛奶，陆疏木没有理会她。周韵心生不喜，她安静了一会儿，突然问："你……妈妈呢？"

陆疏木看电视的视线微微一顿，居然理了周韵："在英国。"

"英国？"周韵眉心重重一跳，心脏悬了起来，跳动的速度有些快，她可没听说陆衍和言喻和好了！更何况，当年闹成那样，她就不相信还能复合！

"你妈妈是谁？"

陆疏木抿了下唇，浓密纤长的眼睫毛在眼窝下有了小小的一片阴影："时嘉然。"

"时嘉然……"周韵下意识地跟着重复了一遍，发现她根本不认识，心里下意识地松了一口气。

只要阿衍没和言喻复合了就好。

第六章 三年后的重逢

陆衍和陆承国谈完事情，已经晚上十点多了，他让陆疏木先去休息，调整时差，他出了陆疏木的卧室，看见了周韵，陆衍喊住了她："妈。"

周韵正敷着面膜，两只白皙的手不停地搓揉着，她在保养手，她没回答，只是抬眸朝着陆衍的方向看。

陆衍抿紧唇，说："妈，我希望你不要再怀疑疏木的身世了，他就是我的孩子。"

周韵把面膜揭了下来，绷紧嘴角："你是不是怪我当初怀疑了？阿衍。"她放柔了语气，双手紧紧地攥起，"我跟你说过，我不喜欢言喻，我还是那些话，她爱的是程辞，那她为什么要嫁给你？她根本就是居心不良！还有哪一个好女孩、好太太，会随便地跟其他男人那样暧昧？你真的相信她跟那个秦律师没有任何亲近的关系吗？"

陆衍两腮的线条越发冷硬，心脏像被什么东西啃噬掉了一块肉。

“阿衍，你是不是觉得是我逼迫言喻去引产的？”周韵咬着下唇，眼圈红了几分，“我说过了，言喻她根本不想要这个孩子，她几次想要伤害肚子里的孩子。你收起了所有能伤害孩子的工具，但那一次，她故意从楼梯上滚了下来，就是为了不要孩子，当时流了很多很多血。她下了狠手，所以肚子里的孩子根本保不住，还会危及言喻的性命，所以我才选择了引产！

“阿衍，你明白吗？言喻真的不是良配！她心太大了，她也根本不想要那个孩子，你们就像现在这样，各自分开，不是很美好吗？我听说你找了个新女友，她叫时嘉然是吗？什么时候带回来给妈妈看看？”

听到了周韵说的这些话，陆衍眼底浮现出深不可测的寒冷，他周身的温度骤然下降了几度，他有些阴冷地盯着周韵，直到周韵脸色变白，他才一言不发地走了，回到自己的卧室。

周韵手心濡湿了一片，她气得咬紧牙根，鼻子一酸，差点委屈地哭了，她怎么养出个这么奇怪的儿子？陆衍以前不是这样的，都是和言喻结婚了以后才变成了这样。

言喻给秦南风过完生日，就回到了利兹继续工作。

律所一个专攻国际经济法实务的律师突然急需另外的律师加盟，他手里有个紧急案子。他找了一圈，最后找上了言喻。

言喻想婉拒，但这个律师迈克又帮过言喻许多，言喻犹豫了半晌还是答应了。她犹豫的原因是，迈克的案子需要去中国出差。

迈克说：“言，你是中国人，你肯定了解中国人，拜托你了。”

这个案子涉及国际合同买卖中侵犯知识产权的问题，言喻是被起诉侵权一方的律师，而起诉侵权的那一方是陆氏集团。

言喻抿紧红唇，眸光深了几分，呼吸下意识地停滞了下，她捏紧那张薄纸，问：“陆氏集团现在的当家人是谁？”

迈克皱了下眉头，翻阅了下卷宗，慢慢地读出谐音：“承国……陆？”闻言，言喻才缓缓地松了口气。也对，陆衍应该在程家才对。

这几年，她没有主动关心过陆衍，却还是难免听到和陆衍有关的消息，程家新任家主雷厉风行，家主和时家千金好事将近……她弯了弯唇，将多余的杂念抛在脑后，既然答应了，那就好好完成这份工作。

中国人的生意大多数离不开酒桌，也离不开会所玩乐。

陆氏集团这次的侵权起诉并不只是想要赔偿，更重要的是想立一个靶子，好让其他人看看陆氏集团对专利权的重视。所以那边直接拒绝了律师的和解请求，想要法庭上见，但对于被起诉的那方来说，当然是和解第一。

迈克和言喻给陆氏集团递了好几次邀请函，都没有回应。

这天，迈克给了言喻一个邀请函，说："陆氏集团会派负责人参加这个宴会，我们也去看看，说不定能有所突破。"

这个宴会是圈内一个时尚女魔王办的慈善晚宴，也算是圈内的一个大型宴会。言喻是为了工作去的，只是穿了条削肩黑色裹身裙——简单但又完美地衬托出了她的身材。

只是，她没想到会在这里遇到陆衍。

到了现场，言喻、迈克和一个女实习律师对现场的人基本不认识，所以只好先在旁边等着。

台上的明星一个接着一个表演节目，灯光炫目，舞台效果强，言喻从一旁路过的侍者手上，拿过一杯红酒，琥珀色的眼眸盯着台上的表演。

迈克去前面的座位上看了一圈，然后朝着言喻走了过来。言喻浅浅地啜了口红酒，眉梢微扬，笑着看着迈克。

迈克耸了耸肩膀，无奈道："消息有误，陆氏集团的那个座位上并没有人坐着。"

"陆氏集团没人来吗？"

"是啊。"迈克皱了下眉头，"看来我们今天只能做无用功了，那就放松地玩一玩吧，享受当下。"

言喻笑了下，答道："我还以为陆氏集团会派负责人过来。"她本来就没想过陆承国会出席，就算陆承国出席了，她也不打算用这种小事去叨扰他。

迈克属于当下享乐主义者，既然无法完成工作任务了，那也不能白来，他开开心心地沉浸在晚宴的欢乐中——勾搭美女去了，就连实习律师也很快结交了新朋友。

徒留言喻安静地坐在一旁，她托着下巴，有一下没一下地喝酒，眼睛就盯着台上的明星看。

节目快要结束了。

言喻的目光忽然微微顿住，那个人是许颖冬，她倒是没想到过了三年，许颖冬居然进了娱乐圈。不过看样子，又是靠着家里的背景，即便是靠着背景，她还是现在这样火不起来的德行。

言喻收回视线，无聊地摸了下自己的耳环，她低头从随身携带的小包里拿出了手机，她点开微信，发现秦让给她发了张照片。她这几天临时出差，小星星留给了保姆阿姨照顾，秦让主动说他有空，会去利兹看小星星。

言喻接受了他的好意，也是因为她实在不太放心小星星。

言喻点开秦让发来的照片，小星星已经睡着了。她的头上戴着可爱的小睡帽，有着漂亮的太阳花边，毛茸茸的，十分软萌，帽子下是浓密卷翘的睫毛，她的鼻子小巧，鼻尖微微翘起，显得精致，小粉唇微微张着。

言喻的心柔软得一塌糊涂，像是荡漾的湖水，难以平静。她白皙的手指微动，发出了一行字：小星星睡着了吗？她今天中午要你哄她睡觉了吗？

秦让发来了一条语音。

言喻有个随身携带耳机的习惯，她插上耳机，秦让噙着浓郁笑意的声音传来："你猜她睡了没？"

他的声线是标准的低音炮，低沉优雅，就像是大提琴声幽幽响起，戴上耳机，这种冲击就越是强烈，仿佛随着他声带的振动，言喻的耳膜和头皮也跟着酥麻了。

秦让紧接着又发来了一个小视频，视频里的小星星闭着眼睛，秦让的声音从一旁传来："我的小天使，你睡着了吗？"

小星星还是闭着眼睛，睫毛轻轻地动了动，她粉嫩的唇畔扬起一点点弧度，像是偷笑，她软软地说："你的小天使已经睡着了。"

秦让问："真的吗？"

“对啊。”

“那现在是谁在说话？”

“是爱你的小星星。”小星星忽然睁开眼睛，抱住正在录制视频的秦让，秦让结束录制，一把将她搂在怀里。

言喻笑弯了眼睛，越发地想快点完成这个工作，好回到利兹，回到小星星的身边。

言喻一直没注意到的是，前面原本空了许久的陆氏集团的位置上，已经坐了一个男人。他眉目凛冽，面无表情，薄唇微抿，鼻梁高挺。他的轮廓深邃，线条又流畅，修长的双腿交叠着，看都没看台上的表演一回，周身散发着上位者的威压和冷漠。

他漆黑的瞳孔里，是翻涌着的深海涛浪。

秦让忽然给言喻拨了一个通话，言喻站了起来，她怕遮挡住后面的人观看节目的视线，尽量压低身子走路。但路过第一排的时候，坐在陆氏集团位置上的男人，还是目光如鹰地看了过去，他的眉目看似不动，下颌的线条却不复流畅，显得生硬冷漠，两腮的肌肉有些鼓起，他放在桌面上的手早已用力得骨节苍白。

言喻走到一旁的通道接起了视频通话。

秦让抱着小星星，出现在屏幕上。小星星笑弯了眼睛，甜甜地大叫一声：“妈妈！”

言喻笑了：“宝贝。”

“妈妈，我好想好想你，有这么这么想你。”小星星伸出白嫩的双手，可爱地比出一个大圈圈。

言喻眼里水波潋滟，柔声说：“妈妈有全宇宙这样想你。”

“妈妈，我是闪亮的星星吗？”小星星经常冒出这样天真的童言童语，她保留了所有的天真和浪漫，喜欢星空，喜欢花，喜欢宇宙，喜欢草。

“对。”

“为什么我不觉得我是星星？”

言喻刚想怎么回答，秦让就开口了，他说：“因为星星自己就在星群之中，她不知道自己有多耀眼和美好。”他是对小星星解释的，但是温柔的眸光一直注视着言喻，仿佛他说的星星是在指她。

小星星眼睛笑成了小月牙，她对着秦让勾了勾手指，仰着头，扒拉着秦让的肩膀，亲了他一口：“秦叔叔，你有没有想妈妈啊？”

秦让黑亮的眼眸中闪过一丝几乎捕捉不到的深情，他反应过来，捏了捏小星星可爱的脸颊，还真是他的小助攻啊！

言喻对上了秦让的视线，心跳快了一瞬间，有些不平稳。

秦让的声音温柔似春水：“想你了。”

言喻的胸口，久违地涌上了一股不知从哪来的温热，是春天的水流，一点点地给予她温暖。她抿了抿唇，漂亮的嘴唇扬起点弧度：“秦让，小星星调皮，你也跟着闹啊。”

秦让闻言，什么都不说，但那眼神专注得让她心跳不稳。

言喻却没注意到不远处的墙角处靠着一个修长挺拔的身影，男人五官英挺，眉毛乌黑，眼眸若点漆，薄唇似刀片。他在廊灯下，微微垂着头，几缕头发垂落，在他深邃的脸颊上，落了深深浅浅的阴影，叫人看不清他的神情，却让人隐隐地感到愤怒和绝望。

他修长的右手把玩着一个银色的打火机，然后慢悠悠地按下，“咔嚓”一声，点燃了火焰。

幽兰色的火苗轻轻地跳跃着，微弱的光，一瞬间照亮了他棱角分明的侧脸，一瞬间又熄灭了。可是就那一瞬间，就让人隐约看到了他脸上的落寞和隐忍。

这三年，他时常会想去找言喻，但内心又苦苦煎熬，他忍得难耐的时候，就盯着言喻和程辞的合照看着，他一遍一遍地告诉自己，别再犯贱了，她根本不爱你。

他怎么也没想到，居然会在今天，时隔三年，再次看到言喻。

时光这种东西就很玄乎了，在指缝间流逝而过，一定会在每个人的身上、脸上留下刻痕，区别就是，有些人的刻痕是杀猪刀留下的，有些人的刻痕却是美容刀留下的。

言喻身上的刻痕就是美容刀一笔一笔雕琢出来的。她变得越发有韵味了，鼓起来的弧度勾勒出引人遐想的诱惑，在纤腰处却一下又收拢了起来。黑色的修身长裙衬得她的皮肤白得耀眼，走动间隐隐约约露出来的白皙长腿，会让人忍不住想一窥究竟。

陆衍微微眯起眼眸，看来这三年她过得很好。他抿紧薄唇，既为她开心，又有些自嘲。开心的是，她过得很好；自嘲的是，原来只要她离开了他，她就可以过得这样美好。

言喻正在和秦让通话，那话里的娇俏和喜悦对于秦让来说是甜如蜂蜜，对于陆衍来说就有点像是砒霜。还有小星星，他已经三年没见到自己的亲生女儿了，不知道她现在怎么样了，不知道她是不是变成了漂亮的小姑娘，也不知道她还记不记得他这个爸爸……

陆衍胸口起伏了下，努力平稳了下紧缩发疼的心脏。言喻为什么要回来？回来了又要做什么？不是走了吗？为什么不干干脆脆地走远点，又要出现在他的面前？

他站直身体，微微收敛了眼睑，收起了打火机，漫不经心又显得冷淡地往外走去。

言喻挂断电话，洗好手，从洗手间出来后，走廊早已空荡荡的，就像是从来都没有人来过。

不知何处而来的穿堂风，带来一股蹿上脊背的寒冷。

言喻回到宴会大厅，慈善晚宴似乎到了最后一个环节——每个嘉宾进大厅的时候，都领了一个号码牌，今晚会抽取三个号码，三个号码所对应的宾客就要捐赠一样东西，用于拍卖。

主办方认为，今晚来的人非富即贵，捐赠东西既可以达到做慈善的目的，又能达到为捐赠者宣传的效果。

言喻没想到的是，混进来的她都能被抽中。她事先并不知道有这么一个环节，所以被抽中的时候还有些茫然。她愣了愣，但侍者已经走到她的身边，微笑道："女士，您今晚要为慈善捐赠什么呢？"

言喻咬了下唇，灵机一动，将自己的耳环摘了下来，放在侍者手上铺着丝绒布的盘子上。虽然她的耳环是限量版的，但跟其他人有备而来的捐赠相比，还是输了一大截。

言喻并不在意别人怎么看，只是有些心疼那副耳环，因为上面还刻着她名字的缩写。

接下来的宴会，言喻被好几个男人缠上了，方才的捐赠环节，摄像头几次扫到她的脸，她又是单身一人来参加宴会，那些来猎艳的男人自然不会错过这等美人。

宴会结束了，等她好不容易甩了这些男人，却发现她联系不上迈克和实习律师了。

迈克是男人，她还没什么好担心的，但实习律师简是一个只有二十一岁的华裔女孩，才刚进入社会，没有什么社会经验。

言喻给她打了几个电话，一直没有人接通。过了一会儿，实习律师给言喻打电话了，言喻接通："喂？"

电话那头一阵嘈杂，背景音有些乱，实习律师的声音有些尖锐，带着惊慌："言，帮帮我，我在楼上的包厢……"她话还没说完，电话就忽然挂断了，只留下一阵短促的"嘟嘟"声，扰得人心烦意乱。

言喻皱了下眉头，楼上的包厢？她深呼吸，没有其他的办法，只能往酒店上一层跑去。楼上的包厢那么多个，她根本不知道是哪一个，只能一个个地去找。

如果实习律师出了什么事情，言喻都不知道该怎么跟老板交代，毕竟这个实习生是合伙人的表妹，这次跟着她来中国，就是来玩玩的。

言喻一路被骂了过去，她胸口起伏，接着又推开了一个包厢的门，镭射灯闪烁，灯光刺眼，包厢里的光线有些阴暗，言喻微微眯起眼眸，避开光芒，然后轻声地道："你好。"

在她推开门的时候，包厢里的大部分人纷纷朝她看了过来，方才的笑声和说话声也在一瞬间戛然而止。

言喻却仿佛感觉不到这种尴尬和难堪，她的眸光立马扫视了包厢一圈，眼眸微微定在某一个地方，看到了被人拽着的实习律师简。她的头发很乱，身上像是被人泼了什么，衣服上有些湿漉漉的脏渍。她也看着言喻，慌乱惊恐的眼神里闪过了一丝希望：“言，救我。”

她话音刚落，包厢里倒是有不少人稀稀拉拉地大笑起来，就像是对她的话感到好笑，一个弱女子赶着过来救另一个弱女子？

言喻深呼吸了下，走进去，将包厢门轻轻地掩上，包厢又热闹起来。

言喻笑道：“抱歉各位，简是我的妹妹，她年纪小，不懂事，如果有什么得罪各位的……”

她话还没说完，那个押着简的男人就冷笑起来：“你的妹妹的确得罪我了，所以你想怎么样？”

在场的这些人应该都是本城有权有势的那一拨人，言喻笑问：“请问我妹妹怎么得罪您了？”

那个人笑道：“你妹妹自己闯进了这个包厢，闯进了又要装纯，还在我脸上泼了一杯酒，你说该怎么办？”

周围的人看热闹不嫌事大，起哄说：“对啊，你说该怎么办？敢这么下我们面子的女人还没出生呢。”

言喻眼眸里的光未动，提议道：“不如你也给我妹妹泼几杯酒？”

那人冷笑：“泼了，怎么够呢？”他说着，又毫无怜香惜玉之心地从桌面上抓了一杯酒，朝简的头上淋了下去，简的眼睛紧紧地闭上，酒水肆意地从她的眼睛处滑下，她被呛得不行，尖叫了起来。

她的尖叫只换来了周围富二代的大笑声。

言喻的指甲掐了下自己的掌心：“她还是个孩子。”她说着，又往前走了几步，“不如我给各位喝个酒赔罪？”

“可以啊。”那人看清了言喻的脸，十足的美人，五官精致妩媚，再一看那身材，足够让男人销魂了，他将简狠狠地推倒在地，从桌面上抓起一杯酒，笑道，“美女喝下这杯怎么样？”

按照言喻对富二代们秉性的了解，那杯酒里肯定混了不少东西。

有人笑嘻嘻地说：“真是够过分的，你刚刚不是往里面塞了烟蒂，你让美女喝下去？”

那人也笑了，流里流气地说："不喝也可以啊，过来坐我大腿上。"他说着，脸色倏然变得凶恶，"砰"的一下踹了下桌子，"不然你和你妹妹谁也不许走出这个包厢。"

言喻的指甲在掌心掐得越发深了，她只能期望着迈克快点看到她发的信息，快点上来。

言喻抿紧薄唇，睫毛几不可见地颤抖了下，镭射灯继续在包厢里扫射着，言喻的瞳孔却猛地瑟缩了下。她薄薄的下唇，像是要被她的牙齿咬碎了一样，掌心仿佛已经渗透出了鲜血。

她望着一个方向，心脏跳动的速度也有些紊乱。刚刚镭射灯扫过的时候，是错觉吗？她看到了陆衍，他的神情十分冷漠，漆黑的眼底是一汪平静无波的深潭，带着事不关已的冷淡。

言喻强迫自己冷静下来，不过是前夫，是过去曾经结过婚的人，已经过去了三年，他们之间早就结束了，他们现在只是彼此的陌生朋友。

陆衍的表现也像极了两人不认识一样。明明言喻已经被那些人逼迫，被那些人嘲笑，那些人看她只是个弱女子，甚至有人突然动手，拽住了言喻，就往那边拖了过去。

言喻甩开那人，下意识地扬起手，给了对方一巴掌。这一巴掌彻底把对方激怒了，男人咬牙切齿地举起手来就要打她。

傅峥也在，慈善晚会结束后正好有个他表弟朋友的生日聚会，他看陆衍心情不好，就拖了陆衍来玩，却没想到这群孩子玩得这么混乱。他俊朗的眉目浮上了些许担忧，眼眸里有些深意，低声对陆衍道："阿衍，真不帮忙？毕竟是言喻。"

他说着，转过脸，仔细地盯着陆衍的脸，不肯放过他脸上每一丝情绪的细微变化。但陆衍仿佛早已不在乎言喻了，脸上除了冷漠，就只剩下更深的冷漠，甚至带了隐约的恶意。

陆衍的薄唇动了动，懒散地给自己的啤酒里加了冰块，他像是笑了笑："关我什么事？"

傅峥眉间的褶痕越发深，盯着陆衍看了好一会儿，然后也笑了起来，低声说：“还真是无情浪子。不过这样也好，说明你真的放下了，作为兄弟，真替你高兴。”

言喻已经被人按着了，那人想强迫她喝下那杯混杂物。陆衍却还是毫无反应、毫不在意的样子，甚至拿出手机懒散地玩着。

傅峥笑了笑，阿衍大概真的放下了吧，只不过，阿衍看得下去言喻被人侮辱，他可看不下去。

傅峥站了起来，轻轻地抬起了脚，却猛地一下踹了桌子，剧烈的“砰”的一声，吓得众人都看了过来。

傅峥的面孔暴露在灯光下，他表情冷肃：“都玩什么呢？这么欺负女孩子！王成，你给我放开那女孩。”

抓住言喻的那人叫王成，他颤着声音说：“傅哥……”平时玩得更厉害，也不见得傅峥会来阻止，难道傅哥认识这女人？

傅峥还想说什么，他身旁的陆衍也站了起来，黑眸盯着王成抓着言喻的手，他平移着视线，对上了言喻的视线，他眼眸里没有一丝情绪，没有躲闪，也没有看很久。

言喻心尖像是被蚂蚁啃噬一样酸疼，这是陆衍。

傅峥心想，阿衍还是没忍住。但他没想到的是，陆衍是真的不在意，他从一旁的沙发上抓起自己的黑色羊毛大衣，凉薄地哧了声：“你们继续玩，我走了。”

他迈开长腿，在离开包厢之前，视线也没有一瞬间落在言喻身上，眼神带着极度的无情和冰冷，言喻的一切都不再和他相关。不管她是好，还是坏。

傅峥心里骂了句脏话，不敢去看言喻的表情，人家一个弱女子被人欺负成了这样，曾经爱过的前夫明明可以救她，却一点都不在乎她，不愿意帮忙。他怕在她脸上，看到心碎的情绪。

傅峥快刀斩乱麻，直接将言喻和简带出了包厢，还给了几个参与的人一人一脚：“臭小子，你们也不看看这是什么人，就敢动手欺负人家女孩子？”

留在包厢里的人面面相觑。

忽然有人想起了什么：“难怪我刚刚觉得后来进来的美女眼熟，记得当年陆家的婚礼吧，婚礼上不是有照片？那个在婚礼上抛下陆哥的女人，就是刚刚那个美女啊！”

“什么？她是陆哥的前妻？那为什么陆哥刚刚没出手，还那么冷淡地离开了？”

“都说是前妻了！她和陆哥又不是和平分手，陆哥有了新女友，又不是傻，还会去帮逃婚的前任吗？”

走廊上，言喻弯了弯嘴角：“傅峥，谢谢你。”她深呼吸了一下，总算能放轻松了。

傅峥笑着应道：“没事，小事情，以后让你妹妹不要再来这么混乱的地方了。”

简连忙点点头。

傅峥不知道想到了什么，说道：“阿衍他刚刚……”他还是想替陆衍解释。

言喻心脏疼了一瞬，表情却是平淡，说：“没关系，我不在意，我和他现在本来就没关系了。”

傅峥也不好再说什么了，他只好转移了话题：“好久不见，这三年，过得好吗？”

言喻眉眼弯弯，笑如春风：“挺好的，你呢？”

傅峥笑道：“再好不过了。”傅峥还真是让人羡慕，不管结婚多久，爱了多久，他提起太太，提起婚姻，永远是一副仍旧深爱并永远爱不够的样子。

傅峥问：“小星星是不是已经长成了大姑娘？”

“对。”言喻问，“你家的宝宝来了吗？”

傅峥明白她的意思，笑了下，说：“去年生的，是个小子。可皮了，把我们夫妻俩折腾得狠了。”

言喻眼底的笑意更深，轻声地说：“等我抽个时间，去你家里看看你的儿子。”

“好啊，小星星这次没跟你回来吗？”

“没有，我就是来出差的，一周后，还要回去。”

走廊尽头的男人听到了这里，直起了腰，慢悠悠地穿好了羊毛外套，往楼下走去。

言喻一整晚都睡得不好，梦里全部是陆衍，醒来的时候，她的后背都濡湿了。

天色才刚亮，她的手机便忽然振动了起来，是简打来的电话。

“太疯狂了，言，我本来想找人去打一顿昨晚的那个咸猪手，没想到那个咸猪手已经被人打了，鼻青脸肿，听说手腕的骨头都被打裂了。”她在电话那头不可思议地说。

言喻微怔。

“好可惜啊，昨天晚上那个男的真的是气死我了，没想到我连亲自打他的机会都没有！不过也好，他的仇人打他打得可狠了，看得我超级解气！”简继续道，“还有哇，言，慈善晚宴主办方公布了拍卖品的价格。天哪，不知道是哪个冤大头买了你的耳环，居然花了七位数！是不是傻？那副耳环买的时候才一万多吧？”

七位数？

言喻也被这个数字吓到了，她又不是明星，也不是什么有影响力的人，居然能拍卖出这样的价格，她打开电脑，点开链接，想去看是谁拍下了她的耳环。

网页上显示的拍卖者，是一个她不认识的人。言喻抿唇，睫毛微微垂下，神情有些愣怔，但她眉心轻轻一动，心里生出了一种奇怪的感觉。

陆家老宅。

陆衍昨晚的事情处理得久了些，早上就起得晚了些，他睁开眼睛的时候，瞥了眼闹钟，已经早上八点多了。他站在床尾，拧开一瓶矿泉水，仰头灌了下去。

他走到衣柜前，手指在一排领带上滑了过去，随机取出一条颜色差不多的领带，骨节分明的手指灵活地打好结，眸光却停顿在最边缘的一条领带上。

他抿着唇，微微眯起眼眸，那条领带曾经是言喻最喜欢他戴的一条。

陆衍收回目光，打量镜中的自己，转身打开了卧室的门，走了出去。他在路过陆疏木卧室的时候，下意识地停顿了下，然后伸手拧开了门把手，推开门进去。

陆疏木坐在地毯上，他的面前是摆得很高很高的积木，他抿着唇，眸光认真，安静仔细地继续搭着积木。他明明听到了开门声，却像是什么都没听到一样，平静地沉浸在自己的世界里。

陆衍敲了敲门板，问："陆疏木，你吃早饭了吗？"陆疏木没有回头，只是轻轻地点了点头。

正在他房间里打扫卫生的阿姨补充道："小少爷吃完了呢，他已经调整好了时差，早上六点半就起床了。"

陆衍抿了抿嘴角，也不知道该说什么，他转身要下楼吃饭。陆疏木却忽然叫住了他："爸爸。"

陆衍眉心微动，转过了身，陆疏木的手上拿着一个盒子，他漆黑的眼眸抬起，对上了陆衍的瞳仁。陆疏木打开那个盒子，盒子里是一副碎钻耳环，流苏式，上面有个小星星。他抿着唇，安静地说："你的。"

陆衍垂眸，盯着盒子里的耳环看了半天，眼瞳里情绪千变万化，又仿佛什么情绪都没有，他唇畔的弧度轻轻扬起。他走过去蹲了下来，从陆疏木的手上接过那个盒子，取出耳环，手指不自觉地摩挲着那个星星。他喉结无声地滚动，薄唇微动，小声道："小星星。"

他翻转了一下耳环，在细节处，看到了言喻的名字缩写。

陆疏木黑瞳一眨不眨地盯着陆衍看，不知道要从他的脸上看出什么。

阿姨解释说："这是今天早上有人送来的，说是您昨晚在慈善晚宴上拍下的。"

陆衍点了点头，陆疏木的记忆力很强，他抿紧唇，眼眸漆黑，眼窝下有些浅浅的阴影。明明每天早睡早起，但他看起来还这么小，就有了黑眼圈。

那天在伦敦中央商场，他在那个中国女人的耳朵上，看到了这副耳环。

陆疏木还是盯着陆衍看，等到陆衍抬起眼皮，和他的视线对上的时候，陆疏木才垂下眼睑，继续玩积木。

陆衍吃完早餐，准备去公司。陆疏木站在楼梯口，穿着小西装，眼眸很黑，他说：“爸爸，我想要新积木。”

陆衍蹙眉，说：“我让人送过来？”陆疏木没有回答，抿着唇，睫毛浓密，看起来有些倔，他一般不满意的时候，就会不说话。

陆衍眉间褶痕更深，他抬起手，看了下时间，淡淡道：“那你现在跟我走，先去公司，然后我让人带你去商场，你自己挑选。”

陆疏木闻言，平静地朝着他走了过去。陆衍有些无奈，捏了捏眉心，真不知道陆疏木这么拧巴的性格像谁。

陆衍回到陆氏集团，直接走的总裁专用电梯，但还是吸引了很多人的目光，激起了不小的热度。毕竟他已有三年没出现在陆氏集团了，这一次出现，还牵着一个粉雕玉琢般的小男孩，更是引起了话题度。

余光瞥到有人拿起了手机，陆衍抿紧薄唇，对着保镖使了个眼色。保镖立马过去，让那些工作人员停止拍照，并删掉照片。

陆衍工作的时候，陆疏木就安静地看书，他认识的字已经很多了，过了一会儿，他就会自觉地休息一会儿，跳下沙发，走到落地窗前，眺望着楼下的人流。

办公室的楼层很高，往下猛地一看，有些眩晕。陆疏木却一点都不害怕，他看了许久，忽然，眸光微微定住，不知道看到了什么，他转过身对陆衍道：“爸爸，我要去买积木。”

陆衍的手指正在键盘上翻飞，他看都没看陆疏木，淡淡地按下了按钮，让秘书进来：“李秘书，你带他去对面商厦买他想要的积木。”

李秘书点点头，他对着陆疏木微笑，伸出手，想要牵陆疏木。陆疏木抬眸看他，瞳仁漆黑又漂亮，但摇了摇头，不让他牵手。

陆衍的余光瞥到了陆疏木的动作，薄唇动了动，说：“李秘书，他不喜欢别人碰他，你就看着他就好，如果需要碰他的话，你提前问下他的意见。”李秘书怔了怔，还真是个有个性的孩子。

尽管只是去对面商厦买东西，但是李秘书还是带了两个保镖保护陆疏木，毕竟陆疏木就是一个金宝贝，如果弄丢了或者受到伤害，他可无法承受那样的后果。

迈克约了言喻在陆氏集团对面吃饭，两人坐在靠窗的位置。这是一家火锅店，迈克还没有吃过，言喻给他点餐，为了照顾他的口味，只点了菌汤。

言喻说："这是外网上让外国人欲罢不能的中国火锅。"

迈克很捧场，夸张道："哇，听起来真让人心动，中国美食真的好多。"

言喻弯了弯眼睛："以后有机会，你可以吃到更多的美食。"

服务员拿出餐具给言喻，言喻用开水烫了烫餐具，也帮着迈克烫了烫。迈克有些抱歉："言，昨晚的事情太抱歉了，喝得有点多，手机掉了，又陷入了温柔乡。"

昨晚没有造成大恶果，言喻并不会过多苛责迈克。

"那怎么行，昨晚我缺了绅士风度，幸好你们俩都没事，不然我回到律所，要被骂惨了。"迈克耸了耸肩，保证道，"下次我一定不会抛下你们。"

服务员先上了果汁，言喻搅拌着，笑了笑："陆氏集团这件事打算怎么办？就打官司？陆氏集团那边的态度，似乎是不打算私下和解的。"

迈克耸耸肩说："只能这样了，不过我打算今天再试一试，我听前台说他们的总裁今天来办公了。"

"你预约了吗？"

"没有。"迈克很乐观，"所以才说碰碰运气。"

锅里已经渐渐沸腾了，言喻下了点肉进去，肉不停地翻滚着，烫一烫，就能捞起来吃，鲜嫩肥美。

迈克一吃到嘴里，就睁大了眼睛，动作微微停顿，他嘴里吃着东西，没办法说话，就竖起了大拇指，外国人就是这样热情，对于赞同的事情，绝对会不遗余力地夸奖。

言喻笑弯了眼睛，撑着下巴，被迈克逗得不行。

火锅店的进门处，站着一个小男孩，他的眼睛一眨不眨地盯着窗户旁边的言喻，微微抿着唇。他的目光落在言喻的耳朵上，有些远，他看不清她现在的耳环。

火锅店的服务员也有些茫然，她看到陆疏木，想问他来吃什么，转眼又瞥到陆疏木身后人高马大的保镖，那些话绕了一圈，又收了回去。

李秘书低头，笑着问："小少爷，您不是想买积木吗？积木在楼上呢。"

陆疏木抿着唇："我现在想吃火锅。"

"这个时间点？"李秘书看了下手表，饭点的确快到了，但是陆总只让他带着小少爷来买积木啊！何况外面的火锅他也不敢让陆疏木乱吃，如果吃出什么毛病，他可担不起这个责任。但陆疏木属于主见很强的小孩，他说要吃，抿着唇就走了进去。李秘书皱了下眉头，心里叹了口气，也只能跟着进去了。

两个人高马大的保镖，只能继续站在外面。

李秘书对着保镖道："你们守在旁边吧，别影响人家生意，顺便，你们通知一下陆总，说小少爷想吃火锅，问下陆总午餐想吃什么。"他吩咐的期间，陆疏木已经直直地朝着言喻走了过去。

陆疏木站定在言喻面前，在言喻看过来的那一瞬间，他小小的心脏倏然用力地跳了下，手心都是黏糊糊的汗水，他抿紧唇，黑眸幽深，目不转睛地盯着言喻。

言喻正在笑，忽然，这个陌生的小男孩就走到她面前，言喻垂眸，和小男孩的视线在空中交接了下。当她看到小男孩的黑眸时，微微愣怔，心尖瑟缩了下。她从来没见过一个孩子的眼睛，会像他的眼睛这样，几乎不带任何情感，没有任何波动，全然平静，却又像是缀满星光的夜空，深邃寥廓，让人心生悸动。

她的视线扫过男孩子的五官，然后重新回到了他的眼睛上，这孩子的五官生得可真好。

言喻自己是个妈妈，所以对孩子总是格外温柔，她的眉目不自觉地就柔和了，像是春水，碧波荡漾，柔情满溢。她弯了弯唇："小朋友，你怎么了？找我有事情吗？"

陆疏木点了点头，他的嘴角抿起："火锅好吃吗？"

言喻愣了下，她没想到这个孩子会问她这个问题，她还没想好怎么回答，迈克就大笑了起来，他竖着大拇指：“好吃！当然好吃了，你要不要一起吃？”

陆疏木没有看迈克，他的目光一瞬间都不肯离开言喻，他睫毛动了下，很不客气地道：“要。”

迈克也愣了下：“你真的想跟我们一起吃？”这可是个小朋友啊。

言喻笑了起来，眼角泛出星点笑意，她眉眼更加柔和，靠近陆疏木几分，柔声道：“你的父母呢？”她莫名地觉得这个小孩合眼缘，又莫名地心生欢喜。她也没多想原因，毕竟这么好看的孩子，讨人喜欢也是应该的。

陆疏木黑眸干净，小脸白皙，他盯着言喻的眼睛，说：“他们在工作。”

“你一个人吗？小朋友一个人不可以乱跑的哦。”言喻笑道，“你父母在哪里工作？我送你去找你父母吧，你一个人太危险了。”她话音刚落，正准备带着陆疏木去找父母，抬起眼眸，就看到李秘书急急忙忙地奔向了她面前的这个小男孩。

李秘书喊道：“小少爷，别乱跑。”

男孩子理都没理他，甚至在他靠近的时候，下意识地往言喻的方向靠了过去，他摇摇头，轻声道：“我不跟他走。”

言喻摸了摸他的脑袋，安抚着他。她去看李秘书，迟疑地皱了下眉，问：“你是这孩子的什么人？他看起来似乎不太愿意跟着你。”

李秘书是后来跟着陆承国的，他不认识言喻，自然不知道言喻是陆衍的前妻，他站定在言喻的面前，礼貌地微笑道：“不好意思，小少爷他可能对您特别有好感。”

李秘书在陆氏集团工作这么久，又是总裁办秘书，早就是人精了，一眼就看出言喻眼里对他身份的质疑和戒备，他唇畔的笑意更深。

李秘书从口袋里拿出自己的工作证，下巴轻扬，指了指对面的大楼，说道：“我是陆氏集团总裁办的秘书，这是我们总裁的儿子，不好意思，我现在就带走他。”

李秘书解释完，就没再看言喻，直接蹲下，眸光和陆疏木平视，他耐心地道：“小少爷，你不能这么任性！不然陆总要生气了，何况男子汉要言而有信，你说过要过来买积木，然后就回去的。如果你想吃这里的火锅，你跟陆总讲了后，陆总会带你过来吃的。”

陆疏木抿着唇，睫毛浓密卷翘，他有些迟疑。

迈克听到这些话，眼睛一亮：“陆氏集团？陆总？是对面大楼的那个陆总吗？”

迈克过于兴奋，眼里的亮光让李秘书生了点不喜，他谨言慎行，不再回复迈克。

几人谁也没有注意到言喻猝然苍白起来的脸色，她纤长的睫毛轻轻地颤抖了下，琥珀色的瞳仁闪了闪，抿紧了唇线，绷直了两腮的线条，小小的心脏一瞬间提到了嗓子眼。

言喻觉得呼吸有些急，陆氏集团总裁的儿子？是陆承国，还是陆衍？她睫毛颤动得快了几分，连同心脏都仿佛跟着睫毛颤动着。

陆疏木抬起眼眸，看到言喻有些苍白的脸色，他没有说话。

言喻问：“你爸爸……是谁？”

其实话问了出去，她的心里就有了大致的想法，陆承国年纪大了，本来就不太可能在这个年纪生下孩子。那面前的这个小男孩，有很大很大的可能，就是陆衍的儿子。

陆衍的儿子……这个念头盘旋在她的脑海中，像是丝线，一点点地缠绕着，慢慢地收紧，让她觉得疼。

是不是陆衍和那个传说中的未婚妻的儿子？言喻深呼吸，想要缓解脑海中的疼痛，那股疼，却越发清晰，她咬紧下唇。

当年引产的疼痛，慢慢地袭击着她的痛觉神经，全身的骨头都在剧烈疼痛。她背脊发凉，冷汗涔涔，鼻尖微酸，眼角眉梢噙上了讥讽。

陆衍当年强迫她引产，害死她的孩子，却和别的女人生下了儿子。

言喻的心脏疼得几乎不能呼吸，她指尖不受控制地颤抖着，如果当年，她的儿子没有被引产掉的话，那个孩子是不是也这么大了？

言喻胸腔里跳跃着点燃的怒火，她下意识地不想去看面前的这个小男孩，收回自己的手，往座位的方向靠近，和小男孩保持距离。

陆疏木的唇线抿得更紧，他像是在意，又像是毫不在意，他安安静静地沉默了一会儿，轻声道：“你是不是认识我爸爸？”

言喻克制着自己，这还只是个孩子，陆衍做错的事情，应该由陆衍来承担，和孩子有什么关系呢？

她轻声道：“我不认识你爸爸。”

陆疏木又沉默了一会儿，认真地道：“你认识的，我在家里看到过你的照片。”

言喻的瞳孔瑟缩了下，绷紧轮廓，胸口起伏的弧度有些大，她想要说些什么，手里的手机忽然振动起来，是小星星。这时候的英国还是早晨，小星星怎么突然打来了电话？

言喻有些着急，皱紧眉头，接听电话，声音一下就变得软糯起来，仿佛散发着浓郁的香气。

“小星星，怎么了？”

其实没有什么事情，就是小星星一时间离开妈妈，不太适应，所以一睁开眼睛，就偷偷地给言喻打了电话。

陆疏木盯着她的样子，听着她的声音，不知道为什么，胸口忽然间很堵，就好像他也不知道为什么，他会这么在意这个女人。

言喻一挂断电话，陆疏木就开口说：“我叫陆疏木。”

言喻漫不经心地“嗯”了一声，她看了陆疏木一眼。

陆疏木抿紧唇，忽然又问：“刚刚是你女儿的电话吗？”言喻其实有些惊讶，这么小的孩子，会说的话却不少，言喻轻轻地点头。

陆疏木看着她，很认真地说：“我也有妈妈。”

言喻的动作僵了僵，她笑答：“我知道。”

陆疏木继续平静地说道：“我妈妈也会这样对我好。”

“是。”言喻答。

“我有点想她了。”陆疏木垂下浓密纤长的眼睫毛，眼窝下形成了光影，他的声音轻得仿佛被风一吹就会消散，“想我的妈妈了。”

陆疏木的嗓音透着浓郁的寂寞，言喻不自觉地为他心疼了一把，心里还油然生出一股想要拥抱他的冲动。但理智在告诉她，这是陆衍的孩子，是周韵的孙子，当年，是周韵和陆衍两人，一步一步地害死了她的孩子。

她可以放下仇恨，但她绝不能有多余的情绪，不管是同情，还是爱。

陆疏木还是没有抬头，周身笼罩着浓郁的孤冷，他只是个三岁的孩子，他的人生才刚开始，却不知道经历了什么，这样安静得让人心疼。

言喻在心里叹了口气，睫毛颤抖了下，还是伸出手摸了摸陆疏木的头发，发丝柔软顺滑，手感很好。

在言喻的手碰上陆疏木之前，李秘书的瞳孔骤然放大了，他的耳畔迅速地闪过陆总说的话——小少爷不喜欢别人碰他。他那句阻止的话，就快要蹦出口，倏然就收住了，像是烟花遭遇了雨水，成了哑炮。

陆疏木很温顺，甚至温顺得有些像向主人撒娇、求挠痒痒的小狗狗。就在这时，男人冷沉的，带着浓浓凛冽寒意的声音敲打着言喻的耳膜，每个字眼的力道都震得她耳膜轰鸣作响。

“陆疏木，不是跟你说了，别随便跟陌生人说话？”这句话是陆衍说的，他的语气冰凉又平淡，嗓音暗哑。

陆衍接到保镖的电话，听清楚了之后，眉间的褶痕深了又深，淡淡地应了声，手里的动作加快了好几分，迅速地完成了工作，很快就赶到了对面大楼的火锅店。他长腿迈进火锅店里，一眼就看到了窗边的那一群人。

第一个看到的人是言喻。

带着冷意的阳光从窗外投射进来，落在她的脸上，她不知道在想什么，她的眼角眉梢，她的深邃眼底，仿佛装载了天底下所有的温柔和多情，让他的呼吸轻轻一窒。言喻一直是这样的，她的美好，总是脱离于世俗，剥离了世俗的皮囊。

但和他在一起的时候，她总是被他拽下神坛，他在一瞬间，忽然想起了第一次和言喻见面的样子。他说的是言喻胖起来的样子，或许时光有滤镜，或许因为时间过去得太久，他想起那时的她来，也让他胸口一热。

陆衍第二个看到的是言喻正摸着的陆疏木，陆疏木平时喜欢安静，不喜欢靠近别人，这一次，却这样乖顺地任由言喻摸他。

陆衍眸色渐深，迈开长腿，大步地走了过去，他深邃的眼眸直直地盯着陆疏木，黑漆漆的瞳仁里含着浓郁的寒气。他周身散发着凛冽的上位者的权威，看也没看言喻，在言喻僵硬着收回手的那一刻，他弯腰抱起了陆疏木。

陆疏木很清晰地感受到了陆衍的怒意，现在的陆衍眼底有一闪而逝的猩红，眉目阴鸷，像是一只困兽，明明想嘶吼，却不知道在害怕什么。

陆疏木第一次没有想直接推开陆衍，他抿着唇，双手搂住陆衍的脖子。

言喻手脚有些冰凉，但是脸上的笑意还是有的，她想过很多很多次，当她和陆衍再次重逢的时候，她要摆出什么样的姿态，露出什么样的表情，毕竟曾是过去。

但是昨晚的意外，一下打碎了所有的幻想。

她在陆衍眼里，已然是个陌生人，不管是昨晚，还是现在。毕竟，陆衍就是一个薄情的人，他现在有了新的妻子，有了自己的儿子，哪里还想见到闹得那样难堪过的前妻？

言喻这样想着，倒像是有些破罐破摔般无所谓，她抬起眼眸，对上了陆衍幽沉漆黑的眼眸。她认真得像是比以往任何一次，都看得清楚他眼底的神色，淡淡地打了招呼：“陆衍。”

她的声音依旧软糯，像是棉花糖一样柔软香甜，但没有多少感情，她一说出口，陆衍的神色就越发冷了。

只有真正不在乎的人，才会这样平静得似是普通朋友一样，淡淡地叫出对方的名字，就好像他们没有过婚姻，没有过孩子，也没有过撕心裂肺的过往。

陆衍黑眸冷清，点了点头，就带着陆疏木离开了。陆疏木趴在陆衍的肩膀上，和陆衍极其相似的黑眸，瞥了言喻一眼，然后淡然地收回了视线。

言喻攥紧手指，站立在原地，像是被时光抛下了。

其实没什么的，他们已经离婚三年了，早就该放下了，他都走远了，她也不能一直在原地绕着。

迈克看到陆衍出现的那一瞬间，眼眸是发亮的，但他是个有绅士风度的男人，他注意到言喻的神情有些不对劲，所以克制住了想要攀谈的想法，一直保持着安静。

等到陆衍走了，他才走到言喻的身边，轻声询问："言，你还好吗？你跟陆氏集团的总裁是旧友？"

言喻轻轻地摇了摇头，状似不在乎地笑了笑："我们继续吃吧。"

吃完火锅，迈克考虑到言喻似乎不怎么想见到陆氏集团的总裁，就提出不让言喻跟他一起去找陆衍，他自己蹲守着就可以。

言喻犹豫了一瞬间，摇了摇头。这是她的工作，感情和工作是必须分开的，她是个律师，她代理了这个案子，就必须对得起她当年的入职宣誓，对得起她的职业道德。

迈克找前台磨蹭了好久，才终于让前台答应帮他询问一下陆总的秘书，恰好李秘书正在陆衍的办公室汇报工作。他听到听筒里传来前台的话，不好意思地朝着陆衍笑了下，走到一旁，压低声音道："没有预约的人直接不见，陆总没空。何况专利权那个案子，陆总已经决定要打官司了，不然人人都来我们集团碰瓷……"

他剩余的话还没说完，一双骨节分明又修长的手，直接拿过了李秘书手里的电话，淡淡道："让他们上来。"

李秘书有些惊讶，陆衍却不打算解释。

迈克站在总裁办公室门口，深呼吸了下，才微笑着推开了办公室的门，走了进去。

陆衍坐在宽大的办公桌后，脸色冷峻，薄唇微抿，看着两人的目光波澜不惊，直接切入主题："你们是荷皇航运的律师？"

迈克笑道："是的，陆先生，荷皇拿出了十分的诚意，希望陆氏集团能够私下和解。这次涉及国际航运间的卖方责任，荷皇对中国的法律不太了解，没想到侵犯了陆氏集团的专利权。"

陆衍显得有些刻薄："这个事情董事会已经做了决定，没有什么商量的余地，陆氏集团对专利权看得很重，何况荷皇是个国际大公司，就算董事层不懂是否侵权，但公司的法务总是懂的吧。"

他英俊的眉宇显现了些不耐烦："就这样吧，两位法庭上见。"

言喻什么都没说，她走的时候，却还是忍不住看了安静地在一旁看书的陆疏木一眼，她心想，陆衍和那个传说中的未婚妻，把孩子养得真好，陆疏木真的很乖。孩子都这么大了，那他们也差不多好事将近了吧。

言喻离开以后，一直低着头看书的陆疏木忽然抬起了头，眸光定定地看着门的方向，小嘴抿着，隐隐透露了些不舍。

陆衍在心里轻轻地嗤了声，垂下眼睑，遮住了眼底起伏的情绪——她都不要你，你都不知道她是谁，却还这样依恋着她。

黑色的私家车驶出了城，到了陆家老宅。

客厅里，来了客人，是许颖夏的母亲。许母一直很优雅，陆衍看到她的一瞬间，抿了抿薄唇。

许母这么多年，一直在国外陪着许颖夏，当年小星星被绑架，言喻被引产，程家乱成了一团，陆衍强硬着态度，将许颖夏送到了国外。他告诉许颖夏，要么跟他断绝关系，要么出国。

许颖夏选择了出国，许母心疼女儿，又犟不过陆衍，干脆放下了国内的老公和二女儿，跑去美国照顾许颖夏了。现在许母出现在这儿，是不是说明夏夏也回来了？

刚想到了这儿，厨房那边就传来了许颖夏的声音："陆伯母，你知道吗？我在国外学了好多道菜，我现在很会照顾人了哟。"

陆衍眉心皱了下，对着许母，也没有了几分温情。他拍了拍陆疏木的头，淡声道："叫许奶奶。"

许母看到陆疏木，眼神微微一滞，然后笑道："阿衍，这是你新太太给你生的儿子呀？看起来真俊俏。"陆衍没有回答她。

许颖夏从厨房出来，看到陆衍，她弯起了眼眸，却很克制，没主动上来，在美国的三年，她似乎真的成长了不少。

周韵手里端着饺子，看到陆衍就笑了："阿衍，过来一起吃，这是夏夏包的饺子，你看看她，去了美国三年，长大了呢。"

周韵喜欢许颖夏，是有道理的。因为许颖夏总是和她站在同一阵营，两人一同不喜欢言喻，一同想要拉回陆衍的心，却一同无意地把陆衍推远了。

更何况，有时候，许颖夏还可以替周韵背锅。

陆衍抱起陆疏木，神情淡漠，脸部线条显得冷硬。他看着许颖夏，笑了笑，薄情扑面而来："不吃了，走了。"他抱着陆疏木，转身离开了客厅。

周韵一惊，睁大了眼睛，她有些委屈："阿衍，你才回来，这是要去哪里？"

陆衍的声音远远传来："今晚我和疏木不回来了。"

许颖夏也追了出去，她站在门廊下，咬着下唇，叫陆衍："阿衍！"

陆衍把陆疏木放在后车座，给他系上了安全带。许颖夏放软声音说："阿衍，你是不是生气我又回来了？可是我不能一辈子在异国啊，我有父母，我也会想家，真的，这次回来我一定乖乖听话，你信我好不好？"

陆衍眉目淡淡，他没有表情的时候，总是显得刻薄又无情。他关上后车座的门，抬起眼眸，认真地看着许颖夏，仿佛带着深情，又仿佛晦暗深深。

"夏夏，这些都跟我没关系了，你已经长大了，爱怎么样就怎么样，我没有办法一辈子照顾你了。"他停顿了下，继续说，"这些话，我三年前说过，我现在再说一遍。还有，三年前的话不是胡乱说的，我是认真的，我说过你再随意回国，我们之间就真的没有关系了，我以后再也不会参与你的事情。"他说完，就坐进驾驶座，关上车门，黑色的车子启动，慢慢地调转着方向离开。

许颖夏指甲都掐进了肉里，她脸色苍白如纸，充满了茫然和慌张。她动了动唇，想说什么，却什么也没说出口。

陆衍绕了一圈，本来想去酒店的，但不知道为什么，转了方向，最终停在曾经和言喻住过的公寓那儿。

三年前，他买下这个公寓后，就雇了人每周定期打扫，更换床单等，所以打开门，除了显得有些冰凉，倒也没什么多余的问题。陆疏木四处看了圈，打开卧室的门看了看，又看了看隔壁的婴儿房，什么也没说。

陆衍没什么情绪地问："今晚你想吃什么？"

陆疏木没有意见，陆衍叫外卖员送了粥过来，两人吃完，陆衍让陆疏木去洗澡。洗完澡后，陆疏木裹着毛巾躺进被窝里，陆衍在旁边陪了一会儿，等他睡着后，才回到客厅。他打开一瓶酒，有些毫不在意地牛饮。

灼烧，才能让他清醒。

他这三年，在程管家的叮嘱下，程家医生的调理下，生活方式倒是很健康，现在猛地这样灌酒，身体突然有些不太适应。他摁了摁胃，靠在沙发上，在黑暗里闭目养神。

陆氏集团不肯让步，言喻和迈克也不可能一直在中国待着，所以他们决定明天回英国。

言喻不知道为什么，睡不着，就漫无目的地开车乱转，最终来的地方，是被她卖掉的那个公寓——她和陆衍婚后居住的公寓外。

第七章

我是陆星的爸爸，言喻的丈夫

现在已经很晚了，寒风凛冽，寒意瘆人，言喻下车，锁上车门，冷风一阵阵地钻入她的衣襟，她情不自禁地收了收衣领，瑟缩了下。

她身上穿着一件羊毛大衣，黑色的长靴修饰出修长又纤细的双腿。

天空下了点小雨，温度变得更低了，一点点湿意飘落在她的头发和脸颊上，冰冷的温度刺激着皮肤。

言喻走到公寓楼门前站定。这个地方太过熟悉了，熟悉到她只要站在这里，就能感觉到心脏像是被人狠狠地攥住，然后毫不留情地想要搅碎一样。

她睫毛垂下，唇畔的笑意浅浅，眉目间浮起看不明白的情绪，像是在怀念，又像是在排斥。这是她对过去感情的态度，也是她对陆衍的态度。

她很清晰地记得，那一年程辞死后，她遇到陆衍时的欣喜，她把他当作程辞来怀念，但是一开始，她从没有要靠近陆衍的想法，因为她知道，那是陆衍，不是程辞，这是两个完全不同的人。

可是，是许颖夏为了达到她自己不可告人的目的，不惜一切代价，频繁地带着陆衍出现在言喻的面前，一遍又一遍地引诱着她，让她原本就不牢固的堤坝彻底崩溃。

人类原本就是夏娃、亚当禁不住诱惑而产生的，人的本性就是这样，她已受了引诱。后来，她发现了许颖夏出轨。再后来，她照顾了陆衍一段时间，那段时间的朝夕相处，让她彻底坚定了靠近陆衍的想法。

言喻抿了抿唇，眼里浮光浅浅。或许从那时候开始，她对陆衍的感情就不太纯粹，但是她一直告诉自己只是因为程辞，只是因为小星星需要爸爸。

时过境迁，心情平复下来后，她再回想和反思过往的这些事情，她会因为想要一个和程辞相像的孩子，而假意答应许颖夏；她也会因为种种，而捐献骨髓去救陆衍；但是她绝不会只是因为程辞和小星星，而选择和陆衍结婚。

结婚意味着要把床分一半给另一个人，要把自己最美好的一部分递一半给另一个人，要把自己最隐私的部分公开在另一个人的眼前，婚姻是需要慎重的，她很清楚这个道理。

人的外貌相像，性格却可以千差万别。

如果陆衍的性格让她觉得恶心，让她一点都没有好感的话，她又怎么可能选择和他结婚？那时候，她抱着的是和陆衍共度一生的想法。

屋檐外的雨越下越大，已经从毛毛雨变成了大颗的雨滴，冷风吹开她的衣摆，渗透了寒意。

公寓大楼的门是关着的，言喻看着上面一整列下来的住户名字，每一个名字都写在了一个门铃上。唯独当年那个公寓的门铃上，没有了住户的名字。

言喻眼睑抬起，原本门铃上面写着的是陆衍的名字。

她笑了下，三年前，这个公寓就被她卖掉了，等同于卖掉了所有的记忆。比如刚结婚时，她在这个公寓里一点一点地恢复身材；又比如结婚半年左右，她和陆衍在这个公寓里有过美好；再比如婚姻分崩离析之时，痛苦在每个难熬的夜晚，一点点啃噬着她的心。

她知道她把陆衍当作程辞替身的想法，既自私，又对不起陆衍。

言喻纤细的手指抚摸过门铃，抿紧红唇，眼底旋涡翻涌，但现在，他们两人也该两清了吧。她骗了他婚姻，但她也付出了代价，她被他和他的母亲，无情地夺去了儿子。

这个代价太过沉重了，沉重到只要她每次想起，就感觉心脏仿佛被放入搅拌机，被残忍地绞成了血肉淋漓的碎末。想到这里，言喻的手仿佛被电击到了，猛地收回手，胸膛沉沉地起伏着。

公寓楼的大门还是紧紧地关闭着，言喻透过厚厚的玻璃门，最后深深地看了眼，转身准备离开。此时身后却传来了一个老人疑惑的声音："姑娘，你不进去吗？"言喻回头，愣了愣。

那个老人穿着灰色的羽绒服，戴着毛线帽，刚从外面回来，他在看清言喻的脸的时候，眯起眼睛想了一会儿，很快就想起来了。

他乐呵呵地笑道："这不是那个……小星星妈妈吗？你不是搬走了吗？现在回来了吗？没带门禁卡吗？走走走。"

大爷拿出了门禁卡，"嘀"的一声，门禁解开，他拉开门，招呼着言喻进去。

"外面冷，你站在外面待了多久啊？快点进来。"大爷的声音带着浓浓的笑，"我刚刚从我女儿家赶回来，要不是我突然回来，你难道还要继续在门口傻站着吗？"

言喻认出了面前的这个大爷，曾经是他们公寓楼下的一家住户，以前她经常带着小星星下楼玩，这个大爷很喜欢小星星，只要有时间，就一定会抱抱小星星。

大爷笑着和她寒暄："你们是搬走了吗？怎么公寓也没转卖出去啊？我看这么多年，都没有人再搬进去呢。"

言喻有些惊讶，但没有表现出来，她当年明明卖了出去，难道是这个公寓不受市场欢迎，所以三年都没办法转手出去？难怪门铃上没有新的名字，而是一片空白。

两人又寒暄了一会儿，就分开了。大爷进了自己的家，言喻抿着唇，犹豫了好一会儿才往楼上走去。

她站定在公寓门外，还有些恍惚。沉默了许久，她忽然伸出手，握住了门把手，不知道出于什么心理，她下意识地旋转了下门把手。出乎她意料的是，门把手一下就拧开了，公寓的门根本没有锁上。

她抿紧唇，眉间的褶痕深了一下，又缓缓地舒展开来，她轻轻地推开公寓门，一片漆黑，什么也看不见。

言喻心跳的速度很快，她走了进去。

公寓里许久没有人烟，但并没有灰尘气，反倒有着淡淡的酒味，像是有人在喝酒。言喻原本想去开灯的，但是神经突然紧张，她忽然感觉到了什么，转身就想离开。但她还没走，她纤细的手腕就被人用力地攥住了，那人的手指粗粝，手掌宽大，就像牢固的手铐，她怎么也挣脱不了。

下一秒，她就被人狠狠地摁在墙上。她的后背撞在冰冷的墙壁上，肩胛骨隐隐作痛，五脏六腑都仿佛快被震碎了。

男人手脚用力，灵巧地桎梏住她的身体，让她动弹不得。她还没想到要尖叫出声，唇上就有大掌狠狠地摁住，让她的声音都湮没在他的大掌之下。

两人之间的距离太近了。言喻胸膛重重地起伏，心脏用力地收缩着，她睁大眼眸，盯着面前她熟悉又陌生的黑影。

是陆衍。

他的呼吸之间都是浓郁的酒气，呼吸有些沉，他的力道很大，无论是不让她乱动，还是捏着她的腕骨，都让她觉得疼得有些难受。尤其是腕骨，痛得快要断裂开了。

即便在黑暗中，言喻看不到陆衍的眼神，却也能清晰地感受到陆衍的视线在她的脸上逡巡着。

陆衍其实明明什么也看不见，他却一点都不想错过她脸上每一丝情感的变化。

言喻知道是陆衍，重新开始挣扎，她挣脱了一只手，狠狠地推了把男人的胸膛，却只换来男人越发用力的禁锢。

言喻深呼吸，陆衍喝醉了。刚这样想着，一直捂着她红唇的手忽然移开，与此同时，她的身体完全落入他的胸怀，她的红唇被他冷冷的薄唇覆盖上了。

他的一只手用力地按着她的后脑勺，另一只手紧紧地搂着她纤细的腰。他不顾言喻的挣扎，狠狠地啃咬着她的唇瓣。那样重的力道，毫不顾忌地掠夺她的呼吸，吞噬她的气息，似是想要整个吞下她的红唇。

言喻被迫仰起了头，无法挣脱，她脑袋有些缺氧，大脑仿佛跟着停止了转动，不知道思考，她的唇舌间都是过渡而来的酒气，刺鼻得让她难受。

陆衍太用力了，透着浓郁的疯狂。他的薄唇将她的红唇摩擦得仿佛要起火，唇上传来的都是火辣辣的痛感。他一边吻着，一边轻车熟路地伸手从她的衣服下摆处滑了进去。

他的动作那样熟悉连贯，就仿佛这三年，两人从未分开过，就好像他们还是对彼此身体很熟悉很熟悉的夫妻，但言喻一下就清醒过来。

一股恶心从她的胃腔里涌了上来，她狠狠地撇过头，清新的空气钻入鼻息。她和陆衍早就离婚了，陆衍也早就有了新欢，也有了儿子。

真是令人作呕，言喻想也不想地趁机踩了陆衍的脚一下，然后趁他吃痛的时候，抽出了手，狠狠地就想将巴掌甩在他的脸上。

男人在黑暗中，仿佛有夜视的能力，精准无比地抓住了她的手，慢慢地收拢五指。

言喻冷嗤："陆衍，你恶心不恶心？你不恶心，我恶心！"她说话的语气放慢了很多，带着冰冷的浓郁的嘲讽。她话音刚落，就感觉到周身的酒气更加浓郁，因为陆衍的呼吸声重了。

陆衍脑袋有些沉，但他不用看，就能想象出她现在的神态，她漂亮的眉骨上一定是噙着浓郁的讥讽和冷淡，还有浓浓的厌恶。想到这里，他的嘴角牵起了一点点弧度，明明在笑，黑暗中，眼眸里一片寂冷，深处却是一片熊熊燃烧的火焰。

他在生气，言喻的脑海里浮现出这个念头的下一秒，他眼里的火苗一下就燃烧到了她的身上，像是火山喷发，紧接着言喻就像一块残破的碎布一样，被陆衍甩到了一旁的沙发上。她挣扎着要爬起来，陆衍冷硬又灼热的身体已经牢牢地覆盖上了。

他像是好不容易挣脱了牢笼的困兽，嘶吼着，怒目着，要将言喻撕成碎片。

她居然觉得他恶心？陆衍的眼底是一片浓得化不开的雾霭，他已经出离愤怒了。

他们分开的这三年，秦让是不是早已经品尝了她的美好、她的甘甜，她是不是也早已习惯了秦让的吻、秦让的抚摸，所以，她才会觉得他恶心？

这样的念头像一块又一块的石头，沉沉地击中陆衍，他动作粗暴，狠狠地咬着言喻的下唇，仿佛带着仪式感的洗礼，要将言喻唇上属于秦让的气息，全部洗掉。

他只有一个念头，她必须是他的。他再也忍受不了……忍受不了她和别人在一起，只要想象一秒那样的画面，灼热的妒意就如同火焰，将他烧得遍体鳞伤。

言喻被逼到了角落，手脚都被困住，怎么也挣脱不了。她像是被猛兽盯上，全身都是冷冽的寒意，心里的怒火一点点积累着，马上就要如同火山喷发一般发泄了出来。

言喻在陆衍不注意的时候，狠狠地咬了陆衍的唇舌，浓郁的血腥气弥漫开来，充斥了两人的口腔。

陆衍吃痛，稍微松了几分。这一下，言喻的巴掌毫不留情地扇在陆衍的脸上，她咬牙切齿，带着厌恶和憎恨说道："陆衍，你真让我恶心！你这样跟强奸犯毫无区别！你是借酒撒疯吗？"

这一巴掌，在安静的客厅里，显得格外突兀，剧烈的响声，越发衬托出公寓的寂寥，只余下两人略微粗重的喘气声。

陆衍仍旧在黑暗中盯着言喻，言喻也丝毫不躲避地直直地瞪着他的眼眸，两人离得很近很近，什么也看不清，但能感受到两人身上对彼此的敌意。

陆衍冰凉的手指，捏起言喻的下颌，他嗤笑了下，声音冷到了骨髓里："我恶心，那谁的吻你就不恶心？"他手指一点点地往上移动着，挪到言喻的红唇处，有些用力地摩挲了下，抹了把言喻唇畔沾到的血，"这三年，你的唇被谁碰过？"

这句话太恶心了。

言喻咬紧牙关，平息着胸口的怒意："那关你什么事？我们都离婚了，我想跟谁在一起，就跟谁在一起。"

陆衍酒气浓郁，他被激怒："是啊，可是你也别忘了，我是陆氏集团的执行总裁，我是程家的家主，不论在中国还是英国，如果我想要困住你，再容易不过了！言喻。"

言喻盯着他的目光含着剧烈的火光，仿佛要灼烧他："我们好聚好散，不好吗？别让我憎恶你。"

陆衍的手指几不可感地颤了下，他眼底的黑雾越发浓，浓得有些可怖，他喉结无声地滚动，手指一点点地攥起，沉默了下，才淡漠道："你以为，我怕你的憎恶？"

他语气里有淡淡的轻慢。就是这样的语气，轻易就让言喻的怒火像是喷发而出的岩浆，她重新扬起了手，又重重落下。

陆衍一点都没有躲闪。明明就是火辣辣地疼，灼烧般地疼，他却一点都不顾及，仿佛只有这样的疼痛，才能让他的怒火有地方宣泄，才能掩盖住他胸腔里心脏的痛。

言喻脸色苍白，用力地挣扎，刚想要骂什么的时候，灯光突然亮起，白炽灯就悬挂在言喻的上方，刺目的光线照射进她琥珀色的瞳仁里，她下意识地眯起眼眸，侧过脸。

就在那短短的一秒，她也看清楚了陆衍的眼睛，森寒中带着冷戾，一片深不见底的黑，让人害怕，认真一看，眼窝深处仿佛还弥漫着猩红，就像是他想要杀死她。

身后，一道冰凉冷静的童声打破了两人的僵持："你们在做什么？"

空气中紧绷的弦一下就断开了，言喻只听过一次的声音，但她的大脑牢牢地记住了。

这是陆疏木，是陆衍和他未婚妻的儿子。

她愣怔地看着陆衍，陆衍果然很在意他的儿子，在陆疏木出现的那一瞬间，他立马离开了言喻的身体，直起身坐在沙发上。他捏了捏眉骨，攥紧手指，又慢慢地松开，平息着怒火，蹙眉，垂眸，看着陆疏木说：“你怎么出来了？”

言喻被一个孩子撞破了和他的爸爸在沙发上躺着，无论如何，那种羞耻和尴尬都淹没了她，她心脏疼得瑟缩，陆衍方才的变化，一下就不偏不倚地刺中了言喻的心房，她不敢去看陆疏木纯净的眼睛。

陆疏木在陆衍的质问下，也不紧张，很淡定地说：“刚刚我听到了声音，就醒了。”他抿了抿唇，看了眼从沙发上起来的衣衫不整的言喻。

陆疏木的眼底不知道为何，似是有碎雪浮冰沉浮，他收回目光，淡淡地看着陆衍说：“刚刚妈妈打电话了。”

陆衍眉间的褶痕深了起来，他抿紧薄唇，线条冷硬，原本想跟陆疏木解释，时嘉然并不是他的妈妈，但是，他想到了一旁的言喻，眼底的暴戾之色倏然重了几分，想解释的心也没有了，反正她都不在意了。

陆衍淡声问：“电话呢？”

“在屋子里。”

陆疏木问：“爸爸，你喝酒了？”虽然是问句，但他的语气极其平缓，好像已经确定了这件事。

陆衍回答：“抱歉，下次不会喝酒了。”无论如何，在孩子面前，喝成这样，都是不对的。他说着，走进卧室，果真看到手机屏幕上闪动着时嘉然的来电提醒。

客厅里，只剩下陆疏木和言喻，言喻抿着唇，无声地清了清嗓子，整理好自己的衣服。

陆疏木轻声地问：“你跟我爸爸是什么关系？”

言喻听到这个问题，就好比她的一颗心被人拿出来在烈日下鞭打，她都觉得自己恶心，觉得自己难堪。她害怕下一秒陆疏木就会叫她小三，替他妈妈骂她。

言喻深呼吸，勉强露出笑容，说：“没有什么关系。”她语气有些淡，“很晚了，你快点休息吧，我走了。”她都不知道她是怎么走出这个公寓的，精神恍惚得很。

等她坐进车里，趴在方向盘上，只觉得自己身上都是陆衍的气息，她攥紧方向盘，又不可避免地想，陆衍为什么买下了这个被她卖出去的公寓？他到底为什么要搬回来？他不觉得难受吗？

带着新妻子，住进和前妻共同生活过的房子？难道只有这样，才能满足他的变态欲？

真是有病，言喻愤恨地踩下油门，车子如同离弦的箭一般离开了小区，再也看不见。

楼上，落地玻璃窗前，纱帘飘荡，男人高大的身影站立着，形成了一片漆黑的剪影，他的眼眸里寒气万分，周围的空气里仿佛都含了重重的冰。

他的轮廓虚实相间，透出阴鸷的气息。

陆疏木在床上侧眸看了陆衍许久，直到陆衍转过身，言喻的车子再也看不见。他知道陆疏木还没睡，直接道："陆疏木，时嘉然对你很好，她一直照顾你，她可以当你的干妈，但她不是你的妈妈。"

陆疏木眉眼未动，这句话他听了太多次。他沉默了许久，忽然问："那刚刚的那个女人，是我的妈妈吗？"

陆衍声音里有碎冰，有阴霾，毫不犹豫地否认："不是。"

"哦。"陆疏木太过淡定，听不出来是相信了，还是根本不信。

陆衍很久没有梦到言喻了。在刚刚离婚的那段时间，他原本就忙，用于睡觉休息的时间已经很短了，睡眠的质量还很差，他眼底永远挂着一片青灰。

那时候，他的梦里大多是言喻，却都是悲惨的言喻：要么是言喻拼了命地想要打掉自己的孩子，要么是言喻从楼梯上滚落了下来，要么是满身是血、脸色惨白地躺在手术台上的言喻，要么是拉着行李箱远去、头也不回的言喻。

最可怕也最让人心凉的还是当他梦醒时，发现梦里的事情都是真实的。言喻和他离婚了，言喻不在他身边，言喻不爱他，言喻的确满身是血……

而今晚，陆衍梦到言喻穿上了婚纱，她手里捧着花束，走在长长的红毯上，她笑意斐然，眼角、眉梢流淌的都是动人心弦的温柔。

陆衍的心跳很快很快，他血液里都是难以控制的灼热——言喻要重新嫁给他了。

但是画面一转，他发现他牢牢地被禁锢在台下，哪里都去不了，怎么都动不了，只能睁大眼睛，眼睁睁地看着言喻走向舞台。而舞台上，站着另外一个男人，风度翩翩，笑意温柔。

是秦让。

小星星、陆疏木还有秦让的儿子秦南风，全部涌了上去，他们才是幸福的一家人，而他怎样都动弹不得……

从噩梦中惊醒，陆衍后背湿透，他从床上起来，掀开被子，打开灯，走到洗手间，盯着镜中的自己看，狠狠地泼了一把冷水。

他的脸色沉得能滴下水，周身笼罩着一层厚重的阴鸷，轮廓仿佛因此凌厉起来。他手指收拢，指骨发出“咔嚓”之声。

言喻隔天就乘坐航班回了英国，她在秦让的要求下，告诉了秦让她的航班，已经说了好几次不用接机，但是在她走出登机口的时候，还是看到了三个笑得一样的大小傻瓜。

小星星看到言喻最开心，大声地喊：“妈妈！”

言喻也很开心，又有点惊喜，她拉着行李箱，快步地朝小星星走去。她松开了行李箱，从秦让的怀中，接过了小星星。

小星星一到言喻的怀中，就捧起了言喻的脸，在她的脸上落下了香吻，一个接一个，每次和言喻分离后，她都显得格外黏人。她小声地说：“妈妈，我好想你。”

言喻也小声地说：“妈妈也是。”

“妈妈，以后能不能不要让我一个人留下来？小星星这几天想你想得心好痛痛哟！以后让小星星跟着妈妈去工作，好不好？”

言喻一怔，心里一阵柔软，她碰了碰小星星的鼻子，轻声道：“妈妈以后再出远门，就带着你。”

一旁的秦让好整以暇地看着言喻，眼角、眉梢都流淌着温柔的笑意，他的眸光带着令人沉醉的深意。

秦南风抿了抿唇，笑着叫道：“言阿姨！”

言喻摸了摸他柔软的头发，然后目光落在秦让的身上，她弯起眼睛，笑起来的样子就像一只可爱的小猫咪。

秦让往前一步，微微弯了一点点腰，他眉眼深邃，五官俊朗，眼眸漆黑，似是融了国土山河，气势盛然又温柔。他大手一伸，将言喻彻底地揽入怀中，小星星夹在两人之间，害羞地捂住了眼睛。

言喻的心跳有些混乱，鼻息之间都是秦让身上的烟草气息，他和别的男人不太一样，他只喜欢薄荷烟，所以身上一直有若有似无的薄荷香气。

机场上来来往往的过路人，时不时地会抽空看一眼，这样容貌惊人的一家人，女人甜美，儿女可爱。最难得的是那个男人，举手投足之间都流露出稳重、礼貌和温柔，让人心动。

陆氏集团办公室，陆衍坐在宽大的办公桌后，微微垂着眼睑，眸光冷淡，盯着手里私家侦探送来的照片。

言喻一大早就回到了利兹。他捏着照片的手越发地紧，眼底凝聚着风雪，紧紧地盯着那张秦让拥抱着言喻的照片，仿佛要将这张照片看穿出一个洞来。

他的唇抿得似冰冷的刀片，什么也没说，心底却有一个声音，响在他的耳畔，没有什么温度，透着冷锐和压迫：“你真的想彻底失去言喻吗？你真的舍得吗？”

陆衍绷紧了脸部线条。

言喻陪了小星星半天，第二天必须去上班，小星星也得去幼儿园。她走进幼儿园的时候，眼眸里写满了不舍，言喻站在校门口，注视着她走进教室，才转身离开。

她刚到律所，迈克就焦急地找上了她，一脸愤愤地说：“我的上帝啊，陆氏集团居然提高了索赔金额？陆氏集团这是做什么？如果我们真的输掉了官司，怎么跟公司交代？”

言喻皱了下眉头，心脏一缩，提高索赔金额？这么突然？

这个案子还没结束，律所合伙人突然找上言喻，让言喻去他的办公室，言喻敲门进去。合伙人抬起头，声音里都是笑意：“我听简说过了，她说是你救的她。言，太谢谢你了！如果不是你，我都不敢想象简现在会怎样。”

言喻眼底有星光："不用太客气。"

合伙人也笑，他转了转笔，应该是为了答谢言喻，说："我手里有个案子，我把这个案子交给你，一个酬劳丰厚的案子。"

合伙人知道言喻的情况，单身母亲，带着孩子，的确不太容易。他继续道："如果这个案子做好了，你每年有六位数的固定分红。"他顿了下，抬起眼皮，看着言喻笑道，"是程家的集团想要外包法律咨询业务。"

言喻瞳孔微微睁大了几分，程家？她抿紧红唇，下意识地想要拒绝，但是合伙人眼里的欣喜和认同，让她所有的拒绝都淹没在唇齿之间。

说完，合伙人就让言喻出去了。他笑道："好好把握这次机会，斜巷里的律师们都在争取，我相信你。"

言喻又忙碌起来，程家的集团太过庞大，大小公司数不胜数。

每个小公司又有自己的规章制度，主要的大公司也有自己定下的规章制度，言喻不需要将所有的规章制度都统一，但她必须制订出一个可以公用的模板。所以她现在得先研究大部分公司的规章制度。

助理给她搬来了三大摞规章制度的复印件，迈克看到挑了挑眉头："哇，要加油了，言，你要先看完这些。"

这个工作根本不可能一个人完成，言喻因为上次和迈克合作过，所以程家的案子她也直接和迈克一起合作。

言喻笑了笑，黑色签字笔就压在了下巴处，她抬起眼皮，琥珀色的瞳仁里都是笑意："你也要一起看哟。"

迈克当然也要看，这是最基本的卷宗阅览，他故意做出夸张的伤心表情，说道："上帝，我快被资本家压榨干了！陆氏集团那边给我压力，荷皇航运的负责人也给我施压了，作为律师，我只能在夹缝中生存了。"

言喻弯着眼睛："你跟荷皇航运的人约好见面时间了吗？"

迈克耸耸肩膀："约是约好了，但听说那边会再约一方，我们还能怎么样？只能听从了。"

言喻弯唇："可怜我们都要靠着资本家的施舍过生活，别说了，为了金钱，也该好好工作了。"

“是。”迈克推了推眼镜。

迈克和言喻两人一直不停歇地忙到了晚上七点，办公室仍旧是一派忙碌的样子，前台接线员也很繁忙，不停地有穿着西装的律师焦躁地走来走去拿文件，脚步声交叠着。

言喻抬起头，看到外面天色渐渐暗了下来，她靠在椅背上，捏了捏鼻梁，闭上眼睛，按摩了一会儿太阳穴，伸了个懒腰。

迈克说：“下班吧，反正今天也看不完，明天再忙吧。”

言喻点点头，她也想小星星了，得回去陪她。但是她站起来的时候，还是收拾了好几份文件，装在包包里，沉甸甸的，一起背了回去。

迈克看见了，扬唇笑了笑：“女律师的奢侈品包看起来都很像假货。”

言喻挑眉：“为什么？”

迈克说：“因为女律师为了装卷宗，一点都不爱惜包包，随意地就塞了一大摞进去，看上去的态度就像是对待赝品。”

言喻低头一看，她的包里的确塞得鼓鼓囊囊的，都快爆掉了，一时间哭笑不得。

两人一起下楼，电梯里，迈克邀请道：“我打算去喝一杯，言，你去吗？”

言喻婉言拒绝道：“不了，我女儿还在家里等着我，迈克，祝你有一个愉快的夜晚。”

两人在律所门口分开，言喻把包包扔进副驾驶座，找出钥匙，启动车子，看到迈克的车从一旁路过，她笑着挥了挥手。

到了家里，小星星听到汽车引擎声，很快就跑了出来，抱住言喻的腿，仰起头，眼睛里都是闪亮的笑意：“妈妈，你吃饭了吗？”

言喻还没吃饭，但是小星星吃完了，她就坐在言喻的对面，支着下巴看着言喻，眼睛笑眯眯的，她声音软得就像是棉花糖：“妈妈，你周六有空吗？老师要带我们去伦敦看画展，不过老师说，这是亲子活动，需要父母参加。”

周六？言喻抿了下嘴角，她最近很忙，不过……

她抬起眼眸，对上了小星星渴望的视线，唇畔扬起了浅浅的弧度，她就算是再忙，也必须空出时间来陪伴女儿啊。

周六，天空一片湛蓝，一朵朵白云浮在天幕上，春日的寒凉还未散去，不过暖光已经驱散了些微冷意。

言喻认真地给小星星打扮了一番，给她穿了一条粉色的羊毛裙。卷边太阳帽软软地戴在小星星的头上，她漆黑的头发在阳光下，看着柔软又温顺。小星星自己穿上了小皮鞋，小手仔细地扣上了搭扣。言喻看了她一眼，把准备好的小书包给她背上。

“好了。”言喻垂眸看了她一会儿，很满意。

外面的校车已经来了，言喻抱起小星星，抓起自己的包，踩着十厘米高跟鞋，就大步地朝着门外走去。她的脚步又稳又快，都是这几年练出来的，她现在完完全全是一个职场女性加单亲妈妈的结合体。

老师摸了摸小星星的脑袋，对着言喻微笑，然后给言喻他们俩安排了位置，车上已经有不少父母和孩子了。小星星笑弯了眼睛，她人缘好，见到谁都很乖巧，一路打着招呼。

言喻给小星星系好安全带，小星星摘下太阳帽，黑漆漆的眼睛湿漉漉的，像是被雨水冲刷过的琉璃珠。她好奇地趴在窗户上，眼眸黑黑的，睫毛纤长浓密。

她看完以后，转过头，仰起脸，说：“妈妈，你知道吗？这是我第一次跟这么多这么多的小朋友还有爸爸妈妈们一起出去玩！”

言喻捏了捏她翘翘的小鼻尖：“所以，你开心吗？”

她开心地点头，眼里亮闪闪的，像装满了星星：“我太开心太开心了！”

很快长途校车就接完了所有的小朋友，朝着伦敦市区开去。前座的一个小朋友转过头，趴在椅背上，对着小星星笑，他好奇地问：“星，你的爸爸去工作了吗？今天为什么没有跟你们一起来？”

今天车上的孩子大多数都是和父母双方一起来的。

言喻闻言，抿了下唇，心脏一跳，下意识地转头去看了眼小星星。虽然这几年，小星星除了刚到英国的时候，还会时不时地提起陆衍，后面就很少提起了，她不知道小星星是忘记了陆衍，还是不想再提。但不管怎样，她仍旧害怕小星星会在意这个，因为她知道一个父亲对一个孩子的成长来说，有多重要。

这几年，因为小星星缺少父亲的陪伴，言喻对小星星的疼爱一直都是双倍的。

言喻睫毛颤抖了下，看小星星没有说话，她清了清嗓子，刚想替小星星回答，小星星就自己说话了。她眨巴着大眼睛，眼里水光闪闪："我的爸爸是去工作了，不过我和妈妈没有和爸爸生活在一起。我是小朋友，但不是所有的小朋友都必须和爸爸妈妈一起生活的。"她说着，大大的黑眸里折射出光泽，"我和麦兜是一样的哟。"

提问的这个小朋友也没有什么恶意，他眼睛亮亮的，笑容甜甜地说："星，你的爸爸也是菠萝油王子吗？他去冒险了吗？"

小星星用力地点点头，笑意有些羞涩。事实上，她对爸爸的印象已经很模糊很模糊了，她给自己的爸爸设立了一个形象，他去闯荡天涯了，他去当王子了。

小星星又想起老师安慰她的话，老师说："爸爸和妈妈都是独立自由的人，每个人的人格都是独立的，他们生下了你，他们有责任照顾你，但他们也有自己的理想要去实现。他们的独立人格促使着他们前进，这是人的价值所在。星，或许你的爸爸去完成他的梦想和使命了，就像神奇女侠、蜘蛛侠和钢铁侠一样，去拯救世界了。"

小星星觉得老师说得有道理，更何况，妈妈和秦叔叔很爱很爱她，她每天都很开心，没有爸爸的陪伴也很开心，有爸爸的陪伴或许会更开心，但她现在已经很满意了。

因为汽车要行驶几个小时，言喻拉上了窗帘，从包包里拿出小毯子给小星星盖上，让她靠在自己的怀中睡觉。

言喻摸了摸小星星的脸颊，心里柔软成湖，小星星懂事得让她心疼。她笑了笑，小星星还真是个心大又容易满足的孩子。

车上的其他孩子也都安静了下来，言喻从包里拿出文件，从上到下认真地浏览着，虽然有些伤眼，但还是需要争分夺秒，迈克那边还等着她的回复意见。

他们这次要去观看的是一个儿童画展，展厅里很安静，来往参观的人走路也格外小心，更没有任何高谈阔论的声音。

小星星在一幅星空图面前站住了，她拉了拉言喻的手，示意她看这个。

言喻也站住了，眸光定定地欣赏这一幅油画，晴朗夏日的夜空，布满了闪亮的星星。这个年纪小小的作者有着很强的笔触感，深蓝色的旋涡在星空中辗转，下部的原野线条笔触细腻，上面的天空却是粗犷的。

言喻不太懂画，一旁的讲解员看她停留在这幅画旁边，开始轻声地为她讲解："这幅画的主人很小，所以有很多细节没有处理好，不过也正是因为他年纪小，所以对画和自然有很多自己的理解。他的绘画不加成人世界的干扰，是纯粹的儿童心理。"

小星星握紧言喻的手，小声地说："妈妈，我很喜欢这幅画，真好看。"

言喻也觉得不错，不过，她就是觉得这幅画看久了，似乎会让人产生一点点不安感，作者的内心平静得过分，反倒让人察觉到他的躁动和不安。

这不像是一个小朋友的作品。

小星星睁着黑漆漆的眼眸，看着讲解员，天真地问："阿姨，我很喜欢这幅画，我可以买它吗？"

言喻一愣，反应了过来，连忙跟讲解员道歉："对不起，她太小了，所以不知道这里的画是不卖的。"

讲解员摆摆手，刚要说什么，言喻的身后就传来了一道男童的声音："等展览完，我可以把画送给你。"

言喻和小星星一同转过身看着来人，言喻愣怔了下，发现来的男生是陆疏木。

陆疏木穿着小西装，踩着锃亮的皮鞋，微微抿着唇，他眉目舒展，看了眼言喻，又看了下被言喻牵着的小星星。

小星星没有反应过来，呆呆地看着陆疏木，她眨巴着大眼睛，有些愣，过了好一会儿，她眼睛睁大："哦，是那天的弟弟！"

言喻闻言，垂眸看着小星星："什么？"

小星星仰着头回答："就是那天在商场遇到的弟弟啊。"

言喻回想了一下，才模模糊糊地想起，有一天晚上，小星星临睡前似乎跟她提起了一个小弟弟，所以小星星那天晚上提起的人就是陆疏木吗？

陆疏木安静地站着，眸光淡淡地掠过小星星和言喻相握的手，他抿了下唇："我可以送你这幅画。"

"真的吗？"小星星有些高兴，眉开眼笑地看着他。

讲解员也走了过来，笑道："这就是这幅画的作者。"

言喻眸光微微敛起，她垂在身侧的手指轻轻地蜷缩了下，她想起那幅画里小朋友感受不到的阴郁，居然是出自面前这个这么小的小男孩。

陆疏木抬眸，对上了言喻的视线，他很在意言喻的回答："你想要这幅画吗？"

言喻怔了怔，抿着唇："你想要给我吗？不过，是我的女儿想要。"她摸了摸小星星的脑袋。

小星星害羞地抱住言喻的腿，她睫毛动了动，看着陆疏木："弟弟，这是你画的啊，你好棒好棒啊，我好喜欢你啊，你真厉害！"

陆疏木面无表情地说："等画展结束，我就把画送给你。"言喻总有种错觉，陆疏木的这句话就像是对她说的。

小星星有些欢欣雀跃，她轻轻地拍着手，有些克制，眼睛亮闪闪的，她说："谢谢你！我好喜欢你的画！"

言喻弯了弯唇，揉了揉小星星的头发。

陆疏木看到了，朝着言喻走近几分，站在言喻的面前，仰头看着言喻，那样子看起来就像是想要被言喻抚摸脑袋。

言喻垂眸，对着陆疏木看了许久。她弯了弯眉眼，伸出了手，刚想落在陆疏木的脑袋上，却忽然有人叫了陆疏木的名字。是个女人的声音，声音柔软，带了点温婉，又带了点英气："疏木，你在哪里？"

言喻的手倏然停顿在陆疏木的头上，悬空着，终究没有落下。

陆疏木垂下眼睑，精致的脸上闪过一丝黯然。他转过身，黑眸幽幽，往二楼的楼梯口看了过去，轻声回答："我在这儿。"

那里出现了一个优雅的女人，一头黑发盘在脑后，有些碎发在脸侧垂落下来。她穿着白色的毛衣，黑色的铅笔裙，一双及踝靴衬托得两腿笔直。

她周身散发着优雅，脸上浮起笑意，但能看出一点担心。她走到陆疏木的身边，牵起了陆疏木的手，有些着急："疏木，你怎么跑到这里了？"她蹲了下来，和陆疏木平视着，"下次不许不经过允许就离开妈妈，知道了吗？"

言喻眸光微顿，心尖不知道为何轻轻地瑟缩了下。她抿紧红唇，牵着小星星的手，也慢慢地跟着收拢了几分。

时嘉然着急地说了陆疏木一顿，才转过身来，看到言喻的时候，还有几分不好意思，她弯了弯嘴角，眼眸清澈，神情爽朗："抱歉，刚刚他乱跑，我才着急了些，你们是……"

言喻回过神，她胸口起伏了下，归于平静："我和我的女儿在欣赏疏木的画。"

时嘉然笑意更深，她笑容亲和，具有极强的感染力："疏木的确很有绘画天赋，他很聪明，在很多领域都有所感觉。"她语气中的骄傲，溢于言表。

言喻想，要是她有一个像陆疏木这样优秀的儿子，也会这样骄傲吧，她觉得自己无法再聊下去了，如果她没有猜错的话，面前的这个女人是陆衍的未婚妻，是陆疏木的妈妈。

"陆疏木的妈妈"这几个字，让她的心都痛了起来。

言喻弯了弯唇，道："抱歉，我和我的女儿还有其他的事情，我们暂且先走一步。"

时嘉然点了点头。

言喻带着小星星走到下一个展区，一路上，小星星不停地回头，朝着陆疏木挤眼睛，朝他笑，她的眸子就像小月牙，盛满了银辉。陆疏木紧绷着的脸，仿佛也有了轻微的松动，轮廓软了几分。

时嘉然看了眼陆疏木，好奇地问：“疏木，你认识这两个人吗？”

“不认识。”陆疏木顿了顿，“但是，我要把我的星空送给她。”他的手指了指挂在展览墙上的画。

时嘉然愣怔了下。

等看不到陆疏木之后，小星星才回过头，认真地走路。她叽叽喳喳地说：“妈妈，你知道吗？那个小弟弟好厉害啊，他还说要送我画呢！”

言喻笑了下，打趣道：“那你呢？小弟弟比你小，都那么厉害，那你学舞蹈，还要每天偷懒吗？”

“还要偷懒。”小星星笑了起来，她晃着手，“小弟弟的妈妈也好好看。”

言喻眼角眉梢的笑意浅了几分，她弯起嘴角，笑容有着淡淡的僵硬。小星星又补充道：“不过，还是妈妈和小星星最好看，妈妈的好看，谁也比不上。”

言喻捏了捏小星星的鼻尖：“小嘴真甜。”

看完画展，老师还带着学生们去伦敦城郊的河畔公园写生。

小星星没有什么绘画天赋，小朋友们都在对着面前的河写生，言喻只走神了一会儿，小星星的画布上已经满满都是抽象派的涂鸦了，乌漆麻黑的线条，小星星还高兴得眼睛都眯成了一条缝。

“妈妈，你看星空。”

言喻弯了弯唇，说：“对，星空……”她是想夸奖的，但是还没夸出口，她自己就笑出了声。

小星星画不下去了，她往前几步，言喻也跟着走了几步，近距离地看着河面，河面波光粼粼。

小星星拿了言喻的手机，叫她站在河畔，说：“妈妈，我要给你拍照！”

老师忽然看到了言喻，她眉心一皱，担心起来，大叫：“哦，我的上帝，小星星的妈妈，你别站在那边，危险！”

言喻下意识地往那边看了下，因为一愣，不小心往后了一步，脚下忽然有些松动，她摇晃了下，身体不受控制地往后仰倒。

小星星吓到了，当即大喊：“妈妈。”

言喻抿着唇，瞳孔微微睁大，她想尽力地控制身体，身旁突然有凌厉的风掠过，腰上多了一只手，她猛地往前，扑进了那个人的怀里。

两人的距离足够近，她也一下就看清了男人的五官，标志性的黑眸如同泼了墨水，又似是起了浓雾，深处是萧瑟一片。

陆衍抿着冷冽的唇线，等言喻一站稳，立马就松开了她。

言喻没想到陆衍居然会在这里，她才站稳，小星星就扑了过来：“妈妈……”言喻抱住了她。

陆衍并不是一个人过来的，不过一瞬，刚刚陪着他的一群人，都走了过来，有西装革履的男人们，也有刚刚在画展上遇到的那个女人，更有陆疏木。

男人们笑道：“衍真的是绅士，不愧是程家的家主，他看到这边有人要落水，什么都顾不了，立马就跑了过来。”

后面跟着过来的人是陆衍的新管家，还很年轻，余光瞥见陆衍摩挲了下手指，又联想到陆衍方才碰过那个陌生的女人，陆衍的未婚妻和儿子又都在现场，新管家抿了下唇，递了手帕给陆衍。

陆衍懒得解释，随手擦了擦，他的黑眸一眨不眨地盯着小星星看，骨节用力得隐约苍白，薄唇抿成锋利的刀片。

他却不知道，他这个擦手的动作，在言喻看来有多耻辱。她收回了视线，没忍住，心里骂了几句，陆衍还真是有病，认识他这么多年，前不久还吻了她，现在又装什么洁癖？

这个公园的隔壁是个网球馆，陆衍到英国后，就陪着几位生意合伙人打球，刚刚才从网球馆里出来。原本打算直接离开一同去程宅参加晚宴，但是陆疏木不知道为什么一直盯着公园的河畔看，然后对陆衍道：“我想去那边。”

陆衍顺着陆疏木的目光看了过去，隔着遥远的空间，隔着微凉的风，隔着重重的人影，明明在河畔有那么多的人，他却能在人群中一眼看到言喻。

她的长发披散在肩头，黑发随着风轻轻地飞扬，微微弯腰的时候，背脊勾勒出优美的弧度，偶尔侧过脸，侧脸线条优美，有着动人心弦的美貌。

陆衍凝眸不语，明明心中起了万千波澜，面上仍旧是毫无表情，线条冷淡，没有丝毫的动容。他沉默了一会儿，同意了陆疏木想要过去的要求，甚至主动邀请他的合作伙伴们一起去河畔欣赏风景。

时嘉然听到了，还有些惊讶，但她什么也没说，嘴角露出了浅浅的弧度，只是仿佛什么都懂得了。

有些聪明的女人，看破不说破，为人处世都像极了春日的和风，给予人温暖，但不给人压迫。

陆衍却一点都没有注意到时嘉然的情绪变化，他抿着薄唇，抄着兜朝言喻的方向走过去，陆疏木不紧不慢地跟在他的身后。

在看到言喻险些落水的时候，陆衍如子夜一般的黑眸深处的光泽重重一凝，他喉结无声地滚动，迈开了长腿，大步地朝着言喻的方向跑了过去。他救了言喻后，才看到言喻旁边的小星星。

那一瞬间，陆衍觉得恍如隔世，他身体里的血液都仿佛开始倒流，逆行在血管里，带来一阵又一阵蔓延的疼痛。他的心脏重重收缩，疼得他几乎克制不住地想要弯下腰。

他的耳膜不停地振动轰鸣着，他隔绝了周围所有的喧闹之声，黑眸幽深地盯着小星星，一眨不眨。

这个没良心的小丫头，一下就长得这么大了。陆衍垂在身侧的手指，缓缓地用力绷紧收拢着。这是他的女儿，是他的小公主，就算他和言喻不在一起了，他也舍不得的小公主。

人就是这样矛盾。

当年小星星的抚养权是陆衍主动放弃的，就算当年他和言喻之间有再多的不满、隔阂和怨恨，他内心深处也有一个声音在告诉他，他必须把小星星给言喻。在当年那样的情况下，如果言喻没有了小星星的抚养权，一定会彻底崩溃的。

而他是男人，是父亲，也是丈夫，就算有再多的不舍，也只能忍痛放弃抚养权。

言喻出境的消息是秦让找人帮忙隐瞒的，言喻到了英国之后，具体去了哪个城市，秦让也找人封锁了消息。

陆衍抿紧了唇，而那时候的他腹背受敌，程管家绝不会主动帮他寻找言喻和小星星，而他自己在英国都还没站稳脚跟。

这一场战役太过漫长，漫长到他渐渐习惯了身边没有言喻和小星星，习惯了睡前想一下小星星，习惯了孤独一人，直到他发现陆疏木是他和言喻的儿子。

那些压抑着的火苗，又隐约有了些许肆意燃烧的姿态。那些被压抑着的情绪，像是火山喷发之前的岩浆，通红的，滚烫的，翻滚着，又一点点被他克制了下去。他想说服自己放弃，没有谁离开了谁是过不了的，但他又不想放弃。

两种极端的情绪在他的内心深处狠狠地碰撞着，融化着，撞击得心房隐隐作痛。

言喻牵紧了小星星的手，她抿紧了红唇，眼神坚毅，这么多人，她根本不相信陆衍会对她们母女俩怎么样。

但她仍旧有些措手不及地紧张，她没想到会在今天让小星星碰到陆衍，她胸口如同有大钟乱撞，她不知道小星星还记不记得陆衍。按理说，一岁多的孩子记忆力应该不会那么强，漫长的三年过去了，她应该不记得陆衍了。

小星星抬起头，漆黑漂亮的瞳仁里映着陆衍，她似乎有些好奇，但眼神很专注。

陆衍被她看得掌心有些湿，出了些微冷汗。小星星看了一会儿，笑了起来，露出一排漂亮的贝齿，睫毛扑闪，仿若羽毛轻拂。她挣开言喻的手，伸出手，忽然对着陆衍勾了勾手指，弯着眼睛笑，什么也没说。

而众目睽睽之下，所有人心目中深晦难测、面无表情又冷酷的陆衍，居然听话地弯下了腰，那几个合伙人的眼睛都不自觉地睁大了。

小星星伸出了两只手："抱抱。"

陆衍的胸口仿佛有暖流涌动，一颗冰冷的心温暖起来，澎湃着，汹涌着，他抿紧薄唇，克制着手的颤抖，将小星星抱了起来。

言喻也愣怔地看着小星星的举动，她琥珀色的瞳仁闪过一丝难以言喻的情绪，心脏瑟缩，有些酸胀，有些疼，难道这就是血缘的力量吗？小星星还记得陆衍吗？

小星星被陆衍抱了过去，她盯着陆衍的脸看，笑容甜美，斜斜的单马尾辫透着可爱，她的小奶音几乎要融化人心："叔叔，你是个英雄哦，刚刚救了我的妈妈！老师说，要给善良的人，一个暖心的拥抱哦，你要继续做英雄。"她的尾音刚落，陆衍乌黑如墨的眼眸里的光一点点寂冷了下去，染上了几分冰凉。

他的唇抿得更紧，像是毫无弧度的直线。

如果说，刚刚有多温暖，现在的心脏就有多寒冷，胸口像是破了一个洞，寒风凛冽，呼啸而过。

失望如同铺天盖地而来的潮水，一下就淹没了他，让他难以呼吸。他垂下眼睑，下颌的线条冰冷，面无表情，手指曲张的时候，传来了骨骼碰撞的声音。

小星星没有听到陆衍的回答，还摸了摸陆衍的脸，她的手心很温暖，声音很细很细，偷偷道："叔叔，我觉得你长得有点像一个人，但我不记得了。"

陆衍仿佛失语了，他从喉咙深处艰难地挤出了一个"嗯"字，嗓音沉闷到了极致。

言喻不知道为何下意识地松了一口气，理智告诉她，小星星有权利知道自己父亲的存在，也有权利知道自己的父亲是陆衍，但在情感上，她隐约害怕小星星会被陆衍抢走，现在的她不希望跟陆衍再有牵扯了，小星星如果自己不记得陆衍了，会是最好的选择。

陆疏木望着小星星和陆衍，若有所思，垂下了浓密卷翘的睫毛，没有吭声。

时嘉然则有些惊讶地挑了挑眉头，陆衍主动去救那个女人已经很让人惊讶了，他现在居然还抱了这个可爱的小女孩。

陆衍只抱了小星星一会儿，很快就松开了她，什么也没说，举步就离开了，春日寒凉的空气里，他的背影透着冷凝的寒气。

回利兹的校巴上，小星星趴在言喻的怀里，手里玩着一个布娃娃，晃啊晃，她笑嘻嘻地提起了陆衍："今天的那个叔叔跑得好快啊，一下就把妈妈救了起来。"

"嗯。"言喻弯唇，给她顺了顺头发。

"他有点好看，秦叔叔也好看，南风哥哥也好看。"

"是吗？"

"是啊。"小星星用力点头，"妈妈，我们以前见过那个叔叔吗？"

言喻顺着她头发的手顿了顿，她一时间没有回答，沉默了好几秒，幸好小星星似乎也不需要她的回答，继续道："那个叔叔是那个小弟弟的爸爸吗？"

言喻抬眸，睫毛颤了下，看向窗外。

春日复苏，枯木逢春，阳光虽然稀薄，却是温暖的。她扯出一抹笑容："是啊，那是小弟弟的爸爸。"

小星星安静了一会儿，继续趴在言喻的胸膛上，她问："妈妈，布娃娃有爸爸吗？"

言喻胸口起伏，她知道小星星的意思。

大约是今天她看到陆疏木有爸爸，心里产生了失落感。言喻还在想要怎么回答，小星星就自己安慰自己说："布娃娃应该没有爸爸，就跟我一样。不过，布娃娃有我疼爱，我有秦叔叔和妈妈疼爱。"她说着说着，眉眼间的雾气散去，取而代之的是灿烂的笑容。

言喻心里又是柔软，又是疼。她俯身，轻轻地吻在小星星的额头上。她在心里想：妈妈会加倍爱你的。

程家的晚宴上觥筹交错，灯影阑珊，音乐声舒缓地流淌。陆衍穿着一身熨烫得笔直工整的黑色西装，气度上乘，他的眸色微深，神情冷淡，灯光下，周身却不自觉地流淌着与生俱来的贵气，他轻轻地和合作对象碰了碰杯，笑了起来。

时嘉然出现在了宴会现场，她穿着一身高定礼服，脖子上戴着简单的钻石项链，手上提着迪奥的新款手袋，言笑晏晏地朝着陆衍走了过来。

几位合作对象都笑了笑，识趣地走开了。

时嘉然弯唇，大方地笑道：“陆衍，我今天的裙子漂亮吗？”

陆衍黑眸扫了她一眼，淡声道：“漂亮。”

“敷衍。”时嘉然说，她从一旁的侍者手上拿起一杯红酒，浅浅地啜了一口，一双美眸看了陆衍一眼，“你就没什么想对我说的吗？”

陆衍的黑眸闪过暗光：“说什么？”

“说你的前妻，还有你的女儿。”时嘉然的语气很轻松，仿佛他们在聊的话题只是天气。

陆衍握着高脚杯的手紧了紧，慢慢攥起，他黑眸锐利，嗓音透着冷漠和紧绷：“你去查她们了？”

“我查？”时嘉然带了点笑意，声音很轻，“你未免也太瞧不起我了，我是时嘉然，是时家大小姐。今天下午你那么反常，我还能不知道吗？”

陆衍沉默了一会儿，他的口吻没有什么波澜，淡定地承认道：“那的确是我的前妻和我的女儿。”时嘉然眉头微皱，然后慢慢舒展，安静了下。

陆衍靠着吧台，身姿挺拔颀长，眉目间透着清冷的贵气，淡声道：“现在终于明白我的条件很差了吧？”他哼笑了一声，“我有两个孩子，曾有过一段婚姻，并抛舍不开前妻。你应该也不想一和我结婚，就当两个孩子的后妈吧。”

时嘉然闻言，垂下眼睑，唇畔的弧度深浅难分，再抬起眼眸，眼里仍旧流光溢彩，她脖颈修长，皮肤白皙，气质高贵。她柔声说：“疏木是我的儿子……”她顿了下又说，“但有哪个女人会想主动当后妈？”

她笑着，脸上的每一寸皮肤都是精致的，她轻轻地将杯子放在桌面上，笑着补充道：“但是，想让我当后妈的是我爸，他可不会顾及我的想法。我在他眼里就是一个可以利用的工具，他想让我和你结婚，他推着我去靠近你，我除了接受，还能怎么办？”

她是个明白人，早早地就看清了自己所处的位置。在这一盘权势争夺的棋局中，她只是无助的一颗棋子，她无法自主决定命运的走向，她的命运全部掌控在下棋人的手里。

时嘉然意味深长地看了眼陆衍，就是不知道看似风光的陆衍会是下棋人，还是棋子。

深夜时分，陆衍去儿童房看了眼陆疏木，就回到自己的房间。他随手扯掉领带，夜越深，他越是烦躁。他绷紧唇线，深呼吸，然后沉默地站立了一会儿，冷笑，拿起桌上的车钥匙，转身就下了楼。

他坐进驾驶座里，启动车子，引擎声在寂静的夜色里有些喧闹。

程宅的用人有些还没睡，听到声音，按例询问了下："您这么晚还要出去吗？"

陆衍侧脸的线条淡漠，他吩咐道："明天早上陆疏木醒了，你告诉他，我有事情出门工作了。"

用人还没回答，男童干净的嗓音响起："我现在就醒了。"

陆衍一怔，转眸去看，他黑眸平静，眼里映出了陆疏木的身影。陆疏木身上穿着单薄的睡衣，外面还给自己裹了一件厚厚的羽绒服，他的脚上匆匆忙忙地穿着球鞋，鞋带还没系好。

陆衍皱眉："你怎么这时候起来？"

陆疏木抿着唇，静静地看着陆衍，明明眼睛里有血丝，很困了，却很固执地说："我知道你要去哪里，我要跟你去。"

陆衍唇线抿直，眸色幽深，他盯着陆疏木看了一会儿，收回了视线，淡淡地道："我等你，你先上楼，穿好衣服。"

陆疏木黑眸里闪过一丝欣喜，他很快就换好了衣服，爬上了陆衍的车后座，父子俩没有交流，没有对视。

陆疏木很会照顾自己，他一开始很精神，过了一会儿，毕竟还是孩子，犯困了，他就拽过一旁的小毛毯，给自己严严实实地盖上了，然后才闭上眼睛睡觉。

陆衍从前面的后视镜里瞥到，嘴角荡漾起一丝丝笑意，陆疏木还真是个让人省心省力的孩子。

开了两个多小时的夜车，才到利兹，他点开信息，下午有个保镖一直跟着校车，追踪到了言喻和小星星现在的住址。

他将住址输入手机地图中，跟着导航继续开。终于到了那座郊区的房子那儿，房子不大也不小，有个小院子，种满了花花草草，从花草的繁盛，可以看出来主人的用心和温暖。

陆衍看陆疏木正在睡觉，就没叫醒他。陆衍自己下车，站在栅栏门口，看着门口的小木牌，上面歪歪扭扭的字体写着“星星的家”。

有中文版，也有英文版，一看就是出自小星星的手。

陆衍很浅地弯了下嘴角的弧度，他仰头看着二楼，有一个窗口隐隐约约透出些微灯光，暖黄色的，暗淡的，这是小星星的房间。她从小就怕黑，所以睡觉的时候习惯房间里开着小夜灯，省得她半夜醒来害怕。

陆衍回到车里，将陆疏木平放在后车座上，盖好毛毯。

两个孩子还真是两个完全不同的性格，小星星活泼开朗，陆疏木却比较沉闷，也很听话，让人省心，他很早就习惯一个人睡觉，不需要别人的陪伴，也不需要小夜灯这种东西。

陆衍没有什么困意，他就靠在车座里，看着天边慢慢地泛起了鱼肚白，黑色的幕布被缓缓拉开，视线尽头泛起了沧澜的斑驳。

陆衍看了下时间，六点了。按照言喻工作的时间，她差不多要起床了，陆衍拿出手机，拨出了一串数字，言喻的电话号码是他从言喻律所拿到的，电话打通了，但是没人接。

车后座的陆疏木也醒了，他揉着眼睛，坐直了身体。

陆衍道：“我先下去，外面有点冷，等房门开了，我再带你下车进去。”陆疏木点点头。

陆衍下了车，还在给言喻打电话，电话那头忽然接通了。陆衍攥紧手机，就听到带着困意的小奶音传了过来：“你是谁？你找妈妈吗？”

陆衍喉结无声地滚动，他听出了小星星的声音，心脏无形间被扯了下，他嗓音沙哑：“小星星，妈妈呢？”

小星星的声音还带着浓浓的困意：“妈妈不舒服，我要起床上学了，叔叔，你下次再给妈妈打电话吧，再见。”

那一声陌生的“叔叔”再次戳中了陆衍的心脏，他绷紧了下颌线条。他还没问妈妈怎么不舒服了，那头的小星星已经挂断了电话。

过了一会儿，陆衍看到阳台上出现了一个穿着宽大羽绒服的圆滚滚的小女孩，因为阳台上有繁花遮挡，所以陆衍看不清她在做什么，只知道她在走来走去。

陆衍站定在阳台下，仰头朝着二楼看去。他抿着唇，叫道：“小星星。”男人的声音低沉又沙哑，带了点磁性，他叫了两次小星星的名字，小星星就听到了。

陆衍看到小星星的身影不动了，过了一会儿，她的头探在花比较少的那一处阳台上。她人不够高，踮着脚，吃力地往楼下看去。

陆衍干脆站在她的正下方，他抬起头，下颌的线条流畅分明，黑瞳幽深，说道：“小星星，是我。”

小星星只露出了半张脸，她看清楚了，是陆衍，那天救了妈妈的那个叔叔。

她“啊”了一声，高兴地叫道：“叔叔，是你啊，你怎么来我家了？”陆衍笑意浮上眉眼。

阳台上的小星星扒拉着双手，陆衍这才看清她手上拿着的是小小的洒水壶，她把洒水壶放在了阳台上，因为兴奋，不停地在阳台上跳着。

陆衍转身对着车里的陆疏木招招手，说：“下来。”

陆疏木打开车门下车，却不知道为什么站住了，眸光冷静地看着陆衍，准确来说，是看着陆衍身后的方向。

那里有个洒水壶，因为小星星太兴奋了，一不小心就被她推倒，从二楼阳台直直地落下，壶盖已经掀翻了，壶里冰冷的水流直接往陆衍的头上泼了下来。

陆衍还没反应过来，就被冷水泼个正着，冷意钻入骨髓，他眉目不动，凉意从后背升起，密密麻麻。头发湿漉漉地耷在额头上，遮住了他凌厉漆黑的双眸。

男人身影高大，西装笔挺，即便过了一晚，也没有半分颓靡，在熹微的晨光里反倒显得矜贵优雅，风采斐然。

不过，这都是在被冷水泼到之前。冷水一泼下去，哪里还有什么风度翩翩。幸好洒水壶没有砸中他的脑袋，而是落在地上，不停地滚动着。

陆疏木静静地看着爸爸，即便看到陆衍被冷水泼成了这样，他脸上也没有什么表情的变动，只是眼眸里有些微深意，他安静地走了过去。

小星星没想到自己会泼水在那个叔叔身上，她下意识地咬紧了下唇。

客厅里，保姆阿姨听到了东西砸落的声音，走了出来，问小星星："宝宝，怎么了？什么东西掉了？"

小星星睁着圆溜溜的眼睛，有些手足无措地看着保姆阿姨，小手指了指阳台："洒水壶……掉了……还砸到了一个叔叔。"

"叔叔？"阿姨一愣，此时小星星已经迈开了小短腿，快速地往楼下跑去，她打开了门。

陆衍身上的西装差不多都湿透了，湿漉漉的黑发还在不停地往下滴水，他抿着唇，淡然地看着小星星。

小星星眨巴着大眼睛，如墨似珠的眼眸里浮上了浓郁的歉意，她迈开小短腿，跑到了陆衍的身边，要去牵陆衍的手。

陆衍却下意识地躲开了，小星星垂眸看了眼他的手，抿了抿唇，有些无措，她觉得自己做错了什么。

陆衍黑眸凝着，薄唇抿成了直线，因为刚刚冷水泼下来，他的手沾上了冰冷的水，在春日的早晨，更显得冰冷，他担心会冰到小星星，所以才不直接和她握手。

陆衍的手在自己衣服上未潮湿的部位擦了擦，等擦得差不多干了，他的大掌一伸，握住了小星星的手。但握住的那一瞬间，他的眉头还是轻轻地皱了皱。

因为他手上的温度还是比小星星的低了许多，他握住小星星的手的时候，感觉到小星星的手在轻轻颤抖。

小星星很不好意思，有些垂头丧气，她放软了声音说："叔叔，对不起，我刚刚不是故意碰倒那个洒水壶的，我也不是故意泼水在你身上的，叔叔，你可以原谅我吗？”

陆衍抿着唇，没有什么弧度，但是他眉目里并没有多少剩余的寒气，他垂着眼眸，什么也没说，牵着小星星走了进去。陆疏木一个人落在身后，他抿着小嘴，黑长的睫毛颤了颤，也跟着走了进去。

保姆阿姨愣愣地看着一个丰神俊朗的男人和一个五官精致的小男孩走了进来，小星星还主动牵着那个男人的手。

小星星仰头对保姆阿姨说：“阿姨，能不能让我的叔叔洗澡啊？他刚刚不小心被我泼了水。”

保姆阿姨的视线落在陆衍已经湿了的西装上，现在是温度较低的春天，冷水泼下去，要是生病了，可不得了。但是她不认识这个男人，言喻又在楼上躺着，要是这个男人不是好人……

陆衍黑眸扫了阿姨一眼，仿佛猜出了阿姨的想法，他黑眸毫无波澜，淡淡地道：“我不是坏人。”

阿姨沉了沉脸色，哪个坏人会说自己是坏人？

陆疏木也睁着大眼睛开口，他五官精致，却很安静，皮肤白皙，看起来就像一个瓷娃娃一样让人心疼。

他轻声说：“阿姨，让我爸爸先洗澡可以吗？”

保姆阿姨对着他那张脸，说不出拒绝的话，而小星星这个小丫头，已经要拉着陆衍去二楼了。

小星星天真道：“阿姨，我妈妈认识这个叔叔，那天在河边就是这个叔叔救了妈妈！”

陆衍喉结无声地滚动，他挣脱了小星星的手，淡笑着看了她一眼，说：“小星星，你先和疏木弟弟一起上楼，我马上就上楼。”

小星星迟疑了下，还是乖巧地点点头，她对着陆疏木伸出了手，笑道：“走吧，弟弟。”陆疏木黑眸冷静地看了她一眼，没有伸出手，自顾自地慢条斯理地走着。

小星星往下踩了一级阶梯，她弯眼：“弟弟，你的手要给我。”她说着，不顾陆疏木的意愿，强硬地抓住了陆疏木的手，陆疏木象征性地挣扎了下，然后没动，垂眸盯着两人牵在一起的手一会儿，然后抬起眼皮，跟在了小星星的身后。

小星星转过头，右手食指竖在唇畔，她睁大眼睛，用唇形无声道：“我妈妈在睡觉哦，我们不能吵到她。”

陆疏木的唇下意识地抿紧了，他看起来似乎有点不太高兴，但是小星星毫无察觉，在她的世界里，妈妈才是最重要的。

楼下，陆衍微微直起背脊，肩膀宽阔，身上的西装虽然湿了，但仍旧可以看出手工制作的讲究，熨烫得笔直，布料柔软又挺括。他下颌的线条微微绷起，轮廓深邃，棱角分明，他神情平淡，声音也是平淡的，他说：“我是陆星的爸爸，陆衍。”这一句话就够了。

保姆阿姨微微睁大了眼睛，她的神态一怔，都姓陆，转眼间她就确认了陆衍的身份。她们在这个家工作久了，自然知道言喻离过婚。

面前这个英俊不凡的男人，应该是言喻的前夫，小星星的爸爸，那刚刚跟进来的那个小男孩呢？是这个男人再婚后，和别的女人生下的孩子吗？如果是的话，那他带着再婚的孩子来看前妻，是什么意思？

还有，如果她刚刚没听错的话，小星星叫这个男人叔叔……所以，她是不认得这个爸爸了吗？

真是的，就算离婚了，哪里有爸爸三年都不去探视女儿的？活该小星星忘掉他！

保姆阿姨只敢怒不敢言，她咽了咽口水，皱着眉头，最终也只能从柜子里拿出一条没用过的新浴袍递给陆衍，指了下卫生间的方向，让他进去洗澡。

她很快又下楼了，言喻还不舒服呢，她得给言喻烧开水，给她熬粥，然后让她吃点退烧药。

今天另外一个阿姨休假了，所以只有一个阿姨在，就显得有些忙碌了。

陆衍洗完澡，穿着浴袍，湿漉着头发，从浴室走了出来。他路过小星星的房间时，从门缝里瞥到两个孩子正在玩积木，准确来说，应该是陆疏木在搭，小星星配合地摆出一脸崇拜的表情趴在地板上，支撑着下巴，眼睛亮闪闪地盯着他手里的积木，赞叹道：“哇，好厉害，好棒好棒！”

陆衍唇畔挂了似笑非笑的弧度，他没有进屋，直接转到了一处，站在主卧室门口，抿紧薄唇，打开了卧室的门。

房间里的窗户和落地门都打开了，大约是为了通通风，这时候的空气不怎么沉闷了，房间中央的白色大床上隆起了一团，有人蜷缩在里面，将棉被裹得紧紧的。

言喻迷迷糊糊间似乎听到有人进来的声音，她全身都是滚烫的，眼皮沉重，脑袋疼得仿佛有人拿着针不停地扎着她的脑髓，疼痛是密密麻麻的。她昏昏沉沉的，全身无力，觉得自己仿佛是行走在沙漠的旅者，脚下是滚烫、灼热的沙子，踩下去是柔软的，灵魂都要陷进去。她仿佛被沙漠中的太阳晒得快失去所有的水分，就要因缺水而死了。

言喻的嘴唇已经干裂开了，有血丝隐约渗透出来。她皱着眉头，眼皮肿起，声音很轻：“阿姨，是你吗？还是小星星？如果是小星星的话，你听妈妈的话，妈妈现在不舒服，你先出去，不要靠近妈妈，小心被传染。”她说完，等了一会儿，也没听到有人应声。

言喻翻了个身，用尽全力睁开眼，却对上一双幽深平静，仿佛容纳了山河百川的眼眸，那双眼眸里，有着万千思绪，无尽寒意。

是陆衍的眼睛。

言喻一开始还以为自己出现了幻觉，眨了眨眼睛，陆衍仍旧长身玉立在她的眼前。她脑子转动得很慢，陆衍为什么会在这儿？陆衍为什么还穿着她的同款浴袍？阿姨呢？小星星又去了哪里？

陆衍的眉峰微微一动，就大致知道她在担心什么。他嗓音低哑，语气舒缓，只说：“你生病了。”

言喻强撑着，问：“你怎么在这里？是谁让你进来的？还有，你为什么身上穿着浴袍？”

陆衍语调淡然又平缓，他很自在地说：“是小星星让我进来的。”

言喻脑海内的一根神经猝然疼痛了下，她琥珀色的瞳仁染上了几分寒意，她嗓音沙哑干涩：“陆衍，你到底想怎么样？我们都分开三年了！你也有自己的生活了。”

言喻想从床上爬起来，手脚却发软无力，撑一下就倒下了。怒火却熊熊燃烧着，几乎要灼掉她的理智。怒火的深处，是她掩藏又掩藏的害怕，她担心小星星被陆衍带走。

陆衍黑眸透着冷静，不知道在想什么，他那薄如刀片的唇抿成了冰凉的直线，却什么都没说，只是给言喻掖好了被子。

言喻却不肯让他碰，她细长的眉毛冷了下来，唇色因为发烧，有些异常地红，脸颊也因生气而泛着红光。她竭力地说道：“你别碰我。陆衍，你能不能不要这么自私？我们三年都没有来往了，为什么不能一辈子不来往？你现在到底为什么要出现，这么平静地出现，好像当年什么事情都没有发生过？”

她抿紧红唇，眼眸冷冽，眼周不知道是气红的，还是因为发烧。

“你忘记了那些事，可是我没忘记。陆衍，我只知道我们不配再同处一个空间里，你站在这儿，我都觉得恶心。”最后一句话，言喻是一字一顿地说出来的。

陆衍咬紧了牙，脸上的肌肉隐约起伏，他在隐忍着什么，言喻的每一个字眼都狠狠地击打在他的心脏上。他喉结无声地滚动，盯着言喻看了许久，然后道：“我没忘记那些事，也忘不了，可是言喻，这些年痛苦的并不是只有你。”

“是啊。”言喻全身都是灼热又滚烫的，她气得隐隐发抖，“你痛苦，我也痛苦，分开不好吗？你和陆疏木的母亲结婚，我过我自己的生活，我带着小星星再婚，照顾着她长大，不好吗？你为什么要出现？你是不是告诉了小星星，你是他爸爸的事情？”

这一串词语中，陆衍一下捕捉到的就是“再婚”两个字，他漆黑深邃的眼眸眯了起来，一张英俊的脸仿佛能滴下水来。

“你想跟谁再婚？言喻，我告诉你，别做梦了。”他不悦又阴沉地说。

言喻也冷笑起来，说道：“跟谁再婚，都不会跟你。”

两个人说话，都没有什么理智，都是哪里痛，哪里脆弱，就狠狠地往哪里捅。陆衍攥起拳头，还想说什么，卧室门外传来了敲门声，打破了两人争执的凝滞空气。

陆衍胸口轻轻起伏了下，他仍旧垂眸望着言喻，眉骨的一半陷入阳光照不到的阴影中，让他的神色显得冷冽又难以看清。好一会儿，他转过身，漆黑的眼眸已经恢复了平静，他波澜不惊地道："进来。"

保姆阿姨猜不透言喻和陆衍现在的关系，但也能感受到两人之间的诡异气氛，她笑了下，想缓和冰冷的气氛："言言，我给你烧了热水，快用毛巾降降温。"

阿姨刚弄好毛巾，还没叠好，一双骨节分明又修长的手就伸到了她的眼前，陆衍沉声道："让我来吧，你去拿粥上来，让她吃点。"

言喻攥起拳头，语气冰冷："阿姨，赶他出去。"

阿姨犹豫了下，陆衍已经拿过了她手里的毛巾，走到言喻的身边，弯下腰，单手就握住了言喻想要乱动的手，另一只手直接将毛巾敷在了她的额头上。

陆衍的声音没有几分温度，是命令式语气："下去！"

阿姨心脏一紧，说："那我先下去拿药吧。"

言喻抿紧唇，挣扎着，挣脱了手，将额头上的毛巾扔在了地上，她琥珀色的瞳仁里闪现的都是火光："你不恶心，我恶心，你对得起你的未婚妻吗？你对得起你的儿子吗？"

她说着，眼前浮现了陆疏木的那张脸，她既心软又心痛。如果可以，她真的不想看到陆衍和陆疏木，只要看到他们，她就无法避免地会想起她失去的那个儿子！

陆衍这一次听了言喻的话，没有生气，他弯腰，捡起毛巾，冷静道："你现在生病了，别再折腾了，否则受到伤害的都是你的身体。"

他黑眸寒光微凛，睨了言喻一眼，薄唇毫无感情地动了动："还有，如果你再继续闹，你信不信我立马告诉小星星，我是她爸爸，然后带走她？"

尽管他的语气平淡，言喻的心脏还是狠狠地收缩了下，她蜷缩了下手指，那些愤怒像是漏了气的气球一样全然瘪了下去，只剩下了悲哀，是真的悲哀。因为她知道，陆衍说的都是有可能发生的事情，只要陆衍想。

所以，她离开了三年，改变了什么吗？她就算在律师行业拼出了一片天，她还是没办法跟资本对抗，她还是保不住自己的女儿。当初那一年多的婚姻，带给她的是什么？是无穷无尽的伤害，她的心，当年那个被引产掉的孩子……

最悲哀的是，言喻想恨陆衍，却发现连恨他都恨不下去，因为最初和他结婚，是她自己选择的，是她逼着他的。她最该恨死的是她自己，所以，当年害死那个孩子的凶手，追根究底，是她自己。

第八章

别动，让我抱一会儿

言喻的这一场病来势汹汹，她还真的因此倒了几天，头昏昏沉沉的，意识模糊，但能感受到陆衍一直在照顾她，从不假手他人。他给她不停地换毛巾、擦身、换衣服、喂水、喂饭。

她的所有反抗在他这里，都变成了徒劳无功。

家庭医生也来了好几次，就在卧室里吊着点滴，陆衍给言喻垫了暖宝宝在手下，让她感觉舒服一点。

言喻睁开眼的时候，迷迷糊糊地听到了小星星的声音。

“我妈妈还在睡觉，我们小声点，弟弟，我给你看个东西……好玩吗？”小星星又对陆衍说，“叔叔，谢谢你，这次又是你救了我妈妈！”

言喻顺着声音传来的方向，看了过去，目光所及，看到的是男人沉默的背影，他穿着春季的呢子大衣，背影高大又挺拔，几乎遮住了所有从窗外投

浅婚衍衍 2

射进来的春光。

小星星和陆疏木站在他的身后，小星星仰着头，跟他说话。

他听到了声音，转过头，言喻看到他里面笔挺的西装和一丝不苟的西裤，他眉目敛着，神情淡漠，看着小星星。

言喻不知道为什么，像是突然觉得会失去什么一样开口叫了小星星。小星星转过头，眼里亮闪闪的，惊喜道："妈妈！你醒了！"

她跑了几步，趴在言喻的床畔，然后不忘告诉陆衍一声："叔叔，我妈妈醒了。"

言喻抿着唇，没有说话。但不可否认，她在听到小星星叫陆衍"叔叔"的那一瞬间，心里是舒畅的。

言喻知道这样很自私，但她不想对现状进行任何改变，她更无法接受陆衍一副好似什么都没发生过，什么都翻篇了一样的态度。

陆疏木没有走过来，远远地看了言喻一眼，言喻对上了陆疏木的黑眸，笑了笑，让他过来，然后才收回了视线。

小星星的头趴在言喻的床侧，眨着黑葡萄似的眼睛说："妈妈，今天南北干妈要来了，她刚刚打了电话，说她已经到伦敦了，现在应该快到这儿了！"

南北是下午到的，她和小星星抱在一起，互相用力地亲了几下，然后没忍住，揉了揉小星星的脸蛋，说："小宝贝，你真是越来越可爱了！干妈才几天没看到你，又觉得你是小仙女下凡了！"

小星星有些害羞，她拉着陆疏木的手，介绍道："干妈，这是弟弟，是那个叔叔的儿子。"

她指了指陆衍。

南北顺着小星星指的方向看了过去，她看到陆衍的一瞬间，瞳孔不由自主地收缩了下，她愣怔了一会儿，然后笑了出来，嘴角大大地扬起。

"什么？叔叔？"她毫不客气地笑，眼里是浓烈的嘲讽，"小星星，你叫陆衍叔叔啊？"

小星星不知道干妈在说什么，南北笑，摸了摸她的头："你叫得对。"她讥嘲地瞥了陆衍一眼，"这种男人也只配当你的叔叔，叫得对，多叫几遍。"

南北移开视线，看着陆疏木，粉雕玉琢的模样，倒是挺像陆衍的，是陆衍跟他未婚妻生的孩子吧。如果当年言言的那个孩子，也留了下来，不知道现在会是什么样子。

陆衍英俊的面孔十分淡漠，他居高临下地看着南北，脸色平静无澜，眼眸的深处，是谁也无法看懂的幽黑。

两个孩子都去玩了，南北看到陆衍正往楼上走去，她叫住了他。

南北不比言喻，她说话只会更难听：“你来这里做什么？让我想想，嗯，你有未婚妻了，应该不是舍不得言喻吧？你就不怕言喻再把你当替身？我可告诉你，别以为你陆衍有多了不起，言喻多的是人喜欢，也多的是人想给小星星当爸爸。所以，如果你是准备来抢小星星的话，我就立马建议言言和秦让结婚，以此来保障小星星的抚养权。小星星现在过得很好，她不需要一个爸爸的出现，她所需要的父爱，秦让能够给她。你的突然出现，只会打乱她的平静生活。她现在不记得你了，你要让她怎么接受你？你又要怎么接受小星星？难道隔三岔五地带她回程宅，回陆宅，然后告诉小星星，看，这就是当年把你妈妈逼得差点死掉的家庭吗？”

她的每一句话都很戳心窝，极为残忍。

她笑了笑，继续说：“言喻现在过得很好，如果，你还念着一点点旧情，就应该知道，你不应该来打扰她了，不要做一个卑劣的男人。”

陆衍的背脊微微僵硬，他没有转过身，几秒钟的沉寂后，他开口说话，声音像是山涧的冰凉泉水在流淌：“你看错我了，我本来就是一个卑劣的男人，这三年我过得很不好，我还忘不了她，你让我怎么放手？”

他继续往二楼走去，背影挺拔，唇畔有淡薄的笑，他冷冷地说：“我知道你担心孩子，放心，我不会拿孩子做要挟的筹码，动孩子的人是卑劣不如，而我只是卑劣。”

南北说：“就是你现在这样，装作什么都没发生过的样子，对言喻才是最残忍的。你不知道她当年受过多少苦，你的若无其事，只会让她觉得她所受的苦都是她自作自受，都是她的错，你们根本不适合！”

陆衍冷淡道：“我们合不合适，不是你说了就能算的。”

二楼的楼梯口，言喻靠墙站着，蹙了下眉头，脸上的表情很淡，仿佛陆衍和南北在议论的人不是她。她想，痛苦都过去了，她不想回忆，也不想追究责任，只想安安静静地带着小星星生活，为什么陆衍连这点平静都不肯还给她？

不大不小的房子里，多了三个人，陆衍每天遭受冷嘲热讽，也没什么大反应，照样死皮赖脸地待着。

言喻恢复健康后，开始去律所上班。

南北最近一段时间在休假，每天早上她负责送小星星去上学后，就赖在沙发上，一边跷着腿看电视，一边吃着零嘴，偶尔跟陆疏木说话："陆疏木，你说你爸怎么天天在别人家，连工作也不干了？你妈也不找你们了？你爸看起来好像要生气了，想打我的样子？我可不怕，他要是打我，我就派宋清然咬他！"

陆疏木几乎没理过南北，他一直在干自己的事情。但是这一次，他听到南北的最后一句话，抬起头，眨了眨眼，问："宋清然是狗吗？"

南北无奈地笑出了声。

言喻知道她赶不走陆衍，所以干脆直接无视陆衍，她把陆衍当作一个隐形人，即便陆衍就住在她的隔壁。

言喻觉得她的内心很平静，她很满意现在的状态，心如止水。人的情绪很难把控，但现在她这样不在意，是不是说明她已经放下了陆衍，所以即便他就在身边，还是激不起她一丝一毫的情绪？

言喻也没问陆衍的未婚妻为什么不来找陆衍和陆疏木，倒是小星星和陆疏木的关系一天天变好。陆疏木少言寡语，不怎么理会小星星，但似乎也常常陪伴在小星星的身边。

小星星来找言喻，就会带着陆疏木。

一开始，言喻只会抱着小星星，但她好几次都看到了陆疏木渴望的眼神，他的眼眸黑漆漆的，仿佛被雨水浸润过，带着令人心软的温度。一次、两次、三次之后，言喻在心里叹了口气，她也抱起了陆疏木，一人坐着她的一条腿。

言喻告诉自己，大人的恩怨归大人，她再不想见到陆衍，也跟陆衍的儿子无关，孩子是无辜的。

陆疏木似乎有些兴奋，他抿紧嘴角，抬起眼眸，看着言喻，然后慢慢地靠在言喻的肩膀上，就好像小星星那样靠着。

他安静地闭上了眼睛，纤长卷翘的睫毛抖了抖。他闻到了言喻身上干净好闻的气息，那种让他迷恋的、想要的气息，如同惊涛骇浪一样扑面而来。

言喻胸口起伏了下，迟疑了会儿，伸出手，温柔地拍了拍陆疏木的后背，就好像安抚着一个躁动不安的灵魂。

卧室里，很安静，听得到几人轻轻的呼吸声，小星星也学着陆疏木，趴在言喻的另一边肩膀上，她还调皮地将手绕过言喻的背，然后滑了下去，钩住了陆疏木的手指，微微曲起，指缝交错，她在弯着眼睛朝着陆疏木笑。

言喻轻轻地呼吸着，忽然感觉到一种久违的宁静和满足感，胸口的空荡仿佛被什么给填补了。

她垂眸，安静了一会儿，笑了起来。这一刻，就当她的那个孩子还在，就好了。

门外，南北拿着两杯牛奶，从门缝里看到言喻和两个孩子拥抱的画面，她的手一抖，牛奶洒了点出来，落在她的手上。她下意识地握紧了杯子，指印落在干净的玻璃杯上。

南北咽了咽口水，抿紧唇，眸光有点散，她的记忆有时候模糊，有时候又清晰，很多言喻忘了的事情，她都记得。

南北想，当年的引产，言言一定很痛很痛，她看见过言喻虚弱如纸片人的模样，也看到过言喻自我折磨的样子，更看到过言喻抱着她痛哭的样子。所以，尽管陆衍现在想粉饰太平，装大尾巴狼，装癞皮狗，南北也不希望言言和陆衍再在一起。

因为就算他们在一起了，当年的那些问题，放到现在，也仍旧是问题。更何况，现在的陆衍除了许颖夏，还有了未婚妻和儿子，她都不知道陆衍是以什么样的心态，来让痛失过儿子的言喻，照顾他和未婚妻生下的儿子。

他们两人过不去这个坎，再来一次，也只会是再一次伤害，两人都会遍体鳞伤，再绝望地分开，就像是她和宋清然一样。

她在宋清然的身边陪伴了二十多年，自我折磨、自我虐待了二十多年，她终于觉得很累很累，累到已经无法再走下去了。

南北靠着墙站了一会儿，深呼吸，微笑起来，才敲门走了进去。她笑着逗了逗小星星，又让保姆阿姨将两个小孩都带去洗漱睡觉。

卧室里，安静下来，南北关上门，分一杯牛奶给言喻。

言喻微微一笑，接了过来抿了几口："北北，想找我聊天？你终于愿意敞开心扉，跟我讲最近发生的事情了？"

南北和言喻不一样，她自己就是心理医生，所以很多时候，她不想说的事情，言喻怎么诱导，她都不会说的。这么多年来，言喻研究出一个办法，就是她可以不知道南北在伤心什么，她只需要知道南北在伤心的事实就好了，然后安安静静地陪在她身边，等待着她敞开心扉，做她的情绪垃圾桶。

南北这次来找她，明显心情不太好，尽管她每天都笑得很开心。言喻安静地看着南北，柔声问："北北，怎么了？是宋清然的事情吗？"

南北忽然抱住言喻，靠在她的胸前。言喻微怔，然后垂眸，抱住她的脑袋，轻轻地摸了下她的后脑勺。

南北轻轻地说："我怀孕了。"

言喻瞳孔瑟缩了下，她一时间不知道该做何反应，整个卧室陷入隐约令人窒息的死寂。

许久之后，她才问："流产是不是很痛？"

冰冷的器械伸进身体里，搅碎着，南北只要想起，就不寒而栗。

流产痛不痛？言喻咬住下唇，眼角泛起一点点凉薄的讥讽弧度，怎么会不痛？只要有人提起"引产""流产"的字眼，她的神经末梢就会流窜着难以言说的疼痛，骨骼分裂，肢体分离，筋脉剥开。

那些冰冷的工具，无所顾忌地弄死肚子里的生命。此刻被言喻很好地隐藏住的恨意，又隐约浮出情绪表面，像是浪潮，汹涌着将要淹没她，夺去她的呼吸。

南北说："言言，怎么办？我不想告诉宋清然，我不想给他说出打胎的机会……”

言喻什么都说不出来，只能紧紧地抱着她。

南北的眼眸红了，眼角有晶莹的泪水滑落，她绷紧唇线：“如果他真的说出了‘打胎’两个字，那我一辈子都不会原谅他。”

她的这句话，是说给她自己听的，也是说给言喻听的。在她看来，言喻所受的苦，都离不开陆衍。他说不上是渣男，但也绝对算不上是一个好男人。

他看似有风度，却无情；他有感情，但只会压抑；他会对言喻温柔，但仅限于温柔，没有温情；他在做任何事情的时候，第一时间的考虑对象，也绝不会是言喻。

更何况，现在的陆衍更像是一个不甘心自己不要的玩具被人夺走的大男孩，只有占有欲，没有真心。这个男人无论做什么事情都一副游刃有余、胸有成竹的样子，可是爱情不是商场，如果他理智得过头，那只能说明他没有丝毫感情。

她不希望言喻再受到伤害。

言喻明白南北的意思，事实上，她根本没明白陆衍的想法，她不知道他想干吗，也不知道他的目的。大概陆衍还是自大地以为，只要他愿意放下身段，主动来找她，不计较她把他当作替身的事情，她就会傻乎乎地忘掉这么多的痛苦，转头就不顾一切地跟他和好。

卧室的落地门开着，寒风吹进，言喻眼里的温度一点点散尽。

“北北，你放心吧，我不会那么傻。”

凌晨三点，陆衍还没睡着，他侧眸看了眼已经在床上睡得安稳的陆疏木，胸口轻轻地起伏了下。

这几天，他在想陆疏木是不是已经知道了言喻就是他的妈妈，这孩子养在程家，小小年纪就有颗七窍玲珑心，就算他已经猜到了真相，但他也绝对不会主动询问。

陆衍不太知道该怎么和陆疏木相处，也不知道要怎么把言喻是他妈妈的真相告诉他，别的小孩或许会问妈妈为什么不要他，妈妈为什么不在他的身边，但是陆疏木一个问题都不会问，他只会将一切都憋在心里。

陆疏木这样的心理素质说好也好，说不好也不好，但不管是哪一种，陆衍都没办法回答他，真相对于一个小孩来说，太过残忍。

陆衍下床，他就穿着单薄的衬衣，走了出去，停在言喻的卧室门前。他修长的手拧了拧门把手，动不了，门是上了锁的。他薄唇轻轻地勾了勾，言喻还真是防着他。

他和言喻做过夫妻，他自然知道言喻放东西的习惯，陆衍走到客厅的立柜面前，打开了柜子门，从柜子最高层的布娃娃钥匙扣里，找到了整栋房子的钥匙。

他打开手机上的手电筒，在黑暗中找到了言喻卧室的钥匙，然后轻轻地插入，转开。

迎面扑来淡淡的香气，是言喻最喜欢的玫瑰香氛，有助于睡眠，卧室里没有开灯，落地窗帘紧紧地闭着，黑漆漆的一片。

陆衍慢慢地摸索着走到言喻的床畔，他坐在床沿，漆黑的眼眸带着灼热一眨不眨地盯着她，然后他掀开言喻的被子，躺了进去。熟悉的香气钻入他的鼻息中，她的身形正好契合他的胸怀，就好比他们俩是天造地设的一对，天生就该适合对方。

他隐隐约约地觉得，空缺了三年的心，慢慢地圆满了。

言喻正在梦里奔跑，梦里的场景一直在变换，每个场景的基调都是阴冷晦涩的，先是她一个人在婚礼上，宾客们都带着讥讽的笑容看着她，然后转眼间宾客变成了乌鸦，浪漫的婚礼现场变成了残败的坟地，她被扔进坟地的土坑中。周韵和许颖夏站在坟地旁边，阴冷地对着她笑，而她们手里捏着一个满身是血的男婴，男婴朝着她叫："妈妈……"

言喻猛地睁开眼睛，胸口如同被大石压着，喘不过气来，她的后背早已遍布冷汗，她用力地喘息着，掌心濡湿。

她第一反应是庆幸，这只是一个梦。但转眼间，又被悲哀笼罩着，这又不只是个梦，她动了动手，想去摸自己的肚子，但发现自己的身体被人紧紧地拥抱着。

她十分震惊，蓦然转头去看，天色隐隐有些亮，些微的光透过窗帘落进来。男人还在睡觉，睡颜恬静，轮廓分明，是陆衍。

言喻的眼眸一冷，她用力地挣脱了陆衍的禁锢。

陆衍被她吵醒，慢慢地睁开眼睛，他还没反应过来，脸就贴上了女人的巴掌。

言喻刚醒，手上的力道并不是很重，但陆衍还是有些蒙，他抿起薄唇，沉默了一会儿，睁开眼的那一瞬间，眸色是冷冽的。他没有说话。

言喻冷笑道："陆衍，你今天就给我离开我家，不然我立马报警。"

陆衍漆黑的眼眸里映着她寒气满满的轮廓，他胸口起伏了下，似乎在调整情绪，下一秒，言喻就被男人冷冽的气息压了下去。

陆衍狠狠地重新将她拥入怀中，那样的力道，几乎要将她揉进他的身体里。他一言不发，密密麻麻的吻铺天盖地般落下，落在她的额头上，她的唇上，她的鼻尖上，她的脖子上，像是仪式，又像是泄愤。

言喻愣怔了下，然后大力地挣扎着，她的手却在陆衍的禁锢中。她偏过头，警告："陆衍，你要是敢碰我，我就报警！你现在已经涉嫌非法入侵住宅罪和强制猥亵罪了，浑蛋！"

陆衍听到她的话，冷笑了下，不紧不慢又有恃无恐地笑了下，说："那你去告啊，不过你既然打算告我强奸，那我是不是要配合地给你留下足够的证据？"

他说着，空出一只手，解开自己衬衣的一个扣子，慢条斯理又充满威胁意味。

言喻睁大眼睛，冷冷地瞪着他，深呼吸，挪出自己的一只手，要伸去床头抓剪刀，陆衍一把攥住了她不安分的手。

两人的视线紧紧地胶着，谁也不肯退让，半晌，陆衍低下头，重新紧紧地抱着她，他埋头在她的脖颈里，深深地呼吸了一口。

似病态一样的执着。

他沉默了一会儿，嗓音沙哑，声音仿佛是从喉咙里挤压出来的，贴在了她的耳畔，带着若有似无的哀求："别动，让我抱一会儿。"

言喻面无表情，挪开脑袋，远离了他，不让他碰触，还是那一句冷淡的话：“放开手。”

两人正在僵持，卧室外，传来了敲门的声音，还有女孩子软软的嗓音：“妈妈，你起床了吗？”

陆衍喜怒不辨，攥紧拳头，翻身从言喻身上下去。

吃早饭的时候，气氛有些凝滞，没什么人说话。南北给小星星喂饭，小星星本来是可以自己吃的，但她吃饭速度慢，今天早上闹了一会儿，起得晚了，她要来不及赶校车了。

陆疏木握着勺子，吃饭的动作又快又安静。他似乎想吃那个溏心蛋，但是手不够长，言喻瞥见了，帮他夹了那个蛋，放进了他的碗里。

言喻本来是打定主意要赶走陆衍和他儿子的，但是她看到陆疏木黑漆漆的眼睛，又不知道为何，说不出赶他走的话，只能将所有的话重新咽进嗓子眼。

转眼就到了周末，言喻要去荷兰见荷皇航运公司的负责人，南北也想跟着去，所以小星星也会去。

南北是临时决定的，中午的飞机，早上九点多，她随便给自己和小星星收拾了几件衣服，塞进了行李箱。小星星拿着自己的帽子，跑过来：“干妈，我要带着这个帽子。你帮我装进去。”

“好。”南北应声，抬起头，要去接帽子，却忽然看到门外站着陆疏木。

陆疏木干净的眼眸直直地看着小星星，又看了看正在收拾行李的言喻。言喻很快就收好了东西，说：“北北，小星星，你们收拾好了吗？”

陆疏木就那样站着，明明面无表情，却透露着落寞，就好像所有人都抛弃了他。他动了动唇，睁着黑白分明的眼睛，轻声道：“你们要去哪里？”

言喻怔了怔，她这几天有些忙，早上来不及吃早饭就出去了，晚上孩子们都睡着了才回家。陆衍和陆疏木又很安静。她今天早上起来就只记得要去荷兰工作，收拾行李，都忘记要跟陆疏木讲一下她要出门的事情。

她抿了抿唇，转念一想，嗤笑了一声，其实也没什么必要说，认真说起来，陆疏木跟她的确没什么关系。

小星星听到陆疏木的声音，转过头，乐呵呵地回答：“我们要去荷兰，去两天就回来了。”

陆疏木的眼眸沉了沉，他的唇线抿得越来越直，双手紧紧地攥着。他的瞳仁对上了言喻，仿佛想要在她的眼睛里找到什么，好半天，他都沉默着没有说话，然后转身就下了楼。

南北也被陆疏木的表情弄得愣了半天，她看了看言喻：“你说陆衍的儿子怎么回事啊？干吗一副你偏心、负心，还抛弃了他的表情啊？”

言喻也没明白，但是看到他表情的那一瞬，她的心尖纠结在了一起。

陆疏木下楼站在陆衍的面前，他抿着唇：“我想回去了。”

陆衍正在远程处理工作，他皱了下眉头，眉间浮起情绪：“理由。”

陆疏木的指尖发紧，倔强道：“没有。”

陆衍的工作比较着急，他只抽空抬眸看了陆疏木一眼，发现陆疏木似乎并不想继续讲理由，他也就不再问了，继续工作。过了一会儿，言喻和南北从二楼拉着行李箱下来，陆衍眉间的褶痕越发深，等到看清她手里提着的行李箱时，眸子沉了沉，比平时多了几分冷冽和冷漠。

他站了起来，嗓音冰凉，问言喻：“你去哪里？”

言喻看了他一眼，没有吭声，小星星则拉了拉她自己的太阳帽，笑眯眯地对陆衍炫耀道：“妈妈要带我去荷兰玩！”

“为什么不告诉我？”陆衍问言喻。

南北闻言，嗤笑道：“言喻为什么要告诉你？你当自己是谁啊？言喻是脾气好，没把你赶出去，你儿子可爱，言喻自然愿意让他留下来，那你呢？你有什么优点值得让她留下你？”

言喻一直盯着陆疏木看，她看了一会儿，强迫自己收回视线，这是出国，如果要带着陆疏木需要负很大的责任。就算陆衍肯，陆衍的未婚妻肯吗？程管家肯吗？周韵肯吗？

言喻不想再给自己找麻烦。

她扯了扯南北，让南北不要跟陆衍说了。几人走了出去，言喻坐在驾驶座上。南北放好了行李，看了站在门口的陆衍和陆疏木一眼，忽然笑道：“他们父子俩看起来怎么那么像望妻石、望母石？”她给小星星系好安全带，“我们就这样离开？把这个家就这么留给陆衍和陆疏木，真的好吗？”

言喻并不怎么在意，她勾唇若有似无地笑了笑：“陆衍要是想要这房子，那就给他吧，反正当初也是拿他的钱买的。”

陆疏木看着言喻的车子消失在视野里，他握紧了陆衍的手指，幽深的黑眸冷凝着一层薄薄的失望，转瞬即逝。他说：“我们也走吧。”

陆衍薄唇的弧度浅浅：“是啊，但我们不回去，我们也去荷兰。”他说完，垂眸去看陆疏木。他以为陆疏木会开心，可是，陆疏木的小脸上没有明显的笑意，他垂着眼睑，摇了摇头：“不去了，我要回家。”

陆衍下颌绷了一瞬，摸了摸陆疏木的头发。

周韵没想到她会接到陆疏木打来的电话。陆疏木的语气很淡，不怎么讨喜：“奶奶，晚上好。”

“哎，是疏木啊，怎么了？爸爸去哪里了？”周韵不太习惯跟陆疏木说话，何况她觉得陆疏木比陆衍还要难对付，可他明明还只是个孩子。

“爸爸在工作，奶奶，我的妈妈是不是言喻？”

“不是。”周韵先否定了，没在电话中听到陆疏木的回答，她有些心虚，“疏木啊，你妈妈不是时嘉然吗？怎么突然问起言喻？是不是她去找你了？她真的出现了？她还好意思出现！”

周韵越说越生气：“她找你说什么了？她说她是你的妈妈吗？疏木啊，你是个聪明的孩子，谁对你好，谁对你不好，你应该清楚的！她现在出现，很明显就是居心叵测，你可不能被她利用！”

在她念叨言喻坏话的时候，陆疏木一直没有说话，安安静静地听着，想从周韵闲碎的话中提取有用的信息。

言喻在遇到陆衍的时候，就有预感，那些故人都要一个接着一个出现了。但她没想到她会在阿姆斯特丹遇到许志刚——许颖夏的父亲。

阿姆斯特丹是一个很漂亮的城市，河水蜿蜒，港口忙碌，从上空俯瞰，整座城市波光粼粼，折射着明亮的光泽。

小星星在飞机上就很兴奋，下了飞机更是兴奋，她左手牵着南北的手，右手牵着言喻的手，在两人之间晃荡着。她一会儿仰头看着言喻，一会儿又仰头看着南北。她问："妈妈，我们在荷兰几天啊？"

言喻垂眸看了看她，笑道："只有周末两天哦，周一你要去学校上学。"

小星星鼓了鼓两腮，皱了皱鼻子，说："好失落哦，要去上学。"

南北倒是笑了："两天就够啦，你妈妈等会儿要去工作，今天就干妈陪着你玩啊。"

小星星乖乖地点头。

言喻已经订好酒店，她让出租车司机把行李搬上后车厢，盖上后车盖。这辆出租车的底盘有些高，小星星爬不上去，她挣扎了下，转过身，仰头看着南北，撒娇道："干妈，抱我上去。"

南北刚想弯腰抱她，就被言喻阻止了，言喻从车后面绕了过来："北北，你别抱她了，要小心。"

她大步地朝着小星星走去，一边抱着她上车，一边笑道："小星星，你已经是个大姑娘了，不能一直叫别人抱着了。"

小星星眨眨眼，笑嘻嘻地说："我还是个小宝宝。"

言喻弯着眼眸："可是，你看看，陆疏木比你小，但是他就比你自立，他自己吃饭，自己睡觉，不需要别人讲故事，也不需要别人抱。"

言喻说完的时候，微微有些怔，她觉得自己真的有点魔怔了，这时候居然想起了陆衍的儿子。她的眼前又浮现了陆疏木漆黑的瞳仁，仿佛含着忧伤，又含着无限的深意，不像是一个那么小那么小的孩子。

她垂下眼睑，呼吸绵长了一瞬间，不再去想他。

几人落座，小星星坐在南北和言喻的中间，一直提到陆疏木："妈妈，你说弟弟现在还在我们家吗？那个叔叔呢？妈妈，你知道吗？弟弟很厉害的，好多东西他都会，他昨天还教我玩魔方呢。"

小星星说着，从她的书包里找出了魔方，炫耀一般："干妈，你会玩魔方吗？"

南北配合道："我不会，你会吗？"

小星星笑眯眯的："我也不会。"南北还以为小星星这么骄傲，是因为已经学会了，原来还是不会啊。

小星星傲娇道：“可是疏木弟弟会哟。”

南北很捧场，鼓起了掌，敷衍地说：“好厉害！”

小星星说完，就低着头，白白的小手指拧着魔方玩来玩去。南北冲着言喻眨眨眼，无声地用口形道：“完了，小星星已经被陆疏木收买了。”

言喻弯唇笑了笑，只是那笑意却有些疏淡，未到眼底。

不管怎样，小星星和陆疏木是同父异母的姐弟关系，两个孩子才会这样亲近。她心里却像是梗着什么一样，让她难受，让她下意识地不愿意让小星星和陆疏木太过亲近。

出租车平稳地行驶，窗外的风景一点点地往后倒退着，让人眼花缭乱，大桥下的河水波光粼粼，仿佛流动的鎏金。

小星星玩了一会儿魔方后，解了半天，也没有解开。她也不泄气，反倒笑眯眯的，笑容又甜又天真：“弟弟真的很聪明！”

“是。”言喻摸了摸小星星的头发。

小星星又问：“妈妈，我的名字有没有什么含义？”

南北闻言，笑了：“你叫陆星，陆是你的姓，星是你的名，你妈妈给你取这个名字，是希望你像星星一样闪亮。”

“是眼睛像星星吗？”小星星幽黑的眼眸弯了弯，有几分俏皮。

言喻笑着和南北的眼神对上，南北故意捏了捏小星星的鼻子：“真自恋啊，其实干妈觉得你是颗流星，百年难得一遇。”

小星星乐呵呵地说：“弟弟的名字还是来自古诗呢。”

小星星认识的中文太少了，她会写的字大概只有特别简单的字和她自己的名字，她想了下，从书包里找出了一张纸。

言喻认真一看，发现纸上写了一首古诗。但这张纸，应该是从某一本古诗书上撕下来的。她皱了下眉头，耐心地问：“小星星，你为什么要撕书？”

小星星眨巴着眼睛，湿漉漉的眼眸看着言喻，小声地说：“不是我撕的，是弟弟撕的。”

“弟弟？为什么？”言喻想不出来陆疏木撕书的理由。

小星星不好意思地吐了吐舌头："因为我说我不会写他的名字，也记不住那句古诗，弟弟就说要把古诗书送给我，我又说我找不到那一页，"她停顿了下，继续说，"弟弟就把那一页撕下来给我了，他说这样我就不会找不到了！"

南北没忍住，笑出了声，说："陆疏木这孩子挺有意思的，也挺有魄力的，说撕书就撕书。"她又嘲笑小星星，"看吧，你这个小学渣，有没有感受到被学霸鄙夷的痛苦？"

小星星摇摇头，南北凑了过去："给干妈看看古诗。"小星星把纸张认认真真地铺在了自己的双腿上，南北看着她手指着的地方，慢慢地念了出来，"流星……透疏木，走月逆行云……"她读的时候，不自觉地皱起了眉头。

小星星惊讶地说："弟弟的古诗中有流星呢，是我的名字。"

言喻的眼眸瑟缩了下，她抿起嘴角，垂着眼睑，盯着那一行字。她想，或许陆衍取名字，是随便取的吧，估计他给陆疏木取名字的时候，根本没想起过小星星。

最好是这样。

她的唇线越发笔直，如果陆衍是有意把两个孩子的名字凑在一句诗里，那也太恶心了。或许对于他来说，并不恶心，反倒像是集邮。

有儿有女，不管是哪个女人生的，都是他的孩子。但言喻像是胸口积压了沉重的石头，有些难以呼吸。

小星星突然发现了什么似的惊呼："我跟弟弟都姓陆啊。"她就说了这一句话，浓密卷翘的睫毛动了动，她抿了抿嘴角，她好久没想到她的爸爸了，那她爸爸也姓陆啊……不知道陆叔叔认不认识她的爸爸……

一行人很快就到达了酒店。

这一次，小星星乖乖地准备自己跳下车，言喻其实只是教育了下她，希望她能摆正态度，但这么高的底盘，她也怕小星星摔倒，所以她把小星星抱了下来。

小星星好奇地问："妈妈，为什么不让干妈抱我？"言喻一时间不知道该怎么回答，她看向了南北。

南北觉得没有什么好隐瞒的，她拉着小星星的手，摸了摸自己的肚子，笑道："因为干妈肚子里有小宝贝了啊。"

小星星眼睛一亮，接下来变得更乖巧了，只不过唯一有点不好的就是，不论南北做什么事情，小星星都有点担忧，就怕南北碰到了肚子。

英国。

陆疏木坐在自己的小床上，他微微垂着眼眸，乍一看去，脸色阴沉得仿佛能滴出水来，他的耳畔还回响着周韵说的话。他知道奶奶不喜欢他，但奶奶喜欢爸爸，所以他推测，奶奶不喜欢他的亲妈妈，他只是试探着问言喻是不是他的妈妈，没想到言阿姨真的是他妈妈。他的心里却没有多少开心。

因为他之前就从爸爸的态度猜到了，言喻或许是他的妈妈，他给奶奶打那一通电话，也只是试探和确认。没想到确认了之后，他并不开心，或许是因为一开始太过开心了。

奶奶刚刚说言喻不是个好妈妈，她如果现在想要找他，也肯定是有其他的目的。

奶奶还说当年是言喻不要他的，因为那个时候，言喻跟爸爸已经闹翻了，她根本不想再为爸爸生一个孩子。

奶奶说的其他话，陆疏木记得不是很清楚了，但是这几句话，他却牢牢地记着。

周韵不喜欢言喻，所以大部分的话，他只听一半，比如，她说言喻找他肯定是有其他的目的。

陆疏木想，如果言喻愿意找他，他不会相信她有其他目的，就算她有，他也会原谅她的。可是，真正令他难过的是，言喻根本没想过找他，就好像真的如奶奶说的那样，言喻因为讨厌爸爸，所以不想再生一个他，就算后来生下了，也没有想过找他。

陆疏木又想起言喻对小星星的温柔，她明明是很喜欢小孩子的。陆疏木闭上眼，然后又睁开，眼底有着一闪而过的阴沉和凛冽。

言喻把小星星和南北安置在酒店后，休息了一会儿，冲了个澡，化了妆，穿上一套西装裙，就去了市中心的酒店。

荷皇航运公司的负责人给言喻打了个电话，告诉她，他们在二楼的餐厅，言喻拉着行李箱，往电梯走去。

电梯即将关上，言喻深呼吸，只好等电梯再下来。没想到本来快关上的电梯门，倏然又重新打开了。

男人长身玉立地站着，他的周身似是萦绕着寒冰一样的气息，穿着黑色的西装，微微垂眸看着言喻，就透出了指点江山的睥睨气质。他深邃黑眸里的寒意，在看到言喻的那一瞬间，隐隐散去了点："进来。"

言喻看到陆衍的那一瞬间，眸光微凝，她几不可见地皱了下眉头，觉得陆衍真是阴魂不散。

陆衍的身后还跟着好几个工作人员，所有人的目光都落在言喻的身上，还有人轻轻地往后倒退了一步，给言喻让出位置。

言喻面无表情，扫了眼陆衍，就收回了视线，她没有走进电梯，恰好，旁边的电梯也到了一楼，电梯门缓缓打开。

言喻转身就进了另一个电梯。

陆衍的黑眸沉了沉，眼底深邃，黑雾越发浓重，似没有一丝光芒的黑暗海底。

电梯里的空气如同凝固了一般，下属们屏住呼吸，没有说话，他们刚刚都看到了，陆总远远地看见那个女人要过来，就立马按下了电梯邀请。但没想到那个女人根本不想进来，甚至冷眼以对。

半晌，陆衍深呼吸，薄唇勾出浅淡的弧度，他修长的手指按下了电梯按钮，电梯门缓缓地合上，往上升着。

到达地点后，言喻坐了下来，荷皇航运负责人看到言喻，就笑了起来："言，好久不见。"

言喻也笑着答道："陆氏集团那边不愿意松口，看来是准备打官司了。迈克今天临时有事情，没办法过来，他让我代他向你说句抱歉。"

言喻一边说，一边打开行李箱，箱子里装了许多卷宗，她说："如果陆氏集团打算打官司，虽然会棘手了些，但也不是没有胜算，我查了许多过往的案例，您看下……”

她的话还没说完，身后就有男人低沉沙哑的嗓音淡淡地传来，仿佛带着外面空气中渗透的寒气：“陆氏集团并不打算打官司。”

言喻手上的动作微微一滞，她胸口起伏了下，眉心微动。其实刚刚看到陆衍的那一瞬间，她就猜到了，陆衍会出现在荷兰，有可能也是和荷皇航运公司的人见面。她直起身子，淡淡地看向了陆衍。

陆衍和他身后的一大群人一起走了过来，落座在言喻的对面。

荷皇航运的负责人脸上带着笑容，他朝着言喻道：“是的，言，之前我和迈克谈过，陆氏集团那边愿意出协议，不上法庭，其实不上庭，是对双方最好的调解。”

负责人站起来，朝陆衍伸出手，两人简单地握了下手。

陆衍带来的人是陆氏集团的律师团，而言喻只有一个人。她不得不打起全部的精神来应付律师团的问题，她微微地笑着，看似云淡风轻，但内心远不如表面那样平静。

陆衍深邃的眸光时不时就落在言喻的身上，这样的视线让言喻觉得难受，也觉得不自在。

负责人是个精明的人，他也身处公司高位，怎么可能不知道陆衍的打算和目的呢，就单单吃个饭，陆衍就不知道看了言喻多少次。

再加上陆氏集团原本打算起诉，忽然又联系荷皇公司，说不打算起诉了，唯一的要求是要和荷皇航运的代理律师谈一谈，在电话里还不经意地提起言喻这个律师的专业性。

这一次见面，陆总居然还亲自不远千里来到荷兰。当然，负责人并不知道陆衍早上其实就在英国了，过来荷兰，不过是几个小时的事情。

负责人想当然地以为陆衍要追言喻这个美女律师，他作为东道主，当然不能就这样散了饭局，所以当大家吃得差不多的时候，负责人微笑道：“这边的餐厅有营业时间限制，应该差不多要关闭了，我定了楼上的下午茶，不如一起去喝一下？”

陆衍的声音带着穿透力和冷肃，他笑了笑：“乐意至极。”

言喻没有发表什么意见，跟在负责人和陆衍的身后，往楼上走去。到了楼上，她才发现陆衍的律师团只剩下了一个律师，其余的律师不知道什么时候都离开了。

剩下的那个律师是陆衍的私人律师，他注意到了言喻看他的目光，微微一笑：“言律师。”

言喻扯了扯嘴角，没有说什么。

整整两个小时，除了一开始商量好的关于侵权的交谈，后面都是在闲聊。陆衍难得有那么好的脾气，尽管脸上没有多少表情，但是语气是平淡温和的，慢条斯理地回答着负责人的问题。

快要结束的时候，负责人拿出协议书，递给陆衍。

负责人即便知道陆衍是为了言律师而妥协的，但他协议里的内容一点都不敢占陆氏集团的便宜，该道歉的，荷皇航运会道歉；该赔偿的，荷皇航运也会赔偿。

陆衍的眉目清秀俊朗，表情有些寡淡：“不必。”

他看了眼私人律师，私人律师重新出具了一份协议，那份协议里，强调了需要荷皇航运公开道歉外，关于赔偿金只是简单地要求了下，那个数额只是基本金。

陆衍淡淡地笑，黑眸闪过了一丝暗光。

负责人怔了一下，很快就反应了过来，他看了言喻一眼，言喻拿了人家的钱，受负责人的委托，就算再反感陆衍现在的行为，也不得不压下火气。她淡淡地笑着，举杯向陆衍敬酒，言喻怕醉，只喝了一点。

负责人去结账的时候，私人律师抱歉地说他要去一趟洗手间。

餐桌上，就只剩下言喻和陆衍了。

言喻的表情已经冷了下来：“陆衍，你到底想怎么样？你随意地进出我在利兹的家就算了，你现在还干涉我的工作？”

陆衍薄唇翕动：“这不算干涉你的工作，因为这也是陆氏集团的事情。”

“是，这是陆氏集团的事情，但如果，你想要和荷皇航运和解，能不能不要摆出一副都是因为我才和解的样子！”

听到言喻的这句话，陆衍重新抬眸看她，他漆黑的眼眸仿佛闪过了一丝笑意，语调却是没有起伏的：“言喻，你未免想得太多了，和你没有关系。”

言喻抿紧红唇，冷冷地看着他。

“荷皇航运是陆氏集团下一年打算合作的对象，我只是提前和合作对象打好关系。”陆衍看着言喻，眉眼含着浅淡的薄笑。

言喻喉咙口像是被什么堵住了一样，她想反驳，却什么也反驳不出来，胸口的闷气只能憋着。她当然知道陆衍绝不可能只是因为她，就突然决定和解，她也知道自己没有那么大的魅力，更何况陆衍从来就是一个运筹帷幄的成功商人。

但陆衍今天故意在餐桌上频繁看她，又引导着说出暧昧的话，怎么可能不让荷皇航运派来的负责人想入非非？

言喻攥紧手指又松开，想站起来，陆衍却忽然从对面坐到她的这一侧，他长腿自然地伸展着，高大的身体将言喻困在了餐桌里。他什么也没说，薄唇抿成直线，幽深的黑眸冷静地盯着她看。

言喻已经拿着包站了起来，她知道陆衍不会让开，她冷着一张脸，打算直接从陆衍的长腿上跨过去。

原本她都估算好了，绝对不会碰到陆衍，却没想到陆衍忽然动了动腿，言喻怕踩到，紧急地换了脚，一时间，重心不稳，摇晃了下，直接坐在了陆衍的腿上。

言喻的眼眸瑟缩了下，她的唇线抿得更紧，觉得有些不耐烦。她隔着两层布料，都感觉到了陆衍大腿的温度，很烫很烫，他的肌肉线条分明，因为紧绷了下，肌肉显得很硬。

言喻深呼吸，想站起来，陆衍故意动了动腿，让她难以站起来。

言喻转过眸子，眼里闪过明显的怒意：“陆衍，你疯了吗？”陆衍轻轻地嗤笑了下，眼眸里有什么东西沉浮，他没有吭声。

言喻刚想再次站起来，她单手撑在陆衍后面的沙发靠椅上，用来作为支撑，一抬头，就对上了荷皇航运负责人目瞪口呆的表情。

负责人刚结完账，他看着坐在陆衍腿上的言喻，眼眸一点点睁大，表情有些僵硬，他动了动唇，什么都没说出来，但目光里的含义很明显了。他才离开了几分钟，到底发生了什么？这两人发展这么迅速，都直接坐一起了？

言喻胸口起伏，她漆黑漂亮的眼眸里闪过怒意，还有些无力，现在这种情况，就算她想解释，都不知道该从哪里解释。偏偏陆衍气定神闲，微微抬眸，眼底寒气散尽，只剩下幽深得让人看不到底的无尽的旋涡，仿佛可以将人吸进去。

负责人尴尬地笑了下，说："对不起，我什么都没看到，你们可以继续。"

陆衍放在桌子上的手机却忽然振动起来，他瞥了眼，眉心微微一动，轮廓也跟着冷硬了几分。

言喻没有去理会他正在振动的手机，她有些尴尬，深呼吸，撑着沙发的靠背，这一次，很简单就跨了出去，因为陆衍没有做任何阻拦的动作。

言喻的脸上没有什么表情，直接站直身体，拿上了自己的包。

负责人干咳一声，走了过来，他的手指在鼻尖碰了碰，似笑非笑地说："我可以理解的，年轻人嘛，需要多多追求真爱的。"

言喻淡淡地笑了下，解释道："您误会了。"这一句话说出来，她自己都觉得没有什么说服力，甚至隐约地透着浓重的无力感。

陆衍已经接听起了电话，他黑眸看了言喻一眼，视线很快就收了回去，他的嗓音低沉沙哑，正在和电话那头的人对话："喂，许伯父……"

他的步伐迈得很开，后面的话，言喻没有听到了，她下意识地看了眼他远去的高大背影，眉头一点点蹙起，觉得喉咙间梗住了。

许伯父？是许颖夏的父亲许志刚吧。

言喻刚刚还有些恍惚，她太久没听到许志刚、许颖夏这几个名字了，现在听到了，心脏就下意识地蜷缩了下，是身体的自我保护机制。

她睫毛颤抖了下，抿了抿唇。如果可以，她真的不想再遇到陆衍，陆衍就像是过往的一个开关，从他开始，所有她想避开的不幸都会一一出现。

言喻不想再去回想在陆家老宅最后的那段记忆，在那段记忆里，许颖夏和周韵就是最可怕的存在。

言喻呼吸绵长了一瞬，她清了清嗓子，对着负责人笑了笑：“抱歉，我还有事情，暂且先离开了，这边合同签完了，如果有事情，您随时联系我。”

负责人犹豫地看了眼去阳台上接电话的陆衍，他微微蹙了下眉头：“这个……”言喻淡笑，眼里的意味已经很明显了，她是一定要走的。

负责人也不是那种非要强人所难的人，他耸了耸肩：“好吧，言，下次再见，这次很高兴能和你合作。”

“我也是。”言喻歪了歪头，顺了顺自己的头发，往电梯的方向走了过去，她有点焦急地抿了下唇，身后已经传来了沉稳又快速的脚步声。

陆衍站在了言喻的身边，他的手臂弯处就挂着他的羊毛大衣外套，气定神闲地瞥了言喻一眼。言喻觉得胸口闷得难受，她看电梯还没来，抿紧了唇，转身朝着紧急出口楼梯间走去。

她一推开楼梯间的门，手腕就被男人从身后一把握住了，男人的掌心粗粝，带着灼热，慢慢地收拢，流露出志在必得的坚定。这里人很多，言喻不想在这里跟陆衍吵架，她冷淡道：“放手。”

陆衍没有说话。

言喻猛地转过身，扬起下巴，琥珀色的瞳仁毫无温度地看着陆衍：“我说放手，你听到了吗？”

“听到了。”男人的声音仿佛蒙着一层雾气，叫人猜不透他的情绪，“可是，我不想放手。”

“那你想做什么？拽着我去哪里？有意思吗？”言喻冷声问。

陆衍深邃的黑眼看了她许久，才说：“有意思。”

言喻看了眼陆衍身后出现的人，讥讽地笑了：“是啊，当然有意思了，在初恋女友的父亲面前和早已经分手的前妻拉拉扯扯，是不是特别能满足你陆大少爷的自尊心？”

她在看到许志刚的那一瞬间，眼眸里的神色越发森冷，甚至透着浓郁的戒备和抵触。

陆衍一瞬间被她眼里的冷意和戒备刺痛了。他手上的力道却一点都没有松懈，因为他知道，一旦他松开了，言喻就一定会离开，而他现在不想要她离开。站在两人身后的许志刚犹豫了一会儿，还是叫道：“阿衍。”

陆衍应了声，反手就将言喻的手握在掌心，牢牢地禁锢着。他转过头，看着许志刚，淡淡地叫了声：“伯父。”

许志刚的目光落在言喻的身上，他记得言喻，是陆衍的前妻，也是一个律师。

看到言喻，许志刚就不免想到三年前，他委托言喻的师父——秦让帮忙调查他当年丢失女儿的事情。这三年，或许是年纪大了，他总是时不时地记起很小很小的那个小婴儿，也总是时不时地就梦到一个小女孩，内心的愧疚感也越来越强烈。

他知道自己很自私，当年随意地寻找了一个婴儿，顶替自己的女儿。可是他也没办法，那时候他太太的精神状态已经很差很差了，所以，如果再来一次，他还是会选择随意地找一个女婴来顶替。

但不知道是不是因为报应，这几年他觉得越来越难受，越来越难以忍受许颖夏的存在。

因为夏夏越来越不听话，但他太太仿佛被蒙蔽了双眼，只是一味地宠溺着夏夏，包庇甚至纵容着夏夏所做过的错事，让夏夏的态度越来越嚣张。

他太太在他身上花费的心思也越来越少，所有的注意力都转移到夏夏的身上，就连和他说话的时候，也三句不离夏夏。许志刚在心里叹了一口气，嗓子眼像是被棉花堵塞住了，呼吸有些艰涩。

许志刚朝着言喻打了招呼：“言律师。”

陆衍拉着言喻，一起进了电梯，几人一同下了楼，言喻被半强迫着上了陆衍的车。一路上她想过离开，但手腕被禁锢在陆衍的手里，怎样都挣不开。

许志刚对陆衍和言喻重新一起出现的画面，一点都不惊讶，何况，他本来就不太赞成陆衍和夏夏在一起。只不过是他的太太想让两人在一起，他能帮夏夏的，就一定会帮。

许志刚问了陆衍不少关于航运业的事情，陆衍对许志刚还是尊敬的。两人聊了一会儿，许志刚的视线就落到一旁冷着脸的言喻身上，他停顿了下，微笑着问起了秦让在哪里高就。大概因为提到了秦让，言喻的脸上还是露出了点笑容："在英国，他有一个律所。"

许志刚笑意温和："秦律师一直很优秀。"

言喻琥珀色的瞳仁转了转，笑着颔首。秦让自然是优秀的，无论是人品，还是工作上的能力。

许志刚笑了笑，说："言律师，你也很优秀。有时间约秦律师一起吃个饭，过两天我顺道也会去英国一趟。"

言喻笑着应下。

一旁的陆衍凌厉的眉宇间却结了薄薄的冰霜，他看似面无表情，其实心里很在意，方才的些微笑容渐渐地收敛起来。陆衍无法避免地想到，这三年，一直是秦让陪伴在言喻身边的。言喻没有什么朋友，除了南北，能够算得上她朋友的人，应该就是秦让了。

但经过三年，秦让在言喻身边还只是朋友吗？他眸光晦涩，如果不是朋友，那又是什么？

他的心口被"秦让"二字，轻轻地划了个口子。

这些天，他一直缠着言喻，却什么也不说，那是因为他也不知道该说什么。他知道自己舍不得言喻，但也不知道该怎么提起三年前发生的一切。何况提起又有什么用，那些事情一旦提起，就会像一把把锋利的刀剑，狠狠地剐着他和言喻的心脏，对两个人来说，都是残酷的惩罚。

还不如，让过去的那些对彼此的伤害，一点点地随着时间缓缓流逝。

许志刚对言喻的印象还不差，在汽车平稳行驶的时候，他一直和言喻有一下没一下地聊天。

外面的阳光慢慢地下落，许志刚看了眼夕阳余晖之下的河畔，感慨道："夕阳真的是太美了，特别是夕阳下的长河。"

言喻也看向窗外，许志刚继续感慨道："我们国家有更漂亮的夕阳和水乡，当年在水镇那边……"他话说到一半，倏然住嘴，瞥了陆衍一眼，看到他微微绷了下的嘴角，没有再继续。

许志刚的胸口积郁着难言的闷气，脸部线条也冷硬了几分。

水镇这个地方，说漂亮也漂亮，说好也好，却是他的伤心地。当年，他的女儿被人贩子在水镇这个小地方丢下了，那段时间，他为了寻找孩子，也没少在水镇待着。

“水镇？”言喻从许志刚的嘴里听到这个地方，怔了好一会儿，然后笑了笑，“我是在水镇长大的。”

许志刚有些惊讶地说：“这么巧？我以前在水镇居住过几个月，你是水镇哪里的？或许我知道那个地方。”

那几个月里，他几乎将水镇的每个角落都找遍了。

言喻抿了抿唇，她早就能很平静地告诉大家她是孤儿的事实，所以，她抬眸看着许志刚，语气淡然：“我是孤儿，是在福利院长大的。”

陆衍看了她一眼，明明她的语气很冷淡，却让他觉得莫名地心疼。听到“福利院”三字，许志刚的瞳孔颤了下，倒不是有什么特殊的原因，只是他难免想起了他那个可怜的女儿。

许志刚随口一问：“是哪个福利院？”他当年几乎将所有的福利院找过了，或许当年还有可能曾经见到过小时候的言喻。

言喻不知道许志刚为什么一直追问，不过他问的也不是什么不方便回答的问题。

言喻唇畔扯出淡淡的弧度，笑着回答道：“别的福利院，你可能会知道，但我在的那个福利院，你可能不太知道。因为那个福利院是美国的一个牧师建立的，其实并不合法，是私立的，得不到政府的认可。不过幸好有程家资助，所以福利院的运营一直挺好的，里面的孩子也过得很幸福。”

“私人福利院？”许志刚情不自禁地重复了句，他的声音大了几分，眼神凌厉了起来。

当年，他所能查到的就是公立福利院和育婴堂，他找了那么多地方，也托人查有没有私人家庭捡到了他的女儿，却从没有想过那个小女婴会不会被私人福利院捡了回去……

许志刚的眼眸下意识地放大了些，他绷紧唇线，嗓音透着艰涩：“那个福利院叫什么名字？”

他的女儿，会不会真的就在这家福利院？当年他就觉得奇怪了，明明最后锁定女儿丢失的方向就在水镇，明明水镇一点都不大，明明他几乎将整个水镇都快掀翻了，却还是没能找到他的女儿。

原来……原来他错过了一个隐蔽得很深很深的私立福利院。许志刚的手指倏然不受控制地颤抖了起来，他的喉结上下滚动着，似在压抑着什么翻滚的情绪。

言喻被许志刚的反应吓到了，她一开始有些愣怔，过了一会儿，突然想起许志刚曾经委托过秦让帮忙找他亲生女儿的事情来。

所以许志刚认为他的女儿当年有可能被人送到了这个福利院吗？但他是真心想要找回他的女儿吗？

言喻瞳仁里闪过淡漠的冷意，如果她没有记错的话，当年的许志刚曾经斩钉截铁地说过，就算他找回女儿，他也只会给女儿足够的金钱补偿，而绝不会让女儿认祖归宗的。

一想到这个，言喻的胸口就发闷得难受，她的眉间浮起了淡淡的讥嘲，看着许志刚的眼睛，轻声地回答："圣安福利院。"

许志刚的拳头紧紧地握了起来。

陆衍黑眸里折射着光泽，他的视线落在言喻身上。她越是反应平静，越是让他觉得心疼。她是一个这样强大的女人，将所有的伤痛都掩埋在时光里，只剩下淡然和笑容浮于生活的表面，展现在人前。

他没怎么注意许志刚的反常，所有的注意力都落在言喻身上。

他不是第一次嫉妒程辞了，也不是第一次感受到胸口火急火燎的灼热。只是这一次，嫉妒中含着浓浓的心疼和柔软，两种矛盾的情绪在心脏上腐蚀着他的血肉。

他多么地希望，当年是他留在了程家，是他捐助了圣安福利院，是他在言喻小的时候就认识了她，是他一路小心地呵护着她长大，是他早早就遇上了她。

只是，可悲的是，为言喻做了这一切的人，是和他有着同样一张脸的程辞。就凭他们过往的那么多回忆，他在言喻的心里，是不是永远比不过程辞？

男人幽深漆黑的眼眸里融进了无尽的寒冰。

陆衍给许志刚也订了酒店的房间，和言喻同一家酒店。

言喻垂下眼睑，没有说什么，陆衍的房间甚至就在她的对面，言喻正在敲酒店房门的时候，陆衍就在她的身后，懒散地靠着。

当小星星打开门的时候，她先问是谁，然后小心翼翼地探出头，皮肤粉嫩，眼神湿漉漉的，在看到言喻的那一瞬间，眼里是雨水冲刷过后的黑亮。她高兴地跳了起来："妈妈，你回来了！干妈！妈妈回来了，我们可以出去玩了！"

南北刚到荷兰，她现在又怀着孕，担心她一个人带不来小星星，所以一整天都和小星星窝在酒店房间里，她订了许多外卖，和小星星吃垃圾食品，吃了个爽。

小星星的嘴巴旁边还沾着蛋糕的白色奶油，她笑眯眯的，看起来就像一只可爱的小猫咪。

言喻不想让小星星看到陆衍，就想让小星星快点进去。但来不及了，陆衍在后面轻轻地叫了一声小星星，他低沉的声音里带着醇厚的磁性，眼神是讳莫如深的。

小星星更是惊喜，她笑容璀璨，毫不犹豫地叫道："陆叔叔，你也来了，弟弟呢？弟弟跟来了吗？"

陆衍感受到了双重的扎心，小星星不仅叫他叔叔，而且只是为了知道陆疏木的行踪。

陆衍和她一样的黑眸里，闪烁着柔软，低眸看着小星星："弟弟在英国，已经回家了。"

小星星有点失落，小声地说："弟弟回家了啊，那……那他以后还会去我家玩吗？"

陆衍还未回答，言喻淡淡地对小星星道："小弟弟也有他自己的家，他不会一直在我们家里的。"

陆衍深沉寂冷的眼眸里闪过了什么，有什么情绪在深不见底的瞳孔里波动着，似是在隐忍着什么。

言喻休息了一会儿，就和南北带着小星星出去吃饭，在电梯处，远远就看到了陆衍淡定地等待着她们的模样。

言喻眉心处凝结着淡淡的寒气，小星星感觉到言喻对陆衍的不喜欢，她本来是想跟陆叔叔打招呼的，但是忽然收回了即将说出口的称呼，只是对着陆衍眨了眨眼睛。

陆衍的薄唇勾出一抹弧度，垂眸看了言喻一眼，眼底的墨色晕染开，但没有了以往的冰冷情绪。

第九章
他会自己找到妈妈的

电梯里。

小星星趴在言喻的肩膀上，柔软的眼神却一直在偷偷地看着陆衍，睫毛扑闪着，像是一对漂亮的蝶翼。

陆衍看着灯光下的小星星，温柔地笑了，小星星的眼睛长得像他，整个人给人的第一感觉是像言喻，但她比言喻爱笑，比言喻柔软，比言喻明媚。

陆衍的薄唇掀起，眸光闪了闪，仿佛穿过小星星，看到了小时候的言喻。那个，他只在程辞的记忆和程辞的相册里，看到过的言喻。

滔天的妒火灼烧着他薄薄的心脏壁，吞吐着火焰，一颗心千疮百孔。

陆衍仍旧跟着言喻她们一起吃饭，言喻不会在小星星的面前跟陆衍吵架，也不会在小星星的面前赶陆衍走，但她今天心情不是很好，所以难得在小孩面前沉着一张脸，仿佛凝结着一层厚重的寒冰。

桌上的氛围有些凝固，所有人都在安静地吃饭，小星星乌黑的眸子滴溜溜地转着，一会儿看看言喻，一会儿看看陆衍，一会儿又对上南北的眼睛。

大人的世界她不懂。

小星星低下头，乖乖地吃饭。

许志刚因为心里惦记着女儿的事情，也就没再去英国，而是直接买了隔天的机票，回了家。他踏进家里，身上还带着室外冰冷的寒气。

客厅里，两个孩子都在，他的太太也在。许颖夏正抱着他太太的手臂，许颖冬则坐在一旁。

许颖冬一到许志刚就眼睛一亮，有些惊喜道："爸，你怎么这么快就回来了？"

许颖夏也笑了起来，声音柔软："爸爸。"

许志刚压下心头的情绪，挤出抹笑容，对着许太太，眉眼柔和了下来："我回来了。"

许太太站起来，朝着许志刚的方向快步地走了过去："志刚，你回来了，不是说还有两三天才会到家吗？"

许志刚低眸看她："事情办完了，我就早点回来了。"

"回来得正好，我有点事情想跟你说。之前陆衍把夏夏赶走了，夏夏总不能一辈子都在外面不回来吧？你看看我，这三年一直在陪着夏夏，连见你的次数都少得可怜，我也不想和你一直分离，志刚啊，你就帮点忙，把夏夏留在国内吧？"

许志刚眉头皱起："留在国内？"他看着夏夏，"夏夏，你在美国过得不好吗？阿衍又不是不让你回来，他送你去美国，让你去学舞蹈，让你继续你的舞蹈事业，逢年过节也可以回来，你现在回来做什么？又要抛弃以往的事业？打算在国内从头开始？"

他说着，火气也一点点地大了起来："我看是从小到大，你妈妈太过宠你了，你看看，你这么大，有什么事业是依靠你自己做起来的吗？"

许颖夏眉头蹙起，下意识地咬了下唇。她还没说什么，许太太就生气了，她嗔怪地瞪着许志刚："你干什么呢？干什么凶夏夏？我们许家的孩子本来就该娇养着，何况阿衍本来就欠我们夏夏的！"

许志刚深呼吸，直接道："夏夏，跟我到书房来。"

书房里。

灯光是昏黄的，一切都像是笼着一层薄雾，叫人看不清彼此的神色。许志刚没有坐下来，而是背对着许颖夏，微微仰头，看着书房上面挂着的一个硕大的"正"字。

他的手背在身后，灯影下，身形依旧高大伟岸。他年纪已经大了，但因为这世上还有他想守护的太太，所以，他一直不敢放任自己老去。他从结婚的时候起，就许诺会照顾她一辈子。

许志刚攥紧手指，拇指上的金戒指硌得掌心发疼。他绷着脸，转过身体，冷冷地瞧着跟在他身后走进来的许颖夏。

许颖夏接触到许志刚的眼神，她的心脏就忍不住瑟缩了下，心里莫名地升起一种奇怪的感觉，她总觉得不安。

许颖夏轻声地叫了声"爸爸"，闻言许志刚"嗯"了下，他依旧绷着脸，眼眸里闪动的都是不明的情绪，眸色渐渐深邃。

"夏夏。"沉默了许久之后，他忽然道。

许颖夏的睫毛颤抖了两下，咬了下嘴唇，没有说话。

许志刚盯着许颖夏，他的脑海中闪过了许多片段，他自认是把她当作亲生女儿一样疼爱的，却也是他宠坏了她，让她任性地去找人代孕、出轨、跟男人私奔，被抛弃之后，回到他们身边，又开始破坏别人的婚姻。

他的眼里全是失望。

许颖夏看出他眼里的情绪，她敏感又多疑，眼底猩红："爸爸，我就知道，你就是后悔了，对吧？你对我失望，肯定是嫌弃我不是你的亲生女儿！"

许志刚被气得说不出话来，许颖夏仿佛忍无可忍，突然从他的抽屉里翻出一份协议，那是他委托秦让找亲生女儿的协议。

许颖夏眼神疯狂："爸爸，你有我了，为什么还要找她？你有没有想过当她被找了回来，我该怎么办？"

许志刚瞪着她，这才意识到他从没真正地认清他的这个女儿。

许颖夏摇着头，眼泪扑簌簌地落下："是你逼我的，爸爸，你怕妈妈伤心对不对？爸爸，如果你还要继续找你的亲生女儿，我就告诉妈妈，我不是她的女儿，妈妈现在最爱的人是我，如果她知道她这么多年一直错付了感情，她一定会崩溃的。"

她知道蛇打七寸，许志刚的软肋不过是许太太，许太太现在的身体禁不起一丝一毫的刺激了。

南北开始孕吐，一大早就趴在厕所干呕，言喻担忧地跑到厕所，抚慰着她。她从洗手间出来，发现小星星居然不在床上躺着。言喻皱了下眉头，叫道："小星星，你跑到哪里去了？"她往门口的地方看过去，一眼就看到小星星撅起的小屁股，她的脑袋探到了门外。

言喻深呼吸，走过去，道："小星星，你在做什么？"

她走近了，就听到了小星星的声音。声音里带着明显的笑意，都是跳跃的音符："叔叔，你今天怎么起得这么早呀？你什么时候回家啊？"

男人低沉的声音带着磁性，飘浮在早晨的新鲜空气里："还不急。"

"哇，叔叔，你给我带了提拉米苏，我最喜欢吃提拉米苏啦！"

言喻的脚步快了些，她站在距离小星星的不远处，垂眸看着小星星，她说："小星星。"

小星星正笑眯眯地将头探着，开开心心地吃着陆衍喂她的提拉米苏，吃得一脸满足。

还是陆衍先听到了言喻的声音，他提醒了下小星星。小星星心里一咯噔，小心翼翼地把头缩了回去，转过头，抬眸，正好看到言喻面无表情的脸。

小星星两只光着的脚丫子互相踩着，圆润的小拇指一下一下地翘着，格外可爱。

她有些紧张，湿漉漉的黑眸不停地眨着：“妈妈。”她的唇畔还黏着黑色的提拉米苏。

言喻微怒：“为什么不穿鞋？你早上刷牙了吗？妈妈有没有跟你说过，下床的时候要记得给自己披上外套？”

小星星咬了咬下唇，点点头，软着声音说：“妈妈，对不起。”

平时的言喻根本不会这样生气，但她突然觉得，因为陆衍的存在和干涉，小星星已经变得渐渐不听话了。她讨厌这种烦躁的感觉，这种感觉完全就是由陆衍带来的。

她压抑着脾气，尽量柔和着声音，对小星星道：“你现在先去穿拖鞋，穿衣服，然后去刷牙，洗干净脸。”

小星星知道妈妈生气了，也知道她自己做错了事情，所以也不敢说什么，只是指了指门外，小心翼翼地说：“叔叔在外面。”

言喻自然知道陆衍在外面，她说：“你先去穿鞋。”小星星点点头，撒开脚丫子，跑进了屋里。

门外，陆衍平静的嗓音传了进来：“言喻，是我让小星星出来的，你别对小孩发火。”

这种事不关己、高高挂起，又站着说话不腰疼的语气，最容易激怒人了。言喻走过去打开房门，又掩上，就站在楼道上，冷眼看着陆衍，她抿了抿唇：“是，我不会怪她，可是，陆衍，你能不能不要再来找我了？”

陆衍垂眸，一双黑眸深冷寂静，如深渊，似潭水，他居然淡淡地反问了句：“为什么？”就好像言喻在无理取闹。

言喻怒极反笑：“陆衍，你是忘记我们已经离婚了吗？当年，你把小星星的抚养权给我的时候，我们可从来没协议过探视权的问题。协议书上没有，你就没有任何探视的权利。你现在也已经有了未婚妻和孩子，为什么还一直纠缠着小星星？”

陆衍的喉结无声地滚动了下，他神色冷峻：“无论协议书上怎么说，都改变不了小星星是我女儿的事实。”

“真恶心。”言喻冷笑道，“想要儿女双全，你找你的未婚妻再生一个不好吗？我只有一个小星星，为什么你连这个都要跟我抢？”她一大早就因为陆衍而憋着一肚子火气。

“好，退一万步来说，就算你想看小星星，那你能不能顾及一点孩子的健康和习惯？你从她小时候开始，就没有认真地养过她，没有长时间地照顾过她，你不会知道养一个孩子有多辛苦，但你在对我养孩子的方式指指点点！

“昨天晚上，我说过小星星的身体不适合吃那么多冰激凌，是你想表现你慈父的一面，偷偷地给她吃；早上，你没管她有没有刷牙，有没有穿鞋，有没有穿够衣服，就给她吃东西，甚至一大早就给她吃热量那么高的食物。

“陆衍，你真的太自私了，你只想着快点和小星星培养感情，却从来没有用心地照顾她。”

言喻气得心尖瑟缩着，她琥珀色的瞳仁里都是斑驳的怒意，陆衍根本什么都没付出，现在就想分享甚至破坏她这么多年的抚育成果。她最后看了陆衍一眼，不去想陆衍眼里的深意是什么，只是冷淡地说道：“如果你只想感受父爱，你现在已经有了陆疏木，麻烦你去在他身上释放父爱吧，小星星并不需要。”

男人一直安静地站着，高大的身影挡了身后的光，他喉结一直在动着，薄唇却抿得死紧。

言喻说完，转身要走，还没动，身后就忽然贴上了男人坚硬的灼热的身体，言喻的身体微微一僵。陆衍弯下腰，双手从她的肩膀处落下，环在她的身前，将她紧紧地禁锢在怀中。

他温热的呼吸，就萦绕在她的脸侧。她呼吸急促了一瞬，只觉得耳郭旁是灼热的。

言喻攥紧手指，眼中没有什么情绪。他的手指顺着她身体的曲线，滑了下去，感受着她身体的温度和流畅的线条。

陆衍轻声地问：“你喜欢疏木吗？”

言喻的瞳孔怔了怔，她没反应过来，陆衍为什么会说到陆疏木？但其实，她说不清楚喜欢，或者是不喜欢，准确来说，她并不希望自己对陆疏木有什么情感。

陆衍没有等她的回答，沉默了良久，声音沙哑艰涩得仿佛里面夹杂了粗重的钉子，一开口，就会刺入喉咙："你当年，就那么不想为我再生一个孩子吗？那时候，我看到你好几次在伤害自己……为什么？"

言喻黑眸里的光越发地散了，她睁大了瞳仁。

什么伤害？言喻闻言，脑海里像是有一根神经倏然崩断了一样，她指尖发颤，一时间没有明白过来陆衍的意思，但心脏紧紧地蜷缩在一起，像是被什么重击了一样。

陆衍低眉敛目，眸色深沉，有什么在眼底投下一片沉沉的暗影，他声音仍旧艰涩，一字一顿道："言喻，你当年是不是不想要那个孩子？"

这短短的一句话，言喻却花了足足几分钟的时间去消化，她像是听不明白中文了。

陆衍居然问她是不是不想要那个孩子？

她怎么会不想要孩子？她从知道孩子存在的那一刻起，就没有要放弃孩子的想法。那时候，她虽然迷茫，虽然意外孩子的存在，也不知道未来她和陆衍的关系会因为这个突然出现的孩子，发生什么样子的改变，尽管如此纠结过，但她从没有想过放弃。

可是现在，过去了三年，陆衍居然还有脸问她为什么不要孩子……

言喻黑如点漆的眼眸瑟缩了下，原本就悸痛的心脏，更是重重地抽搐着，流窜在四肢百骸里的血液都仿佛停止了流动，手脚冰凉。她胸口起伏着，呼吸绵长了起来，染着怒意的情绪，几乎不能控制。

她攥紧手指，克制着鼻尖的酸涩。她怎么会不要那个孩子？她为什么会不要那个孩子？当年，如果不是陆衍，如果不是周韵，如果不是许颖夏，她的孩子怎么会没有了？

言喻一直以为，时隔三年，她早已放下关于孩子的仇恨，可是今天她才发现，她根本没忘记过，只是那些激烈的情绪，被她层层掩埋住了。

她气得指尖发颤，胸腔里似是有寒风凛冽，锐利森冷地剐着她的心脏。

那段记忆就算再模糊，言喻也忘不掉许颖夏的嘴脸。那时许颖夏总是穿着漂亮的裙子，身段婀娜地出现在她眼前，但嘴里说出的话永远是带着嘲讽和刺激的——

“言言，你是不是还忘不了程辞？可是，你忘不了程辞的同时，又和阿衍生了一个孩子，言言，你可真是人尽可夫。”

“言言，你和秦让的关系是不是已经很亲密了？你说阿衍他知道吗？”

“言言，我觉得你肚子里的这个孩子是没办法出生的，阿衍是不会允许这个孩子出生的。”

“言言，你听到了外面的流言吗？所有人都知道你和程辞在一起过，又立马和程辞的弟弟陆衍在一起了，所有人也都知道你背叛了陆衍！外面你和秦让的照片铺天盖地都是，只是可怜了你肚子里的野种，一出生就要背负着骂名。”

每一句话，都像是利剑一样，刺透了她的心脏。

她可以不在乎自己的名声，但她不能不为孩子着想。孕期原本不可以想太多，言喻一直在给自己心理暗示，但全无用处，她被关在别墅里，压抑着情绪，偏偏许颖夏几乎每天都会出现，换着法子羞辱她和肚子里的孩子。

言喻无法克制自己的胡思乱想，也无法克制自己的崩溃，她压抑，又见不到小星星，也见不到外面的南北，再健康的心理都会崩塌，更不用说她曾经崩溃过一次的心。

在被关在别墅期间，她想过很多很多的结局，比如她一辈子都被关着，比如她和陆衍将就着过了一辈子，比如她成了陆衍的禁脔，但她从没有想过，她的孩子会被周韵引产掉。

地狱也不过如此。

那时的周韵就像是发了疯一样，失去了所有的理智，面孔狰狞，突然冲进她的房间里，将手里的报纸砸向她，声音尖锐地吼道：“言喻，你这个不知廉耻的女人，你说你肚子里的孩子是谁的？阿衍不在家，你却四处招蜂引蝶。一个程辞不够，现在又来了一个秦让，没有男人你就活不下去了吗？”

言喻颤抖着，看到漫天洒落的报纸上刊登的都是她和秦让的照片，不用看她都知道，报纸上会用多么难听的词语来描述她。

这还只是开始，周韵不相信小星星是陆衍的孩子，更不相信她肚子里孩子的是陆衍的，她先是私自带着小星星去做了更详细的 DNA 鉴定，后来挺着大肚子的言喻也被周韵带到港岛的医院做亲子鉴定。

她不知道鉴定结果哪里出了差错，她再次见到的周韵比起以往任何时候，都要狰狞可怕。

她冷着一张脸，面无表情，让人拖拽着言喻就去了医院。在医院里，等待着言喻的就是冷冰冰的器械、淡漠的医生和刺鼻的药水味。

周韵只说了一句话：“我们陆家不能要这个孩子。”

言喻根本逃不了，她的孩子就要早产了，周韵却想要把他引产掉，所有人都不顾她的哀求，不顾她的挣扎。

她一遍又一遍地告诉周韵，这是陆衍的孩子，不是别人的孩子。

没有人愿意听她说话。

所有人就像是流水线上的工具一样无情又冰冷，冷着一张脸，按压着她。她疼得眼前发黑，全身抽搐，大脑空白，记忆断层。

那时候，她闻到了浓郁的血腥气，她以为自己挨不过去了，她听到了周韵毫无温度地决定让她继续引产，她听到了许颖夏幸灾乐祸地说她肚子里的不是阿衍的孩子，阿衍也决定不要这个孩子了。

言喻想，或许，那时候支撑着她挨过去的动力，就是她对陆衍的恨意。她不想恨陆衍的，但那些恨无法掩盖，也无法消灭。

是啊，在她怀孕的时候，陆衍看似对她关心，看似对她温柔，给她提供了房子、美食和用人，可也是他，毫无顾忌地将她肚子里的孩子置于危险中。如果不是他囚禁了她，如果不是他不在身边，如果不是他的妈妈，如果不是他的前女友，那么她的孩子就不会死，就会平平安安地长大。

言喻想着，眼眶不自觉地发热泛红。如果他还在，会比陆疏木大一些，比陆疏木高一些……

言喻不敢再想下去，她咬紧下唇，深呼吸，整个人都有些情绪崩溃，她用力挣脱了陆衍的怀抱。

陆衍打定了主意，一定要听到言喻的回答，他再次沉声地问了一遍:“言喻，说话，你当年有那么不想要那个孩子，不想生下我的孩子吗？”

言喻湛黑的眼眸里浮现了怒火，她的冷笑溢出了唇畔，她讥讽：“我不想要？”她气得微微颤抖，“我凭什么要为你生孩子？陆衍，你以为你是谁？真当所有的女人都要甘心为你生孩子吗？”

陆衍眸子里的冰凉冷冽了几分，他攫住她小巧的下颌，扳过她的脸，强迫着她看着他，声音重了起来:“认真地回答我，你当初是不是真的不想要那个孩子？”

想要又怎么样，不想要又怎么样？不管她的选择是什么，那个孩子都已经不在了！

言喻的眸子结了冰，冰的深处却又燃着火，她不明白都过去了这么久的事情，为什么陆衍还不肯放过。

言喻卷翘的睫毛轻轻地抖动着，她盯着陆衍的神情，唇畔扬起讥嘲的弧度:“我是不想再和你生任何一个小孩了，你应该知道的吧。小星星不一样，她是试管婴儿，她是我自己的选择，她是寄托了希望而出生的孩子。在我的眼里，她早已不仅仅是你的孩子。除了她，任何一个同时跟你和我扯上关系的孩子，都让我觉得难受。”

这些话，每一个字眼都裹着冷厉的寒风，似席卷着大地的凛冬寒流，让陆衍整个身体都凉透了，骨髓里散发着寒气。

只有小星星才是言喻寄托了希望出生的孩子吗？

陆衍的瞳孔重重地收缩着，言喻的话无比清晰地刺痛着他脑海里的神经。小星星寄托了什么希望，再明显不过了。那时候的言喻，刚刚走出爱人离世的阴影，她渴望着生下一个长得像程辞的孩子。

陆衍垂下眼睑，讥讽地笑，笑意淡漠凉薄。而他陆衍，说白了，就是一个恰好出现又用得顺手的工具。

陆衍的五官变得凌厉，他一字一字地从牙缝中挤出话来：“言喻，你有本事再说一遍！”

言喻看着他受了刺激而暴怒的模样，胸口却忽然有了淡淡的报复快感，这么多天的郁气，终于有了发泄的地方。

言喻冷笑着，一字一顿地重复着最后一句话：“除了小星星，任何一个同时跟你和我扯上关系的孩子，都让我觉得难受又反感。”

陆衍的呼吸粗重了下。

“言喻！”两个字从他的喉间挤压出来，他咬紧牙根隐忍着，攥紧拳头，裹着冷厉的拳风，猛地砸在酒店的墙壁上，发出沉闷的声响。

言喻干脆趁着这个机会，直接讲清楚：“陆衍，我不知道你突然出现在我身边，有什么打算。我只想告诉你，如果你只是想看看小星星，那么我让你看，但别的，你想都别想。我对你已经没有感情了，小星星也忘记了你，你现在突然出现，只会破坏我们平静美好的生活。三年前，你把小星星给我的时候，是希望我和她能有平静生活的吧？”

陆衍看着言喻的表情，忽然觉得她有些陌生，他的一颗心脏彻底凉透了，裹上了冷冽的寒气，冷得他血液都似是冻住了。

时隔三年的言喻是不是早已没有了感情，是不是早已封锁了情感，所以才会这样冷漠？

言喻说完，就想回到酒店房间里，但还没有转身，便被男人攥住了手腕。男人手指修长，骨节分明，力道一点都不轻，言喻觉得腕骨都像是要被人捏碎了，疼得她眉头紧紧地皱了起来。

她还没反应过来，男人忽然伸手一拽，将她往他的方向拉了过去。她的后背狠狠地撞上了墙壁，肩胛骨传来一阵疼痛。

下一秒，她的唇就被男人的薄唇堵住了，她的手被人攥起，抬高，用力地固定在她的头顶。男人力道重，几乎不带任何一丝怜惜。

明明是在接吻，但是他深邃如夜色下大海的眼眸里，没有一丝情欲的波澜，仍旧是平静的，是暴风雨即将来临前的海面。

他冷静地看着她在他的手下挣扎着，冷静地碾压着她的红唇，冷静地攫取着她的空气，让她缺氧，让她无法说话，让她停止思考。

言喻一直在挣扎，一直在推拒："陆衍，我说了，我对你没有感情了，请你不要再死缠烂打了！"

陆衍看着她的反应，明明觉得心脏绞痛，但内心深处，又隐隐有着扭曲的快感——看吧，无论她想或者不想，只要他强迫她，她就永远离不开他设下的囚牢，她永远也逃不脱他的征服，她就该天生属于他。

陆衍眼眸越发深邃，几乎没有一丝光亮，他仿佛忘记了这是在酒店的走廊上。

陆衍凝视着言喻，冷笑道："你想过平静的生活？你当然可以有平静的生活，你当然也可以选择不跟我在一起，但你考虑过小星星的感受吗？你确定她不想要爸爸吗？"他的语气平静而残忍，"没有一个孩子是不渴望父爱的，小星星也是，她喜欢我，她在渴望着父爱，而父爱是你永远也给不了小星星的。"

言喻听到了，只觉得胸口的怒气积攒得越来越多。他只会说父爱，但他实际又给了小星星多少父爱呢？

她并不觉得他们俩在一起，会对孩子有多大的帮助，貌合神离又针锋相对的父母，父亲身边野花一群，母亲坐视不管，这样表面和谐的家庭，对孩子才是最大的伤害。还不如坦坦荡荡地分开，让孩子知道，父母也有父母的生活和选择。

言喻挣扎着，好不容易才从陆衍的禁锢中，挣开了一只脚，刚要顶上去，就听到带了点哭腔的软软的女孩子的声音响起："叔叔，你放开妈妈！你这个坏叔叔！"

是小星星。

小星星不知道什么时候出现在了这儿，她的一双眼眸漆黑又湿润，她的眼里永远有着不灭的亮光，现下，她看着陆衍的目光却含了点惊惧。

陆衍眼眸微微一缩，抿直唇线，慢慢地，走失的理智回笼，他松开了言喻。

言喻猛地一推他的肩膀，他没有任何准备，往后倒退了一步，踉跄了下才站稳，高大的身影却显得有些颓唐。

“叔叔坏，欺负妈妈，我以后再也不想见到叔叔了。”她嗓音里的哭腔很明显。

陆衍嗓子干涩，什么话都说不出口，最终，他只是深深地看了小星星一眼，黑眸里一丝亮光也没有。小星星跑过去，抱住言喻的腿，做出一种保护言喻但又防备陆衍的姿势。

陆衍的胸腔如同被针扎了一般，疼痛密密麻麻。

言喻和南北带着小星星，匆匆地逛了逛阿姆斯特丹，下午三点多，才回酒店退房。退完房，两个人带着小星星和行李，奔向机场，安检，登机。

言喻在头等舱又看见了陆衍。

是小星星先看到的，她攥着言喻的小手紧了紧，然后另一只手指了指正在慢条斯理又冷漠地看着书的陆衍，轻声说：“早上欺负你的叔叔。”

言喻安抚地拍了拍小星星的脑袋，小星星早上应该是被吓到了，她长这么大，还没见过言喻气成那样，也没见过陆衍那样凶残。所以，她现在看到陆衍，显得有些惊惧。

陆衍也回伦敦，他之前就订好了机票，就在言喻的旁边，但这次，双方谁也没跟谁打招呼，仿佛谁也没看到谁。

小星星更是冷漠，坐好了就拿后脑勺和背脊对着陆衍，心里气呼呼的，如果是平时，她早冲上去软软地喊他陆叔叔了。

几个小时的飞行过得很快。

飞机在伦敦希斯罗机场落地，言喻一只手推着行李，一只手拉着小星星，小星星晃着言喻和南北的手，一起往出口走去。

一走出去，小星星就看到了出口处等着的长身玉立的身影，她眼睛弯弯，笑了起来，猛地松开握着言喻的手。言喻眼角的余光看到陆衍高大挺拔的身影，慢慢地往这边走来。

秦让看到小星星跑过来，笑了笑，蹲下来，伸出手，准备给小星星一个爱的拥抱。小星星却忽然一边跑，一边大声地喊他："爸爸！"

秦让一时错愕，眉心重重地跳了一下。虽然没明白古灵精怪的小星星要做什么，但不可否认的是，他的心里是愉悦的。秦让惊愕过后，眉目间都是舒朗的笑意，唇畔勾勒出浅淡的弧度，眼里的温柔即将溢出。

他把小星星抱了个满怀，小星星像是上了瘾，一遍又一遍大声地叫他："爸爸！"她叫一声，就弯着眼睛大笑，等他应了，却又什么事情都没有，就好像只是为了满足她对称呼的执着。

言喻也被小星星的反应吓了一跳，下一秒，她就皱了下眉头，走路快了几分，她必须跟小星星再强调一下，秦让只是叔叔，并不是爸爸，不能乱叫。

陆衍也听到了小星星的那一声声"爸爸"。

他的眉眼，在苍白的机场灯光下，显得疲惫到了极点。他站定，背脊挺拔，睫毛在眼窝下，落了深深浅浅的阴鸷，他攥紧手指，去缓解心脏的疼痛。

他的唇线绷得很直，是倔强的直，透出一种心如死灰的沉冷。他的女儿只会叫他叔叔，现在估计连叫他叔叔都不愿意了，却开开心心地叫别的男人"爸爸"。

小星星抱住秦让的时候，笑得很开心，但她心里有一点点不安，怕妈妈骂她，其实她是故意叫秦叔叔"爸爸"的。因为她气早上陆叔叔那样对妈妈，气陆叔叔说她没有爸爸，小星星也不知道自己在犟什么，她只是想告诉陆衍，她也是有爸爸的人！

陆衍那样一个高大挺拔的人，根本无法忽略。

秦让抱着小星星站起来，就看到了陆衍。他心里一"咯噔"，陆衍又出现了，这一次，陆衍是又打算重来吗？是打算重新和他抢吗？他居然和言喻同一航班，那么他们是在荷兰一起玩的吗？

一个又一个问题，挤入秦让的脑海中，提醒着他的神经系统，不能再退让了，不然，真的会把言喻白白地推到陆衍那一边。

言喻走到秦让身边，刚想说什么，秦让就空出一只手，摸了摸言喻的头发，温声道："我知道，没事的，小孩子乱叫的，我理解，你也别批评小星星了，她还是个孩子……"

话都被他说了，言喻一时语塞，都不知道该说什么好。

南北笑道："走吧，等回去再说吧，再在机场待着，都要深夜了。"

陆衍看着那看似幸福一家人的温馨画面，心脏都快被嫉妒给吞噬了，他胸口起伏，一转眸却看到不远处出现了一个小小的人影，他穿着黑色的小西装，脸上没有什么表情。

陆疏木明明看到了陆衍，却目不斜视地朝着言喻走过去。

看到陆疏木，言喻微微一怔，然后弯了弯唇，弯下腰，问道："疏木，你怎么会在这里？你来接你的爸爸吗？"

陆疏木抿着小嘴，没有回答，因为他不知道该怎么说，他是来见她的。

言喻看到他的样子，就笑了。陆疏木看起来小小的，个头也不高，比同龄小孩看起来还瘦弱了许多，但智商真的是碾压其他小朋友。

小星星也从秦让的怀中下来，惊喜道："疏木弟弟！"

言喻的手刚要摸到陆疏木，下一秒，陆疏木就被人抱了起来，她的手落了空。

陆衍没有什么情绪的冰冷声音传来，不是对言喻说的，而是对陆疏木说的："陆疏木，我有没有说过不要随便让陌生人碰你？"

陌生人？言喻心口一窒。

陆疏木看着陆衍，有些无语，他抿紧小嘴，像是在生闷气，本来，差一点点，他就可以被摸头了……

言喻的手指蜷缩了下，唇畔的弧度有些僵硬。她抬起眼眸，看了眼陆疏木，深呼吸，没再看陆衍，但是在路过陆疏木的时候，若有似无地握了下陆疏木的手。

陆疏木抿着唇，浓密纤长的睫毛轻轻地颤动了下，他往后面看过去，只看得到言喻的背影。

秦让的怀里抱着小星星，言喻和南北牵着手，秦南风跟在言喻的身边。陆疏木趴在陆衍的肩头，他黑眸里闪过失落，面无表情。

陆衍嘴角微微上扬，眸光讥诮，冷眼看着离去的言喻和秦让。

机场里，不知哪里吹来的冷风，令人瑟瑟发抖，说不出地寒冷。

陆疏木是跟着保镖一同来的，在他身后不远处，就紧紧地跟着四个保镖。陆衍淡淡地看了保镖一眼，什么都没说，或许还在想着言喻的事情，眸光深寂如海底。

言喻离开之后，陆疏木的神情更是冷淡，眼底没有一丝笑意。父子俩站在一起，周身萦绕的全是冷冽的气息，让人难以靠近，但不包括时嘉然。

时嘉然亭亭玉立，就站在不远处，像是一株漂亮干净的菡萏，散发着高冷的清香。她是真正的世家大族培养出来的大小姐，五官精致，肤白貌美，笑容温润又灿烂。她身上穿着驼色大衣，脚上搭配的是羊皮长靴，手里提着全球限量的春季包。

有些人穿奢侈品，其实是被奢侈品穿，难以让她看起来高贵，只会让她看起来庸俗。但是时嘉然不一样，她站着就是一道风景，她身上出现再多的奢侈品，也不会让人觉得她被奢侈品艳压了。

时嘉然看着陆衍，走了过去，她唇畔的弧度很淡，眉眼弯弯："陆先生，欢迎回家。"

陆衍眼眸里的寒意散去一点，恢复了冷淡，灯光下，他鼻高唇薄，眉毛乌黑，视线落在时嘉然身上："你怎么来了？"

时嘉然笑眯眯道："来接陆大先生回家啊。"她说完，红唇一勾，笑意更深，"开玩笑啦，我爸整天想着让我跟你结婚，所以啊，不管你在不在伦敦，在不在家，在忙什么，只要你回程家老宅，你就一定会看到我，是吧，小疏木？"

她眸光扫过陆疏木，陆疏木抿着唇，点了点头。

时嘉然继续对陆衍道："你怎么又绷着一张脸？能不能笑一笑？不想见到我，我也没办法，你也只能忍着，谁让我们都有了儿子，我爸和程管家又想将我们凑在一起呢。”

陆衍的表情纹丝不动，他抱着陆疏木迈开大步，继续往机场外面走去。时嘉然就跟在他的身后，她眉目间的笑意越发地深，眼角有什么荡开。

陆疏木转过头，黑漆漆的眸子安静地看着时嘉然，他抿了抿嘴角。时嘉然歪头，玩闹般对着他皱了皱鼻子，眉眼上扬。

陆疏木的表情虽然还很淡，但可以明显地看出他的情绪柔和了很多，至少面对着时嘉然，他并不排斥。

保镖们已经将车门打开了，恭敬地等候在一旁，等着陆衍和时嘉然进去。

时嘉然在外人面前，包括在家里的保镖和下人面前，永远是知书达理又清高的模样，陆衍也记得绅士，他把陆疏木抱上车，给他系好了安全带，就弯腰退了出来，让时嘉然先上车。

时嘉然不紧不慢地笑了：“陆先生要扶我吗？”

这一句话，她是开玩笑的，但没想到她的高跟鞋猝不及防地崴了下，她摇晃了下，差点倒下。陆衍眉宇未动，在她摇晃着快要倒在他怀里的时候，伸出手，握住了她的手臂，将她的身体稳定住了。

时嘉然惊魂未定，难得脸上浮起了一点点红晕，是因为尴尬。

她从小到大，一直在训练着仪态，虽然私下她对自己的仪态没有太大的要求，但毕竟这是在外面，还有这么多人看着，甚至她不知道会不会有媒体记者跟拍。而她在众目睽睽之下，差点摔倒。

时嘉然扬起了头，从她的角度，看到的是陆衍冷硬的下颌和微微动着的喉结，她注意到陆衍的右耳垂上，有着一颗小小的痣，若有似无。

陆衍微不可见地皱了下眉头，他握着时嘉然的手臂，让她借着他的力量，上了车子。

时嘉然坐在陆疏木的旁边，垂眸看了眼自己的脚踝，脚踝有一点点红肿，她皮肤白，这点红肿就显得有些触目惊心。她弯下腰，伸手握住自己的脚踝，想看看脚踝怎么了。

陆衍也上了车，他坐在时嘉然的前面，他没有回头，但淡淡的嗓音从前方传来：“怎么了？脚扭伤了吗？”

时嘉然蹙眉：“似乎是。”

“等到了宅子，让医生看看。”他的关心就是表面上的关心，礼貌性的关心，全程连视线也没落在她的脚上一下，自然连她的伤势如何，他都不知道。

她在陆衍这边没能找到安慰，就转头看向安安静静地坐着的陆疏木。时嘉然放低嗓音，有些可怜：“疏木，你看我的脚受伤了。”

陆疏木对时嘉然一直不亲近，但也不陌生，他对时嘉然的感觉也很奇怪，但他能确定的是，他喜欢时嘉然，因为在过去很长的一段时间里，他都以为时嘉然是他的妈妈，陪伴在他身边的人，也是时嘉然。

陆疏木抿了抿唇，其实，时嘉然做他的妈妈，也很好。血缘关系并不是那么重要，对吗？在他过往的记忆里，都是时嘉然在陪着他，她会对他好，照顾他，一样会给他母爱。他想着，抬眸看了看陆衍的后脑勺，又偏过头，看着时嘉然。

他睫毛轻轻地扑闪着，他有爸爸，有时嘉然，其实很好了。至于亲妈妈……她跟爸爸在一起并不幸福，两个人总是闹矛盾，爸爸不开心，她也不开心。

陆疏木不再去想。

时嘉然用手按摩着自己的脚踝，想让脚踝舒服一点，忽然听到陆疏木的嗓音：“你疼不疼？”

她一怔，漂亮的眼睛里闪过欣喜，她松开脚踝，用手捧住陆疏木的脸蛋。她靠近陆疏木，两人对视着，她眼底闪亮：“啊，你个小坏蛋，终于知道关心我了？不然，我差点要以为自己白疼你了。”

她的手越捏越紧，陆疏木面无表情的脸，已经被她捏得变形了，他挣扎了下，难得有些着急地说：“你的手不干净。”

时嘉然知道陆疏木有洁癖，肯定是嫌弃她刚刚碰过脚踝了。但她是故意的，怎么也不收回手。她眼里的笑意像是涟漪一样泛开，倏然对着陆疏木的额头“吧唧”一下，亲吻了他。

陆疏木素来冷静的脸，一下就涨得通红。他很久很久没有这样被人亲过了，因为他不喜欢，周围的人知道他讨厌这样，自然也不会做他讨厌的事情。

陆疏木脸上的温度高得仿佛是煮沸的水，他的眼睛亮闪闪的，像是有羞愤的水光，嘴唇翕动了下，什么都没说出来。

时嘉然看到他的表情，没忍住，笑出了声。她声音干净，笑声清脆，就像是冬日山涧里清泉在叮咚。

前面专心工作的陆衍也被她的笑声吸引了，他手上的动作微微停顿住，没有转眸，却不经意间将后排两人的玩闹声听在耳朵里。

他薄唇的弧度轻轻扬起，笑意很浅，一闪而逝。

时嘉然是伦敦名媛，千金大小姐，又在时尚圈混得开，是各大奢侈品牌的超级贵宾，认识一堆娱乐圈内的超模、明星，她的一举一动，自然十分吸引媒体的关注。早些日子，她的穿搭经常被摄影师拍到，放在社交媒体上，一时间广为流传。

而昨晚在机场，她又是和陆衍一同出现，更不用说陆衍的手里还抱着一个男童。半夜，网络上就全是时嘉然在机场的照片，比起关注她的穿搭，更多人想知道她身边的男人和男人怀中的男童是她什么人。

那些照片里，有几张是时嘉然一个人，有几张是陆衍抱着陆疏木，时嘉然跟在身后，而最后一张，是在汽车旁，时嘉然快摔倒的时候，被陆衍一把捞在怀中。从摄影师的那个角度拍摄过去，时嘉然整个人都嵌入陆衍的胸怀，男的英俊，女的貌美，的确是一对合拍的璧人。

评论下都是在表达羡慕和祝福。

有人提出疑问：“话说，这个男人我咋觉得这么眼熟呢？我平时只看娱乐新闻的，他肯定上了不少娱乐新闻，估计是个花花公子。”

也有人注意到了陆疏木，幸好分享偷拍照片的账号，已经把陆疏木的脸都打上了马赛克，只能隐约看到熟悉的轮廓。

“这个小男孩是时嘉然的儿子吗？时嘉然什么时候嫁入豪门，还生了个儿子？”

言喻早上起来，习惯性地打开社交网络浏览资讯，新闻里都提到了时嘉然和陆衍，以及陆疏木。

言喻的胸口有些发疼，她忽然间不知道该说什么，也不知道该思考些什么，就是心里像有柠檬汁滚落一样，充满无尽的酸涩。

二楼有人打开门，脚步声传了下来，言喻抬起眼皮，看到南北从二楼下来。南北踩在最后一级阶梯上，伸了伸懒腰，迎着阳光说：“早上好，言喻。”

言喻弯了弯眼睛：“早上好。”

南北走过来，坐在言喻的旁边，说：“小星星还在睡觉呢，那个懒虫。”她伸手要去拿桌面上的水果，眼光一瞥，看到了桌面上的手机，手机页面上显示的就是陆衍和时嘉然的照片。

南北的手指顿了顿，若无其事地拿起了水果，但还是没忍住，侧眸瞥了眼言喻。言喻注意到了南北的眼神，她失笑：“怎么了？”

南北没说话。

言喻轻声道：“我没事，真的。都过去了三年，我和他也早就分开了，我也早知道他有未婚妻了，男婚女嫁，各不相干。更何况，这不是我想不看就能不看的，铺天盖地都是新闻，我是被动着接受消息呢。”

南北的眉间微不可见地隆起了下，她伸出手，慢慢地握住了言喻的手，笑道：“不论你做出什么样的选择，我都支持你，放心吧，我永远是你背后的依靠。”

言喻笑意更深：“我知道。”她目光往下，看了看南北的肚子：“那你呢？今天感觉怎么样？”

“还可以吧，吐一吐也就习惯了。”

“你打算告诉宋清然吗？”

南北的眸光微微怔住，就一瞬，她又重新笑了起来，笑容璀璨得有些刺眼：“不知道，等他找来，我再做决定。”她顿了顿，声音艰涩了起来，“最怕的就是我自作多情，而他找都不会找来。”

言喻反手握住南北的手，两只白皙的手交握在一起，无声的陪伴和鼓励，就是最漫长的温柔。

言喻和南北都不会互相干涉彼此认真做出的选择，因为她们都清楚，每个人都生来不同，在不同的环境下长大，在不同的氛围里形成了不同的性格，她们遇到的爱情也会不同，她们在爱情里的表现更是不会相同。

谁也无法感同身受，所以谁也不能站着说话不腰疼，站在自以为是的上帝视角，去指指点点别人的爱情；不能秉持着自以为是的聪明，去指责对方不是个聪明人；不能站在道德制高点，去骂对方在爱情里怎么这么低贱……

更何况，旁观者清，当局者迷。清未必是件好事，迷也未必是件坏事。这都是人生的经历。

但，她们都很幸运，能遇到在同一个频道上的彼此，能做一辈子的好朋友。

秦让昨晚送她们回利兹，又忙得晚了些，所以今天一直睡到了中午，才悠悠地醒来。他下楼的时候，一垂眸就看到言喻坐在沙发上，神情专注地盯着屏幕，纤细的手指正敲击着键盘。

秦让恍惚间想起了第一次见到她的场景。

那时候，她遇到了危险，他救了她，却还故意刻薄地打击了她一顿。

秦让失笑，俊朗的眉目浮现了浓郁的笑意，言喻是个有趣的女人，她不仅有漂亮精致的外表，还有有趣的灵魂，喜欢一个人的时候，大约就会将她所有的不好，直接转化为她的美好。

就连言喻之前躺在医院病床上的时候，他盯着她失去血色的脸颊，都能看好半天。他就知道，他完蛋了。

他大概是，找到了上帝从他胸口抽走的肋骨。

只是他来得晚了些，他的肋骨在没遇到他的时候，爱上了别人，和别人结婚了，但他也该庆幸，他来得刚刚好，刚好抚慰她的创伤，刚好能努力一把，陪她度过余生，让他的肋骨，回到他的胸膛之上。

言喻一转眸，看到了站在楼梯口的秦让。她笑了起来，说："中午好，你起床了？中午想吃什么？早上还有粥剩下，你吃吗？"

秦让不挑食，给什么就吃什么。

言喻走进厨房，帮他热了一碗粥。秦让就坐在言喻的对面，慢慢地喝着粥，他声音沙哑了些："对了，秦南风和小星星呢？"

"小星星今天要去学芭蕾，她早上耍赖不肯去，最后还是南风说陪她去，她才答应了。现在估计两人还在舞蹈中心，我等会儿去接他们。"

秦让边吃边说："我们一起去吧，顺便带着两个孩子去吃顿好的。"

南北还躺在沙发上呢，她喝了一口牛奶，笑容暧昧地打趣两人："哟，老夫老妻了哈，周末小夫妻还带着孩子去玩一玩哈，那我呢？你们俩眼里还有没有我这个孕妇了？"

言喻失笑。

秦让的态度落落大方，他眸色深邃，仿佛有旋涡，让人不敢直视，至少言喻就不敢看，她下意识地就避开了秦让的目光。

第十章
言喻，乖乖地待在我身边

程家的老宅，一片寂静，灯光却明亮刺眼，穿着整齐的用人们来来回回地无声地走着，就像是来自工厂统一流水线上的工具一样冰冷。

空气里有些压抑的氛围。

今天是程家人的聚餐，坐了满满一桌子人。陆衍坐在主位上，下面是程管家、时嘉然的父亲时正锋、时嘉然、程二叔、程三叔和程七公，等等。

陆衍眸色淡然，没有什么表情。

时嘉然的旁边坐着陆疏木，她不太喜欢这样的聚餐，但又不得不参加，只能庆幸这已经算是好的了，程家公爷辈分的人都没有来，不然光是敬酒，她都要敬许久。

时家跟程家是多年的世家关系，也是多年的合作伙伴关系，双方都想着最好能强强联合，让两家集团双赢。强强联合的最好办法，自然是联姻了，时家有肤白貌美的千金时嘉然，程家有意气风发的公子陆衍，男才女貌，再适合结婚不过了。

今天聚餐的主题，也是讨论两家的联姻。

程七公作为长辈出面，笑容慈祥地说：“嘉然一看就会是个好妻子，嘉然啊，是我看着长大的，脾气好，性格好。”

有人附和：“就是啊，而且两个小年轻都有了疏木，遮遮掩掩了这么多年，我们做长辈的，是该给他们做主让他们结婚了。”

陆衍静静地坐着，没有抬眸，眼睫毛微微垂下，他脸部轮廓有些凛然，气场很强大。他安静地听大家讨论，等到大家讨论得差不多了，开始询问他意见的时候，他才开口。

陆衍抬眸，眸色冰凉幽深，透出了湛黑的寒气：“疏木不是……”他话才开了个头，陆疏木忽然就叫了陆衍：“爸爸。”

陆衍眉头皱起，看起来有些危险，他不喜欢陆疏木这样随意地打断大人之间的谈话。在座的人倒并不这么想，一是因为他们清楚，陆疏木会是程家的下一任继承人；二是因为陆疏木就是一个小孩子啊，平时又乖巧听话，让人哪里舍得生气？

陆疏木一点都不畏惧陆衍的目光，他睁着黑白分明的眼睛，清醒地说：“我困了，我让妈妈陪我上楼了。”

陆衍眉头越锁越紧，深邃的黑眸闪过锐利，带着透视人心的力量，直直地盯着陆疏木。陆疏木为什么突然打断了他的话，又叫时嘉然妈妈？

程管家笑了起来，淡声说：“小少爷年纪小，在长身体，容易犯困，就让嘉然小姐陪他上楼吧。虽然说男孩子不可以太依赖妈妈，但现在的少爷还是个很小的孩子。”

他近期很低调，仿佛进入了养老生活，事实上，他也差不多进入了养老生活，原本在他手头上的明面上的大部分权力，都落到了陆衍的手上。

但在座的各位谁也不敢小瞧程管家。

时正锋笑容满面，看了程管家一眼，又盯向陆衍：“疏木都舍不得妈妈了，你这个做爸爸的，难道还没玩够，还不想收心结婚啊？”

陆衍轻轻地扬了下嘴角，就算是回应了，他垂下眼眸，眼里却没有丝毫的笑意。

家里有程管家和时正锋逼着陆衍结婚，陆衍已经够烦躁了，却没想到隔天的董事会议上又有蠹虫一样的元老们，公司正事一件不做，只关心他什么时候和时家联姻，仿佛他想要在程氏立足，就只能靠女人。

会议结束后，整个总裁办的气氛都很凝滞，所有人都提心吊胆地做着事情，生怕怒火烧到了自己的身上。

偏偏许颖夏撞上了枪口，她用陆家老宅的座机打来了电话。

陆衍原本以为是陆家找他有事情，所以接听了起来，却没想到电话那头的人是许颖夏。

陆衍一听到许颖夏的声音，就皱了眉头，声线冰凉：“夏夏，有事吗？如果没有事情……”

他话还没说完，许颖夏就打断了他的话：“阿衍，我知道你在生我的气，可是，我都不知道我做错了什么。”

陆衍没有什么耐心，他耐着性子听许颖夏诉说着她曾经对他的恩情，等她说完后，他才平静地开口：“所以，夏夏，这次你又想要什么？”

言喻送小星星去学校后，就开车去了伦敦，她今天还有工作。一整个早上她都是忙碌的，忙得只喝了一口水，她抽空打了个电话让南北帮忙接一下小星星。

法院附近有一个私立幼儿园，里面的小朋友都是贵族和富豪家的孩子，学校采用中英双语教学。

言喻在等咖啡的时候，忽然从幼儿园的栏杆缝隙里，瞥到了一个小男孩的身影。

是陆疏木。

他正站在沙坑旁，面无表情地盯着他的小伙伴玩沙子，眉头微微蹙起。

言喻看到他这个样子，忍不住就笑了。如果她没记错的话，陆疏木是有洁癖吧，所以不肯一起玩沙子，看到别人玩，他还会全身难受。

咖啡店的服务员叫了言喻好几声，言喻回过神的时候，才发现自己居然就站在这里，愣怔地看了陆疏木这么久。她抿了抿唇，舒出了一口气，觉得胸口都是胀闷的。

她回头对着服务员笑了笑，拿了咖啡，走出了咖啡店，打算回到法院休息一会儿。

出了门口，她一转眸，就看到了原本站在沙坑旁边的陆疏木，已经走到栏杆旁边，安静地睁着黑色眼眸看她。

两人隔着马路，遥遥地对上了视线。

言喻的脚步顿住。一辆电车缓缓地从马路中央驶了过去，隔断了两人的视线，等了几秒后，电车已经开了过去，言喻看到陆疏木还站在那儿。

他身上穿着较薄的格子毛衣，质地柔软，他眉眼动了动，一双眼眸清澈似雪山上的雪水融化，带着春雨湿润的痕迹。或许是因为今天突然降了温，他本就白的皮肤更是白皙，两颊上还有一点点红，看起来很让人喜欢。

言喻蜷缩了下指尖，心里真的是柔软的，陆疏木的眼睛跟陆衍很像很像，男人长了一双这样的眼睛，真的会让女人心软的。就好像无论他做错了什么事情，只要他愿意服软，女人就一定会无条件地原谅他。

言喻眼里闪过笑意，他长大后不知道会让多少女孩伤心，但她心里期待的是，他能成为一个温柔的男孩。

言喻想，陆衍和他的未婚妻，应该会教好他的。

言喻朝着陆疏木笑了笑，抬步要离开，陆疏木却突然动了动唇，叫住了言喻："言喻。"言喻差点以为自己听错了。

陆疏木居然这么淡定地叫她全名，不是言阿姨，不是言姐姐，也不是其他什么称呼，而是淡定的两个字——言喻，就好像他已经是个成年人了。

言喻眉心微动。

陆疏木的声音干净，带了点小奶音，虽然他已经极力想要压抑住他的稚嫩了：“你过来一下。”

言喻都不知道为什么她会这么听一个小男孩的话，但她真的乖乖地过了马路，走到栏杆旁边，蹲了下来，和陆疏木的视线平行。

言喻弯了弯眼睛，眼睛里星光坠落：“你叫我过来，有什么事情吗？”

陆疏木眼睛一眨不眨地盯着她：“好喝吗？”

“什么？”言喻没有反应过来。

陆疏木重复了一遍：“好喝吗？”他的视线往下滑了点，落在言喻手中的咖啡上，微微抿了抿唇。

言喻这才明白他问的是她手里的咖啡。她抬眸，唇畔有浅浅的弧度：“你想喝吗？”

陆疏木点点头，扇子一样的睫毛轻轻地垂下。

言喻觉得小孩子喝咖啡不太好，但是陆疏木想喝，他的眼神又这样可怜，那，就让他小小地尝试一口？

“你只能喝一口哟。”

陆疏木很听话，真的就抿了小小的一口，他抿了后，像是在回味一样，过了两秒，说：“很甜。”

言喻眼尾笑意上扬：“是啊。”她喜欢吃甜食，咖啡里也是放了一堆奶精，如果吃不惯的人，会觉得太过甜腻了。

言喻看了下陆疏木的同学，都在玩游戏，她觉得陆疏木看起来似乎有点孤僻，她挑了挑眉，问：“你不和你的朋友们一起玩吗？”

陆疏木声音冷淡，表情都没有变化：“我没有朋友。”

这是言喻第二次以为自己听错了，人怎么会没有朋友？何况陆疏木年纪小小，但是他说他没有朋友时候的语气，又冷静得过了头，甚至带了点优越感。

“我不想跟他们玩。”

言喻都不知道该说什么了，她想拿出大人的口气，想温柔地告诉他，做人不能太孤僻，做人应该要有朋友的哦，但是，对上陆疏木湛黑的眼珠子，她什么话都说不出口了。

她在心里叹了口气，或许……陆疏木太过成熟，这些小朋友的心理年龄的确和他相差太多了。

言喻又问："你们学校是封闭式的吗？中午也不让你们回家吗？"

"我不想回家。"

言喻抿了抿唇："你爸爸也同意你中午不回去吗？你的小伙伴们也不回去吗？"

"嗯，我爸爸不管我。"

言喻眼眸微动，她第一反应就是，过了三年，陆衍果然还是那个陆衍，或许男人对待孩子都这样吧，不怎么上心。

陆疏木又说："你不觉得我很可怜吗？"

言喻皱了下眉头，心念微动，她笑了笑，不好评价别人的家庭，只是说："我比你可怜。"

"我知道。"陆疏木的嗓音平静，"我在爸爸的书房里，看到过你的资料，你是孤儿，从小是在福利院长大的。"

言喻的胸口倏然跳快了两瞬，她抿直嘴角："你爸爸调查我？"

"是啊。"陆疏木停顿了下，才道，"不过，我爸爸只调查他感兴趣的人。"

言喻觉得好笑："你年纪小小，就知道什么叫感兴趣吗？"

"知道，我对你也很感兴趣。"陆疏木冷静得不像个孩子，他语调平淡，"你是我爸爸的前妻。"

言喻琥珀色的瞳仁重重地收缩了下，她指尖发紧，嗓子眼忽然有些晦涩，什么都说不出口。

她抿着唇，勉强自己扯出笑意，道："是啊，前妻。"说出后面两个字后，她觉得自己淡然了，没有什么是不能接受的。

陆疏木也沉默了下来，过了一会儿，他问："你会跟别人结婚吗？带着小星星结婚？"

言喻一怔，她脑袋里空空的，半晌才缓过神来，认真道：“会的吧，但不知道是什么时候，等我重新遇到真爱和幸福的时候，我会结婚的。”

陆疏木乖乖地点了点头。

陆疏木的同学看到陆疏木在和一个陌生女人讲话，都围了过来，一双双小手握住栏杆，眨巴着星星一样的大眼睛，大多数小孩是英国人，好奇地看着言喻这个亚洲人。

有个刚刚玩得满手都是沙子的小女孩，想去拉陆疏木的衣服，陆疏木立马躲开了。

小女孩也不在意，笑容灿烂，热情道：“木，这是你的妈妈吗？她跟你一样，都是黑色的头发。”

言喻闻言，下意识地眼皮重重一跳，心脏不知道为何也仿佛感染了什么情绪，紧绷了起来。

小女孩没从陆疏木那边得到答案，直接扒拉着栏杆，睁着漂亮的蓝眼睛说：“你是木的妈妈吗？你来看他有没有在学校里好好表现对不对？他表现得很好哦，非常棒！我妈妈也会这样偷偷来看我。”

言喻想反驳，但像是有什么东西堵在喉咙间，她说不出反驳的话。她脑海里的神经纠缠在一起，乱成了一团，几乎无法思考，思绪如同被掩埋在土里。一层又一层，重重地，隐隐约约有东西要破土而出，那一瞬间的思绪快得让她无法抓住。

这个小女孩的话还挺多的：“我是木的好朋友。”

陆疏木的神情写满了冷漠，一看就没有把她当好朋友。小女孩丝毫不在意，笑得很开心：“我会好好保护木的，因为我妈妈说要保护弱小。”

陆疏木听到“弱小”二字，眉头紧紧地皱着，嘴唇抿得更用力了些，似乎不太高兴。

小女孩继续说：“我已经四周岁了，但是木才三周岁呢。”

言喻听到“三”这个字眼的时候，心脏重重地收缩了下，陆疏木三周岁了，这个消息如平地一声惊雷，轰鸣在她的脑海中。

她心脏都快跳出嗓子眼，全身都是冷汗，愣怔间，脑海里像是血液供应不足，所有的器官都停止了运转。

她掌心是濡湿的，她强迫自己冷静下来，胸膛起伏着，红唇扯出弧度，对那个小女孩微笑了下："是吗？你真棒，好女孩。"

小女孩害羞地笑了："以后我会做得更好的，阿姨。"

学校里忽然响起了铃声，小女孩"啊"了一声，她忙去拽陆疏木，这一次，陆疏木来不及躲开，被她拽到了，她说："要睡午觉了，老师要来找我们了，木。"

陆疏木静静地看了眼言喻。

言喻连忙道："你们快去休息吧，我也要去工作了，下次再聊，疏木。"她的手伸进了栏杆缝隙，习惯性地摸了摸陆疏木的头发。

陆疏木乖乖地让她摸，没跟她告别，就立在了原地，看着她离去。

言喻的精神有些恍惚，思绪飘得有些遥远，三年前的事情，一点点浮现在脑海，她想得心尖都发疼，她需要冷静一下，再找个地方，好好地思考一下。她的高跟鞋踩在石板上，她瞥了眼红绿灯，是绿灯。

思绪紊乱的她却没注意到绿灯早已经转变成了红灯，而不远处，电车已经朝着她的方向开了过来，她却毫无知觉。

电车喇叭声被按得震天响。

言喻下意识地顺着声音传来的方向看了过去，眼眸顿时瑟缩了起来，身后，是陆疏木几乎喊破喉咙的嗓音："不要，妈妈！电车！"

电车已经在减速了，但是由于言喻突然闯出来，即便减速了，也因为惯性而朝着她直直地撞来。

言喻的全身僵硬起来，明明大脑想让身体后退一步，身体却怎么也动不了。不知道是谁在她身后狠狠地拽了她一把，她脚上的高跟鞋一扭，脚踝上传来"嘎吱"一声，她疼得站不稳，直直地倒了下去。

"砰"的一声，言喻摔倒在地，她的一只高跟鞋落在电车轨道上，下一秒，电车呼啸着碾轧着高跟鞋过去了。电车呼啸而过时卷起的气流将言喻的头发吹起，言喻看着电车似乎擦着她的身体过去。

她心脏悬在半空中，惊魂未定，久久都没有落地。旁边有路人跑了过来，出现在言喻的面前，着急地问："你们没事吧？"

言喻还没说话，耳畔就有温热的呼吸，男人的嗓音干涩，低沉又带着磁性，仿佛有些隐忍："没事。"

言喻这才发现她的身下还压着一个人，难怪刚刚那一摔，她没有感受到多少疼痛。

她连忙翻转着身体，想要撑在地上爬起来，却换来男人重重的闷哼声。

言喻抿着唇，最后是在路人的帮助下，握着路人的手，爬了起来。她脚上只剩下了一只鞋子，另一只被电车碾轧了过去，孤零零地躺在电车轨道上。

电车也停了下来。

司机从驾驶座上下来了，他似乎很生气，皱着眉头，什么也没说，直接报了警。

路人扶着言喻，她疼得站不稳，皱了下眉，垂眸看了过去。

陆衍拒绝了路人的帮助，自己从地上站了起来，他身上笔挺的手工西装已经皱了，但他的背脊依旧挺拔。他沉默着，五官硬朗，高挺鼻梁下的薄唇紧紧地抿着，整个人透出一股骇然森冷的气息。

他走到言喻的身边，礼貌地对着那个路人道："多谢你了。"说着，他慢慢地从路人的手中揽过言喻，言喻下意识地想要挣扎，但她一动，就感受到了陆衍周身萦绕的冷冽气息，只好安静下来。

陆衍眉目染着寒霜，一张脸上写满了冰冷。

路人庆幸道："幸好你们俩没事。"路人说着，惊魂未定地看向言喻，"女士，你刚刚太危险了，都已经变灯了，你还在路上走，如果没有这位先生，会发生什么后果真的很难预料，感谢上帝。"

陆衍黑眸定了定，绅士地再次道歉："抱歉，是我没看好她，不会再有下次了。"

路人也是好心，她耸了耸肩，下巴朝着电车那边扬了下，说："司机在叫警察了，祝你们好运，伦敦警察对这个抓得挺严，估计不会很好说话。”

陆衍神情冷峻，眉骨一动不动，他倒不担心这个，薄唇勾出弧度，淡淡道：“谢谢你的关心，不过不会有事的。”路人也没再说什么了。

陆衍再次对路人道谢后，微微弯腰，绷着一张脸，面无表情地将言喻横抱了起来，他的双手似是铁壁，牢牢地禁锢着她。而他的右手就横在言喻的膝盖上，制住她的关节。

言喻觉得有些疼，不过再疼也没有脚踝疼，脚踝上传来了一阵又一阵剧烈的疼痛。陆衍的脸色看不出什么情绪，他迈开大步，往路边走了过去。

栅栏里，陆疏木的脸色微微发白，他抿着唇，紧张地看着陆衍和言喻，问：“你们有没有事情？”

陆衍绷紧了唇线，下颌的线条更是冷淡，没有吭声。

言喻怕陆疏木担心，她笑了笑：“没事的。”

现在一切平静了下来，她的心脏却仍旧没有落地，她一看到陆疏木，所有的思绪就都涌了上来。

陆疏木三岁了，而她和陆衍分开也三年了。这说明了什么？说明陆疏木差不多是在她离开的时候出生的，陆疏木是陆衍的孩子。

她原本看陆疏木瘦瘦小小，没有想过他的具体年龄，她以为陆疏木是在她离开后，陆衍和时嘉然生的，可是时间对不上。

心里的那个念头越来越强烈。她拼命地想将那个念头按压下去，拼命地想说服自己，陆衍会不会在婚内就和时嘉然发生了关系，在他去英国的那几个月里？

但更强势的念头告诉她，陆衍不会的。

陆衍这人，有着强烈的责任心，他会没有心，他可能不会爱你，但他不会选择在婚内肉体出轨。言喻挣扎了下，想从陆衍的怀抱中挣脱出去，她想认真地看看陆疏木。

她心脏都皱成了一团，心底深处有个可怕的期望在告诉她，她曾经的那个儿子，那个七个月被强迫引产的孩子，让她想起来心里就充斥着满满当当恨意的遗失了的儿子……

那个儿子会不会就是面前的陆疏木？

陆疏木为什么会长得矮小，身体不好？是不是因为他在非正常情况下出生的？

刚刚陆疏木是不是叫他妈妈了？

她当年的确没看到那个早产的男婴，她哪里想过那个孩子居然还活着。

言喻紧紧地攥住拳头，指甲掐入肉里。一阵阵刺痛，才能让她清醒，胸口的疼痛，已经快让她不能呼吸了。

“言喻！”陆衍看到怀中的人儿还要挣扎着离开，他压抑了许久的火气，终于没忍住，爆发了。他的黑眸凝结着浓重的冰霜，视线仿佛要将言喻搅碎。

“你知不知道，刚刚那种情况，只要我晚来一点点，你现在就要躺在医院……”他收住了还未说完的话，吞咽进嗓子眼，喉结上下滚动着，气得胸口起伏着，声音也充满了冷意。

他现在回想起刚刚的那一幕，心脏还是会疼得让他几乎直不起腰来，他不敢想象，如果他没来，如果他没能及时拽回她，现在的画面又会有多么可怕……他连想都不敢想，失去她，他会怎么样……

陆衍的后背都是濡湿的，他手背因为用力，青筋暴起。

言喻像是没听到陆衍的吼声，她拽了拽陆衍的袖子，忽然抬起眼皮，琥珀色的瞳仁里，映着的只有一个陆衍。她盯着陆衍，颤抖着声音问：“陆疏木，是不是我的孩子？”

这短短的几个字，仿佛用尽了她全身的力气，才从她的嗓子眼中挤了出来。她的目光一眨不眨地盯着陆衍，陆衍脸上的神情却没有一丝一毫的变化。他湛黑的眸子依旧如深渊古井，毫无波动，他的眉目仍旧覆盖着重重雪影，没有一丝温度。

他淡淡地盯着她，盯到她都快怀疑自己这个可笑的猜想。

陆衍的嘴唇扬起浅浅的弧度，噙着讥讽和冷漠，每一个字眼都像是冰刀：“你想太多了，言喻。”

言喻指甲掐入掌心，骨节泛白，她眸子冰冷，如寒光利剑：“陆衍，你别骗我！”

陆衍嗤笑道：“你觉得他哪里长得像你了？他有妈妈，他的妈妈就是时嘉然。”

言喻胸口宛若钝刀摩擦，但她不相信刚刚是自己出现幻觉，刚刚陆疏木明明叫她妈妈了，她强迫自己冷静思考，她想让躁动的神经不再跳跃。栏杆里的陆疏木忽然道：“爸爸，你流血了！”

陆衍声音平静：“没事。”

言喻闻言，抬眸，陆衍的脸上没有什么伤痕，但她想起他刚刚被她压在身下，又重重地砸落在地上，惯性和摩擦，足够让他吃一壶了。

陆疏木着急地提醒道：“爸爸后脑勺流血了。”

言喻环在陆衍脖子上的手，轻轻地碰触了下他的后脑勺，她的手指一碰到他的后脑勺，就濡湿了，她颤抖着手指，眼眸瑟缩，看到了指尖上猩红的血，触目惊心。

她抿紧下唇，眸光怔然地和陆衍的视线，在空气中对上了。

陆衍眼底寒意凛冽，比冬日的冷风还要让人瑟缩，他的嗓音很低，低得仿佛是从喉骨中溢出：“我没事，我刚刚说的话，你听到了没？”

言喻轻声道：“你流血了。”她忽然有些慌乱，陆衍后脑勺流的血越来越多，她嗓音也大了起来，“你放下我，我说你流血了，你听到了没？”

“没听到。”陆衍看都没看她，语气更是冰凉而不耐烦，随随便便地敷衍。

此时，特助才急急忙忙地赶到陆衍的身边，一看这情况，连忙道：“陆先生，您……”

陆衍声音淡漠如寒冰：“去把陆疏木接出来。”他的余光瞥到正朝着他们这边走过来的警察，英俊的眉宇有些不耐烦地皱了下，“还有，把警察那边处理一下。”

“是。陆先生，车子已经停放在那边，您身上有伤，让司机立马送您去医院吧，小少爷交给我。”

“嗯。”陆衍喉结动了动，他很快就上了车。言喻坐在陆衍的身边，她的脚踝已经肿得很大了，但她无心去看脚，所有的视线都被陆衍身上的伤占据了。

他的后背，承受了大部分的伤害，手肘处的西服已经磨破了，连同着手肘都摔得血肉模糊，他的掌心也是一片血红。

最严重的是后脑勺，倒下去的时候，他为了给言喻当垫背，毫不犹豫地就压了下去，却没想到有颗小石子躺在那里，重重地硌在他的后脑勺上，撞破了口子，鲜血直流。

言喻看了看自己满手的血，眼前模糊了，她咬了下唇，声音有些颤抖地说：“陆衍，你流了很多血。”

陆衍觉得脑袋有些晕，刚刚还并不觉得，他慢慢地闭上眼睛，想缓一缓，嘴上还是不饶人：“言喻，你是不是不想活了？如果你出了什么事，小星星怎么办？”

他缓了一下，就睁开了眼睛，唇色有些白，后脑勺的刺痛越来越明显，从神经末梢流窜到心脏。他绷着唇线，继续冷冷地嗤笑道：“刚刚那样的情况，陆疏木还在看着，你想给他留下多大的阴影？让他眼睁睁地看着你出事吗？”

言喻也知道自己刚刚做错了，她也明白刚刚的情况很危急，所以没有出言反驳。她从车子的小柜子里，找到了纸巾和棉签，然后仰头看着陆衍，深呼吸，认真道：“陆衍，我给你上药。”

整个车厢里，都是浓郁的血腥气。

陆衍拳头攥紧了又松开，薄唇似锋利的刀片，不知在隐忍着什么。他深深地看了言喻好一会儿，这才背对着言喻，坐低了些，让她给他上药。

两个人之间的气氛，难得安和下来，一时没有了针锋相对、剑拔弩张。陆衍垂着眼睫毛，眼眸很黑很黑，情绪隐藏。

言喻心无旁骛，所有的思绪都是眼前的伤口，那个伤口真的不小，他的黑发和血混淆在一起，看起来触目惊心，他一直在说自己没事，言喻却看到他脖颈上沁出密密麻麻的汗珠。

他一直在忍着疼痛。

车开得很快，不一会儿就到了医院，言喻想自己下车，让司机来扶着陆衍，她看到陆衍的脸色越来越差，怕他晕倒了。

陆衍却咬紧牙关，先下了车，不由分说地抱起了言喻。

言喻说：“我自己能走，你放我下来。”

陆衍声音干净，噙了几分不冷不淡：“你的脚受伤了，你还没穿鞋子，根本走不了，如果你还想磨蹭，不怕我流血晕倒的话，就继续挣扎。”

言喻深呼吸，顺从地任由他抱着。

医生看到陆衍，自然是先去处理陆衍的伤口，因为跟他后脑勺的伤相比，言喻脚踝的伤几乎可以忽略不计。但陆衍还是让一个女护士，帮言喻看了看脚踝。

言喻只是扭伤了，脚踝红肿着，暂时无法走路。

半个小时后，言喻的右脚踝上绑了石膏，被固定了起来，而旁边床铺上的陆衍正侧躺着。他已经疲倦地闭上了眼睛，睫毛纤长，脸色隐约苍白，他的额头上缠绕着厚厚的纱布，后脑勺处有血迹渗透。

病房里很安静，阳光透过窗户，洒落进来，在空气里，有着尘埃起伏的光柱。

言喻给法官打了个电话，说明了情况，改了阅卷的时间。只有安静下来，她才能抽空思考。她心尖不停地颤动，越想越觉得陆疏木刚刚的那一声“妈妈”是在叫她，她知道这个念头很疯狂，但心里的期待越来越大。

病房门被人推开，陆疏木快步地跑了进来，他看了下言喻，就跑到床边，有些紧张地看着陆衍。

言喻安抚他：“你爸爸没事。”

陆疏木没有说话，而是静静地看着她。

言喻安静了一会儿，一颗心慢慢地沉淀下去，她清了清嗓子，轻声地开口：“疏木，你刚刚是叫我妈妈吗？”

这一句话落下，整个病房更加寂静。

陆疏木没有回头，言喻只能看到他的后脑勺。他听到言喻的话，微微低下了头。

谁也没有说话，房间里很静很静。

病床上的陆衍，纤长浓密的睫毛轻轻地颤抖了两下，薄唇抿成冷冽的直线，他垂放在身侧的手指蜷曲了下，又慢慢地恢复了平静。他已经清醒了，也听到了言喻的话，却在隐忍。

这短短的一分钟，对于言喻来说，却很漫长很漫长，她的心脏快负荷不了这样沉痛的窒息感。

好一会儿，才有小奶音闷闷地响起，隐约含了浓浓的委屈：“你希望，我是你的儿子吗？”

言喻悬了许久的心脏，终于落了地，发出了沉闷的响声。她的脑海中有发动机在不停地轰鸣，像是螺旋桨在不停地转动，她的后背已经被冷汗浸湿了，感到一丝一缕的寒凉。

陆疏木的话，再明显不过了。

言喻攥起手指，她需要冷静，手指一根又一根颤抖着收拢在掌心里，指甲掐入掌心的肉中，掌心一片苍白。

比掌心更苍白的是她的脸色，她像是不敢接受这样的现实。

脑海中一片空白，心尖颤抖着，紧紧地蜷缩着，疼得仿佛被绞肉机狠狠地绞着，流淌在身体里的血液，都随着这个念头的确定，而慢慢地寒凉了。

如果陆疏木是她的儿子……言喻睫毛不受控制地颤抖起来，眼眶慢慢地泛起了红，灼热感袭上眼睛，她紧紧地咬住下唇，口腔里弥漫着不知从何处涌来的血腥气，生锈的铁味。

她眼前浮起水雾，视线模糊成了一片。有水珠，落在她的手上，像是断了线的珠子。在模糊的视野中，她一动不动地盯着陆疏木的后脑勺，嗓子干涩，什么话都说不出来。

空气都是凝滞的。

言喻没忍住，断断续续地有哽咽声溢出。

床上的陆衍，脸色沉沉，慢慢地睁开眼睛，他漆黑的眼底，没有什么情绪，只是眉眼间自然地浮现出久居高位的威严，唇畔有一丝讥讽。

当初不是她不想要这个孩子的吗？现在却哭得这样惨，是良心亏欠了，还是想在孩子面前演戏？

陆疏木也发现陆衍醒了，他的眼眶已经红透了，倔强地抿着唇，鼻尖红红的，想哭又不敢哭，对上陆衍漆黑冰冷的眼睛，他握紧小拳头，转头就投进言喻的怀中。

言喻的身上带着淡淡的香气，身体是柔软的，带着让他安心的味道。

陆疏木抿着嘴唇，把头埋在言喻的怀中，眼泪一颗一颗地往下掉落，他很少哭，哭的时候也是冷静的，无声的，压抑的。

言喻一动都不敢动，她全身都是僵硬的，垂眸盯着陆疏木柔软的头发，眼泪“吧嗒”一下，落在陆疏木的头发上。她慢慢地伸出手，抱住了陆疏木的脑袋。

她苍白的唇，轻轻地动了动：“疏木。”

陆疏木没有回答她，小手紧紧地抱着言喻的腰，他埋头在她的怀里，用力得仿佛要将以往遗失的拥抱，都找回来。

言喻嘴唇颤抖：“疏木。”

陆疏木声音很轻地说：“你别叫我。”

言喻的心脏一凉，她不知道该做出什么样的反应。陆疏木没再说话了，双手却一点都不肯松懈，紧紧地抱着，言喻也不敢再出声了。

两人不知道抱了有多久，她也不知道自己哭了多久。陆衍从床上爬了起来，他撑着床头的杆子，坐直身体，因为疼，眉间的“川”字深深，薄唇苍白，五官凌厉，轮廓深邃又凛冽。

他漆黑的眼眸里，几乎看不到光，也看不到底，目光是冷凝的。

言喻心里的酸水一点点往上冒出，慢慢地，形成了一片湖，腐蚀着她的心脏，吞噬着她的理智。

她眼睛都不眨，盯着陆衍的眼睛。她有很多问题想问，也有很多情绪想要发泄，但到了这个时候，她看到陆衍，居然有一点点安心。或许只有陆衍能回答她的问题，也只有陆衍和她是特殊的，因为他们有孩子，也有过往。

陆衍即便穿着病号服，脸色苍白，周身也透着一股不怒自威的气场，他皱着眉头，沉声道："陆疏木。"

陆疏木听到爸爸的声音，他动作停顿了下，然后背过手，用力地擦着眼泪，很快就冷静了下来，转过身，脸上已经没有泪水了。从他的红眼眶、通红的脸颊和湿漉漉的漆黑双眸，才能看出方才哭过。

他抿着唇。

陆衍淡淡道："你是男子汉，去擦脸，哭什么？"

陆疏木眼神透着倔强，他看了看言喻，又看了看陆衍，安静地站了一会儿，挣脱了言喻的怀抱。

言喻手中一空，胸口也仿佛跟着落空了。

陆疏木还真的就听陆衍的话，跟着推门进来的特助，走出了病房。言喻眨了眨眼睛，将眼泪忍了回去，深呼吸。她松开了手，一点都感受不到掌心的疼。

她冷静地盯着陆衍，问道："陆衍，我再问你一遍，陆疏木是不是我的孩子？"

陆衍面无表情，神情冷淡，看着她的眼神里含着寒气，眉如冰山。言喻咬紧牙根，眼神更冷："陆衍，你回答我，是或者不是？"

陆衍还是一声不吭。

言喻攥紧手指，她猛地拽过放在床旁边的拐杖，撑着拐杖一步一步地冒着冷汗走到陆衍的面前，眼角噙着凛冽。她绷紧唇线，越是生气，越是能忍，明明胸口的火焰快要灼烧光她的理智，她却强压下了所有的不满和怨气。

"陆衍，你不说话是吗？那你就是承认陆疏木是我儿子了？"言喻冷笑，她眼圈通红，黑白分明的眼里布满了血丝，“你真让我恶心。”

“我恶心？”陆衍的表情终于有了一丝变化，他冰冷的表情龟裂开，眼神像锋利的刀，敛住了锋芒。

言喻眼眸微微缩起：“那个孩子当年还活着，为什么不告诉我？为什么瞒了我这么多年？”

陆衍的目光盯着她的五官，不放过她的每一寸表情，他薄唇微勾，笑意冰凉淡漠：“告诉你？告诉你能改变什么？陆疏木留都留下来了，你还能选择什么？是掐死他？为了他留下来，抑或是带走他？”

他每说一种可能，言喻的脸色就更白了一分，她抿着唇，愣怔地看着陆衍。言喻眼眸里的情绪克制不住地翻涌着，胸中的浪潮如同海啸，呼啸着，席卷着，朝她吞噬而来。

她心脏瑟缩得让她无法承受，她突然腿软，全身都失去了力量。原来……原来陆疏木真的是她的孩子，是她当年那个被周韵强制引产的孩子，那个孩子还活着。

言喻眼前的视野早已蒙上了厚厚的雾，什么都看不见。

她的耳畔是他一声声冷冽的逼问。

“你会愿意为了他留下来？为了他放弃离开陆家？为了他甘心做陆太太？”他声音沙哑，声线绷得快要断开了。

言喻闻言，唇上的血色都快褪尽了。

她是个自由的人，她有自己的理想、事业和未来，她爱孩子，但她不会为了孩子而牺牲自己一辈子的幸福，一直待在那样压抑的陆家，所以，她知道她不会为了陆疏木留下来。

陆衍步步逼近：“那你想带走他？”

他话里的嘲讽意味已经很浓很浓了，陆家怎么可能让她带走陆疏木？就算周韵不要，陆承国也不可能会同意，更不用说陆衍了。

言喻不知道当年陆衍为什么愿意让她带走小星星，但当年的他，也绝不可能让她再带走陆疏木。

“就算我让你带走陆疏木，你能照顾得了他吗？”陆衍声音低低淡淡，“陆疏木离不开人，你又想拼事业，又想照顾小星星，你觉得你会分身术吗？”

言喻瞳孔重重地收缩，红唇抿成一条没有弧度的直线。她无比清楚，陆衍说的都是实话，当年的她，带不走陆疏木，就算是现在，她也没办法带走陆疏木。她的心脏仿佛被无尽的丝线紧紧地束缚着，遏住了她的呼吸。

陆衍薄唇讥讽，黑眸冷冽，声音出自深渊：“所以，你还是会选择抛弃陆疏木，带着小星星离开？所以，告诉你他还活着，能改变什么现实吗？”

什么都改变不了。

言喻慢慢地闭上眼睛，眼角的泪水渗出，无声地滑落，又隐匿在衣服之中。

她握紧拐杖，心潮起伏，她想告诉陆衍，不是这样的。他不能去假设，那都是没有发生过的事情，时间过去了三年，她也不知道当时的她得知孩子还在的真相，会做出什么样的选择。但至少陆衍不能连选择的机会都不给，随便就给她做了选择，让她因错失了陆疏木三年而痛苦后悔，让她以为自己没有保护好那个孩子，以致她在看到陆疏木的时候，甚至不能给他一个拥抱，让她现在不知道该怎么弥补陆疏木。

她只要想起陆疏木柔软渴望的眼神，心里就疼得难以呼吸。

陆衍冰冷的声音传入言喻的耳蜗之中：“你也不必觉得可惜，反正你当年也不想再跟我生孩子，你对第二个孩子也并不期待，我们当时的情况闹成那样，让你以为陆疏木不在了，才是最好的结果，不是吗？”

他话说得轻巧，却一下就激怒了言喻，她猛地睁开眼，眼眸里跳跃的都是熊熊的怒火。

“让我以为陆疏木不在了？你知不知道这三年我是怎样过来的？你是男人，你没有怀孕的经历，你不会知道女人失去孩子的痛楚有多大。这三年，我一直在愧疚，我愧疚我没有保护好他，我每看到一个孩子，就控制不住地想起那个我失去的孩子！我最恨的时候甚至想去伦敦杀了你，再回国一把火烧了陆家老宅！”她的声音越来越尖锐，眼圈的红大片地弥漫开，“可是呢，你在我痛苦三年之后，告诉我，那个孩子还在，而原因仅仅是你觉得可以不用告诉我？所以，我这三年都白白痛苦了是吗？这三年我感受到的丧子之痛，陆疏木没有妈妈的痛楚，都是笑话了是吗？”

陆衍额角的筋络跳动着，他眼底浮现的是极度的压抑，他是男人，他也有痛楚，但他不善于抒发情感，薄唇动了又动，什么也没说出来。

言喻紧绷的神经终于断开了，她情绪崩溃，没控制住，将手里的拐杖扔到陆衍身上。陆衍不躲闪，硬是让拐杖狠狠地砸在他的伤口处。

言喻的右脚受伤，她根本站不稳，陆衍一把将站着的她，拽到自己的怀中。失去拐杖的言喻重心不稳，不受控制地往陆衍的身上倒了过去。

而后陆衍双手用力禁锢住她，她握起拳头，抵在他的胸膛上，她咬着牙根，黑眸中火光跳跃，水雾四起：“你放开我，你和周韵一样恶心。”

陆衍恍若未闻，下颌冷冽，线条锋利，他喉结压抑地上下动着，任由言喻发泄着情绪。

言喻的声音里带了哽咽：“不管我想不想要陆疏木，不管我会不会为了他选择留下，我有生育权，我也有知情权。那个孩子明明还在，为什么要骗我，为什么要剥夺我做母亲的权利？”

人一旦失去了理智，争吵的时候，就丝毫听不进对方的话。

陆衍以几乎要嵌入掌心的力道，紧紧地搂着言喻，他用力得让言喻感觉到周身的骨头都要碎裂开了一般。他的嗓音从喉咙里一点点地溢出：“我没有骗你，那时候，我也不知道陆疏木还活着。”

这短短的一句话，声音不重，却似千钧之力，轰鸣在不大不小的病房里，又像是按了暂停键，让言喻的声音一下戛然而止，所有的尖锐都消失了。

“什么？”言喻的嗓音干涩得仿佛破了一个洞，她眸光怔然，仿佛失去了所有力气，一下撤回了紧握的拳头，僵硬地被禁锢在陆衍的胸膛之中，她感觉到了陆衍胸膛的起起伏伏。

陆衍低下眸子，从他的角度，只能看到言喻的侧脸，他看得清她白皙干净的皮肤和挺翘的鼻尖。

他摸不清自己的情绪，他不知道自己的想法，但这三年过去了，他根本没有忘记过她，他放言喻走的时候，也想过，不过是一个女人，两个人在一起，除了互相伤害，就只剩下互相伤害。他是男人，就彻底放手了吧。

可是这三年，他身边来来去去的优秀女人也不少，他不排斥和那些女人见面，但事实上，他的心里根本接受不了那些女人。这三年，没人能靠近他的心。

孤独终老也没什么，男人的一生，除了爱情，还有事业。

只是要习惯经常孤独，那种孤独，在无人的时候，会侵蚀他的灵魂，让他无法克制地想起她。

他是喜欢她的，这么多年，除了许颖夏，他也就喜欢过这么一个她。爱不爱她，他不知道，也不想知道。但见过她之后，其他女人似乎再也无法让他提起一点点兴趣了。

陆衍眼底暗芒汹涌，当年的言喻不想要和他再生一个儿子，但三年过后，现在的她对陆疏木似乎是喜欢的，愧疚的，她想要靠近陆疏木。

那他又何必一直抓着三年前的事情不放？她当时不想要孩子就不想要吧，只要她现在愿意要，未来愿意要，就好了吧。

有时候想通，不过是一瞬间的事情。他清楚地知道，他不想再忍受孤独，他既然再一次抱住了她，就不想再放开了。即便这一次，依然会将双方伤害得遍体鳞伤，直到他不再喜欢她。

陆衍哑着嗓音说："陆疏木前两年一直被程管家藏了起来，一年前，我才知道他的存在，当年我也不知道，我并没有骗你。"

言喻捕捉的重点和陆衍不一样，她只听到陆疏木前两年一直被程管家藏了起来，一颗心就疼得不行，似被刀割一样疼。

她原本以为这三年，陆疏木至少是在陆衍的爱护下长大的，却没想到他一直被程管家养着。程管家有多急功近利，有多无情，她是知道的。即便他不会伤害陆疏木，但教育陆疏木的方式也一定是残忍的。

言喻迫不及待地想要见到陆疏木。

陆衍盯着言喻表情的变化，一个可耻的念头浮现上来，他都可以想象南北嘲讽的嘴脸了。南北一定会冷冷地嘲笑："陆总不是说不会拿孩子做筹码吗？现在打脸了，脸疼不？"

陆衍想到这里，呼吸绵长了一瞬，眼里冷意更甚，他缓慢地对言喻道："你想陪在陆疏木身边，是吗？你想补偿他，是吗？他从小到大，什么都不缺，就缺少母爱。"

"所以，很简单，回到我身边。"言喻听到他波澜不惊的最后一句话时，琥珀色的瞳仁重重地收缩了起来。

他重复了一遍："回到我身边。"

言喻抬起头，正好对上他深邃的眸子，她清晰地听到了自己的回答，只有短短的三个字："不可能。"

傍晚的时候，南北带着小星星赶到了病房。她目光直直地找到了言喻，朝着言喻奔了过去。小星星也撒开腿，跑到言喻的床畔，委屈道："妈妈！"

言喻来不及安抚小星星，她紧张地看着南北："你小心一点，你现在怀着孕呢。"

南北站定了，摸了摸肚子，脚步也缓了下来。

小星星黑眼睛眨呀眨，问："妈妈，你现在疼不疼呀？"

言喻故作委屈："疼。"

小星星就学着言喻平常的样子，轻轻地摸着言喻脚踝上的石膏，温柔道："石膏石膏，你要快点让妈妈康复哟！妈妈，我跟石膏说了，你别担心了，你的身体里还有很多很多很好的细胞，也在帮你修复身体呢！"

言喻笑了，但她看到小星星的笑容，就不可避免地想起了陆疏木。在她的印象里，几乎没看到过陆疏木的笑容。

言喻其实是和陆衍一个病房的，这是陆衍的安排，这家私立医院只听陆衍的，言喻根本没法改变什么。

南北和小星星在关心言喻的时候，隔壁床上的陆衍就靠在床头上，他微微垂着眼睑，专心致志地翻看着报表。

南北看言喻没事，就放心地坐了下来，她大概知道今天是陆衍英雄救美，救了言喻，不过在她看来，这算不了什么大事。他本来就欠言喻的，何况就算是一个陌生人快被电车撞到，出于人性，他也该救人吧。

南北余光看了眼陆衍，他似乎看起来也没受什么大伤。

小星星还想走过去关心一下陆叔叔，却一下就被南北抱了起来。南北说："小星星，隔壁陆叔叔真可怜啊，孤家寡人，都没人来看他。"她奚落陆衍，语气是幸灾乐祸的。

陆衍手上的动作停都没停一下，仿佛他什么都没听到，仿佛他并不知道南北在指桑骂槐。

南北笑了起来，放下小星星，笑眯眯地抓了个苹果削了皮递给言喻："阿喻，我给你削个苹果吃啊，虽然我削得不太好看，我也知道这三年你都习惯吃秦让削的苹果，但你先将就着吃，等会儿秦让就来医院了，他说会给你转院的，放心。"

她嗓音不大不小，却欢快得很，陆衍想不听到都难。

言喻眉心跳了跳，皱紧眉头，失笑，南北在胡说八道些什么？

"秦让刚刚听到你差点出事，急得连庭都不想开了，他可是名状啊，居然会想抛下法庭！"

这是南北夸张的说法，秦让有职业道德，也必定不会随意离开法庭。

陆衍听到南北的话，薄唇抿紧，眸色幽深了几分。他冷笑，是时候让宋清然亲手将这个孕妇逮回去了。

南北说了几句，也就不再刺激陆衍了，主要是陆衍一直不吭声，她一个人一直说下去，也没有多大的意思。她看了看言喻受伤的脚，眉眼闪过心疼，轻声道："阿喻，你要小心点，过马路的时候一定要左右看看。小星星都知道的事情，你怎么一点都不注意呢？"

言喻也觉得中午的自己很恍惚，但是，她明白自己为什么恍惚，她还没跟南北说陆疏木的事情。

小星星刚刚被南北阻止去陆衍那边，她也就不再过去了，乖乖地趴在言喻的床边，眨巴着眼睛。

从陆衍的方向，只能看到她无情的背影，陆衍忽然觉得胸口有些闷，像是什么东西堵在了那儿，脑仁也越发疼了。

小星星这丫头，真是没心没肺，三年过去了，她还真的一点都不记得他这个爸爸了。

陆衍单手拿起一旁的手机，手机振动了一声，他长指滑开屏幕，看到了来自宋清然的消息——“南北是不是去找言喻了？”

陆衍粗粝修长的手指轻轻地摩挲着手机，他垂下眼睑，窗外夕阳的余晖落了进来，在他轮廓分明的脸上打下一片阴影，他薄唇勾勒出弧度，像是在笑，又像是面无表情。他手指微微动着，只发出短短的一个“是”字。

宋清然那边回复得很快：“多谢。”

病房门再一次被推开的时候，时嘉然走了进来。

时嘉然的脸上挂着浅笑，她穿着白色的套装裙，优雅又温柔，一双眼眸如烟雾渺渺，透着水汽。她对这间病房里同时住了两个人的场景一点都不惊讶，她先走到言喻的床畔，勾了勾嘴角，笑着打招呼：“言律师。”

时嘉然的声音偶尔强硬，但当她软下来的时候，又带了柔软的音质，恰到好处地好听。

言喻抬起眼皮，脸上的笑容也恰到好处，眉眼熠熠生辉，即便脸上的妆容已经不再那么完整了，但是气度一点都不缺少。

“你好，时小姐。”

时嘉然叫她律师，是因为言喻本身就是律师，但言喻叫时嘉然时小姐，不是因为瞧不起她，而是因为时嘉然的确没有什么正经工作，名媛就是她的身份。

时嘉然弯了弯嘴角，正准备拐道去陆衍那边，垂眸就对上了小星星湿漉漉的漂亮眼睛，这一双眼睛的标志性太过明显，陆疏木是这样，陆衍也是这样。

时嘉然一下就反应过来，这个小女孩，是陆衍和那个前妻的孩子，是一离婚就直接判给女方抚养的孩子。她微微一怔，抿了抿唇，不禁想起程管家说过陆衍不喜欢和前妻的小孩，所以当年才直接让女方引产，却没想到陆疏木活了下来，被程管家带走养着。

而陆疏木回到陆衍身边之后，她也并不觉得陆衍讨厌陆疏木。

小星星不怕陌生人，她看着时嘉然，觉得这个阿姨长得真好看，她眼睛就弯弯的，然后笑眯眯地说："阿姨好。"

时嘉然回过神："你好。"她说完，就朝着陆衍的病床走过去。

陆衍看到她来了，冷峻的脸上没有什么多余的情绪，眼眸很黑，似是深渊，他淡声开口："你怎么来了？"这一句话，其实让时嘉然挺没有面子的。

时嘉然倒是不在意，她搬了把椅子，坐在床畔，长腿优雅地交叠着，弯唇，眼里似是落着星光："来看你啊，听说你英雄救美，来给你颁发英雄奖了。"

她纤细的手指抓起一个苹果晃了晃，说："给你削个苹果作为奖励，怎么样？"

陆衍眸色淡淡，没有理会时嘉然。

言喻收回了看那边病床的视线，她眉心闪过一丝阴郁，觉得空气里散发着浓郁的尴尬。

现在前妻、现任这样共处一室的情况，算什么？

如果是今天之前，她还可以心安理得地想，反正都离婚了，两不相干了，她又何必和他们共处一室，但现在，她胸口起伏了下，觉得心里有些沉。

这三年，一直是陆衍身边的那个女人，帮她照顾陆疏木的吗？她还记得不久之前，陆衍的未婚妻自称是陆疏木妈妈的场景。

言喻深深地呼吸了下，这个场景不久之后就会名副其实吧，时嘉然的确会成为陆疏木的妈妈，陆衍的太太。而她都不知道现在该怎么告诉陆疏木，她就是他的妈妈，还有……当年的事情，究竟是怎么回事？为什么陆疏木还活着，又被程管家带走……

时嘉然削苹果削得又快又好看，她还心灵手巧地切成了兔子形状，用盘子装好，插好牙签，让陆衍吃。

陆衍声音波澜不惊："不吃。"

时嘉然也不多做纠缠，直接站起来，走到言喻的面前，笑着说："你吃不吃？我切苹果是很厉害的。"

言喻笑容自然地接过："谢谢。"

时嘉然不动声色间打量着言喻，她这几天查了不少言喻的资料，除了出身不好，她自身一直是很优秀的。只可惜，她曾经和程辞恋爱过，又不受陆衍母亲的喜欢。

南北也伸手吃了块时嘉然切的苹果，她笑眯眯地说："时小姐很贤惠嘛，我还以为豪门千金都是十指不沾阳春水的。"

时嘉然打趣自己："所以我是个假千金。"正随意地说着话，门又被推开，这次进来的人是秦让。

秦让俊朗的眉头紧紧地皱着，他身材高大，大步地迈了进来，手里还拉着一个行李箱，是上庭用来装卷宗的箱子。他应该是从法庭上直接赶过来，外面下了小雨，他的肩头沾湿了点，黑发也软了几分。

言喻对上他漆黑的眸子，他看到她受伤的脚时，眸色一深，喉结动了动，倒是什么话都没说。

南北笑道："秦让，你来了呀。"

秦让"嗯"了一声，已经走到言喻的床畔，将手里的行李箱放在了一旁。其实，他在进来的那一瞬间，就看到了另一张病床上的陆衍，以及病房里的陌生女人。

秦让眉心微动，这个女人说陌生也陌生，说不陌生也并不陌生。因为他不止一次在报纸杂志上看到过，这个女人是陆衍的未婚妻。

秦让温和地笑了笑，对着时嘉然道："你好，我是秦让。"

时嘉然一怔，然后笑了起来："你好，我叫时嘉然，你是……言律师的朋友？"

秦让闻言，下意识地垂了垂眉眼，去看言喻，对上言喻的视线时，又慢慢地移开了，他声音含笑，干净清冷："是。"

明明没有什么暧昧的举止，也没有暧昧的语气，但他的眼神，足以说明了一切。时嘉然心里恍然明白了几分，这三年，是面前的这个男人陪言喻度过的。

陆衍在秦让进来的时候，周身的气息就变得冰冷了几分，他眼眸深邃，眼底暗沉，不带什么情绪地看向了秦让，沉默了下，直接掀了被子，下床。

他站起来的时候，高大的身影充斥着空间，整个病房都显得逼仄了些。

即便穿着病号服，额头上还绑着绷带，陆衍的神态也没有半分颓然，他敛了敛眼眸，薄唇微微抿着，下巴微扬，说："秦律师，好久不见。"

秦让脸上的笑意如同春风，看得见，摸不着，他看似亲切，却让人难以近身。

秦让淡淡地说："陆总，多谢你救了言喻。"这一句话，亲疏远近，一下就分明了，他在表示，这三年都是他陪伴在言喻的身边。

陆衍声音更淡，他喉结动了动，语调是缓慢又冰冷的："救她是应该的，毕竟她是我孩子的母亲。"

秦让早就猜到陆衍会这么说，他也会像个小男生一样在意这些小细节，言喻和陆衍有孩子，但那是言喻的过去，他既然决定追她，早就做好接受她过去的准备。

秦让低头看着言喻，说："一个病房里住两个人不太方便，我帮你准备了一个新病房，我们现在搬过去？"他嗓音温和低哑，带着温柔的蛊惑。

言喻眼角浮起浅浅的笑："不用了，我只是脚伤，也没必要继续住院，直接帮我办出院手续吧。"

陆衍闻言，看了言喻一眼，冷峻如斯的面孔上覆了淡淡的寒霜，但他什么都没说，任由着秦让去办出院手续。

言喻坐在轮椅上，被南北推着往病房外走去，在病房门口的时候，她忽然让南北停一下，她转眸往病房里看了一眼。

陆衍正坐在床上目光冰冷地看着她，整个人透着浅浅深深的阴鸷。言喻心里有些闷，抿直唇线，说："陆衍，我想找个时间，跟疏木还有你谈一谈。"

陆衍目光冷凝，薄唇看起来薄情又冷漠，他没有回应。

南北眯了眯眼眸，目光从陆衍身上，移到了言喻身上，她似乎知道了些什么，右眼皮沉沉地跳了起来。她见两人没再说话，就推着言喻的轮椅走，身后，病房门慢慢地合上，遮住了陆衍冷冽的视线。

而走廊的尽头，是时嘉然和陆疏木。

陆疏木显然和时嘉然很亲近，他的手被时嘉然握着，时嘉然没看到言喻，正低头跟陆疏木有说有笑，陆疏木虽很少回应，但也会配合地点点头。

时嘉然的另一只手上正拿着一串糖葫芦，不知道她是怎么在伦敦买到的。她蹲了下来，把糖葫芦放在陆疏木的嘴边，嘴唇微微动着，似乎在劝陆疏木尝一尝。

陆疏木先是摇摇头，最后仿佛耐不住时嘉然的纠缠，他乖乖地张嘴咬了半颗。

时嘉然笑得满足，忍不住伸手揉乱了他的头发。

南北盯着时嘉然和陆疏木，冰凉的嗓音有些讥讽："陆衍的未婚妻和儿子的关系还真的挺好的，也是，毕竟是亲母子，是该关系好。"她顿了顿，又说，"不过，陆衍也是奇葩，前段时间带着他未婚妻的儿子去找你做什么？听说男人就是这样，得不到的才是最好的。他估计现在后悔和你离婚了，就开始在两个女人之间徘徊，舍不得你，也舍不得未婚妻，恨不得将白月光和朱砂痣都拥有。他也不去照照镜子，哪里有这么好……"

"陆疏木是我的儿子。"言喻打断了南北的话。

南北的话戛然而止，她的第一反应还以为是自己听错了，她顿了顿，刚想问，言喻又重复了一遍："陆疏木是我的儿子。"

"什么？"南北的脑子像是停止了转动一样，她愣怔着，缓缓地消化着言喻的这一句话。

她了解言喻，言喻不会乱说话。

她脑仁的神经忽然重重一抽，一下就想起了三年前言喻被周韵押着去医院引产的事情……如果陆疏木是言喻的儿子，那么，也就是说三年前的那个孩子其实还活着，而言喻就这么被隐瞒了三年？

南北眉头紧紧地蹙起，她问：“陆疏木是当年的那个孩子吗？”

言喻抿紧唇线，轻轻地点了点头，她睫毛动着，深呼吸：“是。”

“陆衍藏起了那个孩子，现在才告诉你？”南北说着，火气就有点上来了，她是知道言喻有多伤心绝望的，陆家这样也未免太欺负人了！

言喻摇摇头：“不是陆衍。”

她说话的同时，眸光一眨不眨地盯着陆疏木，觉得怎样都看不够，只是看着他和时嘉然亲密的画面，她的胸口像是打翻了醋，泛着酸意，又像是硫酸腐蚀着心脏，一阵阵疼。

她感谢时嘉然，又嫉妒时嘉然。

南北皱眉：“不是陆衍？那就是程管家？如果还不是，那就是周韵了！这些老头老太太怎么这么烦？都什么年代，什么社会了，还那么封建，动不动就插手年轻一辈的事情，跟宋清然他奶奶有的一拼了。”

言喻像是没听南北的话，她沉默了许久，忍了许久胸口的酸胀，坚定道：“北北，我想养陆疏木。”

这几乎等同于天方夜谭。目前，陆疏木在法律上和言喻没有任何关系，言喻就算想走法律途径，也绝无可能。而且，陆疏木从小长在程家，从他接受的教育大概可以猜出，他是被当作程家的下一代继承人来培养的。程家怎么可能把他们的继承人给言喻抚养？

但是南北没有打击言喻，她弯了弯唇，笑容灿烂，握住了言喻的手：“我相信你，言言。”

出院的方向和陆疏木所在的地方，是两个完全相反的方向。南北转了个方向，继续推着言喻前进，离陆疏木越来越远。

南北想了好几种方法和可能性：“方法呢，都是人想出来的。你先做鉴定，说你和陆疏木是母子关系，直接向法院提起抚养诉讼，说陆衍恶意隐瞒！”

言喻的手指蜷曲了下，不管起诉或者不起诉，她一定要先想办法做亲子鉴定，再弄个公证，她要想办法在法律上确认她和陆疏木的亲子关系。

南北又笑着献策道："当然了，还有一种办法，那就是你去色诱陆衍，让陆衍心甘情愿地确认你和陆疏木的关系，然后你再想办法和他复婚，然后再离婚，争夺抚养权……啊，这不是骗婚吗？陆衍最后得知真相的时候，一定会气得吐血而亡。"

这都是什么糟糕的想法！

言喻笑得眼睛都弯成了小月牙，她一晃神，心里的想法倒是很确定，她不会再这样欺骗陆衍了。

秦让开车送几人回利兹，他原本想让言喻直接待在伦敦的家里休养，但是言喻不肯，他知道言喻没对他放开心思，现在无法逼得太紧，也只能先答应送她们回去利兹。

他从后视镜里看了一眼，后面的几人都已经闭上眼睛睡着了。他的眸光从南北和小星星的脸上掠过，最终落在言喻的脸上。暮色四合，车里没有开灯，她的脸看得不是很清楚，但看得到她模糊的轮廓，是柔和的，让他想要轻轻地拂过。

秦让握着方向盘的手指慢慢地收紧，他想起陆衍。

从之前的出现到今天的救人，他不知道陆衍在言喻的心里，现在有多少分量。他抿紧薄唇，收回视线，目不斜视地盯着前方，攥着方向盘的手指越发地紧了。

车内很安静，到达利兹的房子前，车子慢慢地停了下来，但是后排的三个人都没有醒。

秦让下车的那一瞬间，南北忽然睁开了眼，小星星也醒了，没醒的只有言喻。秦让把小星星抱了下去，南北也轻手轻脚地跟着下车了。

秦让说："南北，你先把小星星带进去，我在这边等言喻一会儿。"南北带着深意看了秦让一会儿，暧昧地弯唇，点了点头。

秦让失笑。

言喻醒过来的时候，她正靠在秦让的胸膛上，整个人蜷缩在秦让的怀中，她没动，隔着布料，都能感受到秦让胸膛的温度和紧实。

她睫毛动了下，还没反应过来。

“醒了？”言喻听到低沉的声音从她的头顶传了下来，她怔了怔，反应过来的时候，立马从秦让的怀中撤退开来。

她转过脸，看着秦让，脸上还浮现着睡觉时的嫣红：“抱歉。”

秦让觉得怀中一空，他修长的手指蜷缩了下，淡淡道：“你哪里做错了，需要道歉，嗯？”

言喻脑袋有些沉，反应慢，她轻轻地“啊”了一声，呆呆愣愣的样子，让人心软。

秦让倒没再说什么。

言喻愣怔地往窗外看了眼，外面的天色已经很黑了，车内没有开灯，在这狭窄黑暗的空间里，两人之间的气氛有些暧昧。

言喻抿了抿唇：“几点了？”

“九点了。”秦让说。

言喻轻轻地笑：“一不小心就睡过头了。对了，你今晚来利兹，南风怎么办？”

“我让他爷爷奶奶暂时照顾他一下。”

言喻的愧疚深了几分：“其实不用你送我们的，你应该在家照顾南风才对。”

秦让没跟她争执这个，他打开车门，从后备厢拿出轮椅，摆好后，弯腰站在车门旁，笑道：“我抱你出来。”

现在也只能抱了。

秦让伸出手，将言喻抱在怀中，他整个怀抱里都是她，他抿了抿唇，脚下的方向一转，直接抱着她，走进房中。言喻皱了下眉头，小小地挣扎了下：“秦让，把我放在轮椅上就好。”

“别动。”秦让的嗓音很淡，他垂下眼眸看她，眼底有投射的阴影，眼神是深邃的，“我抱你进去。”

说第二句话的时候，他的声音特别温柔。言喻胸口起伏了下，安静了下来。

当天夜里，秦让就先在这边住了下来。睡前，言喻还跟秦南风视频了，秦南风表示很想她，言喻也想秦南风，但是她更想的是陆疏木。

南北最后检查了一遍言喻的床和被子，她走了出去，站在门框边上，问：“我关灯了？”

“嗯。”

南北的手指就在灯的按钮旁边徘徊，她看着躺在床上的言喻，犹豫了下，还是轻声道：“阿喻，其实，秦让真的挺不错的，他也在你身边三年了。”

言喻的手指无意识地抠了下毯子，她回过神，说：“北北，我和秦让不适合的……现在还知道了陆疏木的存在，我们更不可能的……”

他们这三年，一直保持着普通朋友的关系。

第二天，南北早早地醒来，去厕所吐了一番，然后洗漱完，代替言喻去叫小星星起床。她哄着小星星穿好衣服，两个人手拉着手下楼梯。

南北在客厅中，看到了一个不速之客，她的眼眸迅速地睁大。

宋清然正在看报纸，他微微垂着头，听到下楼声音的时候，他抬起了头，准确无误地看向了楼梯上的南北，那双眼眸里带着隐晦的深意。

宋清然漆黑的瞳孔紧紧地盯着南北的肚子，让南北觉得毛骨悚然，她下意识地摸了下肚子，然后想到什么，把手收了回去。她继续往下走，眸光淡定：“宋清然，你也来看言喻了？”

宋清然脸上没有什么笑意，认真一看，他眼睛里隐约布了血丝，有些猩红，他什么都没说，静静地看着南北。

小星星看到宋清然，就跑了过去，笑眯眯地叫他：“干爹。”

南北正准备给小星星烧开水，泡奶粉，她不冷不热道：“小星星，不是所有人都能当你干爹的。”

宋清然看到小星星，眼里闪过一丝清浅的笑意，他一把抱起小星星，整个怀抱里都是小女孩的奶香气。他素来话少，只是笑了笑，什么也没说，走到南北的身边，强硬地从她手里接过了水壶。

他薄唇紧抿，意思很明显了，他要帮南北烧开水。

南北看他要烧，就松开手，让他烧。她直接走开了，但是小星星这个吃里爬外的一把抓住了南北的衣服，软软地说：“干妈，你怎么不理干爹呀？干爹不说话，看起来好可怜哟。”

有什么好可怜的！

南北浓长的睫毛动了动，胸口隐约有闷闷的感觉，因为小星星的挽留，她终究没有离开厨房，就陪在小星星的身边。她看都没看宋清然，但一直能清晰地感受到宋清然灼热与冰凉交杂的视线。

南北深呼吸，三人一起出了厨房。

不久之后，秦让也起床了，他系着领带下楼的时候，也一眼看到了抱着小星星的宋清然。他修长的手指微微顿住，不动声色地挑了挑眉：“宋总，早上好。”

宋清然黑眸里沉浮的都是冷冰：“秦律师。”

秦让拐弯进了厨房，家里的阿姨已经在忙活了，秦让淡淡地说：“等会儿我给言喻送上去。”言喻的脚不方便，只能躺在床上。

阿姨笑着把饭菜都端到了餐桌上，南北、宋清然和小星星一起吃饭，秦让则端着饭菜去了二楼。

秦让敲了敲房门，听到言喻在屋里应声后，他推开了房门。言喻的膝盖上放着笔记本电脑，她戴着眼镜，正在专心致志地工作，她抬起眼皮，看到秦让的一瞬间，眼里闪过亮光。

秦让笑道：“怎么了？”

言喻眉眼弯弯：“这件事只能拜托你了，我还有案件没结束，但法院那边是没办法推迟的，我知道你的案子很多……”

她的话还没说完，秦让唇畔的笑意更深：“想把你手里的案子移交到我这里？”

“是啊，当然了，案子的所有报酬我都会转给你。”

秦让的脑海里过滤了下最近的案子，工作归工作，他思考了下，觉得自己能对得起委托人的委托，这才答应了下来。

他把一旁的小桌板撑开，放在言喻的床上，再把饭菜摆了上去，垂眸看她：“先吃饭。”

言喻心情很好，吃饭的时候也是笑眯眯的。秦让靠在一旁的架子上，似笑非笑地说：“宋清然来了。”

言喻吃饭的动作微微一顿，不知道为什么，她第一时间觉得和陆衍有关。宋清然来得这么突然……她抬起头，问：“那他现在在楼下和南北吃饭吗？他知道了南北怀孕的事情？”

“不清楚。”秦让的语气有些淡然，他对南北不是很关心。

言喻想着等会儿下楼看看，她转移了话题：“你吃早饭了吗？饿不饿？”

秦让眉眼浮动，他沉默了一会儿，居然坦然地说：“饿。”

言喻正拿起一个包子准备吃，闻言，直接把手里的包子递给他：“那赶紧吃个包子。”

秦让盯着那个被她举高的包子，不知道在想什么，然后弯腰，俊脸靠近言喻的手，他咬了一口她手上的包子。言喻愣了愣，好一会儿才反应过来，一抬眸就对上了秦让深邃如海的眼眸，她在他的眼眸里，清晰地看到了她的缩影，他眼睛的世界里，纯粹得仿佛只有她一个人。

言喻睫毛一闪，下意识地就要垂头避开他的视线。却偏偏，秦让这一次怎么都不让她躲避了，他伸出手，反握住她的手腕，让她动弹不得，他也没做其他事情，只是认真又缓慢地将她手上的那个包子吃了个干净。

吃包子的过程漫长又磨人，言喻觉得不自在，她呼吸绵长了起来，隐隐忍住空气里弥漫的暧昧。在她心里，那股暧昧就成了若有似无的尴尬，她假装若无其事地笑道：“是最近跟南风学的吗？不对，南风吃饭都不用别人喂。”

秦让声音干净清爽，他没有一丝一毫的尴尬，一本正经地反驳：“没跟南风学。”

言喻忽然不知道说什么，她隐约知道秦让会说什么，只觉得背脊窜出了一阵不适和怪异感，她是害怕的，害怕秦让捅破那一层窗户纸，让他们连朋友都做不成。

言喻从小在福利院长大，她缺少爱，也急需爱，但她这人对感情又很吝啬，所以她的朋友很少，认定了，就会是漫长的一生。她从认识秦让开始，从接纳秦让的帮助开始，就将秦让定位为亦师亦友的人。而定位为她的爱人，她真的很难，也不想改变秦让的位置。

更何况，朋友是一辈子的，但爱人很难一辈子。

秦让不是傻子，言喻的躲避，他看在眼里，他紧紧地盯着她的神情，好半晌，喉结滚动，终究是不忍心，眼里的光泽暗淡了下来，抿紧了唇。他垂眸笑了笑："还吃吗？不吃了，我就拿下去。"

言喻点点头。

秦让没再说什么，他收拾好碗筷，走出房间，卧室的门在他的身后缓缓地关上，他才抬起脸，脸上一派冷然，嘴唇紧抿成有些冰凉的弧度。

言喻对他还真是没什么感情，其实他早就清楚，这三年来，她从来不关心他的感情状况，也从不去问关于秦南风妈妈的事情，就足以说明了一切。

楼下，只有小星星在客厅看《小猪佩奇》。她怀里还抱着玩偶，是穿着红色裙子的佩奇，还有穿着蓝色衣服的乔治，小星星左右两边各抱一个，时不时逗一逗它们。

秦让走到她的身边，小星星叫道："秦叔叔。"

秦让"嗯"了一声，问："南北阿姨呢？"

小星星摇摇头，说："她刚刚跟干爹出去了，叫我乖乖地等她。"秦让眉心舒展开来，倒也没再说什么了。

南北和宋清然就在房子的院子外，宋清然英俊的面孔沉得快滴下水来，就是一言不发。南北恨极了他这样什么都不说，什么都不讲，永远只会冷暴力，她受够了。

南北抬起眼皮："宋清然，你有什么事情就说什么事情，可以吗？我追在你身后那么多年，你表情是这样；我因为住在你家里，在学校被人欺负，你的表情也是这样；我跟你告白，你的表情还是这样；你在媒体上宣布你要和别人结婚，你的表情也是这样；我说分手，你也依旧是这样！你这种人是没有心的，我真是白白瞎了这么多年！”

宋清然眼底的黑越发浓郁，他盯着南北。

南北的脸上泛出浓浓的疲惫和无可奈何，她轻声道：“宋清然，我累了，我年纪大了，我不是小姑娘了，我追不起你了……我们分开吧，这次我说真的，我不会管你跟谁结婚了，也不会管你是不是爱我了。你自由了，宋清然。”

宋清然闻言，攥紧拳头，眸色越发幽深，他仍旧什么都不说，那样的表情在南北看来，比冰块还要冷漠。他喉结轻轻地动了动，沉默了很久很久以后，才说：“北北，你必须跟我回去。”

南北的心提了起来，但他的下一句话没有几分情感：“但是，我们也的确要分开了。”他抿直唇线，“你不能再待在我身边了。”

南北的瞳孔骤然收缩着，她像是不相信这样无情的话会从宋清然的嘴里说出来，可偏偏，面前的宋清然就是这样冷漠。

他和从前没有什么两样，只有温柔，没有心。他高兴的时候，就将所有的美好都捧到她的面前；他不高兴的时候，就直接回收所有。

宋清然这次是有备而来，他挥了挥修长的手，门外就出现了黑色的防弹车。他弯下腰，不顾南北的挣扎，直接将她抱了起来。他的手指看似不怎么用力，却紧紧地捏住了她的要害处，让她没有任何挣扎的可能。

南北有些慌乱，心脏像是被重锤狠狠地砸着，疼得难以呼吸。

车门已经打开了，她看了过去，那黑色的车子，像极了野兽的大口，不停地晃动着，随时会吞噬她，她恍惚间，觉得全身无力，那里如同地狱。

她抓住宋清然的衣袖，摇着头说：“宋清然，我不回去，你不要让我恨自己，我不想当小三。”

她的眼里含着眼泪。

宋清然抱着她上了车，他冰凉的手指轻轻地抚摸过她的眼角，指腹湿了，他摩挲了下，声音低得可怕，仿佛含着温柔，他轻轻地说：“北北，你不是小三。”

车门一点点地关上，彻底遮挡了外面的光线，南北就像被笼子彻底困住，以后，这一方小小的空间就是她全部的天地。宋清然的嗓音很淡，带着笑意：“你是我的金丝雀，从小养到大的金丝雀。”

言喻的手机振动了下，收到了来自南北的短信——“阿喻，我跟宋清然回去了，你好好养伤，下次我再来看你。”

言喻皱了下眉头，觉得哪里不太对劲，她直接回拨了南北的电话，手机里传来了“嘟嘟嘟”的声音，却一直没有人接听，她眉心的痕迹越发地深。

言喻挂断电话，给南北发短信：“北北，你怎么突然回去了，还不接我的电话？等会儿看到我的电话，记得给我回电话。”

她等了好一会儿，还是没等到南北的回信。

言喻抿紧红唇，眸光深深，她手指在屏幕上飞舞：“宋清然，是你发的短信？”

这一次，不过一分钟，就有短信来了：“北北睡了，我的确是宋清然，你不用担心，她很好，你好好养伤。”

言喻握着手机，盯着短信看了许久，她眉心慢慢地展开，宋清然从小照顾着南北长大，应该不至于伤害南北。她点开拨号页面，拨出了陆衍留给她的号码，她已经试了好几遍，明明能接通，就是没有人接听。

言喻知道，这是陆衍的手段。他知道她想见陆疏木，所以故意这样卡着她，要逼着她亲自出现，亲自去找他。

秦让特意空出了一天的时间，就在这个郊区的房子里陪着言喻，秦让推着言喻在院子的花园里晒太阳，小星星正在院子里荡秋千。

小星星笑得眉眼灿烂，言喻也看着他们俩笑。只是谁也没有看到隔壁房子的院子里停放了一辆黑色车子，贴着厚厚的黑色车窗膜。

车里面的两个人，面无表情地盯着那边笑得灿烂的三个人。

陆衍的面孔冷硬，周身浸润着寒气，整张脸显得冷酷又狠厉。而陆疏木则好一些，他不知道在想什么，小手指轻轻地敲着座椅。

秦让在傍晚的时候，不得不离开了，因为言喻受伤之事太过突然，他最近又满满当当都是上庭案，今天又被言喻塞了几个案子，所以，只能回伦敦工作了。更何况，还有秦南风在伦敦等他。

秦让降下驾驶座的车窗，看向言喻，挑了挑眉："真的不打算跟我去伦敦？这样也方便我照顾你。"

言喻失笑，婉拒道："不用啦，家里有阿姨，可以照顾我的，更何况，这三年我已经受你照顾够多了。"她一下避重就轻地解释了"照顾"二字，散去了萦绕在话语间的暧昧气息。

秦让眸色深深，也没再多纠缠。

家里一下少了人，最觉得失落的人是小星星，她闷闷不乐地说："妈妈，现在又只有我们了。"

言喻摸了摸她的头发，安慰道："本来就只有我们俩呀，你现在是不是不喜欢跟妈妈在一起了？"

小星星摇摇头，沉默下来。她就是觉得家里好安静呀，她突然有点想念疏木弟弟。

言喻在阿姨的帮助下洗漱完，躺进被窝里，睡得迷迷糊糊的时候，外面似乎刮起了风，她卧室的窗帘被吹得飘起又落下，偶尔还会缠绕成一团。

言喻被吵得睁眼盯着那边的窗户看，才发现阿姨忘记给她关好窗户了，遗漏了缝隙。她掀开被子，打开灯，抓起一旁的拐杖，吃力地撑住，跳着脚来到了窗户边上。

她缓缓地关上窗，却在不经意间，仿佛看到楼下院子里的树下，有猩红的火光一闪而过，她心跳快了一瞬，那火光似是点燃的香烟，是有人站在树下吗？

她定睛看了过去，却只有一片漆黑，什么也没有。她觉得应该是看错了，便重新回到床上。

在睡梦里，言喻一整晚梦到的都是陆疏木，从婴儿的他，到现在的他，醒来的时候，言喻的眼角和枕头都是湿润的。她呆呆地盯着天花板，心里的酸胀快要溢出，如同刀割。她错过了他婴儿时期，在梦里，他的脸一直是模糊的，因为她想象不出来他那样小的时候有多么可爱。

阿姨推开言喻卧室房门的时候，言喻连忙偏头抹了下眼角。阿姨没看出什么，笑着问言喻："早上好，昨晚睡得好吗？"

言喻弯了弯眼睛，回答说："挺好的。"

"隔壁新搬进了一户人家。"

"是吗？"隔壁已经空了一段时间。

阿姨"嗯"了一声，就转开了话题，念念叨叨："昨天秦律师是不是在院子里抽烟了？昨晚我也忘记清理了，早上出门，一眼就看到树下的一堆烟头，秦律师烟瘾这么重吗？"

言喻的眉心沉沉一跳，她莫名其妙地想起昨晚看到的那抹一闪而逝的猩红。而且，她记得秦让的烟瘾不是特别重。那么多烟头怎么看都不可能是秦让一个人抽的……

阿姨扶着言喻去洗漱间，她笑道："今天早上还喝粥，简单点。"

"好。"

吃完早饭，言喻又给陆衍打电话，她昨天还给陆衍发了许多短信，如同石沉大海，没有任何回音。她只能期望自己快点养好伤，然后去找陆疏木。她有太多话想跟陆疏木说，她想好好地看看他。

这一次的电话也是如此，没有人接听。言喻深呼吸，压下了烦躁。她看时间正好，就干脆给秦让打电话，想询问一下案子的进展问题，但偏偏那么巧，秦让也没有接听电话。

言喻放下手机，拿起书本，想转移注意力。没想到手机忽然振动起来，她伸手抓起手机，理所当然地认为是秦让拨回的号码。

她声音柔和地说："秦让，下庭了吗？今天的案子怎么样了，是不是开始后悔帮我接下案子了？"言喻调侃着，却迟迟没得到回复，她这才将注意力从书本上转移到通话中，"你听到了吗？秦让？"

那头还是没人说话，但寂静的线路中，能隐约听到清浅的呼吸声。然后，男人冷漠的声线响起："想看陆疏木的话，过来隔壁。"

言喻的手指一点点发紧。

隔壁搬进来的人就是陆衍和陆疏木，言喻滚动着轮椅，和小星星进了隔壁的院子。陆衍听到外面的声音，打开了门，他额头上的绷带还没有解开，仍旧束缚着，但大概有所好转，已经看不到血迹了。

陆衍眸如寒星，冷光四溢，但在看到小星星的时候，有所好转。

小星星的眼睛亮闪闪的，她有些开心地问："陆叔叔，你买下了我们隔壁的房子呀？你是我们的邻居了！疏木弟弟也来了吗？"

陆衍扯了扯嘴角，淡声道："嗯，你进去吧，陆疏木在客厅里，你去找他玩。"

小星星点点头，迈开小短腿，身影一下就消失在门内。

看到陆衍，言喻抿紧红唇，她膝盖上横放着一根拐杖，她将拐杖撑在地上，想要站起来，还没放稳，拐杖忽然就被陆衍夺走了。她失去了支撑，立马失去平衡，眼看着就要摔倒在地上的时候，纤细的腰一把被陆衍揽在怀中。紧接着她脚下悬空，被陆衍横抱了起来。

言喻心头一跳，她的鼻息间都是陆衍身上的气息，他似乎心情不是很好，身上除了烟草味，还有淡淡的酒气。言喻蹙眉，语气冷淡："陆衍，你喝酒了，松开我。"

陆衍根本没理会她的话，他看也没看正在客厅玩的两个孩子，抱着言喻三步并作两步就上了楼。他的手指越发地收紧，一脚就踹开了房门，他带着不容分说的力道，将言喻摔在了床上。

言喻挣扎了下，想从床上爬起来，但来不及了，陆衍的身体已经覆了上来。他压制着她，沉沉地压在她的上方，盯着她。漆黑的眼眸里，都是冷然，还有隐约跳动的怒火。

他笑了笑，眉眼都是不耐烦："你刚刚在等谁的电话？秦让？言喻，一个我加上一个陆疏木，都抵不上一个秦让吗？"他语气嘲讽，说话的时候，压迫得离她越来越近了，声音就在她的耳畔，吐出来的湿润气息就喷洒在她的耳垂上。

“言喻，我最后告诉你一遍，想要看到陆疏木很简单，乖乖地待在我身边。”

言喻绷紧神情，没有回答。

打破寂静的却是急促的电话铃声，来自中国。

——第二部完——